人民共和國文化與文學叢書

三 編

李 怡 主編

第 **14** 冊

「紅色經典」的眞實與傳奇

宋劍華 著

花木蘭文化出版社

國家圖書館出版品預行編目資料

「紅色經典」的真實與傳奇／宋劍華 著 — 初版 — 新北市：花
木蘭文化出版社，2016〔民105〕
序 18+ 目 2+256 面；19×26 公分
（人民共和國文化與文學叢書 三編：第 14 冊）
ISBN 978-986-404-661-4（精裝）
1. 中國文學 2. 文學評論
820.8   105012616

特邀編委（以姓氏筆畫為序）：

吳義勤　孟繁華　張　檸
張志忠　張清華　陳思和
陳曉明　程光煒　劉福春
（臺灣）宋如珊
（日本）岩佐昌暲
（新西蘭）王一燕
（澳大利亞）鄭　怡

人民共和國文化與文學叢書
三　編　第十四冊　　　　　　ISBN：978-986-404-661-4

「紅色經典」的眞實與傳奇

作　　者　宋劍華
主　　編　李　怡
企　　劃　北京師範大學民國歷史文化與文學研究中心
　　　　　四川大學現代中國文化與文學研究中心
總 編 輯　杜潔祥
副總編輯　楊嘉樂
編　　輯　許郁翎、王　筑　美術編輯　陳逸婷
印　　刷　普羅文化出版廣告事業
出　　版　花木蘭文化出版社
社　　長　高小娟
聯絡地址　235 新北市中和區中安街七二號十三樓
　　　　　電話：02-2923-1455／傳眞：02-2923-1452
網　　址　http://www.huamulan.tw 信箱 hml810518@gmail.com
初　　版　2016 年 9 月
全書字數　244223 字
定　　價　三編20冊（精裝）台幣36,000 元

「紅色經典」的眞實與傳奇

宋劍華 著

作者簡介

宋劍華，男，1954 年 12 月出生，文學博士，現爲暨南大學中文系教授、博士生導師，臺灣佛光大學客座教授，廣東技術師範大學特聘教授。在《中國社會科學》《文學評論》《文藝研究》、《中國現代文學研究叢刊》、《中國比較文學研究》、《文藝理論研究》、《魯迅研究月刊》等雜誌發表過學術論文 200 餘篇；出版學術著作有：《胡適與中國的文藝復興》、《現代性與中國文學》、《20世紀中國文學批評史》、《基督精神與曹禺戲劇》、《百年文學與主流意識形態》、《三維視角中的現代文學史論》、《作家現象與中國現代文學》、《生命閱讀與神話解構》等 8 部；承擔過國家社科基金項目 2 項，教育部人文社科基金項目 2 項；曾榮獲廣東省優秀社科研究成果一等獎 2 項、二等獎 1 項、三等獎 2 項。

提　　要

　　作爲新中國特定歷史時期的藝術產物，「紅色經典」曾以其生動完美的藝術形象，對幾代中國人單調而又執著的政治追求，給予了精神生活上難以形容的巨大支撐。然而，需要加以說明的是，「紅色經典」是藝術而非歷史；既然它是一種藝術，就必定是虛構的東西。幾十年來，由於作家本人一再地申明，他們的創作取材，都是自己親身經歷的歷史事件；所以國內的學界與讀者，也一直都把「紅色經典」，直接等同於客觀存在的眞實歷史，這無疑是一個極大的認知錯誤。因爲，隸屬於文學藝術體裁的各種創作，都是作家依據自身的生活經驗，而對被表現客體所進行的「語言虛構」；文學藝術就是文學藝術，它並不等同於客觀歷史本身，更不能代表歷史事實眞相。因此，將「紅色經典」的藝術虛構，用歷史眞實去加以衡量，這顯然是有悖於藝術規律，同時也是一種荒謬行爲。本書正是通過對《白毛女》等十個「紅色經典」藝術範本形成過程的全面考察，去深入揭示「紅色經典」當中，哪些是屬於藝術「虛構」，哪些是屬於歷史「眞實」，最終還原「紅色經典」的藝術本質。

正在成爲「知識」建構的中國現當代文學研究——「人民共和國文化與文學叢書」三輯引言

李　怡

一

　　回顧自所謂「新時期」以來的中國現當代文學研究的發展，我們會明顯發現一條由熱烈的思想啓蒙到冷靜的知識建構的演變軌跡：1980 年代的鋪天蓋地的思想啓蒙讓無數人爲之動容，1990 年代以來的日益冷靜的學科知識建構在當今已漸成氣候。前者是激情的，後者是理性的，前者是介入現實的，後者是克制的，與現實保持著清晰的距離，前者屬於社會進步、思想啓蒙這些巨大的工程的組成部分，後者常常與「學科建設」、「知識更新」等「分內之事」聯繫在一起。

　　當文學與文學研究都承載了過多的負荷而不堪重負，能夠回返我們學科自身，梳理與思索那些學科學術發展的相關內容，應當說是十分重要的。很明顯，正是在文學研究回返學科本位之後，我們才有了更多的機會與精力來認眞討論我們自己的「遊戲規則」問題——學術規範的意義，學術史的經驗，以及學科建設的細節等等。而且，只有當一個學科的課題能夠從巨大而籠統的社會命題中剝離出來，這個學科本身的發展才進入到一個穩定有序的狀態，只有當旁逸斜出的激情沉澱爲系統的知識加以傳播與承襲，這個學科的思想才穩健地融化爲文明體系的有機組成部分。從這個意義上說，正在成爲「知識」建構的中國現當代文學研究，是我們學科成熟的眞正標誌。

　　當然，任何一種成熟都同時可能是另外一些新的危機的開始，在今天，當我們需要進一步思考學科的發展與學術的深化之時，就不得不正視和面對這樣的危機。

二

當中國現當代文學研究在日益嚴密的「學術規範」當中成為文明體系知識建設的基本形式，這是不是從另外一個方向上意味著它介入文明批判、關注當下人生的力量的某種減弱，或者至少是某些有意無意的遮蔽？

學術性的加強與人生力量的減弱的結果會不會導致學科發展後勁的暗中流失？例如，在 1980 年代，中國現當代文學研究的曾經輝煌在很大程度上得之於廣大青年學子的主動投入與深切關懷，在這種投入與關懷的背後，恰恰就是中國現當代文學研究的人生介入力量：中國現當代文學與廣大青年思考中、探索中的人生問題密切相關。在這個時候，中國現當代文學的存在主要不是作為一種「學科知識」而是自我人生追求的有意義的組成部分。在那個時候，不會有人刻意挑剔出現在魯迅身上的「愛國問題」、「家庭婚姻問題」乃至「藝術才能問題」，因為魯迅關於「立人」的設想，那些「任個人而排眾數，掊物質而張靈明」的論述已經足以成為一個「重返人性」時代的正常的人生的理直氣壯的張揚。同樣，在「五四」作家的「問題小說」，在文學研究會「為人生」，在創造社曾經標榜「為藝術」，在郭沫若的善變，在胡適的溫厚，在蔡元培的包容，在巴金的真誠，在徐志摩的多情，在蕭紅的坎坷當中，中國現當代文學不斷展示著它的「回答人生問題」的能力，而中國現當代文學研究則似乎就是對這些能力的細緻展開和深度說明。今天的人們可能會對這樣的提問方式及尋覓人生的方式感到幼稚和不切實際，然後，平心而論，正是來自廣大青年的這份幼稚在事實上強化了中國現當代文學的魅力，造就和鞏固了一個時代的「專業興趣」。今天的學術界，常常可以讀到關於 1980 年代的批判性反思，例如說它多麼的情緒化，多麼的喪失了學術的理性，多麼的「西化」，也許這些反思都有它自身的理由，然而，我們也不得不指出，正是這些看似情緒化的中國現當代文學研究方式，不斷呈現出某些對現實人生的傾情擁抱與主體投入，來自研究者的溫熱在很大的程度上煽動了青年學子的情感，形成了後來學術規範時代蔚為大觀的學術生力軍。

從 1980 到 1990，從「人生問題」的求解到「專業知識」的完善，這樣的轉換包含了太多的社會文化因素，其中的委曲非這篇短文所能夠道盡。我這裏想提到的一點是，當眾所週知的國家政治的演變挫折了知識分子的政治熱情，是否也一併挫折了這份熱情背後的人生探險的激情？當知識分子經濟地位的提高日益明顯地與專業本位的守衛相互掛靠的時候，廣大的中國現當代

文學工作者的自我定位是否也因此已經就發生了根本性的改變？

而這些自我生存方式的改變是不是也會被我們自覺不自覺地轉化爲某種富有「學術」意味的冠冕堂皇的說明？

如果眞是這樣，那麼，作爲今天的文學研究者，我們不僅要保持一份對於非理性的「激情方式」的警惕，同樣也應該保持一份對於理性的「學術方式」的警惕。

三

在中國現當代文學研究日益成爲知識建構工程的今天，有一種流行的學術方式也值得我們加以注意和反思，這就是「知識社會學」的研究視野與方法。

知識社會學（sociology of knowledge）著力於知識與其它社會或文化存在的關係的研究。其思想淵源雖然可以追溯到歐洲啓蒙運動以來的懷疑論傳統和維科的《新科學》，首先使用這一詞彙的是 1924 年的馬克斯・舍勒，他創用了 Wissenssoziologic 一詞，從此，知識社會學作爲一門獨立的學科確立了起來。此後，經過卡爾・曼海姆、彼得・伯格和托馬斯・盧克曼的等人的工作，這一研究日趨成熟。1970 年代以後，知識社會學問題再次成爲西方社會科學研究中的焦點。據說，對知識的考察能夠從知識本身的邏輯關係中超越出來，轉而揭示它與各種社會文化的相互關係，乃是基於知識本身的確在一個充滿了文化衝突、價值紛爭的時代大有影響，而它所置身的複雜的社會文化力量從不同的方向上構成了對它的牽引。

同樣，文化的衝突與價值的紛爭不僅是 1990 年代以降中國知識界的普遍感受，它們更好像是中國近現當代社會發展過程的基本特徵。中國現當代文化的種種「知識」無不體現著各種文化傳統（西方的與古代的）、各種社會政治力量（政黨的、知識分子的與民間的、國家的）彼此角逐、爭奪、控制、妥協的繁複景象，中國現當代文化的許多基本概念，如眞、善、美，「爲人生」、「爲藝術」、現實主義、浪漫主義、現當代主義、古典主義、象徵主義、生活等等至今也沒有一個完全統一的解釋，這也一再證明純知識的邏輯探討往往不如更廣闊的社會文化的透視，此種情形聯繫到馬克思「社會存在決定社會意識」這一著名的而特別爲中國人耳熟能詳的觀點，當更能夠見出我們對「知識社會學」的強大的需要。事實是，在西方知識社會學的發生演變史上，馬

克思的確就是為知識社會學給出了一條基本原理，即所有知識都是由社會決定的。正如知識社會學代表人物曼海姆所指出的那樣：「事實上，知識社會學是與馬克思同時出現：馬克思深奧的提示，直指問題的核心。」〔註1〕

今天的中國現當代文學研究，正需要從不同的角度揭示出精神的產品背後的複雜社會聯繫。這樣的揭示，將使我們的文化研究不再流於空疏與空洞，而是通過一系列複雜社會文化的挖掘呈現其內部的肌理與脈絡，而這樣的呈現無疑會更加的理性，也更加的富有實證性，它與過去的一些激情式的價值判斷式的研究拉開了距離。近年來，學術界比較盛行的關於現當代傳媒與現當代文學關係、現代社會體制與現當代文學關係、現代政治文化與現當代文學關係、現代經濟方式與現當代文學關係等等的探索都是如此。

當然，正如每一種研究方式都有它不可避免的局限一樣，知識社會學的視野與方法也有它的限度。具體到中國現當代文學的闡釋當中，在我看來，起碼有兩個方面的局限值得我們加以注意。

其一是「關係結構」與知識創造本身的能動性問題。知識社會學的長處在於分析一種知識現象與整個社會文化的「關係」，梳理它們彼此間的「結構」，這樣的研究，有可能將一切分析的對象都認定為特定「結構」下「理所當然」的產物，從而有意無意地忽略了作為知識創造者的各種能動性與主動性，正如韋伯認為的那樣，把知識及其各種範疇歸併到一個以集體性為基礎的潛在結構之中容易導致忽視觀念本身的能動作用，抹殺人作為主體參與形成思想產品的實踐活動。關於中國現當代文學的研究也是如此，一方面，我們應該對各種社會文化「關係網絡」中的精神現象作出理性的分析，但是，在另一方面，卻又不能因此而陷入到「文化決定論」的泥沼之中，不能因此忽略現代中國知識分子面對種種文化關係之時的獨立思考與獨立選擇，更不能忽視廣大知識分子自身的生命體驗。在最近幾年的中國現當代文學與現當代文化研究當中，我以為已經出現了這樣的危險，值得我們加以警惕。

其二便是知識社會學本身的難題，即它學科內部邏輯所呈現出來的相對主義問題。正如默頓指出的那樣，知識社會學誕生於如下假定，即認為即使是真理也要從社會方面加以說明，也要與它產生於其中的社會聯繫起來，因為不僅謬誤、幻覺或不可靠的信念，而且真理都受到社會（歷史）的影響，這種觀念始終存在於知識社會學的發展中。西方批評界幾乎都有這樣的共

〔註1〕曼海姆：《知識社會學導論》中譯本97頁，臺灣風雲論壇有限公司1998年。

識：知識社會學堅持其普遍有效性要求就意味著主張所有的知識都是相對的，所以說全部知識社會學都面臨著一個共同的相對主義問題，知識社會學止步於眞理之前，因爲這門學科本身即產生於用一種對稱的態度看待謬誤和眞理。應該說，中國現代文化的發展本身是一個「尙未完成」的過程，包括今天運用著知識社會學的我們，也依然置身於這樣的歷史進程，作爲一個時代的知識分子，並且必須爲這樣的過程做出自己的貢獻，因而，即便是學術研究，我們也沒有理由刻意以學術的所謂中立性去消解我們對眞理本身的追求和思考，我們不能因爲連續不斷的「關係結構」的分析而認爲所有的文化現象都沒有歷史價值的區別，在這裏，「公共知識分子」的精神應該構成對「專業知識分子」角色的調整甚至批判，當然，這首先是一種自我的反省與批判。

總之，知識社會學的視野與方法無疑有著它的意義，但是，同樣也有著它的限度，在通常的時候，其研究應該與更多的方法與形式結合在一起，成爲我們思想的延伸而不是束縛。

在中國現當代文學研究日益成爲「知識化」過程一部分的時候，我們能夠對我們所依賴的知識背景作多方面的追問，應當是一件富有意義的事情。

「紅色經典」：藝術眞實與歷史眞實
（代序言）

　　作爲新中國特定歷史時期的藝術產物，「紅色經典」曾以其生動完美的藝術形象，對幾代中國人單調而又執著的政治追求，給予了精神生活上難以形容的巨大支撐。這種刻骨銘心揮之不去的情緒記憶，至今仍在自然延續並發揮著潛在影響。但是到了 20 世紀 90 年代以後，學界精英不僅對「紅色經典」進行了全面的反思，同時還對其歷史眞實性提出了強烈的質疑，甚至認爲「紅色經典」都是些胡編濫造的媚俗之作，毫無任何審美快感或啓迪民智的藝術價值。綜觀學界精英否定「紅色經典」的全部論述，我們發現了這樣一種令人困惑的奇特現象：他們完全是站在歷史眞實的立場之上，去評判「紅色經典」藝術眞實的美學價值！其實，隸屬於文學藝術體裁的各種創作，都是作家依據自身的生活經驗，而對被表現客體所進行的「語言虛構」；文學藝術就是文學藝術，它並不等同於客觀歷史本身，更不能代表歷史事實眞相。因此，將「紅色經典」的藝術虛構，用歷史眞實去加以衡量，這顯然是有悖於藝術規律，同時也是一種荒謬行爲。

　　我個人認爲，重新去評判「紅色經典」的功過是非，關鍵並不在於它本身是否符合歷史眞實，而是要去研究它怎樣被轉化成了歷史眞實；只有解決了這一重大而務實的理論問題，我們才能超越政治意識形態的外在因素，客觀而公正地去看待「紅色經典」的藝術價值。因此，實事求是的科學態度而非意氣用事的妄加指責，才是我們正確對待「紅色經典」現象的批判理性精神。

1、情緒記憶：作家經驗與「紅色經典」的故事原型

分析「紅色經典」現象的歷史成因，有一個共性特徵十分值得注意：無論是「三紅一創」、「青山保林」，還是《白毛女》、《紅色娘子軍》、《苦菜花》、《三家巷》，其作者幾乎都會異口同聲地強調說，這些弘揚革命英雄主義的敘事作品，絕非是他們憑空想像的虛構之作，而是他們「在戰鬥裏成長」的人生體驗！比如梁斌說《紅旗譜》中的主人公朱老忠，是源自於他對一個革命老人的高度概括；而「反割頭稅」運動和保定「二師學潮」，也是源自於他在革命年代中的「親歷」與「親聞」。〔註1〕又如羅廣斌說《紅岩》故事裏的那些英雄，則是他在白公館監獄生活中的親眼所見；而每一個共產黨人堅貞不屈的崇高氣節，都在他腦海中凝固成了難以磨滅的深刻印象。〔註2〕另外劉知俠說《鐵道游擊隊》寫得都是「眞人眞事」，〔註3〕馮德英說《苦菜花》寫得就是自己的革命母親，〔註4〕曲波說《林海雪原》是「忠實地記錄下戰友們的鬥爭生活」，〔註5〕楊沫說《青春之歌》是還原她激情歲月裏的成長歷程〔註6〕——「紅色經典」作家這種眾口一詞的莊嚴表態，其意圖無非就是要告訴廣大的社會讀者，他們的作品都是他們生活經驗的藝術復述，對此我不僅深表敬意並且從來也不去懷疑。

「紅色經典」作家都有一個值得驕傲的革命背景，這是任何質疑者都無法改變的客觀事實；而恰恰正是因為這種無尚光榮的戰鬥生涯，才會使他們成為新中國文學創作的眞正主人——「紅色經典」作家以其戰火青春的人生體驗，自覺地述說著政治激情主義的宏偉理想，他們自身經歷與中國革命實踐的有機統一，無疑也成了人們錯把藝術看作歷史的根本原因！「紅色經典」中的革命敘事，其題材來源大致有三種途徑：

第一種途徑，即作品文本中所講述的人物與事件，都是作者本人成長經歷的眞實寫照，藝術虛構成分並不影響歷史事實本身，因此很容易就使讀者

〔註1〕 梁斌：《我怎樣創作了〈紅旗譜〉》，選自《梁斌文集（第6卷）》，人民文學出版社，2005年版。

〔註2〕 參見侯健美：《烈火中永生——〈紅岩〉背後的眞實故事》，載《新華文摘》2007年第6期。

〔註3〕 知俠：《我怎樣寫「鐵道游擊隊」的》，載《讀書月報》1955年第3期。

〔註4〕 曲波：《致讀者》，載《林海雪原》，人民文學出版社，1978年1月版，第599頁。

〔註5〕 馮德英：《我怎樣寫出了「苦菜花」》，載《解放軍文藝》1958年第6期。

〔註6〕 楊沫：《青春之歌·新版後記》，北京十月文藝出版社，1992年版。

相信它的客觀眞實性。長篇小說《青春之歌》就是一個典型的範例。楊沫說《青春之歌》是她自己思想成長的「自述傳」，其中「一個女人和三個男人」的敘事架構，實際上正是她對自己人生的高度濃縮，這一點在史料考證中我們可以得到確認。首先，楊沫與林道靜都是出身於湖南長沙的一個大戶人家，她們都是因不滿父母包辦婚姻而憤然離家出走，危難之際又都是遇到了北大學生張中行與余永澤，使她們獲得了暫時的寧靜與甜蜜的愛情；但楊沫與林道靜很快都厭倦了這種平淡無奇的同居生活，楊沫發現了張中行的「平庸」而林道靜則發現了余永澤的「迂腐」，他們成天「埋頭在圖書館裏或實驗室裏，……爲了一個字，一個版本的眞僞，他們可以掏盡心血看遍了所有有關的書籍、材料。……他們的心靈裏，只想著個人成名成家，青雲直上。」〔註7〕所以張中行對於楊沫的收留與拯救，也直接演繹成了余永澤對於林道靜的「英雄救美」，兩者之間情節相似一目了然，讀者自己就能從中察覺到形似神同的內在關聯。其次，楊沫在一次學生聚會上結識了知識分子共產黨員馬建民，而林道靜也是在一次學生聚會上結識了知識分子共產黨員盧家川，因此她們都是以崇拜英雄的仰望視角去迷戀著自己的「白馬王子」，甚至爲了追求愛情而盲目衝動地積極要求參加革命；馬建民從一開始就意識到了楊沫狂熱激情背後的小資情調，他在寫給楊沫的信中便一針見血地指出：「默，你想的太多，你小資產階級情調也太濃。也許有一天你發現比我更好的人，你也許——也要離開我……。」而盧家川也是毫不客氣地批評林道靜的思想弱點，他耐心開導林道靜超越個人主義的狹隘意識，積極投身於共產黨所領導的拯救民族危難的偉大斗爭，在楊沫與林道靜思想轉型的關鍵時刻，馬建民與盧家川客觀上都起到了啓蒙導師的重要作用。當然，馬建民與盧家川的閃亮登場，必導致張中行與余永澤的黯然出局，故《青春之歌》的藝術眞實，又直接移植了歷史眞實。再者，楊沫與陸揚之間的「革命+戀愛」，同林道靜與江華之間的情感糾纏，無論是表現方式還是悲歡離合，同樣具有著十分驚人的相似之處。楊沫是在路揚的引導下逐漸走向革命實踐的，可以說她對路揚用情很深幾乎達到了癡迷程度，儘管後來因種種誤會有情人難成眷屬，然而這並不影響楊沫對他的一片赤誠，正像她在日記裏毫不遮掩地寫道的那樣：「有

〔註7〕楊沫：《北京沙灘的紅樓——我在〈青春之歌〉中以北大爲背景的原因》，原載《光明日報》1958 年 5 月 3 日，《中國當代文學研究資料‧楊沫專集》1979年，第 57 頁。

時想起他對我的感情——革命的又是深摯的友誼。我忽然想，我應當在未來的小說中，寫出這個人物，寫出他高尙的革命品質；寫出他出生入死的事迹；也寫出他對我經受了考驗的感情（也許只是一種幻想的感情）。……我現在的願望是把他寫入我的書中，使他永遠活著——活在我的心中，也活在億萬人民的心上。」〔註8〕於是，《青春之歌》中革命者江華對於林道靜的思想引導與情感呵護，便自然而然地承載起了楊沫對於紅色戀人陸揚的無限思念，進而使楊沫與陸揚兩人情感生活的無言結局，生動地演繹成了林道靜與江華二人詩情畫意般的理想人生。當然，《青春之歌》作爲一部審美愉悅的文學作品，它不可能沒有藝術加工的虛構成分，比如盧家川和林道靜在監獄中的英勇表現，顯然就不是楊沫本人的「親歷」或「親見」。在眞實人生經驗的基礎之上，去進行大膽合理的藝術虛構，這不僅使《青春之歌》超越了生活原型，而歷史也在藝術中變得更加地完美！

第二種途徑，即作品文本中所講述的人物與事件，是作者本人「親歷」與「親聞」的雙重組合，藝術虛構與眞實故事各占一半，但讀者同樣將其視爲是一種客觀眞實。長篇小說《林海雪原》就是一個典型範例。《林海雪原》自 1957 年 9 月出版以來發行已達 460 萬冊，同時還被翻譯成多國文字走出了國門名揚海外；後來更是因其被改編成電影和「革命樣板戲」，最終成爲了家喻戶曉紅極一時的經典之作。《林海雪原》之所以會風靡全國，除了它傳奇動人的故事敘事外，曲波本人那「親歷者」的特殊身份，也是一個令人肅然起敬的重要原因。曲波 1938 年參加八路軍，1945 年隨部隊開赴東北，時任牡丹江軍區二團副政委，曾親自帶領楊子榮等人參加過剿匪戰鬥。小說《林海雪原‧後記》的第一句話，是「以最深的敬意，獻給我英雄的戰友楊子榮、高波等同志！」這讓讀者立刻便意識到《林海雪原》是一種歷史追述，是作者本人對於自己戰鬥生涯的藝術還原。由於楊子榮本身就是二團的偵察排長，而高波則又是曲波本人的貼身警衛員；故人物眞實事件也就自然眞實，便直接導致了人們對於《林海雪原》眞實性的深信不疑。其實這是一個很大的思維錯覺。《林海雪原》具有某種程度上的歷史眞實性，人們對此盡可放心毋庸置疑，因爲在現存不多的歷史資料裏，確有曲波與楊子榮並肩剿匪的文獻記載：1947 年 2 月 23 日，曲波從後方醫院養傷歸隊，主動向團長王敬之請纓參

〔註8〕見《楊沫文集》（卷6）《自白——我的日記》（上）北京十月文藝出版社，1994年 10 月第 1 版，第 157 頁。

戰，希望自己也能親自帶兵參加剿匪，並渴望在剿匪戰鬥中建功立業。結果由他唯一一次直接指揮的剿匪行動，土匪也就是十幾個有如喪家之犬的散兵遊勇，竟出現了偵察英雄楊子榮因槍栓凍住，遭土匪孟老三開槍打死的慘痛悲劇。曲波是搞思想教育的政工幹部，宣傳英雄事迹是他的本職工作，故《林海雪原》首先是一部歌頌英雄的讚美之作；同時曲波自己也清醒地意識到，他對楊子榮之死是負有責任的，故《林海雪原》同時又是一部緬懷戰友的懺悔之作！然而，曲波將他和楊子榮之間僅有的一次並肩戰鬥，藝術化地擴展成了牡丹江地區的整個剿匪過程，這必然會使《林海雪原》的故事敍事，摻雜有大量主觀想像的虛構成分——比如眞實歷史上的牡丹江地區的剿匪行動，絕非是由少劍波那 36 個人的「小分隊」所爲，而是出動了一萬多解放軍正規部隊，甚至還動用了大炮坦克等重型武器（在海林縣的博物館裏，現在還陳列有剿匪「功臣」坦克的大幅照片）。曲波在《林海雪原》中讓僅有 36 人的「小分隊」衝衝殺殺無往不勝，這顯然是作者本人超越歷史事實的率性所爲。還有《林海雪原》中「智取威虎山」那場經典戰鬥，原是由一團打的二團根本就沒有參加，況且 1000 餘土匪也只被消滅了 100 多人，大部份敵人都突圍逃脫又何言「全殲」？其實，曲波是從兄弟部隊的戰報上瞭解的這場戰鬥，完全是屬於「親聞」而絕不是什麼「親歷」或「親見」。另外，楊子榮智擒座山雕一事曲波也不在場，當時他正在牡丹江軍區醫院養傷未歸，還是通過軍區的宣傳報導才瞭解了此事，當然這也只能算是曲波的「親聞」而非「親歷」。應該說在《林海雪原》當中，曲波把「親聞」也作爲是自己的「親歷」，並充分運用了民間傳奇的豐富想像，爲廣大讀者營造了一份暢快淋漓的精神大餐——英雄死而復生的大團圓結局，既滿足了人們崇拜英雄的審美心理，更滿足了「學英雄、做英雄」的時代要求，此乃正是《林海雪原》的經驗意義與藝術價值！

　　第三種途徑，即作品文本中所講述的人物與事件，原本是作者對當事者採訪後的加工整理，但由於創作主體是在替當事者去轉述歷史，故讀者同樣也毫不懷疑其故事敍事的客觀眞實性。長篇小說《鐵道游擊隊》就是一個典型範例。劉知俠是河南衛輝人，1938 年到延安抗大學習，同年加入了中國共產黨，1939 年到山東軍區教導團工作，主要是從事宣傳報導與文藝創作。劉知俠本人並不是鐵道游擊隊隊員，更沒有過在鐵道線上「飛車殺敵」的傳奇經歷，他第一次聽說鐵道游擊隊的英雄事迹，是 1943 年在山東軍區英模表彰

大會上，由「鐵道游擊隊」戰士代表徐廣田所做的口頭報告：「他們在敵人據
點裏摸崗哨，打特務，在鐵道上襲擊火車，在客車上打殲滅戰。有時把敵人
的火車開跑。和另一列火車相撞。——把成車皮的布匹截下來，解決了山區
根據地軍隊的多衣。他們能從火車上搞下可裝備一個中隊的日式步槍、機
槍，送進山裏。」〔註 9〕劉知俠當時深感震撼，便開始構思章回小說《鐵道
隊》，而且還在《山東文化》上連載了 2 期，引起了根據地軍民的強烈反響。
然而，「鐵道隊」隊長劉金山和政委張洪義，聯名給他寫來了一封信，該信的
內容大意是說：劉知俠宣傳「鐵道隊」的英雄事迹，他們打心眼裏表示高興
和感謝；同時也暗示在「鐵道隊」裏的抗日英雄有很多，眞誠地歡迎他到「鐵
道隊」去體驗生活。於是，1945 年劉知俠曾兩次親赴「魯南鐵道大隊」，聽戰
士們更爲精彩地講述他們打鬼子的傳奇故事，每場戰鬥都被戰士們講得出神
入化，令劉知俠本人傾聽入迷唏噓不已。在「鐵道隊」體驗生活的那段期間
裏，劉知俠還到微山湖畔和鐵路兩側，專門走訪了革命老區的人民群眾，收
集了大量可以用於小說創作的生動題材。根據劉知俠本人的這些敘述，我們
可以梳理出這樣一條線索：他最初萌生寫小說「鐵道隊」的情緒衝動，只是
因爲徐廣田那頗帶誇張色彩的個人故事（比如他獨自一人就能搞到鬼子一個
中隊的武器裝備，這在當時條件下是根本不可能做到的一件事情）；可是到了
「鐵道隊」去體驗生活之後，他聽到了更多活靈活現的神奇故事（比如像
截住日軍一個聯隊並迫使其繳械投降，此事如果屬實則足以改寫八路軍和新
四軍的抗戰歷史）——由「聽」個體言說，到「聽」群體言說，劉知俠正是
根據這樣的「眞人眞事」，才最後完成了《鐵道游擊隊》的構思與創作。所
以，儘管《鐵道游擊隊》不是劉知俠本人的「親歷」或「親見」，但是由於有
眾多當事者那種不容置疑的「切身體驗」，讀者當然會去把《鐵道游擊隊》視
爲是革命戰爭年代的英雄敘事，而不會把它看作是梁山好漢替天行道的民間
傳奇。

　　通過以上分析我們可以發現，無論是作者本人的「親歷」或「親聞」，由
於他們都具有一個參與革命的實際背景，那麼由革命者所講述的革命故事，
便理所當然是歷史眞實難以撼動！這不僅使我想起了童年時代的一首歌曲：
「我們坐在高高的穀堆旁邊，聽媽媽講那過去的故事」！其實，「紅色經典」
也正是革命作家以他們所謂的「經驗」敘事，去向新中國的青年一代講述自

〔註 9〕劉知俠：《〈鐵道游擊隊〉創作經過》，載《新文學史料》1987 年第 1 期。

己「那過去的故事」；而革命歷史又是通過革命故事的藝術載體，被重新演繹並且成爲了廣大讀者不可或缺的精神食糧！

2、藝術虛構：超越經驗與「紅色經典」的主觀想像

「紅色經典」作爲革命作家對革命歷史的激情追憶，他們那種信仰堅定愛憎分明單純執著矢志不渝的政治立場，無論現在的年輕讀者是多麼地難以理解，我們都應該對他們的人生選擇表示尊重。然而，我們也必須明白這樣一個非常簡單的通俗道理：「紅色經典」的革命敘事，它只是一種藝術化的「歷史」，而不再是客觀眞實的「歷史」；因爲「文學語言的參照物不是歷史的眞實，而是幻想中的人和事」，〔註10〕故創作主體的主觀性必定會導致藝術歷史的虛構性。「紅色經典」作家的文化水準都不是很高，他們熱衷於文學創作的興趣與動力，除了自身生活經驗的不斷積累，當然是受古代傳奇小說的潛在影響。比如，曲波說他從小聽慣了許多「正史、野史、民間的能人故事」，〔註11〕故《林海雪原》才會最早以《林海雪原蕩匪記》來命名；而劉知俠則說得更爲直率，「鐵道游擊隊的英雄人物，都具有熱情豪爽、行俠仗義的性格，多少還帶點江湖好漢的風格」！〔註12〕運用「傳奇」並仿傚「傳奇」去創作「紅色經典」，這本身就決定了「紅色經典」的故事敘事，是超越經驗的審美愉悅而不是忠實歷史的事實復述。這不僅使我們回想起「紅色經典」的共性特徵——英雄們氣質軒昂超凡脫俗刀槍不入無所不能，他們這種神性氣質在現實生活當中根本就不可能存在，「英雄只存在於悲劇之中，因爲悲劇中的人比實際的人要好，」而「紅色經典」中的那些非凡英雄，也只不過是創作主體在充分表現「他自身的高貴感。」〔註13〕

以民間「傳奇」形式去建構「紅色經典」的敘事架構，從一開始便決定了「紅色經典」是藝術眞實而非歷史眞實。綜觀「紅色經典」的所有作品，它們基本上都是「想像」大於「史實」的藝術虛構，如果眞有人硬要把這種「虛構」當成是「眞實」，那麼他就人爲地消解了藝術審美與歷史認知的嚴格

〔註10〕 喬納森・卡勒：《文學性》，載史忠義等譯《問題與觀點》一書，百花文藝出版社，2000 年版，第 41 頁。
〔註11〕 曲波：《卑中情——我的第一篇小説〈林海雪原〉》，載《山西文學》1983 年第 6 期。
〔註12〕 劉知俠：《〈鐵道游擊隊〉創作經過》，載《新文學史料》1987 年第 1 期。
〔註13〕 萊昂內爾・特里林：《誠與眞》，江蘇教育出版社，2006 年版，第 85～86 頁。

界限。「紅色經典」的藝術虛構性，同樣可以分爲以下三種類型：

首先，是民間傳說的故事改造，代表作品爲大型歌劇《白毛女》。由賀敬之等人執筆創作的大型歌劇《白毛女》，無疑是新中國「紅色經典」的歷史源頭，從 1945 年問世以來它對提升中國人的階級覺悟，起到了任何政治說教都難以取代的啓蒙作用。但是令所有中國人都未曾想到的是，「紅色經典」《白毛女》竟是起源於民間傳說，而且還是一個有著三種不同版本的民間傳說，它與實際生活並無直接的歷史對應性或因果關聯性。1937 年參加革命的李成瑞曾回憶說，「白毛仙姑」是他故鄉家喻戶曉的古老傳說：「我的家鄉是河北省唐縣淑閭村，在青虛山南三十多公里。每年陰曆三月春暖花開的時節，村裏常有些人到青虛山廟會上求神拜仙、燒香還願。回來後總說那裡山多麼高，廟多麼大，神多麼靈；還說山上有個『白毛仙姑』，每天晚上出來偷吃人們獻給神仙的供品，但當人們要接近她時，就像一陣風似地不見蹤影了。那時，我才七八歲，離現在已經七十多年了。」〔註 14〕著名作家周而復也說「白毛女」是一個民間傳說，但他所講述的故事內容卻與李成瑞有所差異：「《白毛女》這故事是發生在河北省阜平縣黃家溝，當時黃世仁的父親黃大德還活著，父子對喜兒都有心思，雙方爭風吃醋，生了仇恨。父子兩個都爭著使喚喜兒，使喜兒接近自己。一次爲了爭著使喚喜兒，父親用煙杆打兒子，兒子正在用菜刀切梨，順手用刀一擋，不偏不倚，一刀砍在父親的頸子上，斷了氣。母子私下商議，要嫁禍於喜兒，說喜兒謀害黃大德。」〔註 15〕可是到了任萍所講的「白毛女」故事裏，其思想內涵卻又再次發生了質變：他說從前河北有一個地主，「前兩房妻妾都不生兒子，他又娶了第三房。一年後，這第三房生得還是女孩，地主大怒，就將母女趕出了家門。從此，這女子帶著女兒，住山洞、吃野果，長時間不食人間煙火，滿頭長髮都變白了。開始躲在深山不敢出來，後來爲了活命和養活女兒，逢年過節就到廟裏偷貢獻。有一次被上香的人撞見，奉爲『白毛仙姑』，香火盛極一時。八路軍來後，才把她從山洞裏解救出來。」〔註 16〕如果說李成瑞版「白毛女」故事還僅限於封建

〔註 14〕李成瑞：《〈白毛女〉與青虛山：〈白毛女〉歌劇創作 60 年引起的回憶與感想》，載《文藝理論與批評》2006 年第 5 期。

〔註 15〕周而復：《談〈白毛女〉的劇本與演出》，載《新的起點》，群眾出版社，1949 年出版。

〔註 16〕轉引自何火任：《〈白毛女〉與賀敬之》，載《文藝理論與批評》1998 年第 2 期。

迷信，周而復版「白毛女」故事也僅限於桃色新聞；那麼到了任萍版的「白毛女」故事，則已經開始上升到了階級鬥爭的政治主題。1944 年西北戰地服務團從晉察冀革命根據地歸來，同時也帶回來了有關「白毛女」故事的各種傳說，延安「魯藝」準備把「白毛女」傳奇改編成大型歌劇，向即將在延安召開的中共「七大」獻禮。周揚不愧爲是一個具有政治頭腦的文藝理論家，他指示「魯藝」一定要去掉故事原型的迷信色彩與桃色痕迹，將《白毛女》的創作主題重點定位於「舊社會把人逼成鬼，新社會把鬼變成人」，進而站在中國現代革命的政治高度，去歌頌毛澤東思想的偉大勝利。歌劇《白毛女》於 1945 年初排練完成，4 月 22 日爲中共「七大」代表進行了首場正式演出，毛澤東、朱德、劉少奇等重要首長都前往觀看，演出結束後毛澤東等人還一齊走進後臺，與演職人員親切地握手並向劇組表示祝賀。據說毛澤東本人對歌劇《白毛女》喜愛有加，梁陸鴻就曾在《西柏坡傳奇》中記載道：毛澤東在看完了歌劇《白毛女》以後，深更半夜竟同女兒在窯洞裏演起了《白毛女》——女兒當然是扮演「喜兒」了，而毛澤東自己則一會兒扮演楊白勞，一會兒又扮演惡霸地主黃世仁，父女兩人演得都十分地投入。〔註 17〕正是由於毛澤東的個人喜愛，歌劇《白毛女》才得以長盛不衰，不僅入選了八大「革命樣板戲」，同時更使民間傳奇變成了歷史眞實！

其次，是歷史事件的人爲提升，代表作品爲電影《紅色娘子軍》。在所有中國觀衆的記憶當中，《紅色娘子軍》就是一個眞實的故事，它不僅使人們看到了海南島的美麗風光，同時也使人們瞭解了如火如荼的瓊崖革命。1957 年 8 月，海南軍區政治部幹事劉文韶，在《解放軍文藝》上發表了報告文學《紅色娘子軍》，由此而披露了一段中國現代革命史上的傳奇佳話。劉文韶在談到他爲什麼會產生《紅色娘子軍》的創作靈感時，曾耐人尋味地說過這樣一番話：「有一天，我在翻閱一本油印的關於瓊崖縱隊戰史的小冊子時，偶然發現有這樣一段話：『在中國工農紅軍瓊崖獨立師師部屬下有一個女兵連，全連有一百二十人。』全書僅有這一句話，其它再沒什麼別的記載。……可是當時只是有一個線索，其它什麼文字材料都沒有。我就詢問了在瓊崖縱隊工作過的一些老同志，可能是因年代太久他們都不瞭解這個情況。」〔註 18〕從劉文

〔註 17〕 參見梁陸鴻著：《西柏坡傳奇》，解放軍出版社，2002 年版，第 19 頁。
〔註 18〕 劉文韶：《我創作〈紅色娘子軍〉的歷史回顧》，載《軍事歷史》2007 年第 3 期。

韶本人的敘述裏，我們可以獲得這樣一個信息，即便是只有「一段話」的史料記載，也表明「女兵連」的確曾經存在過。然而，使我們感到困惑不解的是，既然「女兵連」是那麼地獨特，爲什麼瓊崖老戰士們卻全然不知？況且「女兵連」連長馮增敏與指導員王時香等人仍然健在，而劉文韶報告文學《紅色娘子軍》所講述的故事內容，也都是對她們所親自復述輝煌歷史的藝術加工，可「瓊崖革命正史」卻又因何將其規避了呢？回答這一問題其實並不困難：歷史上的「女兵連」同電影裏的《紅色娘子軍》，兩者間除了地域相同其它根本就不是一回事。當電影《紅色娘子軍》紅遍了祖國大地之後，「瓊崖縱隊」的負責人馮白駒將軍才回憶說，「紅色娘子軍」所承擔的眞正使命，是保衛「特委」和「師部」以及開展群眾工作，並非是一個獨立成軍直接參戰的建制單位。〔註19〕依據現存的史料我們可以瞭解到，從 1931 年 5 月成立到 1932 年 8 月解散，「女兵連」的歷史存在總共也只有 15 個月。在短短不到一年半的時間裏，一群沒有文化且因反抗封建婚姻的農家婦女，便被戰火歷練成了無產階級革命的先鋒戰士，這的確是一個令人不可思議的傳奇神話。「女兵連」之所以會遭到新中國的歷史塵封，原因就在於它留有太多的難言之隱。比如「女兵連」解散以後，一連指導員王時香竟回鄉嫁給了國民黨軍的一個中隊長，而二連連長黃墩英也委身於國民黨的一個區長，她們兩人的丈夫都因頑固地與人民爲敵，最後不是被人民解放軍在戰場上打死，就是遭到了人民政府的堅決鎮壓。指導員和連長的思想境界都是如此的低下，那些女戰士們的政治覺悟也就可想而知了！還有那個令觀眾痛恨不已的反派人物「南霸天」，人們至今也沒有在海南歷史上找到他的生活原型。廣州軍區作家梁信從報告文學與瓊劇《紅色娘子軍》中，發現了這一故事題材十分獨特的思想藝術價值，因此他在充分尊重「女兵連」曾經「存在」過的基礎之上，大膽地展開著革命浪漫主義的豐富想像力——把無產階級革命者本應具有的一切優秀品格，全都注入到了洪常青和吳瓊花這兩個人身上；把劉文采、黃世仁等惡霸地主的醜惡本性，又全都集中到了「南霸天」這個壞蛋身上——這樣一來，色彩鮮明的階級對立、你死我活的階級鬥爭、現代女性的命運解放、革命戰士的茁壯成長，都在梁信的筆下超越了歷史又重塑了歷史，這無疑是「紅色經典」所經常使用的一種藝術手段。

〔註19〕馮白駒：《關於我參加革命過程的歷史情況》（一九六八年六月二十五日），參見《馮白駒研究史料》，廣東人民出版社，1988 年版，第 421～422 頁。

　　再者，是主觀想像的隨意發揮，代表作品爲小說《紅岩》等。說起《紅岩》，人們並不陌生，一曲蕩氣迴腸的《紅梅讚》，足以令人如癡如醉熱血沸騰。不過羅廣斌與楊益言二人所講述的《紅岩》故事，絕不是對重慶地下黨遭受重創的忠實敘事，而是根據他們兩人監獄生涯的切身經歷，爲渣滓洞和白公館的革命志士所譜寫的一曲英雄讚歌！我之所以認爲小說《紅岩》是脫離歷史眞實的藝術虛構，是作者本人源於生活又高於生活的主觀想像，關鍵原因就在於那些高大完美的英雄人物，幾乎都被作者做了革命浪漫主義的隨意發揮。眾所周知，1948 年重慶地下黨因工作上的嚴重疏漏，直接導致了工委書記劉國定、組織部長冉益智、下川東地工委書記涂孝文、川康工委書記蒲華輔等重要領導人物被捕叛變，結果使 133 名共產黨員被抓入獄，而重慶地下黨組織也曾一度癱瘓。許雲峰的生活原型是重慶市工委委員許建業，他在被捕以後雖然堅貞不屈大義凜然，但卻由於他的麻痹大意才使劉國定被抓，最終推倒了第一張至關重要的多米諾骨牌。小說《紅岩》中的叛徒甫志高，只是被作者低調描寫的黨的中層幹部，像李敬源、許雲峰等高層領導人物，則都是些信仰堅定人格高尚的布爾什維克，這顯然是作者爲了維護黨的形象而對客觀歷史的人爲改寫。還有小說《紅岩》中的靈魂人物江雪琴，作者說她就是黨的好女兒江竹筠；爲了凸顯這一革命英雄的鋼鐵意志，作者專門描寫了一幅「釘竹簽」的殘酷畫面——這位身體瘦小的中國「丹娘」，任憑敵人百般折磨卻始終堅守革命氣節，她那超越人體極限的非凡毅力，令所有讀者都爲之動容並肅然起敬。然而，羅廣斌等將江姐形象塑造的出神入化，毫無疑問帶有人爲誇張的虛構成分。1950 年 1 月在《如此中美特種技術合作所——蔣美特務重慶大屠殺之血錄》一文中，羅廣斌等最初是這樣去爲讀者描寫江姐的受刑場面：「特務們一點不放鬆她，戴重鐐，坐老虎凳，弔鴨兒浮水，夾手指……極刑拷訊中，曾經昏死過三次……。」可是到了他們1957 年2 月在《重慶團訊》第3 期上發表的記實文學《江竹筠》（連載長文），江姐受刑的場面描寫便發生了令讀者瞠目結舌的驚人變化：「繩子綁著她的雙手，一根竹簽子從她的指尖釘了進去……竹簽插進指甲，手指抖動了一下……一根竹簽釘進去，碰在指骨上，就裂成了無數根竹絲，從手背、手心穿了出來……。」從「夾手指」改成「釘竹簽」，我們究竟應該相信哪一個是眞實的歷史描述？另外，同江竹筠關在一間牢房裏的曾紫霞，她在回憶錄《戰鬥在女牢》一書中，也只是說江姐戴過「重鐐」而沒有說她受過「酷刑」，那麼關

在白公館男牢裏的羅廣斌，又是怎樣知道發生在渣滓洞女牢裏的英雄壯舉的呢？況且經過思想改造後又重返生活的大特務徐遠舉（徐鵬飛的生活原型），他在《重慶大屠殺大破壞自述》一文裏，可以客觀地還原當時重慶地下黨被破壞的眞實情景，可以由衷地感歎許建業、劉國鋕等共產黨人的高尚情操，爲什麼卻偏偏迴避或忽略了小說《紅岩》裏江姐那些感人的故事呢？答案應是：「江姐」是羅廣斌等人主觀想像出來的革命英雄，是爲了重塑重慶地下黨光輝形象的藝術虛構！如果我們硬要把《紅岩》故事當成是歷史事實，那我們則眞可謂是大錯特錯愚蠢無知了。另外，梁斌因病並沒有親自參加「二師學潮」，但他卻在《紅旗譜》中描寫嚴江濤等幾十名學生，僅憑藉幾根棍棒就能同千名武裝軍警展開衝殺，且能在重圍之中來去自由猶入無人之境，這顯然只是一種革命浪漫主義的英雄傳奇，而不是作者梁斌對於客觀歷史的眞實描述。還有曲波筆下的《林海雪原》，「小分隊」戰士們可以在零下40多度的環境裏生存6天6夜，甚至還可以接連跳躍百米懸崖而毫髮無傷，將人體極限之不可能全都寫成是輕而易舉，這一切也都純屬是藝術虛構而不是歷史眞實。

「紅色經典」的敘事原則，是「戲說」歷史而非「忠實」歷史，「戲說」只是一種審美愉悅，它並不代表革命歷史本身。由於「紅色經典」是屬於一種藝術創作，故它當然可以大膽虛構與主觀想像；人們能夠容忍孫悟空的「七十二變」，爲什麼就不能夠容忍革命英雄的超人能力？我個人認爲，歸根結底還在於批評者對歷史眞實的情感糾結。

3、社會認同：時代政治與「紅色經典」的歷史眞實

綜觀近些年來學界對於「紅色經典」的非難與指責，基本上都集中在了對作者所表現歷史眞實性的強烈質疑，其實這完全是一種本末倒置的徒勞之舉，並不能夠眞正解開藝術與歷史悄然換位的個中之謎。「紅色經典」是新中國特定歷史時期的藝術產物，它那種神話傳奇般的英雄想像和革命敘事，之所以能使讀者和觀眾深信不疑且狂熱崇拜，原因就在於那個年代政治與藝術的界限不分。「紅色經典」虛構歷史的傳奇敘事，只不過是作家創作的個人行爲；可藝術「虛構」轉變成歷史「眞實」，則是一種多重因素的社會行爲！而在這多重因素當中，政治意識形態的主觀認同、歷史親歷者的出面佐證、作者信誓旦旦的重新表態，幾乎完全可以去除讀者和觀眾心目中的任何疑惑，

使藝術歷史同真實歷史之間形成了一種牢不可破的政治聯盟！

　　幾乎每一部「紅色經典」作品問世以後，都會得到政治意識形態權威話語的充分肯定：他們認為「白毛女這戲，不僅是反映出農民的遭遇和解放，更重要的是指示出解放的道路，──中國人民由自己的鬥爭經驗所認識的真理：在無產階級和它的政治代表──中國共產黨的領導之下，『這就保證了反動派的舊中國不能不滅亡，人民的新中國不能不勝利。』──它指著勝利的路，號召我們前進。」[註20] 故原本只是民間傳說的《白毛女》故事，由於政治意識形態話語的強勁介入，也不再被視為是純粹審美的藝術虛構，而被人為地轉化成了真實歷史的客觀敘事；他們認為「《紅旗譜》充滿了那樣震撼人心的藝術力量，那樣高大豐滿的人物形象，那樣多姿多彩的生活圖景，比較全面地概括了整個民主革命時期這個農民的生活和鬥爭」，所以它雖說是梁斌個人革命經歷的藝術復述，但卻更是一部真實反映中國現代革命的宏大「史詩」；[註21] 他們認為《苦菜花》深刻地揭示了人民大眾的現實苦難，生動地描寫了一個革命母親思想成長的轉變過程，馮大娘這一藝術形象之所以感人至深催人淚下，就在於她「不是僅僅愛護自己子女的母親，而是熱愛廣大勞動人民子女的母親，是為革命事業把自己的一切都貢獻出來的母親」，作者正是通過對於這位普通農村婦女的藝術塑造，真實地再現了人民大眾與中國革命的血肉關係；[註22] 他們認為《創業史》不僅「反映了農村廣闊生活的深刻程度」，而且還「反映了我國廣大農民的歷史命運和生活道路」，[註23]「在梁生寶的身上，我們可以看到：一種嶄新的性格，一種完全建立在新的社會制度和生活土壤上面的共產主義性格正在成長和發展」；他既展示了「新生力量在黨的領導下終於得了勝利，」又「使我們認識了社會主義新農村的面貌。」[註24] 在崇尚革命的時代背景下，如此一致的讚譽之詞，顯然不是一種藝術自覺，而完全是一種政治自覺！評論者這種政治自覺，又與執政者的政治要求，遙相呼應高度一致，最終使「紅色經典」作品，都被納入到了

[註20] 周而復：《談〈白毛女〉的劇本與演出》，載《新的起點》，群眾出版社，1949年出版。

[註21] 馮牧、黃昭彥：《新時代生活的畫卷──略談十年來長篇小說的豐獲》，載《文藝報》1959年第19～20期。

[註22] 米若：《談馮德英的「苦菜花」》，載《讀書》1958年第6期。

[註23] 何文軒：《論〈創業史〉的藝術方法──史詩效果探求》，載《延河》雜誌1962年第2期。

[註24] 馮牧：《初讀〈創業史〉》，載《文藝報》1960年第2期。

革命歷史的經驗範疇，並成爲中國現代史的重要組成部分！比如，「紅色經典」歷來都被當作是「共產主義的教科書」，在廣大青少年中間展開革命理想主義和革命愛國主義的思想教育；2004 年，中宣部、團中央等七個單位更是聯合發文，將「紅色經典」悉數納入「百部愛國主義教育圖書」及「百部愛國主義教育影片」！除此之外，重慶所修建的「紅岩革命紀念館」，海南所修建的「紅色娘子軍雕像」，棗莊所修建的「鐵道游擊隊紀念園」，海林市所修建的「楊子榮烈士陵園」，還有廣州正在大興土木的「三家巷」等等，這些由政府部門積極介入的「認定」行爲，無疑使「紅色經典」的傳奇故事，都變成了不容置疑的歷史眞實！

伴隨著政治意識形態權威話語的充分肯定，那些「紅色經典」一旦名聲鵲起風靡全國之後，必定會有一批生活原型成爲既得利益者，他們此時也紛紛地從沉默中站了出來，並用自己在革命戰爭年代中的「親身經歷」，去全面佐證「紅色經典」傳奇故事的歷史眞實性。比如，當小說與電影《紅旗譜》紅遍了九州大地，嚴江濤的原型人物張金錫立刻就出面說：「這本書寫得很好，把白色恐怖統治下我們黨的領導、革命的力量、群眾對黨一步進一步的認識都很好的寫出來了，對青年一代教育意義很大。」〔註25〕而參加過「反割頭稅運動」與「保定二師學潮」的王冀農，也多次在不同場合說「蠡縣農民鬥爭，梁斌同志寫的是很眞實的。——這書是反映黨在華北地區白色恐怖之下，進行階級鬥爭的歷史小說。」〔註26〕如果說人們對於政治意識形態的宣傳話語可以心存疑慮，那麼由「當事人」親自出面來加以證明自然就會消除這種疑慮！然而，因「紅色經典」革命敘事而成爲既得利益者的那些「當事人」，由於小說或電影賦予了他們比歷史眞實更爲高大的英雄形象，所以當他們再去復述自己那些革命經驗時早已背離了事實眞相，都自覺或不自覺地把紅色傳奇視爲是自己人生的眞實經歷——「魯南鐵道大隊」隊員以小說《鐵道游擊隊》的故事情節去重構自己的歷史經驗，則從某種意義上爲我們提供了深度辨析「紅色經典」眞實性的價值尺度。「魯南鐵道大隊」的倖存者們都曾這樣認爲，劉知俠小說中所講述的革命戰鬥故事，幾乎都是對客觀歷史事件的忠實記錄，他們甚至還說「眞實的飛虎隊故事遠比電影和小說更豐

〔註25〕《老戰士話當年》，選自《梁斌研究專集》，海峽文藝出版社，1986 年版，第151 頁。
〔註26〕《紅旗手座談紅旗譜》，選自《梁斌研究專集》，海峽文藝出版社，1986 年版，第 177 頁。

富。」〔註27〕但是，我們卻從這些「親歷者」們的「眞實」記憶中，發現了大量難以自圓其說的矛盾衝突：比如「血洗洋行」一戰，政委杜季偉說參戰隊員爲 14 人分成三個小組使用大刀砍死了 12 名日本鬼子，副大隊長王志勝則說參戰隊員爲 32 人分成五個小組使用槍械殺死了 14 名日本鬼子；又如「智打票車」一戰，杜政委說共消滅鬼子 8 人繳獲步槍手槍各四支，王副大隊長則說消滅鬼子 20 多且繳獲有機槍和手炮；再如關於「日軍投降」一事，更是各執一詞出奇得離譜，第三中隊長張靜波說他們接受日軍投降的人數是一個聯隊 3000 餘人，第二任大隊長劉金山說投降日軍連同家屬總共才不過 1000 餘人，而杜政委與王副大隊長則說投降日軍總數應是 2000 餘人！毫無疑問，這些敘述者理應都是以上歷史事件的「親歷者」，可他們爲什麼會出現如此巨大的記憶誤差呢？試想「當事人」都無法講清楚的那段歷史，轉述人又怎麼能夠去「眞實」地敘述呢？其實破解這一謎團並不複雜：杜季偉、王志勝、劉金山、張靜波等人開始到處講述「魯南鐵道大隊」的戰鬥故事與英雄事跡，是在小說和電影《鐵道游擊隊》問世且引起了強烈的社會反響之後，也就是說劉知俠以小說成就了「魯南鐵道大隊」的輝煌歷史，而那些飛車勇士們當然更是以小說中的傳奇人物爲榮──他們視講述小說中的人物事件爲歷史眞實，並在這種值得榮耀的「眞實歷史」中自我陶醉；所以原本並不是那麼十分出衆的歷史事件，也就因小說而變成了一種英雄神話！所以我個人認爲藝術虛構成就了歷史眞實，它既爲作者帶來了巨大榮譽，同時又提升了當事人的社會聲望，他們之間相互印證進而雙贏，這恰恰正是「紅色經典」所獨有的奇特魅力！

　　伴隨著「紅色經典」社會影響的不斷升溫，作家本人重新去闡述其原始創作動機，也是造成「紅色經典」最終擺脫藝術眞實，並堂而皇之地成爲歷史眞實的重要因素。馮德英開始說他寫《苦菜花》是爲了紀念自己的革命母親，「我從小和母親形影相依，她的行爲，她的眼淚，她的歡笑……都深深印在我的腦海裏。直至現在，我對母親當時的神態表情，做過的一些事，說過的一些話，還記憶猶新。」〔註28〕但當《苦菜花》出名後他再次去講述其創作動機時，便改成了是受家鄉里一個革命母親不幸遭遇的直接刺激：「我的鄰

〔註27〕趙明偉口述、陳慈林整理：《「飛虎隊」傳奇》，載 2009 年 9 月 22 日《杭州日報》。

〔註28〕見《苦菜花・後記》，載解放軍文藝出版社，1958 年版。

居——一位親手把兩個兒子送到解放戰爭的戰場的老人，自殺身亡。原因是老人的兩個兒子在戰場失蹤，老人不僅得不到烈士待遇，而且連個聊以自慰的『烈屬光榮』牌也不讓掛。老人的悲慘的死，使我的心裏受到了巨大的撞擊。我痛哭失聲，爲老人半生遭地主剝削，半生爲革命折腰的一輩子哭泣，爲她的兩個一去不返的兒子哭泣，更爲她所得到的不公平的待遇而忿忿不平。」〔註29〕從個人母親敘事到革命母親敘事，《苦菜花》顯然是超越了作家本人的一己經驗，使娟子媽這一高大完美的藝術形象，也具有了更爲廣泛、更爲眞實的典型意義。曲波起初也說他創作《林海雪原》，雖然有楊子榮等英雄人物的生活原型，但他卻認爲寫小說畢竟是「一種極美好的享受」，並殷切希望「親愛的讀者和文學戰線上的前輩提出嚴格的批評，使我能在將來的業餘創作中獲得長進。」〔註30〕可當《林海雪原》一夜成名，有人譏諷曲波很會「講故事」時，他竟完全違背了客觀事實，精心編造了一套莊嚴的謊言：他口口聲聲說楊子榮是他的「親密戰友」，可他連楊子榮的身世經歷都全然不知——楊子榮是抗戰後才參加的人民解放軍，曲波卻說他是「抗日老戰士」；楊子榮曾讀過6年私塾，曲波卻說他「沒念過一句書」；楊子榮犧牲時年僅30歲，曲波卻說他已經41歲了！另外，最能夠證明曲波事後僞造歷史的一件事情，就是他對楊子榮「智取威虎山」英雄事迹的人爲虛構。爲了使讀者相信「打入匪穴」是確有其事，他始終堅持說「當楊子榮同志向我們討打入匪巢的命令時，我們還有些猶豫……在匪穴中，當他一發現他曾捉過、審過、打過交道的孿匪進山時，他說：當時他也不免一陣僵了神，手握兩把汗，全身像麻木了一樣。」〔註31〕然而據史料記載楊子榮「活捉座山雕」時，曲波正在幾百公里以外的軍區醫院養傷；本應是由團長王敬之親自領導的偵查排長，怎麼可能跋涉千里去向一個副政委請示任務呢？還有，曲波爲了證明自己絕非是在撒謊，他還「列舉」了楊子榮在「一九四七年三月七日威虎山戰鬥間隙裏」，詳細記載有其「對前途和事業」看法的「一篇日記。」〔註32〕衆所周知，偵查英雄楊子榮在「活捉座山雕」後不久，便在跟隨曲波參加的另

〔註29〕見《安泰的苦惱與幸運》，載《馮德英中短篇作品選》，解放軍文藝出版社，1997年出版。

〔註30〕曲波：《關於〈林海雪原〉》，載1959年人民文學出版社《林海雪原》「後記」部分。

〔註31〕曲波：《機智和勇敢從何而來》，載《中國青年》1958年第10期，第21頁。

〔註32〕曲波：《機智和勇敢從何而來》，載《中國青年》1958年第10期，第21頁。

一次剿匪戰鬥中犧牲了，時間爲 1947 年 2 月 23 日（當時軍區已有詳細報導）；試問已經壯烈犧牲了 12 天的楊子榮同志，怎能神奇般地復活並去寫什麼戰鬥「日記」，而且還能再次去活捉那個已經被抓的「座山雕」呢？更有甚者 1986 年一個名叫「連成」的神秘人物，終於從沉默中站出來說他才是少劍波的生活原型，時任牡丹江軍區二團參謀長即小說裏的「二零三首長」，他全然否定了曲波《林海雪原》故事敍事的歷史眞實性。〔註 33〕儘管曲波同「連成」之間展開了一場針鋒相對的唇槍舌戰，但仍然健在的二團團長王敬之卻緊閉其口一言不發。我一直都在思考這樣一個問題：作爲一部歷史題材的長篇小說，它不可避免地存在著一個典型化的虛構過程——如果人們僅僅將《林海雪原》當作是一件藝術作品，那麼任何人都沒有理由去刻薄地指責曲波；可作者本人卻偏偏要把《林海雪原》說成是無可辯駁的「歷史眞實」，結果卻只能是落得個戰友反目讀者質疑的尷尬地步！

通過對「紅色經典」從藝術眞實轉化成歷史眞實的全面考察，我們發現政治意識形態的主觀認同、歷史親歷者的出面佐證以及作者信誓旦旦的重新表態，這三重主客觀因素的強大合力，嚴重干擾了廣大讀者對藝術與歷史的思維判斷！尤其是在弘揚革命傳統的火紅年代，所有藝術虛構的「紅色經典」，都會被當成是眞實歷史的忠實復述，受到廣大讀者與觀眾的普遍追捧。因此，人們才會在讀完小說《青春之歌》後，急切地去打聽林道靜的「現在」情況；而武漢軍區空軍某部更是以組織名義給楊沫發函，請她提供林道靜的詳細地址以便向她去請教。〔註 34〕如果說歷史曾使我們對「紅色經典」產生了嚴重誤讀，那麼今天我們則應以平靜的心態去還原其本來的面目；單純地以歷史事件去論證「紅色經典」的客觀眞實性，我們同樣會因背離藝術審美而淹沒了它的文學價值。因此，若我們把頗具爭議的「紅色經典」，只看作是藝術敍事而非歷史敍事，那麼我們就能超越毫無意義的盲目爭論，對其是否具有「經典」價值做出實事求是的公正評判！

〔註 33〕連城：《二〇三首長重話當年》，載 1986 年 11 月 16 日《黑龍江日報》。
〔註 34〕老鬼：《母親楊沫》，長江文藝出版社，2005 年 8 月第 1 版，第 92 頁。

目次

一、苦盡甘來的翻身道情
——《白毛女》的眞實與傳奇

　　人們一談到《白毛女》，立刻就會想到革命「樣板戲」，並以厭惡「極左」思潮的牴觸情緒，去評判它的藝術價值和政治意義。其實，《白毛女》最早創作於 1945 年，它是眾多人辛勤勞作的智慧結晶，「喜兒」由被辱者到反抗者的巨大變化，直接演繹了一部中國現代革命史。無庸質疑，《白毛女》是翻身農民把歌唱的史詩敘事，它鞭笞「舊社會把人逼成鬼」，讚美「新社會把鬼變成人」，具有著十分鮮明的政治傾向性。然而我們也充分注意到，在眾多轟動一時的紅色經典中，惟有《白毛女》難覓其生活原型，它幾乎就是從純粹的藝術虛構，被人爲強化成了絕對的歷史眞實，最終使人們通過憶苦思甜的感恩教育，混淆了藝術歷史與眞實歷史之間的嚴格界限。

　　於是乎，重新評估《白毛女》的經典價值，也就成爲了當前學界的爭論焦點。

1、《白毛女》從傳說到歌劇的演變過程

　　我一直都想對《白毛女》的傳奇故事，梳理出一條比較清晰的歷史線索，但結果卻令人感到非常地遺憾，始終都查不到任何有價值的史料記載。目前我們能夠找到歌劇《白毛女》創作源泉的唯一證據，主要還是當時河北農村關於「白毛仙姑」的民間傳說，而這一充滿著神秘色彩且版本眾多的民間傳說，又是一種在歷史長河中經過不斷加工改造的動態敘事。

　　1943 年，西北戰地服務團來到晉察冀革命根據地，發動群眾宣傳抗戰爲廣大貧苦百姓進行服務。但他們在展開實際工作中卻驚奇地發現，河北某些

農村的群眾覺悟很成問題，召開農民大會時場面冷清人氣渙散，經工作隊員多方調查瞭解才終於發現，原來人們都跑到了當地的一個奶奶廟，去給什麼神仙「白毛仙姑」進貢去了。1937 年秋參加革命的李成瑞同志，就曾說祭拜「白毛仙姑」是他們家鄉的民間傳統：

> 我的家鄉是河北省唐縣淑閭村，在青虛山南三十多公里。每年陰曆三月春暖花開的時節，村裏常有些人到青虛山廟會上求神拜仙、燒香還願。回來後總說那裡山多麼高，廟多麼大，神多麼靈；還說山上有個「白毛仙姑」，每天晚上出來偷吃人們獻給神仙的供品，但當人們要接近她時，就像一陣風似地不見蹤影了。那時，我才七八歲，離現在已經七十多年了。

> 1937 年日本發動侵華戰爭，八路軍挺進敵後，唐縣成爲抗日根據地晉察冀邊區的一部分。共產黨、人民政府發動農民群眾減租減息，鬥爭惡霸地主。這時又出現了另一種傳說：青虛山的白毛女原來是一個受不過惡霸地主欺辱而逃進深山的農家女兒，由於長期吃沒有鹽的神仙供品才使頭髮全白了。這種說法並沒有特定的原型人物，只是在農民翻身大潮中湧現的一種民間「口頭創作」。但它使「白毛仙姑」褪去了迷信的色彩，融入了農民翻身鬥爭的現實因素。由於沒有具體情節，缺乏感人的力量，這種傳說並未引起一般人的注意。〔註1〕

從李成瑞的口中我們得知，「白毛仙姑」原本只是一個民間傳說，後來在根據地「減租減息」的群眾運動中，才逐漸形成了一個地主迫害農民的「白毛女」故事，但「由於沒有具體情節，缺乏感人的力量，這種傳說並未引起一般人的注意。」關於喜兒受地主欺辱成爲「白毛女」的傳奇故事，現存有周而復與任萍的兩種不同說法。周而復版本所講得是一個爭風吃醋的「桃色事件」：

> 《白毛女》這故事是發生在河北省阜平縣黃家溝，當時黃世仁的父親黃大德還活著，父子對喜兒都有心思，雙方爭風吃醋，生了仇恨。父子兩個都爭著使喚喜兒，使喜兒接近自己。一次爲了爭著使喚喜兒，父親用煙杆打兒子，兒子正在用菜刀切梨，順手用刀一

〔註1〕 李成瑞：《〈白毛女〉與青虛山：〈白毛女〉歌劇創作 60 年引起的回憶與感想》，載《文藝理論與批評》2006 年第 5 期。

擋，不偏不倚，一刀砍在父親的頸子上，斷了氣。母子私下商議，
要嫁禍於喜兒，說喜兒謀害黃大德。〔註2〕

而任萍版本所講得則是一個封建愚昧的悲劇故事：

　　《白毛女》說的是一個地主，前兩房妻妾都不生養兒子，他
　又娶了第三房。一年後，這第三房生得還是女孩，地主大怒，就將
　母女趕出了家門。從此，這女子帶著女兒，住山洞、吃野果，長時
　間不食人間煙火，滿頭長髮都變白了。開始躲在深山不敢出來，後
　來爲了活命和養活女兒，逢年過節就到廟裏偷貢獻。有一次被上香
　的人撞見，奉爲「白毛仙姑」，香火盛極一時。八路軍來後，才把她
　從山洞裏解救出來。〔註3〕

再後來，這一民間傳奇被寫成了報告文學《白毛仙姑》，發表在抗日根據地的
《晉察冀日報》上。1942年革命作家林漫（李滿天），又將「白毛女」傳奇寫
成了短篇小說《白毛女人》。根據賀敬之本人的追述與回憶，「白毛女」故事
到了他手裏時，已經從民間神話發展到了現實敘事，階級壓迫與拯救苦難的
政治主題，也逐漸突出和日臻完備：

　　1940年，在晉察冀邊區河北西北部某地傳出一個故事，叫做「白
　毛仙姑」。故事大致是這樣的：

　　靠山的某村莊，八路軍解放後的幾年來，工作一向很難開展，
　因爲該村村民及村幹部都有很深的迷信思想，而且據說該村的確是
　有「白毛仙姑」的出現，說是一身白，常常在晚間出來。她在村頭
　的奶奶廟裏寄居，曾向村人命令：每月初十五兩日一定要給她上
　供。長久以來，村人遵命奉行，而且眞見到頭天晚上的供獻上起
　來，第二天一早就沒有了。有時，村人稍有疏忽，一次沒有給她上
　供，便聽見從陰暗的神壇後發出尖銳的怪聲，「你們……不敬奉仙
　姑……小心有大災大難……」

　　某次，區幹部到該村布置村選，決定某日召開村民大會，但是，
　屆時村民都不到會，區幹部詢問理由，村幹部畏畏縮縮地說：「今天
　是十五，大夥都給『白毛仙姑』上供去了……」區幹部接著便追問

〔註2〕周而復：《談〈白毛女〉的劇本與演出》，載《新的起點》，群眾出版社，1949
　　年出版。
〔註3〕轉引自何火任：《〈白毛女〉與賀敬之》，載《文藝理論與批評》1998年第2
　　期。

了「白毛仙姑」的詳情。估計可能是一個什麼野獸被村人誤會了，或者是敵人玩弄的破壞陰謀。最後決定到奶奶廟捉鬼。當晚，區幹部和村的鋤奸組長攜帶武器，隱蔽在奶奶廟神壇西側的暗處。等燒香上供的人走後，約有三更多天，月光時隱時現，一陣冷風吹過，有腳步聲漸近，果見一個白色的「對象」走進廟來。模模糊糊地看見她用手抓起供桌上的供獻，正回身欲走時，區幹部從暗中躍出，大呼：「你是人是鬼？」「白毛仙姑」一驚，突然發出狂叫向來人撲去，區幹部發了一槍，「白毛仙姑」倒在地下，又立刻爬起來，狂奔而下。區幹部和村鋤奸組長尾隨著追出。穿過樹林，爬上了山，過了幾個懸崖峭壁，便看不見那白色的「對象」了。正在躊躇中，隱約地聽見有嬰兒的哭聲，仔細地窺看，在黑暗的山溝盡頭有火光如豆，閃閃灼灼，神秘可怖。區幹部等仍然勇敢追尋，便看見一個陰暗深邃的山洞，「白毛仙姑」正躲在一角緊抱著嬰孩——小「白毛」。區幹部等舉起槍對著她說：「你到底是人是鬼，你快說，說了我饒了你，救你出去，不說不行！……」這時「白毛仙姑」突然在區幹部面前跪倒，痛哭失聲，她向區幹部傾吐了一切：

　　……九年前（抗戰尚未爆發，八路軍未到此以前），村中有一惡霸地主，平時欺壓佃戶，荒淫佚奢，無惡不作。某一老佃農，有一十七八歲之孤女，聰明美麗，被地主看上了，乃藉討租爲名，陰謀逼死老農，搶走該女。該女到了財主家被地主姦污，身懷有孕，地主滿足了一時的淫欲之後，厭棄了她，續娶新人，在籌辦婚事時，暗謀害死該女。有一善心的老媽子得知此信，乃於深夜中把她放走。她逃出財主家後，茫茫世界，不知何往，後來找了一個山洞便住下來，生下了嬰孩。她背負著仇恨、辛酸，在山洞裏生活了幾年。由於在山洞中少吃沒穿，不見陽光，不吃鹽，全身發白。因爲去偷奶奶廟裏的供獻，被村人信爲「白毛仙姑」，奉以供獻，而她也就藉此以度日。而抗戰爆發，八路軍解放，「世道」改變等，她做夢也沒有想到。

　　區幹部聽了「白毛仙姑」的這一般訴說，陰慘的舊社會的吃人的情景擺在眼前，他流淚了。然後，他向「白毛仙姑」講述這「世道」的改變，八路軍如何解放了人民，那些悲慘的情景已經屬於過

去了，今天人民已經翻了身，過著幾千年未有的愉快生活。最後，
他們把「白毛仙姑」救出這陰暗的山洞，來到燦爛的陽光下，她又
重新地眞正作爲一個「人」而開始過著從未有過的生活。〔註4〕

從民間傳說「白毛女」到報告文學《白毛仙姑》，首先使故事題材完成了由神
話傳奇到現實敘事的巨大轉變；從報告文學《白毛仙姑》到短篇小說《白毛
女人》，又使故事主題實現了由封建意識到階級壓迫的思想質變。這些無疑都
爲歌劇《白毛女》的創作問世，打下了良好的素材基礎。問題在於我們從賀
敬之的講述中，發現了一個令人生疑的敗筆之處：「白毛女」九年前被地主姦
污，那麼她所生下的女兒也應該有8、9歲了，怎麼到現在仍然是「嬰兒」般
的啼哭呢？這顯然是有悖於常理的荒謬邏輯。由此可見，「白毛女」無論是民
間傳說還是藝術加工，在當時都還不是一個感人至深的眞實故事。

　　1944年5月，西北戰地服務團回到了延安，他們不僅帶回了有關「白毛
女」的傳奇故事，而且還向主持「魯藝」工作的周揚建議，希望能以此爲題
材來創作一部新型歌劇。周揚看過報告文學《白毛仙姑》和短篇小說《白毛
女人》，他非常支持這一想法並專門召集有關人士開會，討論如何把「白毛
女」由民間傳奇改編成革命敘事，以便將其作爲向中共「七大」的獻禮節
目。在關於如何去改編《白毛女》的討論過程中，曾出現過兩種截然不同的
相反意見：一是認爲這一故事充滿著封建迷信色彩不值得費力，二是主張不
妨將其主題定爲「破除迷信」以便教育群眾。具有清醒政治頭腦的周揚卻另
有主張，他十分敏感地發現了「白毛女」的潛在意義——革命拯救與大眾解
放的深刻主題。於是他讓邵子南來主筆創作很快便寫出了第一稿，並組織
「魯藝」人員用秦腔曲調做過試演，然而周揚觀看後卻眉頭緊皺很是不滿，
因爲劇本過於依賴民間傳說仍未擺脫迷信色彩，況且整個曲調也沒有跳出舊
有戲曲的傳統套路。因此，他要求邵子南按「拯救」主題去重寫劇本，可「這
些要求與邵子南同志的設想未能符合，因此，他收回了自己的稿本，退出了
創作組。」〔註5〕「魯藝」戲音系主任張庚，只好又把賀敬之與丁毅找來，讓
他們兩人聯合執筆另起爐竈。在此後大約3個多月（1945年1～4月）的時
間裏，劇本寫作和舞臺排練幾乎是同時展開的：導演由王彬、王大化、張水

〔註4〕賀敬之：《〈白毛女〉的創作》，載《賀敬之文集》第5卷，作家出版社，2005
　　　年版，第223～225頁。

〔註5〕張拓、瞿維、張魯：《歌劇〈白毛女〉是這樣誕生的——關於〈白毛女〉的通
　　　信》，載上海《歌劇藝術研究》1995年第3期。

華、舒強等人擔任，作曲由馬可、張魯、向隅、瞿維等人擔任，主演由王昆、林白、張守維、陳強等人擔任，他們既是演職人員又是創作人員，全部都參與了新劇本臺詞與曲調的改編過程，甚至就連劇中的人物名稱或舞美設計，也都是群策群力共同勞作的集體成果。然而，歌劇《白毛女》的創作仍不順利，比如第二幕的開頭戲寫喜兒被黃家拉走之後，大春約大鎖一夥人去酒店喝悶酒，被店主用話激怒後才去找黃家報仇，就是刻意模仿《水滸傳》中石秀怒殺裴如海一節；第三幕描寫喜兒被姦污懷孕，一度誤認黃世仁可能會娶她，故內心高興披著紅棉襖在舞臺上載歌載舞——，沒有想到前三幕在排練時，「魯藝」學員十分不滿且甚爲反感，艾青、蕭軍等人更是認爲喜兒形象被歪曲了，整部戲也寫得不倫不類不中不西。無奈之下，賀敬之和丁毅便集思廣益再度修改，終於在中共「七大」正式召開之際，完成了歌劇《白毛女》的初期創作。

　　1945 年 4 月 22 日，參加中共「七大」的 527 名正式代表、908 名列席代表，以及各級領導總共一千多人，都聚集在楊家嶺中央黨校大禮堂，觀看大型歌劇《白毛女》的正式演出，毛澤東、朱德、劉少奇、周恩來等中央首長都親自到場。據史料記載，整個演出過程全場鴉雀無聲淚流如雨，尤其是當獲救後的喜兒在群眾的擁簇下走上舞臺，幕後唱起「舊社會把人逼成鬼，新社會把鬼變成人」的主題歌時，劇場爆發出了長時間雷鳴般的熱烈掌聲。演出結束後，毛澤東等領導人一齊來到後臺，與演職人員親切握手並向劇組表示祝賀。這時發生了一個令人尷尬的小小插曲：當毛澤東走到扮演黃世仁的陳強面前時，只見他那原本舒展的眉頭一下子便緊皺了起來，大概是因爲仍沉浸在戲中的毛澤東，眞把演員陳強當成是惡霸地主黃世仁，所以竟不肯同他握手直接走了過去。首次演出獲得了藝術上的巨大成功。第二天一早，中央辦公廳就派專人來到「魯藝」，傳達中央領導同志的幾點意見：第一，主題好，是一個好戲，而且非常合時宜。第二，藝術上成功，情節眞實，音樂有民族風格。第三，黃世仁罪大惡極應該槍斃。中央辦公廳的同志，還就第三點意見做了專門的解釋：中國革命的首要問題是農民問題，也就是反抗地主階級的剝削問題。這個戲已經很好地反映了這個問題。抗戰勝利後民族矛盾將退爲次要矛盾，階級矛盾必然尖銳起來上升爲主要矛盾。黃世仁如此作惡多端還不槍斃了他？說明作者還不敢發動群眾，這樣做是會犯右傾機會主義錯誤的！後來人們才知道，這個意見是劉少奇代表中央提出來的。

　　歌劇《白毛女》以其色彩鮮明的政治主題，很快便紅遍了整個解放區和根據地，並成爲毛澤東《講話》發表之後，紅色革命經典創作的藝術楷模。「每次演出都是滿村空巷，扶老攜幼，屋頂上是人，牆頭上是人，樹杈上是人，草垛上是人。淒涼的情節、悲壯的音樂激動著全場的觀眾，有的淚流滿面，有的掩面嗚咽，一團一團的怒火壓在胸間。」這是丁玲筆下所描寫的延安群眾，在觀看歌劇《白毛女》時的眞實情景。〔註6〕而《晉察冀日報》也記載說，《白毛女》「每至精彩處，掌聲雷動，經久不息；每至悲哀處，臺下總是一片唏噓聲，有人甚至從第一幕至第六幕，眼淚始終未乾……散戲後，人們無不交相稱讚。」（見 1946 年 1 月 3 日《晉察冀日報》記者報導）這充分說明了歌劇《白毛女》，不僅取得了藝術上的巨大成功，同時更取得了政治上的巨大成功。我們現在恐怕很難去想像，歌劇《白毛女》的社會反響究竟有多大，但是僅從歷史資料和人物回憶來看，就足以證明它不愧爲是紅色經典之首——在新中國成立以前，《白毛女》共上演過近兩百場，觀眾人數也多達百萬之眾。曾飾演過黃世仁母親的李波回憶說，當年她從「魯藝」到黨校禮堂去演《白毛女》的路上，經常會遇到一些孩子用土塊打她，嘴裏還罵著：「大壞蛋，地主婆」；她問那些孩子爲什麼打她，孩子們則說「你打喜兒我們就打你！」李波還說由於演職人員比較少，有一次她演完黃母又去扮演群眾參加鬥爭黃世仁，立刻就被臺下的觀眾認了出來，他們大喊道「地主婆混到群眾中去了，快把她拉出來一起鬥！」嚇得李波連忙跑回後臺。然而，演員中最晦氣也最倒楣的應屬陳強，毛澤東不同他握手這還是件小事，他演黃世仁經常都會遭遇各種危險狀況。有一次演出《白毛女》，當演到黃世仁逼楊白勞出賣喜兒時，竟發生了這樣一件意想不到的事情：「農村的土戲臺不高，一位氣得發抖的白髮老太太，從土戲臺爬上去，『啪！』一個耳光，打在硬逼楊白勞在賣女契上按手印的黃世仁臉上。別人急忙過來拉勸，說『這是演戲』。老太太依舊是怒不可遏：『什麼演戲不演戲，我就是要打這可惡的狗地主！』一瞭解，原來她丈夫正是被地主逼債逼死的。」〔註7〕陳強本人還講過一個更爲驚險的眞實故事：

　　　　1946 年解放戰爭中張家口保衛戰時，我們聯大文工團在懷來演

〔註6〕丁玲：《延安文藝叢書・詩歌卷・總序》，湖南人民出版社，1984 年版，第 7頁。

〔註7〕李滿天：《今朝更好看——歌劇〈白毛女〉觀後隨記》，載《人民文學》1977年第 4 期。

出《白毛女》。當地盛產水果，當我們演到最後一幕（鬥爭黃世仁），隨著臺上群眾演員「打倒惡霸地主黃世仁」的口號聲，臺下突然飛來無數果子，一個果子正好打在我的眼睛上，第二天我的眼成了「烏眼青」。最可怕的一次是冀中河間爲部隊演出那次，部隊戰士剛剛開過憶苦大會就來看戲，也是在演到最後一幕時，戰士們在臺下泣不成聲，突然有一個翻身後新參軍的戰士「唪嚓」一聲把子彈推上了槍膛，瞄準了舞臺上的黃世仁，幸虧在緊要關頭被班長發現了，把槍奪了過去。班長問他：「你要幹什麼？」他理直氣壯地說：「我要打死他！」〔註8〕

從此以後各軍區首長都作出決定，部隊在看歌劇《白毛女》演出時，戰士所攜帶槍裏的子彈一律要退膛，必須經過嚴格檢查後才能入場看戲。陳強因其飾演黃世仁過於形象逼眞，不僅在國內受到了廣大觀眾的冷眼相待，在國外同樣也受到了善良人們的怒目相視。有一次歌劇《白毛女》在奧地利演出結束後，國際友人熱情地向演員們獻花；當一位小姐手持鮮花走向陳強時，臺下響起了一片憤怒之聲：「不許給他獻花！」演員和獻花者一時都愣住了，搞得陳強本人也哭笑不得。由此可見，《白毛女》在國外同樣引起了很大反響。

歌劇《白毛女》在整個解放戰爭時期，它就是一部藝術化的政治教科書，眞正起到了教育人民、打擊敵人的積極作用。許多歷史記載都說一部歌劇《白毛女》，其實際宣傳效果要比政治說教好得多，許多戰士都在槍托上刻下了這樣的復仇口號：「爲楊白勞報仇」或「爲喜兒報仇」——這不僅堅定了他們革命到底的崇高信念，同時也鼓舞了他們奮勇殺敵的頑強鬥志。另外，《白毛女》還被作爲感化國民黨俘虜的教育手段，使他們看完演出都抱頭痛哭洗心革面，紛紛要求加入到革命隊伍中來，調轉槍口去打國民黨反動派。鑒於歌劇《白毛女》在階級教育方面的突出貢獻，華北軍區領導曾向中央建議爲劇組成員集體請功；而國民黨談判代表張治中將軍看完了《白毛女》之後，也終於明白了蔣介石政權土崩瓦解的眞正原因。歌劇《白毛女》雖然只是一個民間虛構的傳奇故事，但它卻眞實地揭示了中國社會尖銳複雜的階級矛盾：被剝削者與被壓迫者如若想獲得徹底解放，就必須迅速覺醒並投身於反帝、反

〔註8〕陳強：《我是演歌劇起家的》，載艾思奇編《延安文藝回憶錄》，中國社會科學出版社，1992年版，第255～256頁。

封建的革命鬥爭！這種以藝術虛構去替代歷史眞實的創作理念，恰恰正是紅色經典審美法則的魅力所在。

2、《白毛女》從歌劇到電影的再度改編

歌劇《白毛女》的閃亮登場，無疑是繼《小二黑結婚》之後，毛澤東《講話》精神的又一重大收穫：它以民間故事爲創作題材，以民間曲調爲藝術靈感，從內容到形式兩個方面，都完美地實現了爲中國老百姓所「喜聞樂見」的民族氣派。據梁陸鴻在《西柏坡傳奇》中記載，毛澤東非常喜歡歌劇《白毛女》，他甚至和女兒在延安的窰洞裏，深更半夜地演起了《白毛女》：女兒當然是扮演「喜兒」，毛澤東自己則一會兒扮演楊白勞，一會兒又去扮演惡霸地主黃世仁，父女二人都演得聲情並茂十分投入。〔註9〕即使是到了「文化大革命」期間，他對舞劇《白毛女》仍舊是一往情深鍾愛有加，這也可以說是《白毛女》故事能夠成爲經典，並一直都活躍在新中國藝術舞臺的一個重要原因。

新中國成立以後，《白毛女》又先後被改編成京劇、評劇、越劇、滬劇、川劇、粵劇等十幾個劇種，在全國各地紛紛上演且影響頗廣。1950 年，東北電影製片廠（長春電影製片廠前身）依據歌劇《白毛女》，攝製了同名黑白故事片。影片由王濱、水華等人改編和導演，由田華扮演「喜兒」，由李百萬扮演「楊白勞」，由陳強扮演「黃世仁」。與歌劇《白毛女》的最大區別，是電影突出了階級壓迫與階級矛盾，強化了苦難意識和拯救主題，並且還以「大團圓」的喜劇結局，讓喜兒與大春喜結良緣共度美好生活。這也可以算是了卻了解放區觀眾的一樁心願。1951 年，電影《白毛女》在京、津、滬、穗等25 個城市的 115 家電影院同時公映，首輪上演觀眾即達 600 餘萬人次，僅上海一地就多達 80 餘萬人次，創下了當時中外影片賣座率的最高紀錄。

由於歌劇《白毛女》其本身就是一個虛構故事，因此從一開始就決定了它必須伴隨著中國無產階級革命的歷史進程，不斷地強化自己同政治意識形態之間的緊密關係，並以經典敘事去藝術化地書寫波瀾壯闊的紅色史詩。《白毛女》從歌劇改編爲電影，它絕不僅僅是藝術表現手段發生了變化，而是思想意識與創作主題發生了變化。歌劇《白毛女》誕生於解放戰爭時期，它在當時所要承載的政治使命，是集中表現地主和農民的尖銳矛盾，故楊白勞與

〔註 9〕見梁陸鴻：《西柏坡傳奇》，解放軍出版社，2002 年版，第 19 頁。

喜兒的悲慘遭遇，則被設定爲是提升人民大眾階級覺悟的敘事基調。而電影
《白毛女》卻完全不同，它誕生於新中國成立之後，勝利者需要重塑自己的
豐功偉績，故趙大叔與王大春的強勁介入，便集中凸顯了革命者的拯救意識。
通過比較分析我們發現，從歌劇《白毛女》到電影《白毛女》，故事情節與人
物性格發生了如下變化：

首先，故事敘事主體由單純的家庭悲劇，演變成了家庭與愛情的雙重悲
劇，楊白勞之死與喜兒和大春的悲歡離合，進一步強化了地主與農民之間的
階級矛盾。歌劇《白毛女》的開場背景，是大年三十除夕之夜，楊白勞外出
躲債回來，與女兒喜兒一塊兒過年。雖然王大嬸向楊白勞提及了大春和喜兒
的婚事，可楊白勞卻說「她大嬸，你先不要著急，只要等上個好年月，咱就
準給孩子們辦。」緊接著黃世仁就上場逼債，趁著楊白勞昏厥過去，偷偷拉
著他的手在賣身契上按了手印。王大春是在第一幕第三場才出場的，臺詞不
多主要是聽趙大叔講紅軍故事。在 1945 年版歌劇《白毛女》中，有關大春和
大鎖痛打穆仁智一節，主要還是表現爲旁觀者的路見不平拔刀相助；而在 1949
年版歌劇《白毛女》中，這一情節雖有所細微改變，但卻仍舊保持著泄私憤
的敘事口吻：大春說「昨天黃家逼我還賬，不還賬就拔鍋鎖門子，趕我走。
今晚上穆仁智又要來。」大鎖也說「剛才我不在家，他到我家把五升高粱種
拿走了。我娘像發了瘋一樣！」兩個年輕人氣憤不過，這才萌生出「把那小
子弄了拉到北山溝裏喂狼去」的復仇想法。值得注意的是在策劃復仇的過程
當中，大春表現的瞻前顧後優柔寡斷，「萬一鬧出去，我娘，喜兒——」；倒
是大鎖表現的沉著冷靜意志堅強，不僅衝在前面摁倒穆仁智並將其痛揍一
頓，即使他被抓後也寧死不屈像個堂堂正正的男子漢。電影《白毛女》的開
場背景，則被改寫成了秋收季節，在金黃色的田野裏，到處都閃動大春與喜
兒的嫵媚身影：大春摘柿子喜兒割麥子，大春砍柴火喜兒馱柴火，大春去採
藥喜兒在觀看，導演以多重鏡頭的交替折射，向觀眾傳達著這對青年男女大
婚之際的內心喜悅；黃世仁硬逼楊白勞在賣身契上按手印，最終在大喜之日
逼死楊白勞搶走了喜兒；當大春聽到喜兒被糟蹋的消息以後，拿起斧頭就要
去找黃世仁拼命，但被趙大叔等人攔了下來；趙大叔和張二嬸爲他出主意，
讓大春偷偷帶領喜兒逃出黃家。因此大春與大鎖復仇泄恨的故事情節，也被
改成了大春和大鎖營救喜兒的故事情節。這種開場背景的巨大變化，無疑是
集中體現了作者和編導的思想昇華：楊白勞「賣女」的個人遭遇，再加上大

春「失妻」的悲劇因素，不僅深刻地揭示了地主階級貪得無厭的兇殘本質，同時也生動地反映了中國農村階級矛盾的不可調和性。另外，大春與大鎖由個人復仇到營救喜兒，也爲電影《白毛女》政治拯救的創作主題，埋下了後續發展的藝術伏筆。

其次，趙大叔說「紅軍」這一關鍵細節，也被作者和編導作了意圖明顯的重點改動。在 1945 年版歌劇《白毛女》中，趙大叔只是聽說過「紅軍」，到了1949 年版歌劇《白毛女》中，則又被改爲趙大叔見過「紅軍」：

趙老漢：（觸景生情，回憶地）大春，喜兒，今兒過年吃餃子啦，你聽大叔說過去有一回吃餃子的個事兒，那是民國十九年上，五月十三，關老爺磨刀那天，天上下著麻稈子小雨，從南邊山上來了一起子隊伍，叫紅軍——

王大嬸：你趙大叔，你又說這些啦，快吃吧。

喜兒：大嬸，你讓趙大叔說吧，我喜歡聽。

趙老漢：唔，身上披紅掛紅，腰裏纏著個紅疙瘩，個個都是紅臉大漢，這就叫紅軍。紅軍來到了城南趙家莊，那會我就在那兒。紅軍一來，就把那個趙閻王趙財主給殺了。後來就給窮人放糧分地，五月十三，家家窮人都是幾簸籮幾簸籮的白麵，都包餃子吃。那會兒，我到哪家哪家都拉我吃餃子——哈哈哈哈——

王大春：（開心地）大叔，後來紅軍上哪裏去了？

趙老漢：後來到城裏去啦。哎，佔了不長時間，又來了起子綠軍，紅軍就上了大北山，再沒下來。紅軍走了以後，窮人就又遭殃了！

王大春：大叔，你說，那起子紅軍還來不來？

趙老漢：（半晌，滿懷希望地）我看，要來的。

喜兒：（急切地）大叔，你說他們多咱來？

趙老漢：（意味深長地）九九歸一，有一天，到了關老爺磨刀的那一天，紅軍還會來的，哈哈哈——

僅從 1949 年版歌劇《白毛女》中的這段對話，我們就可以發現幾個十分明顯的構思破綻：一是趙大叔所講述的「紅軍」故事，顯然只是他的道聽途說而非親眼所見！理由非常簡單，如果他眞正見過「紅軍」，則不可能把「紅軍」說成是「披紅掛紅」的紅臉大漢；相反他將「紅軍」同關老爺聯繫起來，恰

恰說明了他對「紅軍」的全部理解，仍未能超出民間傳說的神話想像。二是趙大叔說他一生中第一次吃「餃子」是「紅軍」所賜，沒有「紅軍」窮苦農民根本就吃不上「餃子」，可眼下「紅軍」還沒到來，他們一席人卻吃上了豬肉「餃子」，而且還愜意無限地喝著「四兩燒酒」，使人感到前後說法自相矛盾。三是在談起「紅軍」多咱能來時，趙大叔那種頗為神秘的含蓄回答，也只是寓意著一種盲目期待的民間想像，而不是貧苦百姓對於中國革命的堅定信念！到了電影《白毛女》中，趙大叔講述「紅軍」故事一節，則被作者和編導以高屋建瓴的思想導向，改寫成了另外一種真實化的敘事程序：

趙：「老楊哥，別那麼憋氣了。喜兒，大春，來，聽你趙大叔講段故事。」

大嬸：「又講你那紅軍故事呀！」

趙：「嚇，這可是我一輩子都要念叨的事！」

喜兒：「大嬸，你叫大叔說！——爹，你吃呀！」

趙放下酒盅：「那是民國二十三年，你大叔給財主逼的實在活不成了，我就擔著一擔辣椒，奔了黃河西了。到了那陝西保安縣馬家溝，一天黑夜，我宿了店，正在脫鞋上炕，忽聽見村外乒乒地響開了，夥計說，不要怕，紅軍下來了。

大夥到街上一看，嚇！一個個都是年輕好後生，頭上帶著八角帽，當間砸著紅五星。紅軍一到，這世界可就變了樣了，你看那第二天一早，那地主家大院裏，種地戶都去了，把他家那千年萬古、壓在大夥背上的文書老賬，一把火給燒了，接著分了他的地，家家戶戶有了地種，可把種地戶樂壞了，我走到誰家，誰都拉著我吃餃子。嚇，這真是開天闢地，我頭一回看見這麼個地方，種地戶們都熬出了頭，見了青天了。」

大春：「這地方離咱們這兒多遠哪？」

趙：「過了黃河就到了！」

喜兒：「紅軍怎麼不到咱們這兒來呀？」

趙：「天不轉地轉，總有一天會來的，等著吧。」說著摸摸鬍子。

電影《白毛女》中趙大叔所講述的「紅軍」故事，把時間從「民國十九年」改成了「民國二十三年」，把空間也由「南邊山上」改成了「陝西保安」，這樣一來就更加符合於劉志丹所領導的陝北紅軍，在陝甘一帶發動農民群眾開

展革命鬥爭的時空背景。與此同時，刪除了「披紅掛紅」以及「關老爺磨刀」等人為虛構的藝術想像，增加了「八角帽」、「紅五星」以及打土豪分田地的紀實敘事，這既使趙大叔的「紅軍」故事由「聽說」變成了「親見」，又突顯出了紅軍隊伍的人民屬性和政治使命。特別是當喜兒問他「紅軍」多咱到來時，趙大叔也從開玩笑般的無奈「戲言」，轉變成了一種鏗鏘有力的高度「自信」！所以，期盼與等待著「紅軍」的拯救和解放，已經演變成了電影《白毛女》的政治主題！

再者，喜兒在黃家那種充滿著幻想的幼稚表現，也被作者和編導作了大量刪節與徹底改變。在 1945 年版歌劇《白毛女》中，曾有這樣一段細節描寫：喜兒被黃世仁強姦後懷孕，黃世仁騙喜兒說要娶她為妻，她聽後私下裏暗暗高興；當張二嬸為喜兒準備紅棉襖時，她說「二嬸，我來幫你吧。」二嬸說「這是誰幫誰啊？」喜兒隨即羞報低頭滿臉緋紅，然後便披上紅棉襖在臺上且歌且舞，以表達她難以抑制的內心喜悅。這就是在當時飽受非議的「紅棉襖舞」。歌劇《白毛女》在延安試演時，這段劇情受到了觀眾的一致反對，他們認為喜兒太「沒骨氣」，「忘記了殺父受辱的血海深仇」，「怎麼能跟地主搞在一起」呢？到了 1949 年版歌劇《白毛女》，「紅棉襖舞」一段雖然被全部刪除，也突出了喜兒對黃世仁醜惡嘴臉的一定認識，但卻讓其仍舊保留著一絲希望被「娶」的最後念頭。當黃世仁信誓旦旦地向喜兒許諾，馬上就舉行儀式娶她為妻時，機警的張二嬸與糊塗的喜兒之間，產生了這樣一段不對稱的對話臺詞：

　　　　張二嬸：紅喜（喜兒被抓到黃家後黃母替她取的新名），你先告
　　　訴我：剛才少東家給你說了些什麼？
　　　　喜兒：（又羞愧，又憤恨）二嬸子──他──（說不出口）
　　　　張二嬸：（緩慢地）我都聽見了。紅喜──
　　　　喜兒：（不知如何答對）二嬸子──
　　　　張二嬸：（親切地）孩子呵，二嬸子要把話當面說給你──孩子，
　　　千萬可不要上人家的當，人家娶的不是你呵──
　　　　喜兒：──二嬸子呵，我就是不明白：他的心到底有多黑？把
　　　我害成這個樣子還不夠，到這會兒還編個法兒來騙我！

從這段對話中我們不難看出，喜兒是從張二嬸口中得知真相後，才徹底斷絕了她對黃世仁的天真幻想，這無疑是對喜兒形象的一種損害。因此在電影《白

毛女》中，這段對話也作了較大地改動：黃家一邊在為少東家操辦喜事準備迎娶新人，一邊又欺騙懷有身孕的喜兒說要讓王大嬸領她回家：

> 二嬸子急忙走進下房，喜兒正捧著包袱坐著等她：「二嬸——」
>
> 二嬸：「你這是幹什麼？」
>
> 喜兒：「黃家老東西說，今晚叫我大嬸來領我回家去。」
>
> 二嬸：「孩子，你是在做夢呀！人家把你賣了，一會就要來捆你走呀！」
>
> 喜兒：「啊！我和他們拼——」
>
> 二嬸子一把拉住：「別傻啦，快走！」
>
> 有人叫：「二嬸子——二嬸子——」遠去了。
>
> 二嬸：「孩子，出去了主意可得自己拿啦！怎麼的也得活下去，等著你大春哥回來報仇！（給錢）這個你帶在路上好花！」
>
> 喜兒：「二嬸子！」跪下。
>
> 二嬸子一把拉起，拉她出去。
>
> 二嬸子把後門鎖開了，放走喜兒。喜兒不知往哪頭走好：「二嬸——」
>
> 二嬸：「順著後山溝走！」
>
> 喜兒向黑暗邁步，又聽見：「可記住，等你大春哥回來——」

在這段對話臺詞當中，雖然喜兒並不知道自己被賣，只知道她要被王大嬸領回家去，但卻絲毫不對黃世仁抱有任何幻想，相反一句「老東西」還道出了她內心世界的無比仇恨！尤其是張二嬸兩次叮囑喜兒，一定要等待大春回來報仇，不能「自救」而只能等待「拯救」的革命期盼，又再次強化了電影《白毛女》的政治主題。

再次，關於王大春形象的藝術塑造，歌劇與電影也明顯存在著差異性。在 1949 年版歌劇《白毛女》中，由於舞臺演出條件的客觀限制，大春「出走」與「歸來」的身份轉換，主要是依據他前後不同的穿著打扮：

> 李栓：這隊伍可怪啦，都是年輕小夥子，頭上戴著大草帽，腳上穿著沒有幫兒的鞋。咳，胳膊上還有個「八」字呢！
>
> 眾：（一齊喊出）咳，那該不是八路軍吧？——
>
> 農民乙：（忽然發現）哎，過來了，過來了！
>
> 王大春（內喊）哎，老鄉——老鄉！

　　眾：哎呀，上這來啦！快躲躲吧！（眾慌忙躲下。大鎖衣衫襤褸，蓬頭垢面，引一個軍人——王大春上）

　　大鎖：大春，你這麼一叫不要緊，把他們可嚇跑了！哎，大春，剛才這兒有一個像是趙大叔——

　　王大春：那咱們吆呼吆呼吧。

　　大鎖：（叫）趙大叔！趙大叔！

　　王大春（也叫）趙大叔！（半晌，趙老漢等人上，看見了「兵」，不禁嚇的倒退幾步。）

　　王大春：（上前）趙大叔，不認得啦！我是大春——

　　大鎖：我是大鎖！

　　眾：（驚訝地）呵？——大春——大鎖？——（半晌，認出來，狂喜地）

　　哎呀！大春！大鎖！是你們回來了呀！

　　——

　　趙老漢：呵？！你說什麼？八路軍就是紅軍？（如夢初醒，驚喜若狂，向眾）唔！你們可忘了？——那天五月十三，關老爺磨刀的那天，來到趙家莊的那個紅軍？——想不到呵，想不到呵，「九九歸一」，「九九歸一」，紅軍又回來了！

一身「八路軍」軍裝，便使大春實現了由貧苦農民到革命戰士的身份轉變，其思想質變的昇華過程，幾乎沒有被做太多的鋪陳交代，「救世主」就是這樣的簡單出場，未免也有點過於唐突和單薄了。但是到了電影《白毛女》中，編導則運用蒙太奇的藝術手段，對大春這一人物形象的身份轉變，作了極具視覺效果的重新塑造，使觀眾通過一連串的動態鏡頭，去深刻感受大春變化的全部過程：

　　大春騎在馬上，手引著綁腿，掌著紅旗在一條大河裏，幾乎是游泳著過河東。西岸八路軍戰士陸續下水，扶著從河東到河西連接起拉緊的綁帶，在深及胸部的水裏渡河。

　　畫面帶到國民黨陷在河中泥裏的卡車，騎著牲口拉著馬尾巴往河西逃命的國民黨部隊，河面還浮著死屍。

　　河東岸，大春等踏著國民黨部隊丟的遍地的軍旗、子彈、槍支，把國民黨丟棄的大炮拉起前進。

　　　　畫面帶到被國民黨抓來的民夫、牲口，從畏縮在一邊的國民黨

　　潰敗的隊伍裏掙出，跟著八路軍部隊前進。

　　　　迎面是祖國被燃燒著的火焰，紅旗、歌聲、勇敢的兒女在前

　　進。

　　　　大春從高處飛下，一槍托打飛了敵人的腦袋，像戰神一樣刺殺

　　幾個敵人。

　　　　一場搏鬥，敵人屍身狼籍。

　　　　平型關上紅旗飄揚，山下四處火焰，大春在行進行列裏眼睛用

　　力望著山下家鄉方向——

在這段連續性的藝術畫面裏，人們即看到了大春在戰火中的「成長」，更看到了八路軍在危難中的「拯救」；《白毛女》最初確定的苦難主題，也因大春「出走」與「歸來」的身份轉變，而悄然轉換成了宏大敘事的「解放」主題。尤其值得我們去關注的是，歌劇《白毛女》的結束場景，是那些翻身農民用歌聲發出了「我們——要——翻——身」的政治訴求；電影《白毛女》的結束場景，則是喜兒與大春依偎在一起「幸福地展望著未來。」由此可見，從突出中國農村的階級矛盾，到「吃水不忘挖井人」，《白毛女》在不同的歷史時期，承擔起了不同的政治使命，這就是它作爲紅色經典的價值與意義！

3、《白毛女》從電影到舞劇的經典形成

　　《白毛女》最終成爲紅色經典，既不是歌劇也不是電影，而是以電影形式問世的芭蕾舞劇。一提起芭蕾舞劇《白毛女》，人們自然就會聯想到江青和「樣板戲」，甚至還有學者曲解歷史公然斷言：「江青一看芭蕾舞劇《白毛女》得到了毛澤東的首肯，就想貪天之功據爲己有，公開宣佈芭蕾舞劇《白毛女》是全國的 8 個『革命樣板戲』之一，把它歸入了自己領導『文藝革命』的功勞簿。」〔註 10〕這完全是違背歷史事實的信口胡說。毛澤東觀看芭蕾舞劇《白毛女》的具體時間，是 1967 年 4 月 24 日晚上，陪同者有周恩來也有江青；但八個「樣板戲」的審定公佈，卻是在 1966 年 11 月 28 日，「文革」領導小組在北京「首都文藝界無產階級文化革命大會」上。當時是由康生代表中央「文革」領導小組正式宣佈：京劇《智取威虎山》、《紅燈記》、《海港》、《沙家浜》、《奇襲白虎團》，芭蕾舞劇《白毛女》和《紅色娘子軍》，以及交

〔註10〕孫聞浪：《江青插手芭蕾舞劇〈白毛女〉》，載《黨史天地》2005 年第 4 期。

響樂《沙家浜》等八部文藝作品爲「革命藝術樣板」（也就是後來的革命「樣板戲」）。〔註11〕顯然，認爲江青是爲了投毛澤東之所好，想把《白毛女》「貪天之功據爲己有」，只是言說者自己憑空想像的主觀臆斷。

《白毛女》故事被改編成芭蕾舞劇，最早是由日本松山芭蕾舞團完成的。清水正夫與松山樹子夫婦兩人，看完了中國電影《白毛女》之後感慨頗深，1953 年底他們從田漢處得到了歌劇《白毛女》劇本，於是就產生了將其改編成芭蕾舞劇的強烈衝動。經過他們夫婦二人的不懈努力，芭蕾舞劇《白毛女》於 1955 年 2 月 12 日，首次在日本東京隆重上演，並取得了藝術上的巨大成功。松山版芭蕾舞劇《白毛女》一共分爲三幕，「第一幕描寫了大春與喜兒的愛情、地主對農民的剝削、楊白勞的自殺、喜兒被搶和大春投奔紅軍；第二幕刪去了黃母壓迫喜兒的情節，重點描寫喜兒被姦污、痛苦憤怒和喜兒的逃走；第三幕共三場，描寫喜兒在荒山中的生活、喜兒和大春的重逢以及黃世仁被懲罰。」〔註12〕松山版芭蕾舞劇《白毛女》的表現主題，主要還是依據日本藝術家的個人理解，突出喜兒與大春之間曲折坎坷的愛情故事。松山芭蕾舞團從 1958 年開始，先後 12 次到中國演出《白毛女》，受到了中國觀眾的由衷喜愛，1964 年毛澤東等國家領導人還親自登臺接見了演員。松山芭蕾舞團的《白毛女》，對中國芭蕾舞界的震動很大，他們清醒地意識到中國的「芭蕾一定要革命，不然就要被工農兵所拋棄。」〔註13〕正是出於一種危機感和緊迫感，上海舞蹈學校於 1964 年初，專門組成了以胡蓉蓉等人爲主的創作班子，排練小型芭蕾舞劇《白毛女》。這部戲共包括「序幕」、「過場」和兩場正劇，以倒敘方式去表現喜兒一家的悲慘故事。1966 年 6 月 4 日，《白毛女》正式參加「上海之春」的文藝匯演，連演三場座無虛席觀眾非常愛看。於是根據上級領導的建議，中型舞劇《白毛女》的創作也列入了議程，主創人員將原有的故事情節進行了重新編排，最終確定爲七場「正劇」：第一場「楊白勞家」（楊家準備過年以及悲劇發生的全部過程），第二場「黃

〔註11〕具體情況可參見 1966 年 12 月 26 日，《人民日報》所發表的文章《貫徹毛主席文藝路線的光輝樣板》。

〔註12〕楊潔：《芭蕾舞劇〈白毛女〉創作史話》，上海音樂出版社，2010 年版，第 7頁。

〔註13〕見《堅決貫徹黨的文藝方針，努力創作自己的芭蕾舞——關於創作排練〈白毛女〉的情況介紹》第 2 頁，載 1965 年 5 月 4 日上海舞蹈學校《白毛女》檔案第 51 卷。

世仁家客廳」（喜兒受辱、反抗以及逃走），第三場「蘆葦塘邊」（黃家追趕與喜兒躲藏），第四場「村頭」（大春帶領八路軍解放了楊各莊，黃世仁逃跑與大春等人追蹤），第五場「奶奶廟」（喜兒與仇人相遇並追打，大春趕到而喜兒出逃），第六場「山洞」（大春和喜兒相見，兩人攜手走出山洞），第七場「廣場」（喜兒回到家鄉，控訴地主罪行，與眾人一塊慶祝翻身解放）。1964 年 9 月 27 日，中型舞劇《白毛女》作爲向國慶十五週年獻禮節目，連演十場盛況空前，得到了上海市委的充分肯定。1964 年秋天，上海舞蹈學校決定再把《白毛女》排成大型舞劇，這就意味著無論是紅色經典還是「樣板戲」，都已經是到了最爲關鍵的衝刺階段。1964 年底，著名戲劇家黃佐臨正式進入《白毛女》劇組。黃佐臨不愧爲是大藝術家，他剛一到位便對舞劇《白毛女》，提出了使它後來成爲經典的四條意見：一是故事全部改爲「順敘」，二是楊白勞應改爲「反抗而死」，三是以「四變」形式去展示「白毛女」的變化過程，四是以「白毛女變回喜兒」來作爲結尾。其中「四變」是最具有藝術表現力的人物設計，爲此黃佐臨還專門定下了這樣表演的舞臺基調：

　　喜兒：山路崎嶇，踉蹌顛沛，劫後餘生，泉水解渴。
　　黑毛女：飛沙走石，天昏地暗，披星戴月，摘果充饑。
　　灰毛女：豺狼虎豹，繼續追蹤，挺身搏鬥，急智脫險。
　　白毛女：大雪紛飛，風雲再起，走投無路，紅日在望。〔註14〕

1965 年 7 月 19 日，周恩來和陳毅首次觀看了大型舞劇《白毛女》，他們二人都對這部藝術作品評價甚高，尤其是喜兒形象的舞臺「四變」，周恩來說「『四變』好，有創造性，有特點。」〔註15〕通過對上述資料的研究分析，我們可以發現這樣一個歷史事實：《白毛女》在其大型舞劇化之後，除了前面所談到的那些改動，另外還有趙大叔被寫成了沉著冷靜的地下黨員，張二嬸被寫成了愛憎分明的進步群眾，整部舞劇情節設計都是以階級鬥爭爲綱，激情演繹著「星星之火可以燎原」的政治理念。與此同時，芭蕾舞劇《白毛女》在藝術方面也作了大膽地創新，比如徹底打破了芭蕾舞劇不入「唱」的傳統慣例，根據劇情穿插了二十一首演唱歌曲，其中像「漫天風雪」、「大紅棗兒」、「太陽出來了」等獨唱或合唱，都成爲了當時家喻戶曉、膾炙人口的流行歌曲。

〔註14〕黃佐臨：《我對芭蕾舞劇〈白毛女〉的意見》，載上海舞蹈學校《白毛女》檔案第 39 卷。
〔註15〕《周恩來、陳毅看芭蕾舞劇〈白毛女〉的意見》，載 1965 年 7 月 21 日上海舞蹈學校《白毛女》檔案第 44 卷。

這使得芭蕾舞劇《白毛女》早在「文革」以前，就已經具備了革命「樣板戲」的經典品質。

1971 年上海電影製片廠，攝製完成了芭蕾舞劇藝術片《白毛女》，由桑弧擔任導演，由沈西林擔任攝影，喜兒由茅惠芳、「白毛女」由石鍾琴扮演，王大春由淩桂明扮演，趙大叔由錢永康扮演，楊白勞由董錫麟扮演，張二嬸由徐玨扮演，黃世仁由王國俊扮演，這種借助於電影傳播的芭蕾舞劇《白毛女》，終於成爲了全國人民記憶中的紅色經典！

芭蕾舞劇《白毛女》對歌劇與電影的再度改編，深刻地反映了意識形態對於革命文藝的政治訴求。正如當時有人所評價的那樣，「芭蕾舞劇《白毛女》是『洋爲中用』、『推陳出新』的好樣板。它的重要功績，不僅在於把歌劇中被歪曲了的農民形象，被歪曲了的主題思想，統統糾正過來，還它原來的面目；它還通過一系列生動的舞臺藝術形象，集中地表現出馬克思主義的『造反有理』的眞理，──正確揭示了在反動統治階級的沉重壓迫下，我國勞動人民群眾怎樣掀起了反抗和鬥爭。」〔註16〕從表面來看，芭蕾舞劇《白毛女》裏的主要人物，的確都是歌劇《白毛女》裏的同名人物，但客觀上他們卻是兩個楊白勞、兩個喜兒、兩個王大春和兩個趙大叔，幾乎每一個人物的思想境界或精神面貌，都發生了脫胎換骨般的思想質變。在歌劇與電影《白毛女》中，楊白勞大年三十沒錢還債，只能去屈膝求情受盡侮辱，最後賣女自殺鬱悶而死，完全是一副逆來順受、忍辱負重的弱者形象；但芭蕾舞劇《白毛女》裏的楊白勞則全然不同，他豪邁爽朗、勇敢堅強、錚錚鐵骨、敢於反抗，面對黃世仁與穆仁智登門逼債、強搶喜兒，他掄起扁擔同對方英勇搏鬥、寧死不屈，並以壯烈之死捍衛了自己的人格尊嚴。在歌劇與電影《白毛女》中，喜兒受盡了人間的折磨與苦難，她在黃家雖然悲憤不平卻又忍辱偷生，甚至還對殺父仇人黃世仁抱有幻想，只是後來知道要被黃家賣掉，這才逃到深山裏過起野人般的淒慘生活；但芭蕾舞劇《白毛女》中的喜兒卻是另外一種形象，她不屈不撓不甘淩辱，當黃世仁想乘機侮辱她時，反手就給了給黃世仁一記耳光，並捧起香爐向殺父向仇人砸去，即使是逃到大山裏也不忘復仇，盡情展示著她疾風勁草、傲雪紅梅的英雄本色。另外，在芭蕾舞劇《白毛女》中的王大春，已不再是歌劇和電影裏那個「兒女情長」的溫順青

─────────────

〔註16〕公盾：《毛主席革命文藝路線的偉大勝利──談芭蕾舞劇〈白毛女〉的改編》，載 1967 年 6 月 11 日《人民日報》。

年，他「健兒身手健兒刀」，滿懷壯志地參加了八路軍，他絕不僅僅是爲了要解救一個喜兒，而是爲了要解放普天之下的勞苦大眾。還有趙大叔這一人物，也不像歌劇與電影裏那樣，只是蒙蒙朧朧地聽說過或見到過「紅軍」，他被塑造成了一個有著豐富鬥爭經驗的地下黨員，是引領大春等年青人走向革命的指路明燈。一個剛強質樸的老貧農楊白勞，一個堅貞不屈的農家姑娘喜兒，一個威武英姿的革命戰士王大春，一個堅毅沉著的共產黨員趙大叔，芭蕾舞劇《白毛女》顛覆性的改寫了歷史：如果說歌劇《白毛女》的表現主題，是「舊社會把人逼成鬼，新社會把鬼變成人」，電影《白毛女》的表現主題，是革命對於農民的終極拯救，那麼芭蕾舞劇《白毛女》的表現主題，則被昇華成爲了頌揚偉大領袖毛主席的政治讚歌！在芭蕾舞劇《白毛女》的結尾之處，作者和編導特意安排了一段只有兩句歌詞的《迎太陽》：「敬愛的毛主席，人民的大救星！」這是革命「樣板戲」經常使用的點題之筆。通觀整部芭蕾舞劇《白毛女》，「拯救」與「解放」的宏大敘事，幾乎佔據了舞臺表演的一半場面；而紅太陽照亮人間的藝術造型，也是多次出現且十分醒目！用李希凡當時的評語來說：「『太陽出來了』，『太陽就是毛澤東，太陽就是共產黨』，在毛主席和共產黨的偉大紅旗指引下，中國貧苦農民打翻了漢奸惡霸地主黃世仁的罪惡統治，砸碎了封建制度壓榨農民的枷鎖，幾千年有史以來，中國廣大貧苦農民第一次眞正揚眉吐氣了，——洋溢著強烈階級仇恨的喜兒，終於在『東方紅日』的照耀下，奔赴前線，像大春一樣，開始了她自覺革命的光榮道路。」〔註17〕我個人最感興趣的一點，是李希凡點明了「紅太陽」與毛澤東之間的對應關係，因此我們也就明白了爲什麼毛澤東在前，而共產黨在後的特殊時代的話語方式：沒有毛澤東就沒有共產黨，同時也就沒有中國人民的翻身解放！所以政治領袖的個人崇拜，才是芭蕾舞劇《白毛女》創作的絕對主題！

　　說到芭蕾舞劇《白毛女》，有個非常棘手的歷史問題，還應該實事求是地加以澄清：江青究竟插沒插手《白毛女》？我們現在從1967年5月北京玻璃總廠紅衛兵聯絡站所編寫的《中央首長講話（4）》中，可以看到當時所發生的一些情況。1967年5月，江青看完芭蕾舞劇《白毛女》以後，曾和演出人員進行過一次座談，在會上她的確發表了一通有關《白毛女》的思想感言。

〔註17〕《在兩條路線尖銳鬥爭中誕生的藝術明珠》，載1967年5月19日《光明日報》。

江青說這齣戲的創作主題很好,「如果主題思想再提高一些,格調、風格就更高。主題寫農民起來反抗地主,那麼怎麼得到解放呢,就是八路軍,現在叫人民解放軍。現在戲中軍隊占的地位很弱,裝飾一下,就很難怪有的人說不過癮,主題思想結構方面要動一動,序幕、尾聲完全可以不要,老套子序幕尾聲沒有什麼精彩,可以去掉。四場喜兒變來變去可以改一下,因爲喜兒連續一、二、三、四,我們的軍隊沒有。今後第四場寫軍隊。第三場逃出去,第四場大春怎麼帶兵打勝仗啊?俘虜些日本人、僞軍啊,必要時也可以增加一場。喜兒在山上怎麼樣,我覺得可以不參加,因爲她還有一場奶奶廟,變化不要太突出好一些,大家可以好好想一想,那兩個主角相形之下,男主角不突出,如果增加一場戲,軍隊也突出了,大春也突出了。原來這戲大春作爲陪襯,大春不突出。」她對喜兒被解救後的外觀形象,似乎也不那麼十分地滿意,「喜兒下山,大春接她下山以後應該給她一塊紅頭巾,把頭髮包起來,給看新生的,現在形式不好,北方婦女帶的有黑的,但年輕一點,加塊紅的沒有什麼關係。」另外她還強調指出:「趙大叔不突出,他比大春也不如,很難給他更多的戲,後頭可以突出。」江青還突發奇想地提出了兩個建議:一是要突出表現八路軍抗日的戰鬥場面,「在黃世仁家中出現日本鬼子,或四場,日本人打我們,我們一般打殲滅戰,日本鬼子可以住在黃家。」二是「喜兒不應該一個人上山,可以讓兩個人或是更多的人上山。這樣戲裏的『白毛女』就不是隻身和大自然搏鬥了,她可以通過同行的女伴和山下聯繫,山下的鄉親也可以更多地關心和支持她……。」〔註18〕時任上海市「革委會」負責人的徐景賢等人,把江青這些隨意之談奉爲了「聖旨」,讓演出團隊去認眞領會加緊修改,這使作者和編導都頗感爲難。如果眞要安上一場「打鬼子」的戲,那麼整個故事敍事結構勢必要發生徹底地變化;如果眞要讓兩個喜兒共同上山,那麼黃家追趕喜兒扣人心弦的驚險場面也勢必遭到破壞;如果眞要添加一個同伴去通風報信,那麼喜兒與黃世仁以及喜兒與大春在奶奶廟裏的精彩片段也就無法保留了。芭蕾舞劇《白毛女》的劇組成員,改來改去折騰了數年之久,只是對趙大叔形象做了些修正,並且讓喜兒戴上了紅頭巾,可江青根本就沒到上海去看演出。最可笑的是,後來有人向江青彙報《白毛女》的修改事宜,她居然一臉狐疑說不記

〔註18〕轉引自北京玻璃總廠紅衛兵聯絡站所編寫的《中央首長講話(4)》,內部資料。

得有這件事了。由此可見，江青對於芭蕾舞劇《白毛女》所發表的那些意見，只不過是一時興起的隨口一說；別人爲了討好硬要去按照她的意思修改，那也是拍馬溜鬚者的所作所爲，並不能將其視爲是江青本人「親自篡改」的歷史鐵證。現在國內學界有一種非常不好的學術風氣，就是因厭惡某些政治人物而去隨意杜撰其莫須有之罪名。比如孫聞浪在《江青插手芭蕾舞劇〈白毛女〉》與顧保孜在《實話實說紅舞臺》中，都說江青是在看到毛澤東喜歡《白毛女》之後，才把芭蕾舞劇《白毛女》列入到八個「樣板戲」中，就是一個主觀臆說的典型事例。還有許多揭露江青「篡改」革命「樣板戲」的復述資料，多是以親臨現場親眼所見般的描述性語言，繪聲繪色地去勾畫江青盛氣凌人的種種「醜態」，也都是些有待學界去認眞考證的民間傳說。我本人決無替江青去進行歷史翻案之意，只是想維護學術尊嚴與學術道德而已。

　　近些年來，學界重新去評價紅色經典藝術價值的風氣甚盛，《白毛女》自然也是受到人們強烈質疑的一部作品。全面分析一下有關《白毛女》的看法分歧，大致可以概括爲兩種不同的對立觀點：一種是充分肯定歌劇和電影《白毛女》的思想意義與藝術價值，而拒絕接受作爲革命「樣板戲」的芭蕾舞劇《白毛女》；另一種則認爲無論是歌劇、電影或芭蕾舞劇《白毛女》，它們都是政治意識形態的歷史產物而不值得一提。這使我突然感到有些困惑不解。文學藝術創作的本來目的，無非就是以藝術虛構去滿足人們的審美需求；故爲什麼同樣是藝術虛構的紅色經典，則會受到學界精英們的強烈排斥呢？我不否認《白毛女》民間傳說的非眞實性，可它卻迎合了不同時代廣大觀眾的審美心理：歌劇對它的虛構加工滿足了根據地群眾要求翻身解放的政治願望，電影對它的虛構加工反映了新中國民眾「吃水不忘挖井人」的感恩心理，而舞劇對它的虛構加工則又體現了狂熱崇拜政治領袖的「文革」情緒！僅從文藝發生學的角度來講，虛構加工作爲藝術創作的神聖權利，任何人都享有表現歷史與創造歷史的絕對自由。所以藝術虛構不應被視爲是《白毛女》或其它紅色經典的重大缺陷，眞正應該受到鄙視與批判的是政治虛構性而非藝術虛構性！當人們將《白毛女》看作是歷史眞實而不是藝術眞實時，它既有社會政治方面的因素也有個人認知方面的責任，如果人們不是把《白毛女》當成眞實歷史，只是把它當作一種純粹的舞臺藝術，那麼不管是歌劇電影也好還是芭蕾舞劇也罷，它都不失爲是一部視覺欣賞的優秀作品。魯迅在談《西

遊記》時曾說，小說雖寫神魔鬼怪，但它「講妖怪的喜、怒、哀、樂，都近於人情，所以人都喜歡看。」〔註19〕其實《白毛女》故事之所以會受到人們喜愛，也正是因爲它「近於人情」的藝術眞實。——當然，我們也必須去尊重不同時代觀眾的審美趣味，但這卻不能成爲某些人刻意刁難思想偏執的堂皇理由。《白毛女》從民間傳奇到紅色經典，它延綿流傳了幾十年時間，共總演出過（不包括電影）1700餘場次，深深地影響了幾代中國人。與此同時《白毛女》還走出了國門，先後到過日本、朝鮮、美國和歐洲去演出，用一個法國人在「文革」期間的話來講，「我喜歡中國是從『跳舞』開始的，是從看你們演出開始的，《白毛女》是『人性』和『詩意』的結合。」〔註20〕所以，《白毛女》的社會價值和藝術價值，是任何人都抹殺不了的！

〔註19〕見《魯迅全集》，人民文學出版社，1981年版，第328頁。
〔註20〕見《外賓反映》，載上海舞蹈學校《白毛女檔案》第51卷。

二、飛車英雄的虛虛實實
——《鐵道游擊隊》的眞實與傳奇

　　與大型歌劇《白毛女》的藝術虛構相比較，劉知俠則始終都在強調《鐵道游擊隊》，「是以眞人眞事爲基礎寫出來的」紅色經典。〔註1〕

　　1954 年 1 月，劉知俠以抗戰期間「魯南鐵道隊」的戰鬥故事爲題材，創作了轟動一時的長篇小說《鐵道游擊隊》。這部作品的發行量曾高達 400 餘萬冊，並被譯成英、俄、法、德、朝、越等多國文字向國外發行。與此同時，《鐵道游擊隊》還被改編成舞劇、歌劇、評書和連環畫，其社會受眾群體也超過了上千萬人次。尤其是 1956 年，長春電影製片廠又將其搬上了銀幕，《鐵道游擊隊》的英雄事跡更是傳遍了大江南北，成爲了愛國主義和理想主義的生動教材。即使是到了改革開放的新時期，人們對於《鐵道游擊隊》的喜愛程度，仍舊是一往情深絲毫不減：先是 1985 年拍攝了 12 集電視劇，緊接著 1995 年重拍了電影《飛虎隊》，2006 年則再次拍成 40 集電視劇！由此可見，《鐵道游擊隊》早已跨越了時空界限，一直都在延伸著它那感人至深的藝術魅力。正如劉知俠的夫人劉眞驊所說的那樣：「知俠走了，《鐵道游擊隊》卻永遠地活在人民中間。」〔註2〕

　　然而，《鐵道游擊隊》究竟是一部什麼樣的紅色經典呢？它到底是歷史眞實還是藝術眞實？這些令當代青年讀者頗感困惑的種種疑問，其實也恰恰是我個人撰寫該文的興趣所在。

〔註1〕　知俠：《我怎樣寫「鐵道游擊隊」的》，載《讀書月報》1955 年第 3 期。
〔註2〕　劉寶森、龔印明：《劉知俠和他的〈鐵道游擊隊〉》，載《鐵道游擊隊傳奇》一書，中國文史出版社，2006 年版。

1、《鐵道游擊隊》：眞實歷史的輝煌敘事

首先我們必須實事求是地加以承認，「魯南鐵道大隊」是一個不可否認的歷史存在：從 1939 年組建成立到 1946 年番號撤消，它先後隸屬於八路軍蘇魯支隊與魯南軍區的直接領導，在抗戰期間同日寇浴血奮戰過一百餘次，爲中國人民的反法西斯戰爭，做出了不可磨滅的巨大貢獻。如果我們把各種史料的不同說法，進行一次分門歸類的梳理整合，那麼「魯南鐵道大隊」的英雄事跡，大致可以呈現出這樣一種基本輪廓：

1938 年 5 月，日軍佔領棗莊以後，在那裡駐紮了一個聯隊的兵力，瘋狂地圍剿魯南地區的抗日軍民。八路軍「蘇魯支隊」爲環境所迫，不得不離開平原轉移到山區。爲了掌握日軍動向以便打擊敵人，於是支隊便派洪振海和王志勝，到棗莊去建立敵後抗日情報站。洪振海當過礦工會開火車，並練就了一身飛車工夫，故人稱其爲「飛毛腿」；他性格爽朗爲人仗義，四里八鄉名氣很大，故大家都把他稱作「洪哥」。此次回棗莊從事情報工作，他和王志勝兩人聯絡了一幫舊友，夜晚則飛車偷扒日軍煤炭，白天則化裝偵察搜集情報；敵人一有增兵或調動等緊急情況，便通知山裏部隊提前轉移或及時應對，不僅使敵人的多次「掃蕩」屢屢撲空，有時還遭到八路軍的半路伏擊傷亡慘重。

日軍在棗莊開設有一個「正泰洋行」，其實就是以經商爲名目的特務機構。1939 年 8 月，王志勝見正泰洋行警戒較鬆，便建議採取行動幹它一票。於是洪振海與王志勝等三人，乘夜幕掩護摸進洋行內部，將 3 名日本掌櫃斃二傷一。1939 年 10 月，王志勝在爲日軍運貨時，發現其中夾雜有部分武器彈藥，他便悄悄地在車廂上作了記號；晚上 9 點左右火車剛一開出棗莊，洪振海等人就立刻躍上火車打開車廂，卸下 2 挺機槍、12 支步槍和兩箱子彈，並組織人力迅速運往山裏交給「蘇魯支隊」。這便是後來廣爲流傳的「飛車搞機槍」。

1939 年 11 月，支隊領導指示洪、王二人，在搞好情報工作的基礎上，積極籌建一支抗日武裝。此時情報站已有骨幹成員六人，爲了隱蔽身份並有利於開展工作，他們急需在敵人的眼皮底下，有一個令人信服的正當職業。經過一番群策群力的熱烈討論，他們認爲開炭場最爲合適：一是所經銷的煤炭不用花錢買，可以從鬼子的火車上去搞；二是炭場裏能夠容納很多人，這樣不容易引起敵人的懷疑。於是「義合炭場」正式掛牌開業，由洪、王二人擔

任正副經理。他們先是用賺來的錢買了兩支短槍，秘密組織了一支有 11 人參加的抗日武裝，自己最初取名爲「棗莊鐵道隊」，公推洪振海爲隊長、王志勝與趙連有爲副隊長。1940 年 2 月，蘇魯支隊派杜季偉前來擔任政委，並正式將其命名爲「魯南鐵道隊」。正是由於有了中國共產黨的正確領導，才最終造就了這支抗日武裝的傳奇神話！

「魯南鐵道隊」剛剛成立時，一共只有 11 名成員兩支短槍。隊員都是些失業工人和無業游民，雖然苦大仇深且具有革命願望，但長期以「盜煤」爲生的流浪生活，又使他們作風散漫惡習纏身。即便是身爲一隊之長的洪振海，也只能是依靠江湖義氣和個人威望，來震懾和領導他手下的這幫弟兄們。當時鐵道隊裏曾流傳著一句口頭語：「洪隊長講話，連熊帶罵」！如何將這支剛具雛形的鬆散隊伍，改造成爲一支紀律嚴明的革命武裝？政委杜季偉爲此傷透了腦筋。開始他想用正規部隊的軍事條例，去約束鐵道隊隊員的行爲規範，但隊員們卻根本就不把他放在眼裏；於是杜季偉改變了先前的工作方法，努力地同隊員們親近接觸廣交朋友，慢慢去培養他們的政治理想與革命情操。當隊員們逐漸瞭解了革命軍隊的神聖使命時，杜季偉才語重心長地對他們說：「我們也是八路軍，是不穿軍裝的八路軍，我們肩上擔負著特殊而光榮的使命。沒有嚴明的紀律，萬一出了事，犧牲自己事小，完不成上級交給我們的任務，我們有何臉面去見山裏的老大哥呢？」「鐵道隊」裏的那些血性漢子們，平生最怕的就是被別人瞧不起，故個個都爭相表態戒煙戒賭，部隊作風也因此而大有起色。當然，要清除多年養成的流氓習氣，的確不是一件容易的事兒。有一次隊員徐廣田外出歸來，喝得個酒氣薰天人仰馬翻，杜政委剛批評了他幾句，徐廣田便神經般地抓起一根樹枝，照著政委身上就是一頓狂抽，嘴裏還罵罵咧咧地嘲諷道：「你算老幾？敢管我！」把杜季偉抽得是皮開肉綻鮮血直流。爲了從根本上改變「鐵道隊」的游民性質，杜季偉經過兩個月的考察培養，先後吸收了王志勝等四人入黨，並在鐵道隊建立起了黨支部。由於鐵道隊的主要領導人洪振海不是黨員，他長期以來只注重軍事行動而輕思想工作，只鼓勵隊員去扒鬼子火車而放鬆了保密教育，致使 1940 年 5 月初因一名隊員的親戚告密，炭場和焦池全都被日軍搗毀查封了。鐵道隊被迫轉移到棗莊西北的齊村一帶，公開打出「八路軍魯南鐵道隊」的鮮明旗號，在臨棗鐵路線上與日軍展開面對面的武裝鬥爭。炭場的丟失對鐵道隊來說，既是件壞事也是件好事：隊員們失去了職業掩護，斷絕了寬裕的經費來源，生

存環境立刻變得惡劣起來，這當然是一件壞事；但他們卻從此經受了艱苦磨練，強化了與敵戰鬥的革命意志，最終都成為了名副其實的八路軍戰士，這自然又是一件好事！

1940 年 5 月下旬，內線從棗莊送來情報說，日偽軍主力正在集結，準備到山裏去進行「掃蕩」。為了牽制日軍兵力，打擊敵人囂張氣焰，鐵道隊因此而決定，再次去襲擊「正泰洋行」。「正泰洋行」自從遭受了第一次打擊後，已由茅山一郎大佐接任掌櫃，特工人員也增加到了 12 名，況且院牆上還架設了電網。經過仔細偵察和周密部署，鐵道隊分為 5 個戰鬥小組，洪振海帶一個組在院牆外接應，王志勝帶 4 個組進入洋行內部，將分住在四間屋內的 12 名鬼子，全部乾淨利落地消滅掉了。是役共繳獲長短槍各 6 支，手錶和懷錶 100 多支。這便是在群眾中頗有影響的「血洗洋行」，也是鐵道隊公開旗號後的首次戰鬥。此次勝利既震懾了敵人也鼓舞了自己，更提高了鐵道隊在群眾中的崇高威望，具有極其重大的政治意義。群眾稱鐵道隊是專殺鬼子的「飛行俠」，而日軍則視鐵道隊為神出鬼沒的「飛虎隊」。第二次「血洗洋行」以後，棗莊地區就流行起了一曲《打洋行五更歌》。

正當鐵道隊沉浸在勝利的喜悅之時，蘇魯支隊來函說近來日軍頻繁出擊，對魯南山區進行「掃蕩」和「封鎖」，使山區抗日軍民的生活極端困難，活動經費與各種物資都非常匱乏，希望鐵道隊能想辦法從敵人那裏搞點資金。鐵道隊首先將炭場餘款 8000 元錢託人帶給了支隊，然後又迅速給各情報聯絡點布置任務，讓他們盡快弄清敵人票車的運行時間。地下情報員張秀盈（濟南至連雲港票車車長）很快便回報說：「每星期六，沿途各站的日軍都通過他這趟車向濟南交錢，現在已到月底，估計上交的錢會更多。」隊領導覺得機不可失，馬上就制定出戰鬥方案：由 12 名隊員扮作商人、農民或工人，分別從泥溝、嶧城、棗莊三個車站上車，利用隨身攜帶的美酒佳肴，將隨行押車的鬼子看好穩住，待火車急剎車時一齊動手。客車剛一駛出棗莊，洪振海、曹德清便躍上車頭，殺死了兩名日本司機，由曹德清繼續向前開。客車駛出王溝站，曹德清猛一剎車，事先埋伏在那裡的王志勝等人，便迅速登上各個車廂，與車上的隊員裏應外合，短短 10 餘分鐘就解決了戰鬥。是役斃敵 12 人，繳獲法幣 8 萬元、長短槍 15 支、手炮 1 門、機槍 1 挺。鐵道隊除了留下 3 支短槍，其餘全都上交了蘇魯支隊。不久，鐵道隊又在臨棗線曾店四孔橋設伏，截擊日軍從臺兒莊開往臨城的混合列車，擊斃 8 名押車日軍，繳獲

步槍、手槍各 4 支，以及大量布匹和日用百貨。鐵道隊將大部分貨物運往山區根據地，剩餘部分全都發給了當地的貧苦百姓。

1940 年 7 月，魯南地區已經發展爲三支鐵道隊，爲了統一領導這三支性質相同的武裝隊伍，蘇魯支隊與其各自所在的縣委協商，將三支鐵道隊合編爲「魯南鐵道大隊」：洪振海、王志勝任正副大隊長，杜季偉任政委；原魯南鐵道隊爲一中隊，徐廣田任中隊長；臨南鐵道隊爲二中隊，孫茂生任中隊長；臨北鐵道隊爲三中隊，田廣瑞任中隊長。1940 年下半年，「魯南鐵道大隊」已發展到 150 餘人。由於部隊人數不斷地擴大，爲了隱蔽自己打擊敵人，「魯南鐵道大隊」的活動區域，也由鐵路沿線轉向了廣大鄉村。「魯南鐵道大隊」在物資供給上，仍堅持「從鬼子手裏要給養」，不向老百姓攤派一針一線，因此深受廣大群衆的歡迎。後來魯南軍區成立，「魯南鐵道大隊」的隸屬關係，也由蘇魯支隊移交給了魯南軍區。「魯南鐵道大隊」以游擊戰的靈活方式，對臨棗一線的日軍給予了沉重打擊，日酋爲了報復用重兵對其進行「圍剿」，妄圖一勞永逸地消滅這個心頭之患。軍區首長獲悉了鐵道大隊的艱難處境，立即把他們調往山區根據地集結整訓。在短短一個多月的思想整訓中，山區野戰部隊的艱苦作風，八路軍戰士們的高昂鬥志，以及根據地軍民的樂觀精神，都使鐵道大隊全體同志深受鼓舞。這是使鐵道大隊脫離固有的民間習氣，走向人民軍隊正規化建設的關鍵一步。

1941 年初，由於日僞特務採用假「鐵道隊」的陰險手段，去矇騙與坑害廣大的農民群衆，使「魯南鐵道大隊」的聲譽受損。爲了重振「飛虎隊」的昔日雄風，從 1941 年夏天開始，鐵道大隊一邊打擊假「鐵道隊」，一邊又展開對敵鬥爭的正面攻勢。鐵道大隊聯合微湖大隊與運河支隊，向駐守微山島的僞軍閻成田部，發起了一次猛烈攻擊，經過一夜激戰佔領了微山島，全殲守敵 200 餘人，繳獲步槍 200 多支，機槍 4 挺和手炮 2 門，另外還有數箱軍裝物資等。與此同時，徐廣田與徐廣友還乘敵不備，各從臨城站開出一輛機車，在城南七孔橋處使兩車相撞，報廢車頭兩個、車箱 30 節、鐵橋一座。日軍剛把鐵路修好通車，鐵道大隊又連續截擊貨車，又繳獲白糖數噸、茶葉 3000 餘斤。更有甚者，鐵道大隊竟在白天混進臨城車站，擊斃了兩名監修水塔的日本鬼子。正當敵人被搞得焦頭爛額時，鐵道隊又把矛頭，直指日本特務頭子高崗。高崗自從接替黑木任臨城站長，行動詭秘深居簡出，要想消滅他只能深入虎穴端其老窩。鐵道大隊經過兩次化裝偵察，對站內情況和高崗行蹤

都瞭如指掌，然後組織了 4 個戰鬥小組，或裝作工人或扮成偽軍，乘黑夜悄悄地潛入車站，先幹掉了兩個日軍的外圍警衛，然後直撲高崗辦公室將其擊斃，整個戰鬥總共花了不到 10 分鐘，繳獲步槍 30 餘支、機槍兩挺、手槍 3 支、子彈數千發，而鐵道隊員則無一傷亡。更令人拍案叫絕的是，隊員曹德清和李雲生在撤退時，把化裝戴的兩頂偽軍帽子故意扔在鐵路上，第二天從濟南來了一個日軍少將，勘察現場時發現這兩頂偽軍帽子內，都印有閻成田團的部隊番號，隨即便收繳了閻團的全部槍支，並把閻成田等主要偽軍頭目綁赴濟南槍斃，閻團部下也都被押赴東北去做苦力。

　　1941 年冬，魯南軍區被服廠遭到敵人襲擊，做棉衣的布料和棉花被洗劫一空。此時嚴冬已至，山區部隊上至司令下到戰士，都還只穿著過夏天的衣服。鐵道隊瞭解到這一情況後，決定再搞一次敵人的運布列車，以解決山區部隊過冬棉衣的現實問題。鐵道隊通過內線獲悉，由青島開往上海的某次客車上，尾部掛有兩節裝有布匹的悶罐車廂，但火車經過伏擊區的時間，正好是白天難以下手。於是他們就找到沙溝站副站長張允驥（鐵道隊地下情報員），讓他事先在滕縣站把車弄壞，敵人將車修好時已是夜間。當客車開出臨城站時，張允驥爬上零擔車的車廂頂部，待列車運行到姬莊西面的轉彎處，便拔掉連接車廂用的風管和銷子，使兩節布車廂停在了塘湖附近。早就埋伏在那裡的鐵道大隊，箭步如飛地登車卸布，近千名群眾也被發動起來，車拉肩扛地把布匹送往湖邊。此役共繳獲洋布 1200 餘匹，日軍軍服 800 餘套，另外還有一些毛毯和藥品。魯南軍區用這些布匹，解決了山區部隊的冬裝問題。事後當地群眾紛紛傳說：當年諸葛亮利用大霧草船借箭十萬，而今鐵道游擊隊利用大霧火車借布千匹，真是和諸葛亮一樣能招會算啊！

　　一連串的戰鬥勝利，使魯南鐵道大隊的英雄們，有些自我陶醉和自我麻痹。他們以微山島為依託進行休整訓練，儼然像是在老解放區一樣十分愜意，完全忘記了日軍正在調集精銳部隊，已悄悄地向他們伸出了可怕的魔爪。1941 年 12 月 27 日晚，臨城日軍集結了 1000 多人，分兩路包圍了六爐店和黃埔莊。大隊長洪振海不顧政委杜季偉的極力勸阻，組織全部兵力進行硬性反擊，結果既暴露了「魯南鐵道大隊」主力的藏身之地，他自己也在戰鬥中英勇犧牲年僅 32 歲。洪振海犧牲後，被軍區黨委追認為中國共產黨黨員。大約過了半個月，日軍再次糾集了 3000 多人，從棗莊、嶧縣、滕縣、臨城、兗州等地，從水路出發乘戰船百餘支，在夜幕掩護下兵分東南北三路，向「魯南鐵道大

隊」發起進攻。與敵激戰了 7 個多小時，終因寡不敵眾只能突圍。在王志勝的率領下，鐵道隊換上日軍軍服，突出了敵人的重重包圍，並轉入山區去再度整訓。

實際上從 1942 年開始，魯南鐵道大隊的主要使命，已不再是爬火車搞物資，而是轉向了掩護領導過鐵路。「皖南事變」以前，華中地區的軍政領導去延安，都是走津浦路西彭雪楓部的活動區域，從那裡北過隴海鐵路、經冀魯豫再去延安。而「皖南事變」彭雪楓部撤出了津浦路西以後，則被迫改爲由淮海區北過隴海鐵路經魯南等地去延安，有時也從鹽（城）阜（寧）區乘木帆船繞過連雲港到濱海區的東海岸。但這兩條路線不僅路途遙遠，而且還有敵人的重兵封鎖，尤其是海上道路更不安全，新四軍第三師參謀長彭雄等同志，就是因乘船遇險而在海上罹難的。1942 年後，大批幹部急需前往延安參加整風學習，開闢一條新的秘密交通線，已是迫在眉睫的首要任務。新四軍與魯南軍區派人實地勘察後，都認爲經由運河地區過微山湖去延安是最佳方案，而鐵道大隊所擔負的護送任務，便是其中最關鍵的一段路線──穿越津浦鐵路。這其中就包括有護送劉少奇和陳毅等重要中央領導同志的歷史記載。當然，他們也做了大量爭取僞軍、鞏固後方的肅反工作，並配合魯南軍區順利完成了迫使臨城日軍繳械投降的艱巨使命。時任魯南軍區政治委員的蕭華同志，曾把「魯南鐵道大隊」譽爲是「懷中利劍，袖中匕首」；而時任山東軍司令員兼政委的羅榮桓同志，則把「魯南鐵道大隊」稱作是「一把插入敵人心臟的尖刀」。順利通過了津浦鐵路之後的陳毅同志，更是感慨萬分賦詩一首：「橫越江淮七百里，微山湖色慰征途。魯南峰影嵯峨甚，殘月扁舟入畫圖。」〔註3〕

以上這些有關「魯南鐵道大隊」英雄事跡的歷史記載，後來都在小說《鐵道游擊隊》中得以生動形象的藝術再現。我們注意到所有關於「魯南鐵道大隊」的回憶敘事，其敘述者都是那些重大事件的親歷者與見證者；這就意味著他們是本著對歷史高度負責的認眞態度，深情地告訴後人小說《鐵道游擊隊》不是虛構而是眞實！所以，追逐革命歷史的眞實足跡，而非感受藝術虛構的審美想像，這就是曾經主導著幾代中國人，去閱讀小說《鐵道游擊隊》的先決條件。

〔註 3〕 對於「鐵道隊」詳細情況的歷史描述，可參見陳志忠的文章《鐵道游擊隊戰鬥史略》，載《鐵道游擊隊傳奇》一書，中國文史出版社，2006 年版。

2、《鐵道游擊隊》：復述歷史的種種疑團

我個人曾堅信「魯南鐵道大隊」的歷史眞實，同時也不拒絕小說《鐵道游擊隊》的藝術虛構。但歷史與藝術畢竟是兩個完全不同的概念範疇，這就使我非常看重「魯南鐵道大隊」所留下的全部資料。因爲它既然是一段令人難忘的眞實記載，那麼就更值得我們去認眞對待與仔細斟酌了。然而，在研讀眾多史料的過程當中，我卻發現了這樣一種奇特現象，「魯南鐵道大隊」原型人物的歷史回憶，明顯存在著自相矛盾的巨大出入：比如像描述「鐵道隊成立」、「血洗日本洋行」、「截獲布匹列車」、「接受鬼子投降」等具體事件，當事人所言卻大相徑庭、彼此衝突，這無疑會使人眞假難辨、疑竇叢生。如果就連政委和隊長都不能夠說清楚「魯南鐵道大隊」的內部問題，那又怎麼能夠不令我們這些局外人去產生疑惑呢？在大量有關「魯南鐵道大隊」的歷史載中，至少有幾大懸念值得我們去加以關注：

其一、關於「部隊情況」的史料質疑。「鐵道隊成立」乃是「魯南鐵道大隊」歷史上的一件大事，親歷者對此應是記憶猶新難以忘懷才對，但是他們爲什麼卻會在回憶錄裏說法不一漏洞百出，令所有人都會感到無所適從一頭霧水呢？比如，「魯南鐵道大隊」第一任政委杜季偉和第一任副隊長王志勝兩人，他們在闡述 1940 年 2 月「魯南鐵道隊」最初成立時，人員數目與槍支數量都各執一詞出入很大。而第一任政委杜季偉本人，就曾有過截然不同的四種說法：A、「全隊 14 個人，一支短槍」；〔註4〕B、全隊 15 個人，兩支短槍；〔註5〕C、全隊 15 個人，三支短槍作；〔註6〕D、「這時，我們 18 個人有三支短槍，三支搶怎麼游擊呢？」〔註7〕身爲政委的杜季偉，自己的說法都前後不一，這就難怪我們這些局外人，會在詫異之餘心生困惑：杜政委究竟知曉其屬下否？而作爲副隊長的王志勝，他所講述的情況又不盡相同：當時他和洪振海兩人只有一支短槍，第一次「血洗洋行」後又繳獲了一支短槍，「從此，我和洪振海每人都有了一支短槍了，實現了張司令的『從敵人那裡繳獲武器

〔註4〕 見《鐵道游擊隊戰鬥生活片段》一文，載《魯南峰影（上）》，山東文藝出版社，1989 年 3 月版。
〔註5〕 見《到鐵道游擊隊去》一文，載《蘇魯支隊》，山東大學出版社，1997 年版。
〔註6〕 見《魯南鐵道隊的創建與發展》，載《八路軍回憶史料》，解放軍出版社，1991 年版。
〔註7〕 見《鐵道游擊隊的故事》一文，載《星火燎原·選編之五》，解放軍出版社，1981 年版。

武裝自己』的第一步計劃。」到「鐵道隊」成立時，他們自己已有了兩支短槍，上級因他們「搞機槍」有功，又額外獎勵了兩支短槍，所以「鐵道隊」應是 10 多個人四支短槍。〔註8〕政委與隊長各執一詞，我們到底應該去相信誰呢？也許有人會替他們辯白說，這只不過是一種記憶錯誤，絲毫不會影響到「鐵道隊」英雄事跡的眞實性；試問像這樣刻骨銘心的情緒記憶，是那些革命英雄們賴以生存的精神支柱，怎麼就會輕而易舉地被「淡忘」了呢？「記憶錯誤」說顯然是難以成立的。

其二、關於「一打洋行」的史料質疑。「一打洋行」發生於「鐵道隊」成立之前，同時也是「鐵道隊」的誕生序曲。可是當事者對於具體事件的歷史回溯，也同樣是敘述混亂莫衷一是。老「鐵道隊」隊員趙明偉在其口述材料中曾這樣說：

> 1938 年 8 月的一天夜裏，老洪他們 3 人準備動手。王志勝熟門熟路，帶著老洪等人悄悄摸進洋行大門。洋行離車站炮樓只有幾十米，不到萬不得已是不能開槍的。鬼子做夢也想不到，「毛猴子」（敵人對游擊隊的稱呼）竟然膽敢跑到鼻子底下「摸老虎屁股」。3 個鬼子喝完酒剛睡下，老洪他們闖進去，3 個鬼子還沒反應過來，就稀裏糊塗地被老洪們用大刀夾頭夾腦地劈了。前後不到 10 分鐘，老洪們已完成任務，神不知、鬼不覺地撤出洋行，炮樓上的鬼子一點也沒察覺。〔註9〕

按照趙明偉繪聲繪色的激情道白，打洋行的目的就是爲了要殺鬼子，而那 3 個鬼子也都是被大刀砍死的。但在副隊長王志勝的書面材料中，卻又是另外一番言辭不同的事實陳述：

> 我倆只有一支手槍，武器不夠，於是我們便找到跟國民黨 50 支隊司令梁繼路當警衛員的宋世九說：「洋行裏有很多錢，我已看好了，咱們一塊搞去吧！弄來咱們對半分。」宋世九當場就答應一塊幹，並負責借兩支短槍。1938 年 8 月的一天晚上，我們 3 人摸進洋行，將正在熟睡的 3 個日本特務當場打死，隨即安全撤出。〔註10〕

〔註8〕 見《鐵道游擊隊的戰鬥歷程》，載《山東文史集粹（革命鬥爭卷）》，山東人民出版社，1993 年版。

〔註9〕 趙明偉口述、陳慈林整理：《「飛虎隊」傳奇》，載 2009 年 9 月 22 日《杭州日報》。

〔註10〕 見《鐵道游擊隊的戰鬥歷程》，載《山東文史集粹（革命鬥爭卷）》，山東人民

王志勝已經講得十分清楚，他們是爲「錢」而潛入洋行，3個鬼子是被手槍擊斃的，而不是用大刀砍死的。趙明偉的口述自然是盡顯「鐵道隊」的英雄本色，而王志勝的材料則只是描寫夥同他人的黑夜打劫！古人曾有一句名言，叫做「當局者迷，旁觀者清」。如果把此話用在這件事上，那恐怕是再合適不過了！後來，由於小說和電影《鐵道游擊隊》的擴展影響，王志勝再去講述這一「戰鬥」故事時，他才把打洋行的最初目的由「劫財」改成了「劫槍」（一長一短兩支），完全提升了第一次「血洗洋行」的政治意義。

其三、關於「二打洋行」的史料質疑。「二打洋行」發生於「魯南鐵道大隊」成立之後，歷來都是隊員們引以爲自豪的經典戰例。不過瀏覽一下復述這場戰鬥的眾多史料，那些親歷者們的各種說法，仍舊是見仁見智盡情發揮，讀後更是令人雲山霧罩唏噓不已。我們先來看看政委杜季偉是怎麼說的：

> 我們十四個人（他在《鐵道游擊隊的故事》一文裏又說是十八人，引者注），一人帶著手榴彈監視日軍營房的動靜，一人帶著手榴彈監視火車站的敵人，其餘十二個人分爲三個組，每人持一把大刀片。洪振海帶一個組殺南屋的鬼子，王志勝帶一個組殺西屋的鬼子，北屋的鬼子由梁傳德小組解決。約定進院後以跺腳爲號令。按照計劃，十二個隊員順利地潛入院內。——說時遲，那時快，十二個隊員猶如十二隻猛虎，同時衝進南、西、北屋，揮舞鋒利的大刀，抓住鬼子就砍。由於天黑，頭腳難以辨認，不得不像剁餃子餡一樣，七上八下亂砍亂殺，直殺得日寇鬼哭狼嚎，血肉飛濺——給敵人留下的是十二具血肉模糊的屍體。〔註11〕

我們再來看看副隊長王志勝是怎麼說的：

> 於是，確定去32名隊員，分成5個組，隊員們分別帶短槍和大刀片。——我們進去4個組，每組4個人，配備1支短槍和3把大刀片。洪振海帶一個短槍組在外面掩護，我在院內裏任總指揮。戰鬥組按預定的方案，各奔自己的目標，三下五除二，分住在4間屋子裏的日軍全被幹掉，三四分鐘解決戰鬥。我們正準備集合撤出，發現梁傳德那個組還未到。我過去向那屋裏一看，1名日本兵手持

出版社，1993年版。

〔註11〕見《鐵道游擊隊的年輕人》，載《團旗爲什麼這樣紅》，中國青年出版社，1981年版。

> 白臘杆正與梁傳德搏鬥。我用手槍一點射，將那個日兵擊斃。——
> 這次夜襲洋行，殺死日兵 13 名和 1 名翻譯，繳獲長、短槍 6 支，手
> 錶、懷錶 100 多塊。〔註12〕

按照杜政委的說法，當時參加的隊員是 14 人（或 18 人），分成三個小組，洪隊長直接參與了砍殺鬼子，整個戰鬥沒有使用槍械只使用了大刀，總共殺死日本鬼子 12 人；而按照王副隊長的說法，當時參加的隊員是 32 人（增加了一倍多），分成五個小組，洪隊長沒有參與戰鬥只是負責警戒，在實際戰鬥中既使用了大刀也使用了槍械，總共殺死敵人 14 名。杜政委和王副隊長都曾親臨了這場戰鬥，可他們的敘述為什麼會有這樣大的數字差距呢？再說「血洗洋行」早已載入了「鐵道隊」的光輝戰史，然而至今人們也無法弄清楚這次戰鬥的事實真相，恐怕像這樣充滿著歷史懸念的激情訴說，我們只能是寧信其有而不信其無了——因為故人已乘黃鶴去，往事如煙空悠悠了！

其四、關於「智打票車」的史料質疑。「打票車」是「魯南鐵道大隊」的經典戰例之二，更是小說和電影《鐵道游擊隊》中最精彩的描寫場面。但恰恰正是這一真實的歷史情節，也在親歷者們的敘述當中出現了問題。我們還是先來看一下杜政委的現身說法：

> 1940 年 6 月，我們決定截擊日軍押運的混合列車。經偵察得
> 知，車上有布匹和日用百貨。洪振海、曹德清從王溝躍上車頭，打
> 死司機，掌握列車的駕駛。梁傳德、王志友等人化裝成商人，從嶧
> 縣泥溝上車，王志勝帶 1 個短槍班，化裝成農民事先在預定地點設
> 伏。當火車開到預定地點後，鐵道游擊隊員立即在各車廂行動，客
> 車上的 8 個日本兵全部被殺死，繳獲步槍、手槍各 4 支。游擊隊員
> 駕駛火車到鄭店四孔橋停下來，把車上的物資卸下，運送給抗日根
> 據地的八路軍。〔註13〕

我們再來看看王副隊長的現身說法：

> （1940 年 7 月）按照打票車的行動計劃，我們挑選了 12 名作
> 戰勇敢、處理情況機智的隊員，作為先遣隊，先潛入列車上偵察日
> 軍的情況，選好目標，穩住敵人。我帶了 12 名精幹的短槍隊員事

〔註12〕見《鐵道游擊隊的戰鬥歷程》，載《山東文史集粹（革命鬥爭卷）》，山東人民出版社，1993 年版。

〔註13〕見《魯南鐵道隊的創建與發展》，載《八路軍回憶史料》，解放軍出版社，1991 年版。

先在預定地點埋伏好。洪振海和曹德清負責幹掉司機，掌握火車頭。星期六的這天，趙永泉、劉炳南等人分別帶領化裝隊員從泥溝、嶧縣城、棗莊上車。可是他們上車一看，發現日軍比原偵察的人數增加了 10 多個。經他們瞭解，這部分日軍是由棗莊到王溝換防的 1 個小隊，裝備齊全。面臨這一新的情況，隊員們都信心十足，毫不畏懼，各自盯住自己的目標。有的同志還拿出事先備好的煙、酒、點心和燒雞來「慰勞太君」，日本兵見這些工人、農民、商人打扮的「乘客」這麼「實在」，並沒有在意，也就與隊員大吃大喝起來。──列車一出王溝，猛一刹閘，車速放慢，我帶領 12 名短槍隊員敏捷地爬上火車，與早已在車上的隊員互相配合，20 餘名日本兵全被殺死。──參加戰鬥的 32 名隊員無一傷亡，這次打票車共得 8 萬多塊錢，並繳獲短槍 8 支，長槍 12 支，手炮 1 門，機槍 1 挺，這些戰利品，經上級批准，除留 3 支短槍外，其餘全部上交了魯南軍區。〔註14〕

杜政委與王副隊長兩人對於這場戰鬥的歷史描述，使同一場戰鬥卻出現了兩種完全不同的勝利戰果：敵人從 8 個變成了 20 多個，繳獲槍支也由 8 支變成了 20 多支，並且還增加有手炮和機槍，日用百貨也變成了 8 萬元現金。這些數字上的矛盾我們姑且不論，問題關鍵還在於有兩個常識性錯誤：一是二戰時期日軍部隊編制中的「小隊」，換算成中國軍隊的編制就是一個「排」，人數起碼也應在 30 人以上，將 10 幾個「鬼子」說成是「一個小隊」，顯然是敘述者不懂軍事常識的緣故。二是在一次戰鬥中消滅 20 多名日本正規軍士兵，這在八路軍野戰部隊的歷史上是完全可能的；但是對於抗戰期間的民兵游擊隊而言，那只不過是一種天方夜譚式的神話傳說。也許王副隊長後來意識到了自己的說法難以服眾，所以他在另外一篇回憶錄裏，又做了如此一般的含混矯正：「此次計斃敵警備司令以下 20 餘人，繳獲偽鈔 8 萬餘元，槍支若干，軍用品一宗。」〔註15〕這話分析起來就非常有意思了，「警備司令以下 20 餘人」，究竟是日本士兵還是偽軍士兵？這完全是風馬牛不相及的兩個概念。因為在當時擔任警備任務的多是些偽軍，打死 20 多日軍和打死 20 多偽軍，其

〔註14〕 見《鐵道游擊隊的戰鬥歷程》，載《山東文史集粹（革命鬥爭卷）》，山東人民出版社，1993 年版。
〔註15〕 見《鐵道游擊隊與蘇魯支隊》，載《蘇魯支隊》，山東大學出版社，1997 年版。

戰鬥性質與政治意義那可就差別大了。況且，繳獲槍械一節也不再量化而是一筆帶過，我們真不知道應該怎樣去看待這段史料的真實性！

其五、關於「巧截布車」的史料質疑。「巧截布車」是「魯南鐵道大隊」的經典戰例之三，事情發生於 1941 年初冬，魯南軍區被服廠遭到日軍的嚴重破壞，上級指示「鐵道大隊」想辦法截擊一輛敵人運送布匹的貨物列車，以解決山區八路軍主力部隊過冬服裝的燃眉之急。「鐵道大隊」果然不負重望，在沙溝車站附近截下了幾節車廂，出色地完成了上級交給他們的艱鉅任務。按理說這次戰鬥意義重大，參加者也都應該是記憶猶新，但為什麼會在回憶錄中，竟演繹出了幾個不同的敘事版本呢？比如：

A、11 月，在沙溝車站得知，開往上海的一列客車後尾掛了 3 節貨車。當該車通過沙溝車站時，由沙溝站副站長張雲驥剪斷風管，拔下插鎖。貨車脫鉤後，組織 250 餘人搬運，繳獲布 1200 餘匹、皮箱 200 件、日軍軍服 800 餘套及呢料、毛毯、醫療器材等，支持了魯南、濱海軍區部隊，並救濟了貧苦群眾和漁民。〔註16〕

B、同年 11 月，鐵道游擊隊獲悉魯南軍區被服廠遭日軍破壞，部隊冬服與原料被全部燒焦或抄走，幹部戰士穿衣成了問題，於是決定搞一次布車。在具有民族正義感的敵沙溝站副站長張永紀（名字也不同了，引者注）的協助下，鐵道游擊隊得知日軍一列布車從青島開來，沿津浦路南運。他們在沙溝站南面，通過製造脫鉤事故，搞掉了兩節車廂，共繳獲洋布一千二百件，計一萬八千餘匹；日軍服八百餘套；毛毯、藥品一宗。為魯南、魯中、蘇北等五個軍區部分解決了部隊禦寒問題。〔註17〕

C、幾個基礎好的村子一發動，男女老少竟出動了近千人，編成三個隊，由游擊隊掩護，十點鐘全部集合在微山湖邊郝山關帝廟前。——四節載運布匹的車皮緩緩地停下來了——湖上早準備好了十幾隻捕魚的大船，但剛剛開始裝船，遠處就傳來槍聲，顯然是敵人發現了。幸好天公作美，突然起了大霧，幾步之外對面看不見人。我們利用大霧這個天然屏障，故意虛張聲勢，長、短槍一起打起來，

〔註16〕 見《魯南鐵道隊的創建與發展》，載《八路軍回憶史料》，解放軍出版社，1991 年版。

〔註17〕 杜季偉、王志勝：《魯南鐵道游擊隊》，載《山東黨史資料》，山東人民出版社，1985 年版。

機槍也「噠噠噠」地叫個不停，擺出一副主力部隊的架勢，敵人果眞被我們唬住了，推進遲緩，當接近我們時，布匹、軍服、被子和皮箱等物資基本裝完。〔註18〕

　　D、早就埋伏在那裡的鐵道隊勇士飛身登上車廂卸布，臨時發動起來的近千名群眾車拉肩扛，把布匹送往湖邊，微湖大隊長張新華和湖區區長黃克儉已組織了上百條船在那裡接應運往微山島。兩個小時後，忽然從南面開來了一輛滿載日本兵的巡道車，還沒等敵人靠近，負責警衛的鐵道隊員便機槍、步槍、手榴彈一齊開火。時值天降大霧，敵人但聞人聲嘈雜，火力強大，以爲碰上了八路軍主力，部隊不敢貿然前進。鐵道隊見情況緊急，便將沒有卸完的布匹連同車廂一起付之一炬。〔註19〕

在以上這些歷史追憶當中，我們可以發現幾大矛盾之處：一是關於被截下的「載布」車廂，有2節、3節和4節三種說法；二是繳獲布匹的實際數量，也有1200匹和18000匹的天壤之別；三是參加運送布匹物資的平民百姓，更是有 250 人同近千人的巨大誤差；四是運送布匹的船隻，也由十幾條變成了一百多條；五是從輕鬆截走布匹到發生激烈戰鬥，整個描述過程顯然發生了戲劇性的根本變化。最令我感到不可思議的是，「一捆布」其實就是「一匹布」，而「一匹布」的實際數量是 33.33 米；即使我們按照 1200 捆來計算，近千名群眾一人一捆也就搬完了，怎麼2小時後還要「付之一炬」呢？

　　其六、關於「日軍投降」的史料質疑。接受臨城日軍投降，在整個「魯南鐵道大隊」的輝煌戰史上，也是非常值得誇耀的一件大事。但是縱覽各種資料記載，說法分歧同樣是令人費解。「魯南鐵道大隊」第三中隊指導員張靜波說，「1945 年，一個日軍聯隊投降時，日軍的大隊長聲稱只向『飛虎隊』交武器。」〔註20〕可「魯南鐵道大隊」第二任大隊長劉金山卻是這樣說的：「當時棗莊有三百多名日軍，連同家屬共有六、七百人」，再加上臨城的少數駐軍，大約一共有 1000 多人。劉金山寫信給日軍司令長官山田，讓他率領其屬

〔註18〕見《鐵道游擊隊的年輕人》，載《團旗爲什麼這樣紅》，中國青年出版社，1981年版。

〔註19〕陳志忠：《鐵道游擊隊戰鬥史略》，載《鐵道游擊隊傳奇》一書，中國文史出版社，2006 年版。

〔註20〕見 2005 年 8 月 18 日《遼瀋晚報》所載《血肉長城：敵後之鐵道游擊隊》一文。

下部隊就地投降，而山田司令則回信說他們只向「大太君」投降。後來他單槍匹馬闖入日本軍營，向他們講述八路軍的寬大政策，山田等日軍被逼無奈，只好決定晚上9點投降：「這天晚上，我們鐵道隊換上便衣，到日軍部隊去受降。日軍繳出山炮兩門，重機槍8挺，輕機槍180多挺，步槍一兩千支，手榴彈兩麻袋，彈藥四十頓，子彈兩車皮。我們用了20多輛牛車拉了兩天，才把這些武器送到南山，交給軍區司令部。」聽說山田部隊還藏有槍支，劉金山再次逼其交出「500多支步槍，70多挺機槍，手槍、盒子槍也有好幾百支，還有70多部照相機」。〔註21〕然而，政委杜季偉和副大隊長王志勝，他們兩人的說法卻又有所不同：

> 經過半個多月的談判，在姬莊和沙溝車站正式舉行受降儀式，魯南軍區派來兩個連協助鐵道大隊受降。投降日軍及其家屬共兩千多人，因日方家屬哭鬧，秩序很亂，受降儀式進行了一個多小時，日軍交出輕機槍130挺，步槍1400支，子彈100箱，鐵甲列車一輛。〔註22〕

這些十分混亂的歷史敘事，其最大疑點就在於：由日軍主動向「鐵道大隊」投降，到日軍被迫向「鐵道大隊」投降，再到八路軍「兩個連」來協助「受降」，敘述者既沒說清楚當時究竟誰是受降主體，更是缺少日軍投降儀式的具體交代。眾所周知，在抗戰受降史上，八路軍和新四軍所統轄的作戰部隊，還沒有過接受大建制日軍投降的歷史記載；如果眞有「魯南鐵道大隊」受降一事，那絕對應是解放軍建軍史上的重大事件，必會有比較詳細完備且說法統一的書面材料，至少不會出現像「魯南鐵道大隊」領導那樣的隨意發揮。另外，「魯南鐵道大隊」在接受日軍投降的人數方面也明顯不實，張靜波說是一個聯隊（相當於中國軍隊一個野戰團大約3000多人），劉大隊長講連同家屬才有千餘人（人數少了三分之二），但卻繳獲山炮8門，重機槍8挺，輕機槍250多挺，步槍2000餘支，手槍好幾百，彈藥已經「四十頓」了可子彈還有「兩車皮」（眞不知道他是怎麼計算的）；可杜政委與王副大隊長卻講「投降日軍及其家屬共兩多千人」（人數又多了一半），機槍步槍加起來共有1530千挺支（武器又少了一半），子彈100箱（比起兩車皮來起碼也少了一半），

〔註21〕《回憶鐵道游擊隊》，載《魯南峰影（上）》，山東文藝出版社，1989年3月版。

〔註22〕杜季偉、王志勝：《魯南鐵道游擊隊》，載《山東黨史資料》，山東人民出版社，1985年版。

更沒有提及山炮和手槍。如此不實的數字記憶，很難使人相信這次受降事實的眞實性，更難怪陳毅元帥在看完電影《鐵道游擊隊》之後，對於結尾處受降儀式一節很是不滿。〔註23〕

我眞希望「鐵道游擊隊」的英雄事跡，能夠流芳千古日月可鑒；但是面對這些雜亂無章事實不清的歷史資料，我卻只能是目瞪口呆仰天長歎！然而，就是這樣一部充滿著虛構色彩的紅色傳奇，它究竟又是怎樣被轉變成了歷史眞實呢？回答曰：應是小說《鐵道游擊隊》的影響效應。

3、《鐵道游擊隊》：重構歷史的藝術虛構

1954 年，小說《鐵道游擊隊》的出版發行，不僅成就了劉知俠在中國當代文壇上的重要地位，同時更是揭開了「魯南鐵道大隊」鮮爲人知的塵封秘密。從此以後，《鐵道游擊隊》與「魯南鐵道大隊」同時名聲大噪，而藝術眞實與歷史眞實也合爲一體彼此不分了。

劉知俠是河南衛輝人，1938 年到延安抗日軍政大學學習，同年加入了中國共產黨，1939 年到山東軍區教導團工作，主要是從事新聞報導與文藝創作。1943 年夏天，山東軍區在濱海抗日根據地，召開全省戰鬥英模表彰大會。在這次大會上，劉知俠聆聽了「鐵道隊」戰鬥英雄徐廣田的事跡報告，並親自採訪了徐廣田與正在軍區開會的杜季偉，從他們那裡瞭解到「鐵道隊」的戰士們，「他們在敵人據點裏摸崗哨，打特務，在鐵道上襲擊火車，在客車上打殲滅戰。有時把敵人的火車開跑。和另一列火車相撞。——把成車皮的布匹截下來，解決了山區根據地軍隊的多衣。他們能從火車上搞下可裝備一個中隊的日式步槍、機槍，送進山裏。」〔註24〕這些極富有傳奇色彩的戰鬥故事，對劉知俠的思想觸動很大。英模大會結束以後，劉知俠決定把採訪資料，寫成章回體小說《鐵道隊》，並在《山東文化》上連載了 2 期，引起了根據地軍民的強烈反響。然而寫完兩章以後，劉知俠卻沒有再繼續寫下去，因爲「鐵道隊」新任隊長劉金山和新任政委張洪義，聯名給他寫來一封信，大意是說：劉知俠向根據地軍民介紹「鐵道隊」的英雄事跡，他們打心眼裏表示高興和感謝；但同時也暗示說「鐵道隊」的戰鬥英雄有很多很多，其它「鐵道隊」隊員的英雄事跡並沒有被徐廣田講出來。所以，他們眞誠地邀請劉知俠到「鐵

〔註23〕見趙明著《居影浮沉錄》，文津出版社，1991 年版，第 146 頁。
〔註24〕劉知俠：《〈鐵道游擊隊〉創作經過》，載《新文學史料》1987 年第 1 期。

道隊」去體驗生活，希望他能夠看到一個眞實「鐵道隊」的戰鬥群體。於是，在 1945 年抗戰勝利前後，劉知俠曾兩次親赴「魯南鐵道大隊」，聽戰士們更爲精彩地講述打票車、奪機槍、撞火車、、殺鬼子、搞物資的傳奇故事，每場戰鬥都被戰士們講得出神入化，令劉知俠本人傾聽入迷震撼不已。在「鐵道隊」體驗生活的那段期間裏，劉知俠還專門走訪了微山湖畔和鐵路兩側的工人、漁民、農民，對游擊隊在鐵道線上的戰鬥情況，作了更爲全面細緻的深入瞭解。而劉知俠本人，也榮幸地成爲了鐵道游擊隊的榮譽隊員。日軍投降時，「鐵道隊」隊長劉金山，還送給他一把日本手槍。正是因爲如此，劉知俠才會滿懷深情地說過這樣一番話：

在微山島上，我參加了他們一次最難忘的新年慶祝會和悼念活動。游擊隊員們在鐵道線上和日本侵略者進行了七八年的浴血奮戰，最後奪取了勝利，而且迫使日本鬼子的一支鐵甲列車部隊，向這些英雄們繳槍投降。這在當時的華北地區是比較大的一次受降。爲慶祝抗日戰爭勝利後的第一個新年，他們歡欣若狂地痛飲勝利酒。可是也就在這極度歡樂的時刻，他們情不自禁地想起了爲奪取勝利，而在戰鬥中倒下的戰友，他們又淚流滿面，放聲哭泣。
——
他們是在微山島上開新年慶祝會的。一溜三大間房子裏，擺滿了好多桌豐盛的酒菜，進間迎面的一桌酒宴是空著的，這是爲他們犧牲的戰友準備的。這個桌子上的酒菜比其它桌上的更豐富。酒桌靠牆的正面，都是寫上了以洪振海爲首的一些烈士名字的牌位。
——在酒宴間，大家的情緒是高漲的，猜拳行令，唱著酒歌在狂飲（小說中「高高山上一頭牛」的酒歌就是我在這酒桌上學的），他們是豪放的，大塊吃肉，大碗喝酒。兩間大屋，一片歡騰。可是酒喝到一定時候，酒宴中的情緒轉入了沉靜，因爲他們想到了在戰鬥中失去的戰友，想到了帶著他們勇敢地和日本鬼子拼殺的洪振海大隊長，張洪義政委，還有曹得清兄弟……這些英雄們浸入哀慟的情緒，有的是一邊喝酒，一邊落淚。酒宴後他們跑到湖邊，喊著洪大隊長的名字，喊著張洪義、曹得清、李運生一些犧牲者的名字在大聲痛哭，當然老時在這中間是哭得最悲痛的一個。
就在這次帶悼念性的新年慶祝會上，靳懷剛書記有個提議：爲

了悼念死者，一是把鐵道游擊隊的戰鬥事跡寫成一本書；二是將來在微山島上立一鐵道游擊隊革命烈士紀念碑。當第一個提議我答應下來後，靳又在會上向大家建議：說我爲了《鐵道游擊隊》的寫作，從濱海到魯南跋山涉水，通過敵人封鎖線，到這裡來和他們一道工作和生活。爲了感謝我對他們的關心和愛護，他提議我爲鐵道游擊隊的榮譽隊員。大家以熱烈的掌聲通過了靳懷剛的這一倡議。

所以我以後進行《鐵道游擊隊》這部小說寫作，已不僅僅是作者的個人願望和愛好，倒成了我義不容辭的責任了。〔註25〕

從劉知俠本人的敘述當中，我們可以梳理出這樣一條線索：最早使他萌生寫小說「鐵道隊」的情緒衝動，是源自於徐廣田那頗帶誇張色彩的個人故事（比如能搞到鬼子一個中隊的武器裝備，這在當時是根本不可能做到的一件事情）；而到了「鐵道隊」去體驗生活之後，他聽到了更多耳目一新的傳奇故事；而每一個傳奇故事，又都要比徐廣田講得更加活靈活現。劉知俠並沒有親自跟隨「鐵道隊」參加過戰鬥，他去「鐵道隊」時「鐵道隊」的歷史使命，已不再是活躍在鐵道線上打截敵車，而是轉向了護送領導穿越鐵路；因此他對「鐵道隊」英雄事跡的眞正瞭解，也主要是通過戰士們與當地百姓之口，去「聽」他們激情地講述革命先烈們的神奇往事。「聽」多了自然會發生感動，故劉知俠舉酒盟誓慷慨許願，一定要把「鐵道隊」的事跡寫出來，不僅讓其流傳久遠更要讓其發揚光大！

由「聽」個體言說到「聽」群體言說，小說《鐵道游擊隊》正是根據這樣的「眞人眞事」，幾乎是在層層轉述的基礎之上，最後才由劉知俠來做一藝術總結的。這種「滾雪球」的創作方式，原本就是中國小說的光榮傳統。與此同時，「老劉！你寫這些戰鬥時，不要忘了也把我寫上去啊！」當年「鐵道隊」員的這一要求，我們可以將其視爲是一種「歷史」對於「藝術」的強烈要求。「他確實參加了這樣戰鬥，在戰鬥中作出應有的貢獻，他的要求是合理的。」〔註26〕作者本人的這種理解與同情，我們則可以將其視爲是一種「藝術」對於「歷史」的莊重承諾！小說《鐵道游擊隊》無疑是將「聽」到的歷史眞實，通過高度藝術形象化的處理方式，再去把它生動地還原爲是「眞實」的歷史，這種人爲混淆藝術與歷史的主觀努力，便直接消解了兩者之間的嚴

〔註25〕劉知俠：《〈鐵道游擊隊〉創作經過》，載《新文學史料》1987 年第 1 期。
〔註26〕劉知俠：《〈鐵道游擊隊〉創作經過》，載《新文學史料》1987 年第 1 期。

格界限──《鐵道游擊隊》因其人物與事件的眞實性，早已超越了它藝術審美的虛構想像，而被視爲是一種歷史本身的客觀存在，並集中體現了紅色經典創造歷史的敘事法則。

那麼，《鐵道游擊隊》究竟是如何由一種主觀想像的藝術虛構，從容地轉變成了「魯南鐵道大隊」的輝煌戰史了呢？我個人認爲有以下三大主要原因：

首先，作者採用紀實創作的表現手法，將作品中最主要的人物形象，都讓其歷史有名而現實有聲，使讀者不得不去相信他們客觀存在的眞實性。比如，小說《鐵道游擊隊》中的大隊長劉洪，就是「魯南鐵道大隊」兩任大隊長洪振海與劉金山的姓氏重疊，而劉洪的爲人豪爽、戰鬥勇敢、行事鹵莽、義氣用事等性格特徵，則更是作者對洪振海傳言的概括與整合。政委杜季偉在談到他第一次見到洪振海時，曾有過這樣一番頗有文采的詳細描述：

> 傳說中的洪振海隊長，像是中國武俠小說裏的人物，會飛登火車。上次送進山裏的十幾支黑大蓋和兩挺歪把機槍，據說就是他從飛快的火車上掀下來的。我正猜想著這位隊長是怎樣一個人，突然，一個雙眉入鬢的人撩簾而入。一身皂青褲褂，緊緊地裹著他那短小的身體。特別刺眼的，是他那小褂上密密麻麻釘著一排布扣。頭戴一頂有一個大絨球的線帽。這模樣，使人想聯想起《水滸》上的石秀。不等李景蘭介紹，他便開口：「兄弟是洪振海。還沒有用飯吧？走，找個地方喝半斤。」〔註27〕

凡是看過小說《鐵道游擊隊》的讀者都能發現，雖然作者對於劉洪做了文明化與革命化的藝術處理，但是人們仍舊可以從他身上找到洪振海的明顯印記。政委李正、也就是「義合炭場」的帳房先生，是以魯南鐵道大隊政委杜季偉爲原形的，劉知俠說「杜季偉二十五六歲，清秀的面孔上有雙細長的丹鳳眼，是個讀過師範的知識分子幹部。在極端艱苦複雜的鬥爭中，他能夠和鐵道游擊隊的哥兒們混在一起，並贏得了他們的信任，發揮了他的政治工作威力，確非易事。」〔註28〕這也與李正的身份與性格十分相符。王強當然是以王志勝爲原型，這個人足智多謀處變不驚，他善於交際能和鬼子周旋，在

〔註27〕 見《鐵道游擊隊的故事》一文，載《星火燎原·選編之五》，解放軍出版社，1981年版。

〔註28〕 劉寶森、龔印明：《劉知俠和他的〈鐵道游擊隊〉》，載《鐵道游擊隊傳奇》一書，中國文史出版社，2006年版。

「鐵道隊」裏是出了名的老好人，總能夠在關鍵時刻化解矛盾和危機，這些也都在小說和電影中多有表現。而芳林嫂這一人物形象，則是來源於三位魯南女性：一位是姓時的大嫂，由於小時沒纏過腳，人稱時大腳，她不僅幫助「鐵道隊」員，而且還和洪振海發生了戀情；另一位是劉桂清，她把兒子送到「鐵道隊」，去做王志勝的通訊員，大家都叫她劉二嫂；還有一位是尹大嫂，她不但掩護傷員和遞送情報，還親自給鐵道隊帶路去襲擊敵人。這三位大嫂的家都是「鐵道隊」的秘密聯絡點，其中尹大嫂用手榴彈去砸日本特務高崗的眞實故事，也被演繹成了小說《鐵道游擊隊》裏芳林嫂的英雄壯舉。將歷史人物經過加工改造直接寫進小說，既增強了文學藝術的歷史眞實感，又強化了廣大讀者的歷史認同感，這恰恰正是紅色經典「寓教於樂」功能的最好體現。

其次，作者同樣是採用紀實創作的表現手法，對他所「聽」到的眞實事件去進行藝術重構，並在創造性想像中去推動歷史的藝術轉化，最終使歷史與藝術融爲一體，實現兩者之間的完美統一。比如，小說《鐵道游擊隊》所描寫的經典戰例，都是劉知俠從「鐵道隊」員那裡「聽說」的，故他除了做了一些具體細節的藝術加工之外，幾乎都把原始故事搬進了小說中。像二十幾個隊員分成五組，挖牆潛入洋行內部，分頭去刺殺鬼子等情節，完全就是作者對「聽說」故事的原文引用：

> 老洪一招手，隊員們都從廁所裏溜出來。一組靠南屋檐下，二組靠東屋檐下，三、四組在廁所門兩邊，都蹲在那裡，屏住呼吸。每組的頭兩個人都是短槍，準備從兩邊拉門，他們都在靜等著老洪及政委發出行動的信號。

> 當老洪一步躍進院子，像老鷹一樣立在那裡。一聲口哨，四簇人群，嘩的向四個屋門衝去，只聽四個帶滑輪車的門「嘩啦」，幾乎在同一個時間裏，被持槍人拉開，刀手們一竄進去，持槍的隊員也跟著進去了。

> 各屋裏發出格裏呵喳的聲音，和一片鬼子的嚎叫聲。──

> 當彭亮小坡和其它三個隊員，剛摘下牆上的短槍，正要走出屋門，只聽到東西兩廂屋子裏，傳來呼呼的槍聲。他們知道這是遇到棘手時，不得不打槍了。（引自上海文藝出版社 1954 年版《鐵道游擊隊》，下同）

小說中所描寫的「血洗洋行」，同杜季偉和王志勝等人所講述的「血洗洋行」，顯然沒有什麼太大的本質區別，所以人們將其看作是「歷史眞實」也並不奇怪。另外打票車一節，如果我們除掉那些誇張性的藝術描寫，同樣也是劉知俠對「聽說」故事的原文照搬：

> 黑大漢把燒雞和酒都放在臨窗的小板桌上。小桌正位於他和鬼子中間，夕陽透過玻璃窗照著蘭陵酒瓶，泛著粉紅誘人的顏色。一個酒瓶大概被主人打開過，酒味和包在紙裏的醬紫色的燒雞的香味，不住的向鼻孔裏噴射進來。開始鬼子認爲和中國人坐在一起，感到討厭，可是當眼睛溜到酒和燒雞上，臉上露出溫和的樣子。所以黑漢子把最好的炮臺煙抽出一支，遞上去的時候，這鬼子小隊長也就接過來，黑漢又那麼殷勤的劃了洋火爲鬼子點煙，在一陣煙霧下邊，鬼子就顯得有些和藹了。──現在他看到黑衣漢子，把香噴噴的雞舉到他的臉前，略一推卻，就接過來，大嚼起來了。──

> 只見老洪把短槍朝他右邊的司機座上一舉，彭亮馬上一低頭，耳邊聽到「噹！噹！噹！」一連就是三槍，車忽然震動一下，當他再探出身來，看到鬼子司機像黃色的草捆似的倒在鍋爐前的鐵板上，血汨汨的向他這裡流，他馬上躥上去，在老洪用槍逼住司爐的時候，就跳向右邊的司機座，扶住了已經失去掌握的開車把手。

> ──王強走到黑漢子的身邊：「魯漢同志！撒手吧！跑不了他的！」魯漢一擡身子，「呼呼」王強已將兩顆子彈打進鬼子小隊長的腦袋裏了。魯漢馬上到板壁上搞下鬼子的匣槍，就在這同時車另一端，也響了槍，小坡打死了另一個鬼子──前後各節車廂裏，都響起了槍聲，王強和小坡、林忠、魯漢到其它各車廂去，他們看到分到各車廂的短槍隊員都順利的執行完任務了。

這段有關「打票車」的精彩敘事，與我們在前面所引用的回憶史料，基本上也是大同小異如出一轍，似乎作者本人就是在以形象化的藝術手段，去人爲地強化這一歷史事實的不可撼動性。毫無疑問，這種紀實性場面的故事性處理，使藝術眞實中又包含了歷史眞實，藝術與歷史已不再被分割而是變成了一體。應該實事求是地說，小說《鐵道游擊隊》是所有紅色經典當中，通過藝術去重塑歷史最爲傑出的代表之作。

再者，小說《鐵道游擊隊》裏的那些原型人物，也明顯採取了投桃報李

般的感恩姿態，他們幾乎在所有復述歷史的回憶錄中，都不約而同地按照小說所描寫的故事情節，複製性的到處去宣講「魯南鐵道大隊」的輝煌歷史。這就使我們終於明白了一個十分關鍵的疑點問題：爲什麼那些「親歷者」會對同一件事情，各執一詞出入很大，原因就在於他們是在按照小說去講歷史，並對原有歷史做了自我理解式的藝術誇張。他們之所以會這樣做的充足理由，則是：「眞實的飛虎隊故事遠比電影和小說更豐富。」〔註29〕在對比小說藝術與歷史事實的過程中我們不難發現，《鐵道游擊隊》作者自然是在以藝術形式去描寫歷史，而「魯南鐵道大隊」領導則又是在以親身經歷去佐證藝術，其實歷史經過這兩種方式的藝術復述，已經逐漸失去了它自身所固有的客觀眞實性。在這裡，我們把杜季偉《鐵道游擊隊戰鬥生活片段》中，關於「血洗洋行」一節的回憶敘事羅列出來，看看他是怎樣去「如實」地描述那段歷史的：

　　第二天，王志勝同志手裏拿著個醬油瓶子，裝做打醬油的樣子向洋行走去。走到洋行門口的時候，碰到以前洋行的二掌櫃金山（日本人），他和王志勝原來就認識。金山問道：「王的，什麼的幹活？」王志勝說：「買醬油的幹活。」他叫王志勝到他家裏坐坐。王志勝同志正想進去偵察情況，也就欣然答應了。到了金山家裏，他老婆將兩杯茶，一包金槍牌香煙放在托盤裏，用頭頂來擺上。看樣子金山好像有話要說，但欲言又止，只是拉了幾句家常。金山說：「你的買醬油？」王志勝同志連忙說：「我的進不去！」「我帶你去！」於是他就和王志勝一起進了洋行。王志勝邊走邊把東南西北屋子裏的情況仔細地看了一遍，暗暗記住，然後才去買醬油。——

　　晚上10點左右，西北風呼呼地吼叫著，把積在地上的煤塵卷到空中，使本來晴朗的夜空變得迷迷茫茫。一隊精神抖擻的游擊健兒悄悄地向洋行走去。陰森森的洋行大門在寒風中顫抖著，發出一陣陣低沉的悲鳴。在門口站崗的日本兵，縮著頭，來回地走動，老洪小聲說：「你們先隱蔽一下，我先把他收拾了。」說時遲，那時快，只見他一個箭步衝上去，手起刀落。那個日本兵也沒叫一聲像草個子似的倒了下去。洋行的大門緊緊地關閉著，圍牆上有電網，怎麼

〔註29〕趙明偉口述、陳慈林整理：《「飛虎隊」傳奇》，載 2009 年 9 月 22 日《杭州日報》。

能進去呢？有的同志說：「從牆上挖洞進去！」大家認為是個辦法。於是找來一把大錘，一把斧子，一支鋼釺。王志勝同志指著一段牆說：「這裡面是敵人的澡堂，在這裡挖比較安全。」——從夜裏 10 點一直挖到凌晨 5 點，才挖開了一個剛能爬過一個人的小洞。王志勝同志一馬當先地鑽了進去，其它人也跟著往裏鑽。——洪大隊長一聲命令，隊員們一個個勢若猛虎下山，破門而入，舞起鋒利的大刀，抓起日本人就亂砍亂割，直殺得敵人鬼哭狼嚎，血肉飛濺。不一會就把東屋，南屋及西屋的敵人全砍死了。由於洋行離火車站很近，敵人的哨兵聽到叫聲後立即鳴起槍來，子彈嗖嗖地掠牆而過，探照燈不時掃向院子，情況十分緊急，必須馬上撤離。但進北屋殺鬼子的同志仍未見回來，副大隊長王志勝進去一看，只見三個鬼子死了兩個，另一個光著上身，下身只穿一個褲頭，手裏拿著棍子亂舞。我們的隊員拿的大刀柄短，砍不著他，所以像走馬燈似的在屋裏轉圈。王副隊長看到這種情況後，一甩手槍，「叭」地一聲就結束了這場走馬燈戰鬥。——一轉眼，我們便全部衝出大門，消失在夜色裏，帶著繳獲的武器和其它戰利品安全轉移了。給敵人留下的是 13 具血肉模糊的屍體。〔註30〕

這段文字所復述的基本內容，與小說第七章「血染洋行」大致相同。復述中不僅增加了形象逼真的人物對話，而且還添加了大量如臨其境的文學想像。讀者感覺這並不是在進行歷史敘事，倒像是悠然自得地坐在茶館裏聽評書——而且還是一個漏洞百出充滿破綻的傳奇敘事：其一，由於敘述者過度去藝術化的加工歷史，反倒使人感覺他所言說的歷史有點虛假；既然連香煙牌子和戰鬥細節都記憶得是如此清楚，那麼他們怎能還會出現前面那些記憶混亂的低級錯誤呢？其二，洋行本來就是開門做生意的，王志勝既然是到洋行去打醬油，就證明洋行是可以自由進出的，他幹嘛偏要說自己進不去呢？其三，對於金山老婆的描寫交代，更是滑稽可笑不可思議，把煙和茶杯「用頭頂來擺上」，她究竟是日本人還是朝鮮人啊？無須多言，杜季偉絕不是在講述什麼歷史，而是在刻意重複小說的故事情節！我們不要忘記這樣一個重要細節：杜季偉、王志勝、劉金山等人開始到處去講述「魯南鐵道大隊」的戰鬥

〔註30〕見《鐵道游擊隊戰鬥生活片段》一文，載《魯南峰影（上）》，山東文藝出版社，1989 年 3 月版。

故事與英雄事跡，是在小說和電影《鐵道游擊隊》問世並引起了強烈反響之後，也就是說劉知俠成就了「魯南鐵道大隊」的輝煌歷史，而那些飛車勇士們也在自覺或不自覺中以《鐵道游擊隊》爲自豪——他們視講述小說中的人物事件爲歷史眞實，並在這種値得榮耀的歷史眞實中自我陶醉，所以原本並不是那麼十分出眾的歷史事件，也就因小說而變成了的一種藝術神話！

　　山東是一個盛產傳奇故事的文化之鄉，「魯南鐵道大隊」曾經戰鬥過的那些地方，其實就在梁山 108 條好漢聚義盟誓的「水滸」附近，難怪作者說「鐵道游擊隊的英雄人物，都具有熱情豪爽、行俠仗義的性格，多少還帶點江湖好漢的風格」，〔註31〕原來在革命英雄與古代豪傑之間，還存在有一種意義深廣的淵源關係。當年劉知俠在根據地搞新聞宣傳與文藝創作時，正値「趙樹理方向」被定位成是解放區文學的發展方向；劉知俠當然也渴望能寫出像《呂梁英雄傳》那樣的傳奇小說，但是剛剛開頭便因各種原因而被迫終止了。在我個人看來，小說《鐵道游擊隊》雖然是姍姍來遲，但卻讓作者贏得了更大榮譽，它不僅超越了解放區的文學傳奇，而且還發揚光大了毛澤東的《講話》精神！

〔註31〕劉知俠：《〈鐵道游擊隊〉創作經過》，載《新文學史料》1987 年第 1 期。

三、勇闖匪穴的孤膽英雄

——《林海雪原》的眞實與傳奇

　　小說《林海雪原》的創作初稿，最早寫成於 1956 年 8 月，1957 年 2 月《人民文學》以《奇襲虎狼窩》爲標題，選載了其中的《受命》、《楊子榮智識小爐匠》、《劉勳蒼猛擒刁占一》、《夜審》、《蘑菇老人神話奶頭山》、《破天險奇襲奶頭山》等六章，全書最終於 1957 年 9 月出版，累積印數高達 450 多萬冊。1958 年小說中的「威虎山」一戰，被俞乙改編成了劇本《智擒慣匪坐山雕》；1961 年，八一電影製片廠又將《林海雪原》拍成了電影。尤其是在「文革」期間，京劇《智取威虎山》入選八大「革命樣板戲」，由於有江青插手改編和毛澤東親定唱詞，《林海雪原》終於完成了它紅色經典化的全部過程。從此以後，「智取威虎山」的傳奇故事便開始家喻戶曉，而英雄楊子榮的高大形象則更是人人皆知——一段原本並不怎麼出名的民間傳說，通過作者以「親歷者」身份的文學敘事，成功地將其中藝術虛構的人物與事件，重新還原爲不容質疑的「歷史眞實」。《林海雪原》這種從「虛構」到「眞實」的神奇變化，集中反映了紅色經典「藝術即歷史而歷史即藝術」的審美法則！

1、《林海雪原》：從情緒記憶到藝術眞實

　　山東是一個人傑地靈盛產傳奇故事的藝術之鄉，歷史上《水滸》與《聊齋誌異》等古典名著，均是出於此地廣爲流傳的民間想像。也許正是由於審美習性的世代傳承，在山東「武術館」裡長大的作家曲波，不僅聽慣了許多「正史、野史、民間的能人故事」﹝註1﹞，而且自己也能寫出傳奇小說《林海

────────────

﹝註1﹞ 曲波：《卑中情——我的第一篇小說〈林海雪原〉》，載《山西文學》1983 年第

雪原》。曲波最初爲《林海雪原》取名，是叫《林海雪原蕩匪記》，可見傳奇
故事對他思想的影響，早已是根深蒂固難以剔除。《林海雪原》所講的剿匪故
事，其基本內容大致是這樣：1946 年解放戰爭初期，東北牡丹江地區雖已解
放，但仍有許多國民黨土匪藏匿深山，他們不斷地對根據地軍民發動瘋狂進
攻。爲了鞏固後方並支持解放戰爭，我軍一支僅有 36 人的精悍小分隊，深入
林海雪原去執行剿匪任務；他們在當地老百姓的大力支持下，奇襲虎狼窩並
智取威虎山，在綏芬大草原上與敵周旋，最終大戰四方臺全殲了頑匪。作者
曲波在這部小說當中，生動地塑造了少劍波、楊子榮、白茹等英雄形象，他
們那種出神入化的矯健身手、以一當百的蓋世武功，至今讀起來仍能令人擊
掌讚歎唏噓不已。

　　《林海雪原》問世以後，著名作家侯金鏡就發現曲波很會「講故事」；但
曲波本人卻不認爲《林海雪原》是在「講故事」，他只是「把英雄們的鬥爭事
跡作了一點文字的記載」。〔註 2〕在這以後幾十年的時間裏，曲波一直都大談
《林海雪原》的「真實性」，並極力去否定《林海雪原》的「故事性」；即使
是「文革」後《林海雪原》再版發行，他依然在「後記」中信誓旦旦地聲稱，
小說只是「忠實地記錄下戰友們的鬥爭生活」。〔註 3〕由於曲波始終都不肯承
認《林海雪原》是虛構故事，那麼我們也就有必要去重溫一下他所提到的那
段歷史。

　　《林海雪原》中的核心人物，當然就是剿匪英雄楊子榮，可以說他那種
「高處不勝寒」的完美形象，正是幾代中國人「學英雄、做英雄」的心中偶
像。小說對於楊子榮，曾做過如此介紹：

> 楊子榮——這個老有經驗的偵察能手，是雇工出身，是山東省
> 膠東半島上牙山地區的抗日老戰士，現在是團的偵察排長，已經四
> 十一歲了。他雖然從小受苦，沒念過一句書，卻絕頂聰明，能講古
> 道今，《三國》、《水滸》、《岳飛傳》，講起來滔滔不絕，句句不漏，
> 來龍去脈，交代得非常清楚，真是一個天才的評書演員。(引自人民
> 文學出版社 1957 年版《林海雪原》，第 55 頁，下同)

---

6 期。
〔註 2〕　曲波：《關於"林海雪原"》，載《林海雪原》，人民文學出版社，1957 年 9
　　　　月第 1 版，第 587 頁。
〔註 3〕　曲波：《致讀者》，載《林海雪原》，人民文學出版社，1978 年 1 月版，第 599
　　　　頁。

曲波口口聲聲說楊子榮是他的「親密戰友」，那麼他對這位「親密戰友」應該是非常瞭解的；但僅從《林海雪原》中這段人物介紹來看，恐怕問題要比人們想像的更爲複雜也更爲迷離。據所謂的楊子榮家鄉及海林縣民政局的歷史考證，楊子榮出生於 1917 年，1945 年 9 月參加人民解放軍，1947 年 2 月 23 日在一次剿匪戰鬥中犧牲，時年也還不滿 30 周歲。另外，楊子榮是自耕農出身，而且還讀過六年私塾，並非「沒念過一句書」，更不是什麼「抗日老戰士」。如果曲波與楊子榮果眞是相濡以沫的「親密戰友」，那麼在他追憶性的描寫交代中就不應出現大量的不實之詞。與此同時，歷史上到底有無楊子榮這一人物，至今仍是令人困惑的一大懸念。1964 年周恩來提出想見一見楊子榮的原型人物，於是人們便開始紛紛去尋找其人生軌跡與生平線索，山東牟平一個名叫楊宗貴的失蹤人員，最終被認定就是參軍後改名的楊子榮。可是《楚天都市報》2004 年 8 月 14 日又報導說，湖北也考證出楊子榮是襄陽七方鎮楊沖村人，其眞名不是什麼楊宗貴就叫楊子榮，經其家人反覆比對歷史資料已欣然得以確認。就連楊子榮是哪裏人氏到現在都沒有一個統一的說法，那麼輕率地將其認定爲是眞實歷史人物顯然有些不妥。

　　《林海雪原》到底是不是在寫「眞人眞事」，這與曲波本人是否直接參加過剿匪戰鬥，當然有著密不可分的直接關係。小說中的參謀長少劍波，是剿匪小分隊的最高指揮官，他從頭到尾都參加了牡丹江的剿匪戰鬥，那麼他究竟是不是曲波本人呢？在第一次談《林海雪原》的創作體會時，曲波曾對此做過這樣的解釋說明：

　　　　不少讀者以爲少劍波就是我自己。其實雖然少劍波有些事情是按我的經歷去寫的，但我絕不等於少劍波。因爲這個人物，作爲這樣一部小說的主人公，我是企圖按照人民解放軍中這樣一類青年指揮官，就是從小參加八路軍，黨把他在火線上培養長大成人的形象來刻畫的。〔註4〕

曲波還一再聲稱在小說《林海雪原》中，只有楊子榮和高波是眞人眞名；可我們卻發現小分隊的其它成員，差不多也都是用了眞人眞名：比如孫大德與「孫達得」、劉蘊蒼與「劉勳蒼」、「欒超家」與「蘭紹家」、王敬之與「王景之」等，歷史上的眞實人物與小說中的虛構人物，他們之間都是一字之改或者諧音。就連少劍波與曲波兩人的名字當中，也都帶有一個耐人尋味的「波」

〔註 4〕參見曲波：《關於"林海雪原"》，載 1957 年 11 月 9 日《北京日報》副刊。

字。由此而去推斷，其它歷史人物客觀存在的眞實性，則又直接決定著作者「親歷」的眞實性，那麼曲波本人作爲少劍波的原型人物，也就是自然而然順理成章的事情了！不過，曲波把自己寫成是少劍波，這無疑會帶有很大的風險。在眞實的歷史上，曲波只是牡丹江軍區二支隊二團的副政委，他主要是負責政治工作而不是帶兵打仗，更不會與偵察排長楊子榮發生直接關係。據谷辦華所撰寫的傳記《楊子榮》介紹，1946 年正月十六，二團團長王敬之帶領部隊開到海林，楊子榮便是在此期間由他親自考察，才從炊事班調到團部當偵察排長的；從 1946 年初到 1947 年初，楊子榮一直都受王敬之的直接領導，在整整一年的時間裏，他們重複著「交代任務，完成任務，彙報情況，又交代任務，完成任務，彙報情況」的頻繁交往。〔註 5〕而東北烈士紀念館館長溫野，也以其出具的大量史料證明，楊子榮所有執行過的戰鬥任務，包括活捉土匪頭子「座山雕」，都是在王敬之親自指揮下完成的，而與那個參謀長少劍波無關。這又與傳記《楊子榮》的歷史敘述，形成了完整統一的證據鏈條。其實，王敬之早在 1947 年，即楊子榮剛剛犧牲的那一年，就曾親自給牡丹江軍區黨委寫過一份名爲《英雄的偵察員楊子榮》的彙報文稿，較曲波的《林海雪原》早了 9 年。我們相信作爲負責思想政治工作的副政委曲波，應該會看到這份頗具紀念意義的宣傳材料。既然曲波並不是楊子榮的直接上級，也沒有同他長時間並肩作戰的切身經歷，可他自己卻爲什麼會以少劍波自詡，在《林海雪原》中取代團長王敬之，不但與楊子榮情同手足親密無間，而且還形影不離共同戰鬥了呢？我們從對文史資料的梳理過程中，終於找到了一個令人信服的眞實答案：在楊子榮活捉了「座山雕」以後，從後方醫院剛剛養傷回來的副政委曲波，主動去向團長王敬之請纓參戰，希望自己也能在剿匪戰鬥中建功立業；結果由他唯一一次直接指揮的剿匪行動，就出現了偵察英雄楊子榮因槍栓被凍，遭土匪孟老三開槍打死的慘痛悲劇，時間定格爲 1947 年 2 月 23 日。我們千萬不可忽略這樣一個重要細節：曲波是搞思想教育的政工幹部，宣傳英雄是他的本職工作，所以他寫《林海雪原》並不稀奇；同時曲波自己也清醒地意識到，他對楊子榮之死是負有責任的，因此他才會充滿內疚地反覆去講——小說是獻給楊子榮等革命英雄的永恒祭奠！因此，我們也徹底讀懂了曲波的心靈隱秘：帶有強烈懺悔意識的緬懷敘事，才

〔註 5〕 見谷辦華、王樹山、林國軍著（中國人民政治協商會議牟平縣委員會編）:《楊子榮》，解放軍文藝出版社，1992 年 4 月版，第 60～61 頁。

是小說《林海雪原》的精神實質！

　　在《林海雪原》裏，不僅楊子榮與少劍波是作者筆下藝術虛構的傳奇人物，就連小說中描寫的那四次剿匪戰鬥，也是由作者本人大膽想像的人爲虛構。歷史上發生於牡丹江地區的剿匪戰役，絕非由少劍波那 36 個人的「小分隊」所承擔，而是出動了一萬多人的解放軍正規部隊，甚至還動用了大炮坦克等重型武器（在海林縣博物館裏，現在還陳列有「功臣」坦克的大幅照片）。在整個牡丹江地區剿匪時期，偵察兵在二團的主要任務，顯然是「偵察」而不是「作戰」。據史料記載，二團組建偵察排還頗帶有點偶然性和戲劇性：炊事員楊子榮主動請命，去爲沒有渡江工具的主力部隊尋找船隻，團領導起初並沒有對這個「伙夫」抱有多大希望，但是楊子榮卻出人意料地解決了難題；從此以後楊子榮在做飯之餘，仍主動去爲部隊探路偵察，尤其是他在杏樹底村成功地勸降了 400 多名土匪，從此以後就變成了一個傳奇英雄。團首長發現楊子榮是個人物，於是便成立了一個偵察排，讓「伙夫」楊子榮去當排長。這個偵察排有成員孫大德、魏成友、劉蘊蒼、孫立珍、趙憲功、耿寶林等人，他們除了偵察之外還與小股土匪直接作戰（比如「活捉座山雕」），一般大股土匪都是由主力部隊去進行圍剿。〔註6〕曲波筆下「小分隊」的三十六人，恰好是一個偵察排的完整建制，曲波說這其中只有楊子榮和高波是用眞人眞名，其實孫大德與劉蘊蒼等人也基本上是眞人眞名。「欒超家」的原型是二團七連的「蘭紹家」，他雖然不是偵察排的正式成員，但卻是剿匪戰鬥中的重要角色，自然也就被曲波臨時「拼湊」進了「小分隊」。與二團偵察排最大的不同之處，就是「小分隊」脫離主力獨立作戰，不僅負責偵察而且還擔負清剿；牡丹江地區幾乎所有的剿匪任務，都被曲波做了集中概括的典型化處理，並全都由「小分隊」以「智取」形式去加以完成。這種頗具浪漫色彩的傳奇敘事，讀起來固然好看但卻絕不眞實。還有那個華佗再世的衛生員白茹，曲波 1958 年就曾對侯金鏡斬釘截鐵地說，「小分隊在當時確實有白茹這樣的一個成員」。〔註7〕可是到了 21 世紀初，曲波在接受採訪時卻又改口說，白茹並不是一個歷史上的眞實人物，其原型就是取自於自己的妻子

〔註6〕參見溫野：《偵察英雄楊子榮》，載《黑龍江文史資料》（中國人民政協黑龍江省委員會文史資料研究委員會編）第 22 輯，黑龍江人民出版社，1986 年 3 月版。

〔註7〕參見侯金鏡：《一部引人入勝的小說》，載《長篇小說研究專集（中）》，山東大學出版社，1990 年 4 月版，第 67 頁。

劉波。更有趣的是賀龍元帥曾問曲波，「你的妻子白茹」在哪兒時，曲波趕忙糾正說「我的妻子叫劉波」。沒有參與過剿匪戰鬥的劉波，被作者想像化地寫成了白茹，曲波前後之說的巨大矛盾，恰恰又證明了《林海雪原》的藝術虛構性。

當然，一提到小說和電影《林海雪原》，人們自然不會忘記「座山雕」與「威虎山」。「智取威虎山」是小說《林海雪原》中的經典戰例，更是後來被其它藝術形式所單獨截取並無限演繹的創作藍本。1961 年這一故事情節被拍成電影，「文革」中又被改成了「革命樣板戲」，應該毫不誇張地說，「智取威虎山」早已成為了《林海雪原》的代名詞。那麼，歷史上到底有沒有「智取威虎山」這回事呢？我們可以從 1947 年 2 月 19 日，《東北日報》上所發表的一篇報導《戰鬥模範楊子榮等活捉匪首坐山雕》中，瞭解到一些當年所發生過的真實情況：

> 牡丹江分區某團戰鬥模範楊子榮等六同志，本月二日奉命赴蛤蟆塘一帶便裝偵察匪情，不辭勞苦，以機智巧妙方法，日夜搜索偵察，當布置周密後，遂於二月七日，勇敢深入匪巢，一舉將蔣記東北第二縱隊第二支隊司令「坐山雕」張樂山以下二十五名全部活捉，創造以少勝多殲滅頑匪的戰鬥範例。戰鬥中摧毀敵匪窩棚，並繳獲步槍六支，子彈六百四十發，糧食千餘斤。

而據海林縣博物館的資料顯示，恰是這篇報導出來後的第四天，也就是 1947 年 2 月 23 日，楊子榮便在一次戰鬥中犧牲了。通過這篇新聞報導我們可以得知，歷史上確有「活捉座山雕」一事，但卻沒有什麼「威虎廳」，更沒有什麼「九群二十七地堡」。只繳獲了「步槍六支」的數字記載，似乎也就意味著這次戰鬥並不壯觀。「座山雕」原名叫張樂山，是牡丹江一帶的兇殘頑匪，在解放戰爭時期，他投靠了國民黨與我軍對抗。在楊子榮他們二團到達牡丹江之前，「座山雕」土匪的大部分人馬，都已被我軍大部隊所殲滅；1946 年冬，「座山雕」的部下只有二十四人，他們藏在密林深處的一座木房裏，除了三個暗哨根本就沒有什麼暗道機關。楊子榮等人利用夜幕掩護展開偷襲，沒費吹灰之力就把他們全都抓獲了。根據當時參加這場戰鬥的老同志回憶，「座山雕」是一個「七十多歲，白頭髮，下巴上一撮白山羊鬍子，鷹鉤鼻子旁邊兩隻深陷的小眼睛」的瘦小老頭。〔註8〕然而在小說《林海雪原》中，為了突出英雄

〔註 8〕 參見溫野：《偵察英雄楊子榮》，載《黑龍江文史資料》（中國人民政協黑龍江

形象的高大完美，曲波對於「座山雕」的陰險狡詐，明顯進行了誇張性的藝術描寫：

> 座山雕坐在正中的一把粗糙的大椅子上，上面墊著一張虎皮。
> 他那光禿禿的大腦袋，像個大球膽一樣，反射著像啤酒瓶子一樣的
> 亮光。一個尖尖的鷹嘴鼻子，鼻尖快要觸到上嘴唇。下嘴巴蓄著一
> 撮四寸多長的山羊鬍子，穿一身寬寬大大的貂皮襖。他身後的牆
> 上，掛著一幅大條山，條山上畫著一個老鷹，振翹著雙翅，單腿獨
> 立，爪下抓著那塊峰頂的巨石，野凶凶地俯視著山下。（小說《林海
> 雪原》第 211 頁）

小說中「座山雕」是位少將旅長，手下有剽悍土匪好幾百人，他們躲藏在白雪皚皚的深山老林，憑藉著「威虎山」的天然屏障和防禦工事，頑強抵抗著人民解放軍的軍事圍剿：「威虎山」懷抱五福嶺地勢險峻，四角小山包上各修有九個地堡，形成相互支持的交叉火力；而「座山雕」的大本營「威虎廳」，就坐落在五福嶺中央，鋪著「幾十張黑熊皮縫接的熊皮大地毯」，廳內點著「七八盞大碗的野豬油燈，閃耀著晃眼的光亮。」曲波把土匪頭子「張樂山」，改成了一個沒有歷史依據的「崔三爺」，這多少有點出人意料；按曲波喜歡貼近歷史真實的取名慣例，張樂山起碼也應被稱作「張三爺」，曲波幹嘛把他叫作「崔三爺」了呢？究竟是曲波對這次「戰鬥經歷」出現了記憶誤差，還是他根本就對楊子榮「活捉座山雕」一事沒有親歷？回答自然是後者而不是前者。

曲波本人並沒有參加「活捉座山雕」的那場戰鬥，而「智取威虎山」的故事情節，也是他對兄弟部隊一場戰役的大膽移植。根據黑龍江政協所出版的文史資料記載，牡丹江剿匪過程中曾有過一次著名的「鹿道之戰」：匪首鄭雲降帶領土匪主力近千人，盤踞在寧安縣南 90 多里的鹿道鎮，這個鎮是個山林小火車站，周圍都是原始森林，只有一條火車軌道通過。牡丹江軍區二支隊一團的領導決定，在正月十五元宵節，趁敵人麻痹大意之際，直搗匪巢發起攻擊：

> 正月十四晚，部隊秘密行動了……戰士們頂著嚴寒，在沒膝深
> 的雪地中艱難地跋涉著。

省委員會文史資料研究委員會編）第 22 輯，黑龍江人民出版社，1986 年 3 月版，第 102 頁。

部隊神不知鬼不覺地插到鹿道南山。它的地理位置很重要，它直抵鹿道守敵後背，切斷了鹿道與春陽兩地之間十分聯繫。

趕上正月十五，鹿道的1000餘名匪徒狂喝爛飲了一天，不加防備的睡著大覺，他們作夢也沒料到我軍這麼快出現在背後。一團的蕭副團長、王副政委命令部隊按作案方案迅速行動。一營和團直屬隊悄悄地向鹿道摸下去，三營佔據鹿道南山，我們七連佔領了東南老松嶺，控制從春陽過來的鐵道隧道口。

天剛拂曉，就聽到鹿道槍聲大作，一營已經同鹿道的守敵展開了夜戰。

......

這一仗炸死、打死土匪100多人。〔註9〕

一團在元宵節之夜深入林海包圍匪巢，將一群喝得酩酊大醉的土匪消滅了「100多人」，這與小說《林海雪原》中的「百雞宴」情節，顯然是有著某種相似的雷同之處。一團與二團同屬牡丹江軍區的直接領導，他們都參加過1946年到1947年的剿匪作戰。可是作爲二團副政委的曲波本人，不可能去參加發生於兄弟部隊的那場戰鬥；因此他只能是借用兄弟部隊的經典戰例，再巧妙地插入偵察英雄楊子榮的傳奇故事，讓其成爲主導這場戰鬥的靈魂人物，因此也就有了小說中的「智取威虎山」！僅從這一點上來說，小說《林海雪原》的「眞人眞事」，也只是曲波的「親耳所聞」，而不是他的「親眼所見」！

然而，在高呼猛進的「大躍進」年代，曲波自己卻並不這麼認爲；他始終都在強調說，《林海雪原》從人物到事件，全都是他「親身經歷」的眞實歷史：一、他說「舌戰小爐匠」確有其事，「當楊子榮同志向我們討打入匪巢的命令時，我們還有些猶豫……在匪穴中，當他一發現他曾捉過、審過、打過交道的變匪進山時，他說：當時他也不免一陣僵了神，手握兩把汗，全身像麻木了一樣。」〔註10〕據谷辦華的史料考證，楊子榮「活捉座山雕」時，曲波正在牡丹江醫院裏養傷，試問不在場的副政委曲波，究竟是如何去下達命令的？二、他說自己與楊子榮是親密戰友，「抗戰時期，他剛參軍時我曾

〔註9〕 參見周易山：《回憶綏寧剿匪鬥爭》，載《黑龍江文史資料——黑龍江的土匪與剿匪鬥爭》（中國人民政協黑龍江省委員會文史資料研究委員會編），黑龍江人民出版社，1992年12月第1版，第52～53頁。
〔註10〕 見曲波：《機智和勇敢從何而來》，載《中國青年》1958年第10期，第21頁。

問他：『你爲什麼要參軍？』他說：『一爲打日本救中國，二爲打楊大頭報仇！』楊子榮是 1945 年 9 月參軍的，準確地說就是日本投降以後；況且楊子榮的親屬也都表示，他們根本就不知道有「楊大頭」這個人物。抗戰期間楊子榮還沒有參軍，曲波卻能夠與其去進行對話，究竟是歷史本身出現了錯誤，還是曲波自己重新改寫了歷史？三、他說最能證明「智取威虎山」一事眞實存在的，是他發現了楊子榮於「一九四七年三月七日威虎山戰鬥間隙裏」，詳細記載有其「對前途和事業」看法的「一篇日記。」〔註11〕這就更有點令人匪夷所思了，楊子榮活捉土匪頭子「座山雕」，是發生於 1947 年 2 月 7 日，而僅僅相隔十六天（1947 年 2 月 23 日），他便在一次戰鬥中壯烈犧牲了！試問已經光榮犧牲了的楊子榮，又是怎樣在十二天後重新復活，不僅能夠從容地去寫戰鬥「日記」，而且還能把已經「活捉」了的「座山雕」再次繩之以法？

其實，歷史之荒謬性還遠非如此，時間到了 1986 年底，一個名叫「連城」的神秘人物，突然從沉默中站出來說話了──他在接受《黑龍江日報》採訪時，聲稱自己才是少劍波的歷史原型，並公然否定了《林海雪原》故事情節的眞實性。〔註12〕曲波聽到這一消息後，不僅惱羞成怒大爲光火，還於 1987 年 3 月，接受了《北京日報》的記者採訪──他痛斥「連城」是在「行騙」，並一再強調說在他的歷史記憶裏，「絕沒有從未剿過匪、1944 年 11 月才投向我軍的連城。」〔註13〕可在黑龍江文史資料以及谷辦華等人的歷史考證中，卻明確地記載著 1944 年劉公島與龍須島的反正海軍，被改編成了第十八集團軍山東膠東軍區海軍支隊，曲波被任命爲二團的副政委，起義組織者之一的連城被任命爲二團參謀長。〔註14〕況且當時二團團長王敬之仍然健在，爲什麼他不出面去替曲波揭穿「連城」呢？我們一直都在思考這樣一個問題：作爲一部歷史題材的長篇小說，不可避免地存在一個典型化的虛構過程。如果人們僅僅將《林海雪原》當作是一件藝術作品，那麼任何人都沒有理由去刻薄地指責曲波；可曲波自己卻偏偏要把《林海雪原》說成是「歷史眞實」，結果卻是落得個戰友反目讀者質疑的尷尬地步！

〔註11〕見曲波：《機智和勇敢從何而來》，載《中國青年》1958 年第 10 期，第 20 頁。
〔註12〕參見連城：《二○三首長重話當年》，載於 1986 年 11 月 16 日《黑龍江日報》。
〔註13〕參見沙林：《〈林海雪原〉不是爲某人立的傳──訪曲波》，載 1987 年 3 月 14 日《北京日報》。
〔註14〕參見樊易宇：《尋找紅色迷蹤》，長征出版社，2007 年第 1 版，第 77 頁。

小說就是小說，人們絕不能把它當作是真事兒！如果有人一定要把「虛構」看作是「真實」，或者硬要把「藝術」說成是「歷史」，那麼顯然就是一種「自欺欺人」的可笑行為！長期以來，《林海雪原》的藝術真實，被機械地還原為歷史真實。人們似乎早已習慣了運用政治思維，去對文學審美過程進行歷史感受——革命英雄正是在作者與讀者的共同想像之中，既支撐起那個物資貧乏年代的精神信仰，又消解了文學藝術獨立自為的存在價值，這無疑是紅色經典所共同具有的本質特徵。

2、《林海雪原》：從小說敘事到電影敘事

早在 1960 年，八一電影製片廠就已開始籌拍《智取威虎山》。因為《林海雪原》原著篇幅太長，洋洋 40 餘萬字共涉及四場大規模戰役，故導演劉沛然打算分上下兩部把它拍完，第一部就選擇了小說中最精彩的「智取威虎山」。沒想到電影在全國公映以後，引起了社會各界的強烈反響，大家都認為沒有必要再去拍第二部了，因此劉沛然也只能是作罷甘休。劇組成員之一王金山曾回憶說，觀眾對這部電影給予了充分肯定，儘管「文革」期間它被打成了「毒草」，但在中國人私下的記憶當中，它仍然是一部光彩奪目的優秀作品。〔註 15〕

電影是一種以視覺去影響社會的藝術方式，所以從改編伊始編導們就注意到了一個問題，即怎樣充分發揮其政治意識形態的宣傳功能。他們必須高度重視學界對小說的批評意見：一是認為少劍波和白茹兩人的愛情敘事，有損於革命軍人的英雄形象；二是認為少劍波身上有太多的小資情調，過於突出個人作用而沒有發動集體智慧；三是全書描寫人民群眾的成分太少，使小分隊孤軍奮戰完全脫離了人民群眾。那麼電影《林海雪原》同小說《林海雪原》相比，究竟發生了哪些變化呢？

首先，是歷史英雄的傳奇性復活。眾所周知，楊子榮與高波這兩位人物，都是在剿匪戰鬥中犧牲了的革命英雄。由於曲波「不忍心」戰友就這樣離去，所以他在小說中只讓高波犧牲，卻讓楊子榮活了下來。而電影《林海雪原》的編導比曲波更加聰明，他們深深懂得英雄不死的時代意義，所以他們乾脆讓高波也復活過來，以滿足廣大觀眾渴望「大團圓」的文化心理。偵察員高波的英雄事跡，主要體現為「小火車」之戰。在真實的歷史上，圍繞

〔註 15〕參見王金山：《瑣憶〈林海雪原〉》，載《大眾電影》2009 年第 18 期。

著「小火車」曾發生過兩次戰鬥：第一次是鄭三炮和一枝花襲擊小火車，當時擔任押車任務的高波壯烈犧牲，被押送的那些土匪俘虜也乘機逃跑；第二次是王團長帶著群眾坐小火車出山採購，路上中了土匪九彪的大隊埋伏，王團長指揮戰士帶著群眾轉移，誰知又再次中了敵人的埋伏，隨車群眾幾乎全部都被殺害，當時的場面非常之慘烈。〔註16〕但是到了小說中，曲波把兩次「小火車」之戰合成了一次「二道河橋頭大拼殺」：年僅十八歲的戰士高波，遭到大股土匪的突然襲擊，因為他全力殺敵一時疏忽，致使小爐匠欒平跳車逃跑；高波擊斃了十九名匪徒，安全地掩護數百群眾成功轉移，自己卻不幸被敵人擊中，含笑倒在了小火車旁邊。儘管小說敘事要比真實歷史更為悲壯，但高波之死與欒平逃脫，在作者曲波看來，這實際上就是一場敗仗。電影對於這一戰鬥場面的重新表現，顯然是做了頗有顛覆性的全面改寫，小分隊在戰鬥中原本是「失利」，也被誇張性地描寫成了「完勝」：

> 高波選擇好前邊的地形，率眾戰士向前運動。
>
> 守車裏，看守欒警衛的那個戰士，見土匪們衝過來，忙脫下大衣，端起槍，準備迎接戰鬥。
>
> 高波見匪徒們已經衝到近前，喊了聲「打！」緊接著，一排手榴彈打了出去。
>
> 民兵們的手榴彈也打了出去。
>
> 手榴彈在敵群中爆炸了，埋設地雷的那個土匪被炸倒；大麻子的臉上也掛了花，大麻子大聲吼叫道：「向那邊上！向那邊上！」指揮著眾匪徒向守車方向衝來。
>
> ……
>
> 大麻子率眾匪徒衝到這裡，一看這裡也埋伏著人，於是掉頭就跑。
>
> 高波率眾戰士開始追擊敵人。
>
> 張大山率眾民兵也開始追擊敵人。
>
> ……
>
> 所剩無幾的殘匪被小分隊的戰士和民兵們追擊到一個狹窄的山溝裏，繳械投降了；座山雕的參謀長大麻子也做了初上戰場的民兵

〔註16〕 參見谷辦華：《英雄楊子榮》，解放軍文藝出版社，1992年4月第1版，第177～181頁。

們的俘虜。（引自劉沛然、馬吉星：《電影文學劇本林海雪原》，載
《電影藝術》，1960 年第 11 期，第 55 頁。以下同上）

高波同志不僅沒有壯烈犧牲，並且在我軍中了埋伏的不利情況下，小小年紀
卻足智多謀化被動爲主動，一舉擊潰了數倍於己的兇殘頑匪！這種有驚無險
的情節設計，當然是一種革命的浪漫主義。更值得注意的是，在小說《林海
雪原》中，欒平之所以能夠跳車逃跑，是高波急於去打土匪所致，曲波沒有
遮蔽他的致命錯誤，相反還讓其深陷自責之中。可到了電影《林海雪原》，這
個細節卻一下子被改成：「高波忽然發現看押欒警尉的那個戰士也來參加追
擊，他還以爲自己看錯了，於是慌忙跑過去，一看果然是他，驚愕了一下。」
欒平已不再是由高波看押，甚至還是由他發現了看押者的擅離職守，這不僅
全然去掉了英雄人物身上的唯一瑕疵，更表現出了英雄人物身上的沈穩與成
熟！因爲在電影裏高波並沒有犧牲，所以後續情節也不得不發生變化——原
先小說寫孫達得取回情報時，正趕上給高波等同志開追悼會：「他立在門口，
脫下帽子，垂下頭，高大的身軀，疲憊的面容，愈顯得悲切。」孫達得將樺
皮情報交給少劍波，只是低聲地說了一句「一切順利。」可電影劇本卻完全
不同，孫達得已用不著去向高波致哀，那麼他本人便自然而然地成爲了英雄
主角：

> 孫達得這位擅長行軍的「長腿」戰士，爲了在六天時間內完成
> 往返六七百里的聯絡任務，累的舌乾唇裂，但他的高度的革命責任
> 心和堅韌力忍耐著全身無比的疼痛，終於勝利地回來了。
>
> 少劍波急忙迎到門口，兩手伸過去把他攙扶住，孫達得這時氣
> 力全無地靠在門邊，問道：「二〇三，我沒有耽誤了時間吧？」
>
> 少劍波聽到這話，激動地回答道：「沒有，沒有！達得同志，你
> 回來的正好！」（電影《林海雪原》劇本第 55 頁）

原本是一場生離死別的悲痛悼念，卻變成了一場戰友之間的歡欣團聚！我們
不能不佩服編導們的神來之筆，革命樂觀主義的激情洋溢，一再成就著英雄
不死的傳奇神話，同時更修正了小說爲讀者所留下的深深遺憾！

其次，是楊子榮形象的極大提升。「智取威虎山」是小說《林海雪原》精
心打造的故事情節，它生動地反映了偵察英雄楊子榮隻身闖入「虎穴」，大義
凜然地同眾土匪頭目鬥智鬥勇的豪情壯志，以及敢於蔑視「一切反動派都是
紙老虎」的宏大氣魄。不過，小說《林海雪原》在「舌戰小爐匠」一節，並

沒有讓楊子榮有多少勝算的絕對把握，而是先讓他內心世界鬥爭一番，然後再都抱著玉石俱焚的心理出場：

> 「先用舌戰，實在最後不得已，我也可以和匪首們一塊毀滅，憑我的殺法，殺他個天翻地覆，直到我最後的一口氣。」
>
> 想到這裡，他擡頭一看，威虎廳離他只有五十餘步了，三十秒鐘後，這場吉凶難卜、神鬼莫測的鬥爭就要開始。他懷著死活無懼的膽魄，邁著輕鬆的步子，拉出一副和往常一樣從容的神態，走進威虎廳。（小說《林海雪原》第 293 頁）

可是在電影裏，楊子榮的內心鬥爭，則被剪掉了一大半：

> 等小匪走了以後，他變得鎮定起來，堅強的革命意志和高度的革命責任心，戰勝了驚恐和不安，他想道（內白）：「先用舌戰，實在不行，大肚匣子一掄，殺他個天翻地覆！」考慮過後，將衣襟一抖，奔進威虎廳。（電影《林海雪原》劇本第 56 頁）

楊子榮由「一塊毀滅」到「大肚匣子一掄」，其內心預期顯然是發生了很大變化，面對生死考驗他早已棄絕了個人一己的私心雜念，革命意志與堅定信仰也使他壯志凌雲方顯出英雄本色。與此同時，有「高大」就有「猥瑣」、有「勇士」就有「懦夫」，爲了襯托偵察英雄楊子榮的正面形象，編導對匪首「座山雕」以及他手下的「八大金剛」也全都做了人物概念化的藝術處理：匪穴「威虎廳」被設計成一個豪華且陰暗的山洞建築，陰森恐怖見不到絲縷陽光；「崔三爺」賊眉鼠眼鷹鉤鼻子，貌似奸詐狡猾實則愚蠢之極；「八大金剛」更是清一色的「鬼魅」形象，長相醜陋且不說還群體弱智。最有趣者是楊子榮與欒副官的那場「鬥智」──楊子榮站立在上而欒平曲膝在下，楊子榮怒目圓瞪而欒平渾身戰慄，楊子榮伶牙俐齒而欒平言語結巴，楊子榮以假亂真而欒平有理難辯──編導們原意是想通過這場「鬥智」之戲，去表現楊子榮大智大勇的英雄氣質；可正反面人物剛一交鋒勝負便已知曉，因此「鬥智」也就變成了一種耍猴式的「愚人」表演！電影無疑是在重點突出楊子榮的個人智慧，而小說則是集中描寫緊張激烈的戰鬥場面，所以用文謀「智取」去替代武力「攻伐」，更具有革命浪漫主義的理想色彩。

再者，是「支委會」地位的人爲強化。我們知道在真實的歷史上，二團偵察排所承載的主要任務，就是化裝偵察獲取敵情；在小說《林海雪原》中，作者已經對其進行了重新定位，「既能偵察又能打，邊偵察邊打，要和敵人在

山林周旋，直到消滅敵人！」但到了電影《林海雪原》裏，編導卻再次人為地擴大其使命範圍，讓他們成為了集「戰鬥隊」、「工作隊」、「宣傳隊」為一體的政治組織。這就必須突出黨的絕對領導，於是小分隊便增加了「支委會」，使任何決策都是出自於集體智慧，大大消解了個人主義的英雄行為。根據楊子榮戰友們的歷史追述，他們每次外出執行偵察任務，行動方案都是由排長親自擬訂的，根本就不存在什麼「支委會」的集體討論，更沒有人去懷疑楊子榮的判斷能力：

> 大家的眼睛一眨不眨，靜靜地聽楊子榮分析。
>
> 「排長，」孫大德搶著說，「你說上刀山火海，我們都跟你闖。」
>
> 「排長，只要你下決心，我們就進去！」
>
> 「我們決不後退！勝利一塊勝利，犧牲一塊犧牲！……」〔註17〕

可曲波畢竟是位從事思想工作的政工幹部，他深知個人主義就是對「黨」的權威的直接危害；因此他在小說中把楊子榮的個人智慧，聰明地寫成是少劍波與楊子榮的集體智慧；把戰士們對於少劍波的強烈依賴，也寫成是個人對於「黨」的堅決服從。比如，楊子榮要求獨自一人打入匪穴，為裏應外合全殲頑匪去創造機會，就是由他先提出了一個詳細計劃，再經少劍波認真審查拍板決定：

> 「根據現在的情況，我們小分隊必須分成三路：第一路是我和劉勳蒼，率小分隊的全體，要如此如此……第二路是楊子榮同志，單人獨馬，去完成一個特殊的、我們最不熟悉的任務。要完成這個任務，必須如此如此……第三路是欒超家同志，也是單人獨馬，去專門對付一個敵人，完成這個任務，必須如此如此……」（小說《林海雪原》第 182～183 頁）

儘管曲波本人是想通過少劍波，來體現黨對小分隊的直接指揮；但由於少劍波也是現實生活中的具體「個人」，故讓其決策也就難免流於主觀武斷。在電影進行實際拍攝時，扮演少劍波的演員張勇手，就敏感地發現了這一問題，於是他便嚮導演提出建議，把原有情節做了如下改寫〔註18〕：

> 「不！」少劍波打斷楊子榮的話，說：「子榮同志，從目前看，

〔註17〕 參見谷辦華：《英雄楊子榮》，解放軍文藝出版社，1992 年 4 月第 1 版，第 277～278 頁。

〔註18〕 見 2004 年 5 月 1 日 CCTV6《電影傳奇：林海雪原之楊子榮》中對張勇手的採訪。

這樣做的條件還不成熟！」

「條件？」楊子榮自言自語地說了一句，思索起來。

……

少劍波：「這樣吧，咱們先開個諸葛亮會，把情況和同志們談談，讓大家動動腦筋，想想主意，看看有什麼別的辦法。」

……

「二〇三，你想的太周到了，就這樣決定啦！」楊子榮認為一切問題都解決了，說罷便高興地欲往外走，少劍波卻急忙拉住他，說：「不，子榮同志，這麼重大的一個問題，要和支委會的同志們研究討論一下再決定。」（電影《林海雪原》劇本第 43 頁）

我們從中不難發現，「支委會」取代楊子榮與少劍波，的確是凸顯出了「黨」的領導作用，消解了個體英雄的原有價值。而「支委會」的赫然出現，又徹底改變了小分隊的單一性質，使它擔負起了全面「拯救」的政治使命：戰士們除了要進行剿匪（戰鬥隊），還必須深入林區發動群眾（工作隊），溝通黨與人民之間的密切聯繫（宣傳隊），所以電影在片頭打出了這樣一行醒目字幕：

我軍為了徹底消滅這些土匪武裝，保護群眾進行土地改革，發動群眾支持解放戰爭，遂組成了一些機動靈活的又是戰鬥隊又是工作隊的小分隊，深入到了林海雪原之中。（電影《林海雪原》劇本第 37 頁）

讓小分隊同時承擔「戰鬥隊」、「工作隊」和「宣傳隊」三項使命，這明顯是編導們在有意發揚光大當年紅軍的優秀傳統，同時更是在以政治意識形態的宏大敘事，去生動地表現中國現代革命的歷史變遷。因而，我們在電影中看到了這樣一些被小說所弱化了的情節場面：小分隊一駐進「夾皮溝」，戰士們就忙於訪貧問苦，啟發村民們的階級仇恨，提高工人們的政治覺悟，耐心地宣傳黨的方針政策，積極組織群眾去生產自救，幾乎在短瞬之間就使他們脫胎換骨，成為了小分隊剿匪的強大支撐！電影《林海雪原》對「夾皮溝」情節的成功插入，不僅歌頌了子弟兵與老百姓之間的魚水情深，同時也再度闡釋了那個顛撲不破的革命真理：「沒有共產黨就沒有新中國」！

再次，是傳奇性敘事的極度泛濫。小說《林海雪原》就已經是夠傳奇了，像英雄們在零下四十度高寒可以生存七天六夜、三十幾米高的懸崖可以一跳

而下安然無恙、神槍手楊子榮十五米之內三槍才打死一隻老虎，還有那個「定河道人」手拿念珠滿口佛語等等，都足以令人目瞪口呆驚詫萬分。而電影《林海雪原》則更是借助於視覺藝術形式，把英雄傳奇發揮到了淋漓盡致的絕妙地步：比如，楊子榮成功地打入「匪穴」之後，「座山雕」為了再次驗證他的真實身份，特意安排了一次假冒共軍進攻的軍事演習，使得楊子榮終於有機會把情報送了出去。小說對這一情節是這樣描寫的：

他抽出大肚匣子，「我打死幾個匪徒，在座山雕面前顯顯我的本事，解除這個老匪對我的懷疑。」想著，他把大肚匣子上上了把，點射兩發，把快慢機一撥，嘟……一梭子，子彈雨點似的落在幾個黑影周圍，翻起幾點雪塵。

他立即再換上梭子，剛要射擊，突然一隻手搭上他的肩膀，「老九！慢來！」

楊子榮回頭一看，原來是座山雕和八大金剛中的塌鼻子立在他的身後。座山雕滿面嘻笑地向著楊子榮一撅山羊鬍子，然後湊近他耳邊小聲說道：

「老九！別打，這是我布置的軍事演習。」

楊子榮故作驚奇地瞪大了眼睛，「三爺，真好危險，要不是你上來得早，我這一梭打出去，定會銷掉幾個的。」他馬上放緩了語氣，帶有埋怨的口吻，「三爺作演習怎麼也不告訴咱老九一聲，怎麼？三爺還不相信我胡彪咋的？拿我當外人？」（小說《林海雪原》第 245 頁）

在小說裏，楊子榮所打出去的那一梭子子彈，只是「落在幾個黑影周圍，翻起幾點雪塵」，並沒有真正打死什麼土匪，可是在電影裏情況卻完全不同了：

楊子榮氣喘吁吁地跑到一個暗堡附近，他定睛向山下望去，只見山腳下有一群黑點活動，衝殺聲來自那裡。這下，他更肯定了自己判斷的正確（內白）：「啊！原來是這樣嘛！」

他很快地舉起槍瞄準射擊，「嘩嘩」一梭子，黑點處有幾個匪徒倒斃了。這時，忽然聽到座山雕的喊聲：「老九，慢打，慢打！」

楊子榮回頭答了一句：「三爺，共軍！」又把換上的一梭子彈打了出去，遠處又有幾個匪卒倒下。

這時，座山雕急了，竄到楊子榮面前拉住他的手，大聲說：「老

九，別打！我叫你別打！」說著，他看了看遠處倒下的匪屍體，難
過地說：「老九，這是我布置的軍事演習！」

　　　　楊子榮故作驚訝地「啊」了一聲，惋惜地說：「三爺，你看，十
多個！」（電影《林海雪原》劇本第51頁）

楊子榮不僅連發兩梭子子彈，並且還打死了「十多個」土匪！編導們之所以
會如此安排，其目的無非是要楊子榮假戲眞做，一方面是想讓「座山雕」相
信自己土匪胡彪的眞實身份，另一方面也是想乘機顯示一下槍法消滅幾個敵
人。我們姑且不論百米之外駁殼槍連發是否能夠精準，可我們卻知道小說裏
楊子榮十五米內三槍才打中一隻老虎啊！電影顯然要比小說更爲誇張也更爲
神奇！又如，小說裏剿滅「威虎山」頑匪是由小分隊36人完成的，大概就連
電影編導也認爲這實在是不可能發生的歷史奇跡，所以他們讓少劍波對即將
上山的楊子榮交代說：

　　　　「我帶著小分隊還是進到夾皮溝去，把群眾很快地發動起來，
民兵組織起來，再讓小分隊在很短的時間裏學會滑雪，這樣我們就
可以裏應外合，構成消滅座山雕這股土匪的一個完整的作戰方
案！」（電影《林海雪原》劇本第43頁）

於是就有了電影《林海雪原》中李勇奇和他的「民兵隊」與小分隊戰士一同
滑雪訓練一同進山剿匪的故事細節。電影強調人民戰爭的「汪洋大海」這本
身並沒有什麼錯，可耐人尋味的是楊子榮上山已是臘月時節，離大年三十也
就只剩下短短幾天的準備工夫。小分隊與民兵隊既要搞生產又要忙訓練，但
他們卻能夠克服常人所不能的一切困難，最終是革命生產兩不誤、滑雪打槍
樣樣精。請看，只訓練過幾天的小分隊與民兵隊員，他們腳上都蹬著專業滑
雪用具，熟練地在林海雪原中自由穿行：「像掠水的燕子，像飛翔的蜻蜓，輕
輕飄飄，彎彎曲曲，躲過巨石，越過溝壑，飛快地滑著雪向威虎山前進。」
這種由外行幾天便練就成熟手的敘事描寫，人們當然也只能把它看作是「傳
奇」故事，否則那些以此爲生的專業滑雪運動員，可眞是要深感汗顏無地自
容了！

　　除了上述故事情節的大幅改寫之外，小分隊中的女衛生員白茹，也因爲
電影敘事的重心轉移，發生了人物性格的明顯變化：那個「萬馬叢中一小
丫」，已沒有了含情脈脈的思春表現；她與小分隊那些男性隊員一樣，只是作
爲一名革命戰士而存在。而「奶頭山」上的女匪「蝴蝶迷」，也成了一個跑龍

套的小人物，只在「定河道人」身邊轉了幾圈便了事，其形象也由風騷婦人變成了普通村姑。

電影《林海雪原》的藝術改編，完全是時代政治的歷史產物：它突出黨的正確領導，弘揚集體主義精神，追求英雄不死的審美理想，滿足世俗觀眾的喜劇心理。在用藝術形式重新書寫紅色歷史的革命年代，它的確曾起到過「教育人民打擊敵人」的積極作用。不過我們也應實事求是地加以指出，電影《林海雪原》雖然政治化傾向十分明顯，但它的傳奇性又決定了它的觀賞性，至今我們也不能說它沒有一點審美價值！

3、《林海雪原》：從紅色經典到革命樣板

「今日痛飲慶功酒，壯志未酬誓不休。來日方長顯身手，甘灑熱血寫春秋。」這是革命樣板戲《智取威虎山》中十分經典且廣爲流傳的一段唱詞，它既顯示了偵察英雄楊子榮的豪情壯志，又顯示了他對黨和人民的赤膽忠心。早在 1944 年，毛澤東看過延安平劇院所演出的《逼上梁山》後，就曾在其寫給劇團的一封公開信中指出：舊戲舞臺被「老爺太太少爺小姐們」霸佔著，而延安平劇院的這齣新戲讓舊劇別開了生面。因此，他希望這種創作傾向能夠蔚然成風，使傳統戲曲眞正能爲中國老百姓所喜聞樂見。〔註 19〕故傳統舊戲的革命化改造，也一直是政治領袖所關注的話題之一。

小說《林海雪原》題材方面的革命性與傳奇性，決定了它必然會被納入到現代戲曲改編的議事日程。1958 年，北京戲劇編導委員會先是組織力量，把小說中「威虎山」一戰改編成了戲劇劇本，而全國各地也陸續將「智取威虎山」搬上了戲劇舞臺。爲了使《林海雪原》的主題思想，能夠得到革命化的全面提升，編劇還自覺對小說做了大量修改，明顯突出了「黨」的領導與統帥地位，比如楊子榮主動請命深入匪穴時，少劍波便唱到：「有了困難記住黨，記住人民要翻身」；而楊子榮緊接著也唱到：「我飲水思源難忘本，樹高千丈葉歸根。楊子榮能夠有今日，點點滴滴都是黨的恩。此番奉命把山進，不能成功便成仁。」由剿匪傳奇到忠誠於「黨」，主題敘事的徹底質變，在此時已是初見端倪了。1958 年上海京劇院，最早排演了現代京劇《智取威虎山》，先後在南京和上海等地演出，1964 年又由上海市委宣傳部推薦，參加了

〔註 19〕參見毛澤東：《看了〈逼上梁山〉以後寫給延安平劇院的信》，載 1967 年 5 月
　　　　25 日《人民日報》。

在北京舉行的「全國京劇現代戲觀摩演出大會」，受到了包括江青在內的高層領導的廣泛關注。7 月 17 日，毛澤東等黨和國家領導人在人民大會堂觀看了該劇，充分肯定了其現代京劇的時代特徵，並「提出戲裏反面人物的戲太重，指示要加強正面人物的唱，不要把楊子榮搞成孤膽英雄」等意見。〔註 20〕隨即，江青「專門召開會議傳達了毛主席要求塑造好楊子榮的英雄形象的意見，部署對該劇的修改加工，並稱：『上海的《智取威虎山》，原來劇中的反面人物很囂張，正面人物則乾癟癟。領導親自抓，這個戲肯定會改好。』」〔註 21〕江青還宣佈了毛澤東爲劇本所改寫的唱詞：把「迎來春天換人間」改爲「迎來春色換人間」；將「同志們整行裝飛速前進」改爲「同志們整戎裝飛速前進」。由於有江青和毛澤東的親自關注，現代京劇《智取威虎山》從 1958 年初演，到 1970 年被拍成革命樣板戲電影藝術片，其經典化過程竟長達 12 年之久；而不斷磨礪與反覆修改過的《智取威虎山》，也以其恢弘氣勢征服了觀眾震撼了人心，尤其是許多優秀唱段像「穿林海」、「朔風吹」等，更是全國人民家喻戶曉耳熟能詳張口會唱──國粹京劇這種地地道道的傳統文化，正是由於借助紅色題材與電影手段，才徹底擺脫了自身退化的歷史趨勢，眞正地走向了民間社會並被全民族所喜愛！

從早期現代京劇《智取威虎山》，到革命樣板戲《智取威虎山》，一部表現剿匪題材的文藝作品，究竟都發生了哪些重大的變化了呢？

首先，是人物形象設計發生了變化。爲了落實中央領導的修改意見，主要表現英雄人物的革命精神，1958 年版劇本裏原有土匪 10 人，而 1964 版劇本裏減少爲 5 人，到 1970 年版的劇本裏，又再次壓縮爲 2 人，敵我力量對比已不再是均衡發展，而是全面突出了我軍的絕對優勢。小分隊戰士的人物名稱，也被做了符合時代特徵的徹底改造：「少劍波」被改成了「參謀長」、「白茹」被改成了「衛生員」、「孫達得」被改成了「申德華」、「董中松」被改成了「鍾志城」、「欒超家」被改成了「羅長江」、「李鴻義」被改成了「呂宏業」。只要我們稍加留意便能從字面上發現：歌頌祖國、眾志成城、建功立業、保衛中華等政治寓意，恰恰正是意識形態宣傳口號的直接表達。另外主要角色的順序編排，也被重新進行了較大調整：在 1958 年版劇本中，少劍波是第一

〔註 20〕文化部批判組：《還歷史以本來面目》，載 1977 年 2 月 13 日《人民日報》。
〔註 21〕袁成亮：《現代京劇〈智取威虎山〉誕生記》，載《黨史博采》2005 年第 10 期。

主角，楊子榮是第二主角，「座山雕」是第三主角；而在 1964 版劇本中，楊子榮被提升爲了男一號，少劍波卻成了男二號；到了 1970 版劇本中，人物佈局則更是煞費苦心：參謀長高屋建瓴，代表著中國共產黨的光輝形象；楊子榮大智大勇，代表著人民解放軍的光輝形象；李勇奇愛憎分明，代表著工人階級的光輝形象；小常寶苦大仇深，代表著農民階級的光輝形象——由此而向觀眾傳達出了這樣一個信息：「工農兵」緊密地團結在「黨」的周圍，這就是中國現代革命之所以能夠取得勝利的根本保證！

其次，是革命英雄楊子榮發生了變化。在 1958 年俞乙版劇本《智擒慣匪坐山雕》裏，作者爲了強調歷史人物的眞實性，而把上山時的楊子榮寫成「匪氣」十足，比如嘴裏不僅哼哼著黃色小曲，還同「座山雕」的乾女兒打情罵俏等。上海京劇團在參考俞乙版劇本時，就對這個「滿嘴黑話、渾身匪氣的江湖客」式的英雄人物非常不滿〔註 22〕。於是，他們按照「高大全」的英雄法則，對楊子榮形象進行了重新塑造：其一，全面剔除楊子榮身上的「匪氣」與「江湖氣」，只保留他在「威虎廳」裏「天王蓋地虎」那幾句經典黑話，而上山途中土匪主動跟他對黑話，他卻是三緘其口拒絕回答。編導者讓楊子榮剛一出場，便給人一種正氣逼人的英雄氣勢，自始至終都出於泥而不染，永保其革命戰士的英雄本色。其二，洗淨了革命英雄楊子榮槍上的「血跡」，讓他以一身正氣去征服觀眾，而不是以舞槍弄刀去取媚觀眾。1958 年版的劇本裏，曾保留了楊子榮打死數名演習土匪的殺伐場面，並渲染了楊子榮親斃變平時的心靈快感；但是到了 1970 版的劇本裏，這兩個情節都被重新做了加工處理：楊子榮已知「軍事演習」是陰謀，故只裝模做樣地朝天空開了兩槍，就被匪首「座山雕」連忙叫住制止了，英雄也因此沒有去「濫殺無辜」。而楊子榮擊斃變匪的整個過程，也被省略了具體執行的實際過程，只是通過場外傳來兩聲槍響，由他人幫忙一帶而過，英雄同樣也是因此「槍不染血」。其三，全面改造了楊子榮的精神氣質與高尚人格，使其原本不修邊幅、「稀稀拉拉」的粗俗形象〔註 23〕，一下子就被提升爲信仰堅定、紀律嚴明的軍人楷模：他自覺接受任務，那是因爲「共產黨員時刻聽從黨召喚，專揀重擔挑在肩」；他敢於「隻身把那龍潭虎穴闖」，那是因爲「黨給我智慧給我膽，千難萬險只等

〔註 22〕參見上海京劇團《智取威虎山》劇組：《源於生活，高於生活》，載《紅旗》1969 年第 12 期。
〔註 23〕參見連城：《二○三首長重話當年》，載於 1986 年 11 月 16 日《黑龍江日報》。

閒」；他爲剿匪「甘灑熱血寫春秋」，那是因爲「一心要砸碎千年鐵鎖鏈，爲人民開出萬代幸福泉」——革命英雄楊子榮爲了人民的根本利益，「任憑那座山雕兇焰萬丈」，可他卻「明知征途有艱險，越是艱險越向前」！楊子榮從一個普普通通的偵察排長，成長爲一名無產階級的革命英雄，其思想品德與藝術形象的前後變化，在很大程度上反映了紅色經典的造神意識！

再者，是人民群眾的角色發生了變化。在 1958 年版的劇本裏，解放軍與老百姓之間的「夾皮溝」敘事，是一種「拯救」與「被拯救」的不對等關係，人民群眾角色不是心存疑慮便是感恩抒情，始終都是在襯托小分隊的政治使命。但是到了 1970 版《智取威虎山》中，「群眾智慧」與「群眾英雄」明顯得到了強化，特別是小常寶和常寶爹這兩個群眾形象，使樣板戲《智取威虎山》更具有藝術魅力。衛生員白茹這一角色在戲中被取消，應該說多少都會令人感到遺憾，因爲按照京劇表演藝術的要求和慣例，最好是有一生一旦相互配合，才好演繹情節和調劑唱腔。而重新虛構了一個小常寶，既彌補了這一藝術缺憾，又增強了政治宣傳主題——她一曲「八年前」的慘痛訴苦，一下子便激發起了廣大觀的階級仇恨；而她「不愛紅裝愛武裝」的鋼鐵意志，則更是集中反映了民眾乃革命戰爭的深厚偉力！常寶爹雖然只是一位老獵戶，但他卻無所不知無所不能，每當楊子榮遇到困難時，必定要拜這位老人爲師，由他去答疑解難指點迷津，其聰明智慧對於剿匪勝利，起到了至爲關鍵的重要作用。誠如楊子榮與參謀長所感慨的那樣：

> 楊子榮　這一帶的路很難找，多虧獵戶老常給我們帶路哇！兇手先
> 　　　　還冒充咱們的偵察員，經過獵戶老常當面揭發，他才承認
> 　　　　是威虎山的人，叫李充豪，外號叫野狼嗥。
> 參謀長　好哇！獵戶對我們的幫助很大。毛主席早就教導過我們：
> 　　　　「革命戰爭是群眾的戰爭，只有動員群眾才能進行戰爭，
> 　　　　只有依靠群眾才能進行戰爭。」咱們離開了群眾，就寸步
> 　　　　難行啊！（引自上海京劇院：《智取威虎山》，北京出版社，
> 　　　　1970 年第 1 版，第 22 頁）

在這短短的兩段話裏，他們誇了「群眾」四次，這種只有「群眾才是眞正英雄」的主題思想，當然是體現著偉大領袖毛主席的諄諄教誨。

再次，是藝術審美理想發生了變化。《智取威虎山》作爲革命樣板戲，它絕不僅僅是在追求一種京劇藝術的現代性，而是盡可能地去追求現代藝術的

革命性。因此,「三突出」和「十六字訣」便成爲了它藝術審美的唯一準則。所謂「三突出」就是要嚴格遵循在所有人物中去「突出正面人物,在正面人物中突出英雄人物,在英雄人物中突出主要英雄人物」的政治標準。比如在第一場「乘勝進軍」結尾處的造型「亮相」,一組戰士圍繞著參謀長位於舞臺的後側部分,而另一組戰士則圍繞著楊子榮挺立於舞臺的中心位置,層層圍繞遞進烘托且又主次分明,完美地表現出了革命樣板戲的藝術規範。而所謂「十六字訣」就是要嚴格遵循「敵遠我近,敵暗我明,敵小我大,敵仰我俯」的審美原則,即敵方只能處於「遠、小、偏、暗」的舞臺位置,英雄當然要處於「近、大、中、亮」的舞臺位置。比如在第六場「打入匪窟」中,匪首「座山雕」原來的座椅位置是在舞臺中央,但在樣板戲《智取威虎山》裏卻被移至到了邊側;英雄楊子榮始終都佔據著舞臺中央,並利用聚光燈圍繞著他來照射;而「座山雕」和「八大金剛」等眾匪,都被置於燈光以外的黑暗之處。這樣,便使楊子榮與土匪在舞臺上形成了陰險與智慧、猥瑣與高大的鮮明對比,實現了滅敵人之威風長英雄之志氣的創作意圖。更有趣的是,編導還讓「座山雕」折壽十年,把他「六十大壽」也改成了「五十大壽」,彷彿凡是壞人都應該短命才對!另外,樣板戲《智取威虎山》在音樂舞美等諸方面,也都做了許多富有創新性的大膽嘗試,比如在第五場「打虎打山」中,大量使用西洋交響樂入戲,令整個場面氣勢恢弘曲調華美,就非常具有視聽覺的震撼效果:遠處群山白雪皚皚,近處雪松高聳挺立,朔風呼嘯雪花飄飄,藝術場景美輪美奐,使人大有身臨其境之感;尤其是那一段成功插入的圓號獨奏,將風雪彌漫的密密叢林和巍巍群山,渲染得遼闊深遠又帶有幾分神秘,極好地襯托出了楊子榮英雄形象的高大完美。

除了以上四點變化之外,毛澤東思想的大量出現,也是革命樣板戲《智取威虎山》的一大改變。上海京劇團在 1958 年演出《智取威虎山》時,從頭到尾都是只提「黨」而未提毛澤東思想,他們後來認識到了這一嚴重失誤,便強調沒有毛澤東思想的正確引導,「那就絲毫談不上塑造無產階級英雄形象。」〔註 24〕因此在革命樣板戲電影藝術片《智取威虎山》裏,不僅在開頭便增加了五段毛主席語錄,而且還讓英雄人物的舞臺對白中,出現了七次「毛主席」和一次「毛澤東」。領袖崇拜與領袖意志,最終使《智取威虎山》被打

〔註 24〕上海京劇團《智取威虎山》劇組:《源於生活,高於生活》,《紅旗》1969 年第 12 期。

上了極「左」時代的政治烙印。

革命樣板戲《智取威虎山》雖然只是一部文藝作品，但是圍繞著它所發生的一系列事件，卻都避免不了帶有十分濃厚的政治色彩。眾所周知，從 1967 年 5 月 11 日到 6 月 16 日，毛澤東本人親自審看了八部「革命樣板戲」，由於受偉大領袖毛主席的格外青睞，《智取威虎山》也被排在了八大「樣板戲」之首。《智取威虎山》之所以能夠取得「空前成功」，自然又與江青這一頗有爭議的歷史人物不無關係，她曾多次觀看演出並對劇本提出修改意見，其功過是非問題我們只能留給後人去加以評說。尤其是在 1965 年 6 月 24 日，江青再次觀看了《智取威虎山》以後，她還專門同劇團演職人員進行了一次座談，全面闡述了她對這齣戲的觀摩感受。江青認爲主題比過去突出，正面英雄人物比過去突出，劇情結構也比過去簡練，唱詞絕大部分是好的；但是她也提出了一些個人看法，比如音樂缺乏力感和氣勢，楊子榮「打虎上山」打擊樂器很好，可一到弦樂就掉了下來，輕飄飄軟綿綿的。我們不能說江青一點藝術眼光都沒有，她對《智取威虎山》所提的許多意見，後來都成爲了這部樣板戲藝術經典化的重要依據：一是土匪形象不能表演得過於程序化和概念化──她說現在這齣戲的主要毛病就是「平」，「座山雕」雖然加了一場戲，可卻減掉了他的一些威風，不知爲什麼演員不神氣了，變得黏黏糊糊沒有了個性，而「八大金剛」都是些廢物，總應該有一兩個是厲害吧！欒平這一人物不能簡單地臉譜化，什麼臉色青灰黃綠凸顯倒楣晦氣，一定要演出他陰險狡猾的反派個性，不然後面楊子榮的英雄人格也就襯托不出來了。二是戲劇唱詞不能過分誇張完全脫離實際──她說有些唱詞諸如「黑龍溝渺無人煙」，一個人都沒有了你向誰去偵察呢？還有什麼「白骨累累絕人煙」，國際歌第一句就是「起來！」如果都是「白骨累累絕人煙」，又怎麼能夠起得來呢？有些人一寫艱苦就寫過了頭，沒吃沒穿只不過是一時的事情，老是啃樹皮吃草根那怎麼能行啊？豈不是把人的腦袋都吃直了！還有「家家沒吃沒穿，戶戶屋頂漏天」，這可能嗎？這麼冷的天氣豈不都凍死了？三是李勇奇等人民群眾形象也不能老是一付面孔──她說對階級敵人憎恨是應該的，但對母親和孩子以及鄉親們卻不能總是拉著個臉，李勇奇外出借糧空手而歸，張大山給他送來兩塊薯根，這樣就能很好地表現階級友愛；還有李勇奇對解放軍的思想認識，不應那麼簡單地就相信他們是誰，應寫敵人曾冒充過解放軍，使他不肯再輕易上當受騙，讓他有個思想鬥爭過程，做一比較貼切的合理鋪墊，這樣才符

合實際眞實可信。四是最後一場一定要演得精彩吸引觀眾——她說楊子榮舌戰欒平是最能夠出戲的一個情節，欒平上場應衣冠不整，以示其長途跋涉的狼狽之相，欒平被押上威虎廳，要顯得疲乏踉蹌；欒平認出楊子榮要詫異驚呆，而不是什麼得意奸笑，要讓他經過唇槍舌戰一敗塗地，站立不住驚恐萬分頹然崩潰；爲保自己的狗命，不得不低三下四地撲倒在楊子榮腳下，承認這個共軍就是眞正的胡彪，並自打耳光向楊子榮乞求饒命；楊子榮見處決欒平時機已經成熟，便決定借匪徒之手來處決這個壞蛋，既不給欒匪以喘息機會更不讓眾匪聯想生疑，於是再傲然挺立大聲宣佈給「座山雕」拜壽的時間已到！〔註25〕應該實事求是地加以承認，江青以上所提的修改意見，基本上都在1970年版《智取威虎山》中，得到了比較完整的藝術體現。

由於江青是毛澤東主席的夫人，後來又是中央「文革」領導小組的成員，所以由她提議修改的《智取威虎山》，早已成爲了「文革」政治的一件大事，任何對其有意或無意的詮釋或改動，都將被視爲是違背毛澤東思想的反革命行爲——1969年12月15日發生於上海的「洪富江事件」，就是一個令現在青年人難以理解的典型範例。上海市革命委員會於1970年1月25日，轉發了一份《關於上海縣、金山縣有人借講革命故事爲名，破壞革命樣板戲的情況調查》，根據這個內部文件所記載，在復旦大學教改隊基層幹部學習班結業聯歡會上，由塘灣公社革委會副主任韓雪龍推薦，請來了該公社共和大隊一個名叫洪富江的「故事員」，爲學習班成員和近百名武裝民兵說講《智取威虎山》故事；「這個洪富江，在數百人的大會上，借講革命故事爲名，竭力歪曲、丑化楊子榮的英雄形象，嚴重破壞革命樣板戲，在群眾中造成極爲惡劣的政治影響，令人不能容忍的是，這個『故事員』完全不按《紅旗》雜誌發表的十月演出本講述，而是編造了許多庸俗低級的情節，大肆賣弄噱頭，譁眾取寵。」那麼，洪富江究竟又是怎樣去篡改《智取威虎山》的呢？文件裏對此做了比較詳細的描述性介紹：一是極力貶低毛澤東思想哺育英雄成長的重要作用，極力醜化革命英雄人物楊子榮的光輝形象，例如描繪楊子榮時卻胡扯什麼「楊子榮肩膀闊、胸部厚、耳朵大，生得一雙虎目」，又說什麼「楊子榮的本事，出娘胎就生好的」，「肚皮裏有一套一套工夫」；甚至還把英雄人物楊子榮的聰明才智，去同匪首「座山雕」進行如此比較，「座山雕的門檻精到九十六，楊

〔註25〕參見《江青在〈智取威虎山〉座談會上的講話》，載吉林通遼師範學院1969年10月內部編印的《江青文選》。

子榮的門檻精到九十七，這叫『棋高一著』。」在講楊子榮智鬥小爐匠時，又是無中生有地瞎說，「楊子榮怕八大金剛中的一個最厲害的土匪，爲了戰勝小爐匠，想把這個金剛調離威虎廳」；還說楊子榮「想一把卡死座山雕，後來被座山雕軋出苗頭，沒有成功。」講「打虎上山」一段尤其惡毒，說什麼「楊子榮跨上青鬃馬，連打三鞭」，接著故意賣弄一番後又庸俗地說，「爲啥不打一鞭，不打兩鞭，不打四鞭，也不打五鞭呢？……這叫拍馬三（拍馬屁）！」當時一下子便引起了哄堂大笑。最後說到「活捉座山雕」，洪富江竟把楊子榮「我是中國人民解放軍」的原文臺詞，自以爲是地改成了「座山雕！今天叫你看看我楊子榮的厲害！」廣大貧下中農非常憤怒地揭發說，江青同志花了多少心血塑造出來的楊子榮形象，在洪富江的嘴巴裏竟被糟蹋成了一個莽裏莽撞的冒險分子，完全把革命英雄說成是《七俠五義》中的個人英雄。二是對反面人物則編造出許多低級趣味的庸俗情節，甚至還用農村土話和一些下流語言引人發笑，有的簡直就是骯髒之極不堪入耳，完全破壞了革命樣板戲的神聖莊嚴性。比如他在講「計送情報」一段時，花了很大的工夫去描繪一些小土匪的洋相百出　　他從「楊子榮這天擔任值星官，帶領一批小土匪去操練」說起，胡扯什麼「楊子榮對小土匪說：看到一發綠色信號彈，就要『向前跑』；二發綠色信號彈，就要『加快跑』；三發綠色信號彈，一定要『拼命跑』，並且關照不准朝後看一看。看到紅色信號彈就停止前進。」結果「當楊子榮連打三發綠色信號彈，這批小土匪個個拼命窮跑，一個個跑得上氣接不著下氣」，「有的小土匪跑得褲帶也崩斷了，有的拎著褲子跑，有的褲子掉下來也只好拼命跑。」還胡說什麼「有的小土匪跑得屎尿都拉在褲襠裏了。」由於他講得繪聲繪色導致場內笑聲不絕，他又模仿小土匪的口氣用上海話說：「九爺樣樣好，就是叫阿拉（我們）拼命跑步操練不好！」把英雄楊子榮說得完全就是一個沒有人性的「土匪頭子」。講到「百雞宴」時，又以類似手法述說大小土匪的各種醜態，先是形容土匪們狼吞虎咽的貪吃細節，最後又突然冒出一句：「一個個吃得飽透飽透，上撐喉嚨，下撐臀拱（肛門）。」眞是庸俗之極令人氣憤！文件說洪富江總共講演《智取威虎山》達數十次之多，在廣大無產階級革命群眾中造成了極壞影響，因此塘灣公社革委會召開了一次八百人的批判大會，對其反動思想進行了無情批鬥和徹底清算！其實，洪富江只不過是以民間藝人的說書形式，重新演繹了《智取威虎山》中的人物與情節，你說他是誇張也好戲說也罷，不就是爲了取媚聽眾博人一樂嘛！但

是在那個風起雲湧的革命時代，樣板戲是政治宣傳而不是藝術欣賞，一切敢於對其進行私自改動或人為加工者，都必將會遭受無產階級專政鐵拳的堅決鎮壓！這就是當年「洪富江事件」的悲劇實質。

無論是《林海雪原》還是《智取威虎山》，紅色經典時代已逐漸地離我們遠去，今天我們重新去探討它的價值問題，也許會顯得是有些陳腐或不合時宜。然而，《林海雪原》與其它紅色經典一樣，早已成為了幾代中國人的情緒記憶，簡單地對其進行否定未必就是明智之舉。如果我們只是把《林海雪原》當作一種藝術，而不再把它當作意識形態的宣傳工具，那麼它在現代商品經濟的和諧社會裏，難道就眞是一無是處絲毫沒有藝術價值了嗎？我們對此不想去做任何預言與回答，《林海雪原》的故事題材目前依然在被改編，而無論改編者是出於什麼樣的目的和心理，有一點我們卻應該實事求是去加以承認——改編其實就是一種懷舊情緒的自然流露！

四、革命戰爭的歷史畫卷
——《紅日》的眞實與傳奇

　　2008 年，35 集電視連續劇《紅日》剛一問世，便立刻引來一通劈頭蓋臉的猛烈批判，不僅是現代青年觀眾不買賬，中老年觀眾則更是氣憤不已。尤其是那些當年革命戰爭的親歷者們，他們一致認爲電視連續劇的故事情節，「完全是胡編亂造，令人不能容忍」；無論是編導還是演員，都沒有像當年電影《紅日》那樣，嚴格按照吳強小說的英雄寫意，「把歷史眞實演繹得淋漓盡致。」〔註1〕觀眾如今對於電視連續劇《紅日》的強烈斥責，恰好同當年人們對於小說與電影的正面評價形成反比：《紅日》「不僅僅描寫了生龍活虎的戰鬥員的形象，而且也描寫了光輝睿智的高級指揮員的形象；不僅僅描寫了人民戰士的氣吞山河的革命英雄主義氣概，而且也描寫了革命軍隊中到處充溢著的深沉眞摯的階級友愛思想。」〔註2〕我們無意去總結電視連續劇《紅日》的成敗得失，只是想從中去尋找出一個「紅色經典」的改編原則：「紅色經典」貴在「紅色」，「紅色」又是「革命」的象徵，而「革命」就是政治信仰問題；如果改編者脫離了這個邏輯，只是想以什麼「人性」去詮釋革命，那麼他們注定會走向失敗。

　　小說《紅日》1957 年由中國青年出版社出版發行，全書共約 40 餘萬字，是作家吳強的代表作，在長達 50 多年的時間裏，先後印刷過 200 多萬

〔註 1〕 見《老戰士及其後代質疑電視劇〈紅日〉重要情節不符史實》一文，載 2008
　　　　年 7 月 10 日《東方早報》。
〔註 2〕 馮牧：《革命的戰歌，英雄的頌歌——略論〈紅日〉的成就及其弱點》，載《文
　　　　藝報》1958 年第 21 期。

冊，並名列「三紅一創」之首。這部被稱之爲是革命戰爭的「詩史」作品，以先抑後揚的表現手法，生動地描寫了 1946 年至 1947 年，我華東野戰軍某部在「漣水戰役」失利之後，經過思想與軍事整訓逐步走出心理陰影，最終取得了「孟良崮戰役」偉大勝利的成長過程。用作者本人的話來講，就是要去歌頌「毛澤東的戰略戰術思想」。〔註 3〕吳強是位革命老戰士，解放戰爭期間曾擔任過華東野戰軍六縱宣教部部長，並親歷了「漣水戰役」、「萊蕪戰役」和「孟良崮戰役」。他與六縱指戰員們一樣，都對國民黨整編第 74 師，懷有一種極其複雜的矛盾心情。所以 1947 年 5 月 17 日，即「孟良崮戰役」剛剛結束的第二天上午，吳強在部隊駐地村口親眼目睹了張靈甫的屍體，被解放軍戰士從山上擡下來的情景，從那時起他就萌生了一個難以抑制的強烈念頭，要把從「漣水戰役」到張靈甫之死連接起來，寫成一部具有革命戰爭「詩史」性質的長篇小說。儘管作者說他極力避免把小說寫成是六縱對於 74 師的狹隘「復仇」，但讀罷後我們仍然可以從中體悟到一種勝利者的「復仇」快感。

　　小說《紅日》的出版並不順暢，吳強先是將書稿寄給了人民文學出版社，可等了很長時間卻一直都杳無音訊；他又把書稿直接送到總政文化部「解放軍文藝叢書」編輯部，但過了半年多時間仍是泥牛入海無消息。無奈之下，他只得向老戰友沈君默求助（電影《渡江偵察記》的作者），設法與中國青年出版社接洽。中青社文學編輯室主任江曉，原本也是新四軍出身，他對《紅日》充滿了興趣，認爲這是一部題材上具有重大突破的文學作品，於是便把它作爲建軍 30 週年的獻禮書目，並納入到了出版社編輯出版的正式日程。小說《紅日》出版以後，雖然在讀者中間大獲好評，但卻受當時社會的政治影響，深陷反覆修改的繁瑣過程：1959 年大量刪改了革命軍人的愛情敘事，1964 年又重構了張靈甫的恐懼心理——這種令作者身心疲憊的頻繁改動，其目的無非就是要使革命敘事更加「眞實」。

　　1960 年，上海天馬電影製片廠決定將《紅日》搬上銀幕，並成立了由湯曉丹、湯化達、沈錫元、瞿白音組成的創作小組。劇組大量走訪了六縱部隊的指戰員，劇本也先後五易其稿才得以定型。爲了能夠演得像劇中的正反面人物，演員們不僅深入部隊去體驗戰鬥生活，同時更是找來原整編第 74 師的參謀長魏振鉞，去詳細揣摩敵軍將領當時客觀眞實的複雜心理。影片在送給

上級審查時，受到了頗多非議且險遭槍斃，最後還是由陳毅元帥親自出面，才平息了爭論並拍板定案：「我看《紅日》拍得好，是部好片子，可以讓全國的解放軍都看。告訴他們，片子能拍成這樣，不容易了，可以公開發行。」〔註4〕而作為《紅日》中主人公沈振新的生活原型，時任華野六縱司令員的王必成將軍，還親自帶領前線話劇團演員到電影廠去觀看該片，當他看到自己曾親自指揮過的那些戰鬥場面，不僅長時間地熱烈鼓掌而且還熱淚盈眶感慨萬千。正是因為有陳毅和王必成這兩位親歷者的高度認可，才使電影《紅日》具有了不可辯駁的歷史真實性，在其公開放映後不久，便成為了革命愛國主義的生動教材！

　　問題在於《紅日》究竟是小說還是歷史？吳強本人的回答似乎非常簡單，「我曾經多次反覆地考慮過，——歷次戰役的基本情勢和過程，不能不是有根有據的真情事實，而故事裏的種種細節，則可以由作者自由設計、虛構。——在寫作過程裏，我感覺文學賦予了我的創作上的自由權利，我是充分享受和使用了的。」〔註5〕吳強這段話已經明白地告訴了讀者，儘管《紅日》描寫了華野歷史上的「歷次戰役」，可歸根結底它還是「自由設計」的「虛構」小說，是小說它就必定會與歷史之間存在差異！那麼，從小說到電影，《紅日》與歷史到底有何差異呢？這也正是讀者與觀眾的興趣所在。

1、《紅日》：沉重壓抑的歷史陰影

　　小說《紅日》開篇便去描寫「漣水戰役」的陰霾氣氛：「灰色的雲塊，緩緩地從南向北移行，陽光暗淡，天氣陰冷，給人們一種荒涼寥落的感覺。」十分顯然，這段開卷語具有非常深刻的思想寓意性：「天氣陰冷」是指1946年的深秋季節，「陽光暗淡」則是暗示「漣水戰役」的失利陰影，而雲塊「北移」又象徵著我軍的戰略轉移。作者以華野沈振新部楊軍班戰士的獨特視角，生動地描繪了他們對於這場殘酷戰鬥的內心感受：幾十架敵機從早到晚一直在頭上盤旋轟炸，敵人的炮彈像狂風暴雨般地傾斜下來，打得我軍戰士只能是隱蔽躲藏在戰壕裏，驚悸地感受著大地一陣又一陣的劇烈顫抖；敵軍士兵端著湯姆式衝鋒槍衝了上來，與我軍戰士展開了你死我活的貼身肉搏，團長蘇國英犧牲班長楊軍也身負重傷，一句敵人「比日本鬼子還凶上十倍」的深

〔註4〕朱安平：《攻上孟良崗，「活」捉張靈甫——一波三折「紅日」出》，轉引自2008年6月28日《天天新報》。
〔註5〕吳強：《〈紅日〉修訂本序言》，載中國青年出版社，1959年版《紅日》。

深感歎，集中反映了國民黨整編第 74 師的強悍戰鬥力。苦苦支撐著堅守了八天八夜之後，沈振新敗下陣來含淚帶著部隊撤退——「他自己的部隊，友鄰部隊，都在倉促的情況下面從火線上撤退下來。由於倉促，情形顯得有些混亂。」他痛心疾首地對下屬說：

> 二次漣水戰鬥——對於我們這個軍來說，確是一次敗仗，仗沒有打好。失敗的原因很多，我們許多幹部驕傲自滿，是許多原因當中最重要的一個，這裡面，我有份，你也有份。昨天，你們團裏有四個戰士在我這裡談了戰鬥的情形，他們是不怕死的，勇敢的，但是，我們驕傲、輕敵，看不到自己的弱點，浪費了他們的血！（小說《紅日》，中國青年出版社，1997 年版，以下同）

作者讓沈振新以一通「驕傲」與「輕敵」的自我反省，去總結我軍在「漣水戰役」中最終失敗的經驗教訓，應該說這是比較大膽而深刻的一種舉措，因爲在當時那種革命英雄主義的歷史背景下，人民解放軍長勝不敗是不容質疑的絕對眞理。小說將華野六縱兩次「漣水戰役」的眞實場景，用極其少量的文字篇幅去加以概括描寫，目的就是要爲後續展開這支部隊的最終勝利，從『在戰鬥中成長』的敘事角度去做好鋪墊。作者曾講他之所以要寫我軍失敗的「漣水戰役」，是因爲一位領導同志親自對他說不能把敵人寫得軟弱無能，「敵人有長期的反革命戰爭經驗和強大的兵力，我們的勝利絕不是輕易取得的。」〔註6〕故「敵強我弱」、「以少勝多」在運動中殲滅敵人，則應是《紅日》宣揚毛澤東戰略戰術思想的牢固宗旨。與此同時，吳強本人也公開承認，作爲華野六縱的一名幹部，他與六縱的全體同志一樣，都對敵整編 74 師懷有刻骨仇恨，「如果我們在漣水戰役不是帶著那麼憤恨的情緒下來——《紅日》的故事是不會那樣水到渠成的。漣水是我的家鄉，漣水一仗之後，我的家鄉，處在敵人的踐踏之下，因而對敵人七十四師有著更加具體的憎恨」！〔註7〕由此可見，「恨」國民黨整編第 74 師，才是吳強創作《紅日》的眞正意圖。其實，小說《紅日》敘述我軍的一時「戰敗」，但卻「雖敗猶榮」寫得也並不難看，我軍將士以弱勢裝備去力戰優勢之敵，早已是驚天地、泣鬼神的英雄壯舉了！「漣水戰役」作爲小說《紅日》的情節展開，就是要以「淡淡的蒼涼」

〔註 6〕 《吳強談創作經驗和體會》，載上海師範大學中文系主編《中國當代文學研究資料‧紅日專集》，1979 年內部印刷本。
〔註 7〕 吳強：《寫作〈紅日〉的情況和一些體會》，載中國青年出版社，1978 年版《紅日》。

去收穫「濃濃的喜悅」，最終用政治意識形態卓然不群的超越品質，讓廣大讀者去盡情領略「數風流人物，還看今朝」的英雄氣概！

電影《紅日》對於「漣水戰役」的交代描寫，明顯要比小說激烈得多也正面得多。電影借助於視覺藝術畫面的立體效果，眞實地再現了這場殘酷保衛戰的宏大場景：天上飛機俯衝投彈，地上大炮猛烈轟擊，我軍陣地一片火海，民兵穿梭運送傷員，敵人士兵戰戰兢兢，我軍戰士士氣高昂！綜觀電影《紅日》開端的戰鬥場面，編導有意在渲染革命英雄主義的犧牲精神，我軍戰士奮不顧身英勇殺敵堅守陣地，始終都充滿著勝利自信絲毫沒有畏敵之色：

> 一陣炮擊之後，敵步兵開始衝鋒。
>
> 從一堵殘破的孤零零的矮牆後面，一個敵軍官探出半個身子。
>
> 他手握槍支，大聲吼叫，指揮敵軍前進。
>
> 當敵軍逼近我陣地時，班長楊軍一揮手，機槍、步槍和手榴彈齊發。
>
> 矮牆後的敵軍官又施咆哮，脅逼敵軍向我衝鋒。
>
> 班長楊軍向敵軍官瞄準，射擊。
>
> 敵軍官中彈，倒地。
>
> 我軍奮勇阻擊敵軍，敵不能前進。（電影劇本《紅日》，載《電影藝術》1960 年 12 月號，以下同。）

小說《紅日》中「漣水戰役」失敗以後，軍長沈振新和戰士們都痛心疾首深刻反省，但是到了電影《紅日》裏情況卻發生了驚人逆轉，他們不是「戰敗」而是有計劃的戰略轉移。比如沈振新在審問張小甫時，編導就對他作了如此這般的藝術處理：

> 沈軍長走向前來，輕蔑地笑著說：「你年紀不大，腦子受的毒倒很深。你以爲我們對付不了七十四師？你以爲有美國人給你們出主意，出飛機、大炮，就打不敗？你完全想錯了。告訴你，這場戰爭，蔣介石注定是要失敗的。我們要消滅七十四師，我們要把蔣介石的四百萬軍隊全部消滅。你不信，留在這裡看吧。」

沈振新對敵人不以爲然的冷嘲熱諷，當然是盡顯其革命軍人的英雄本色；但編導卻又憑空添加了一段驕橫敵軍的慶祝「勝利」，以彰顯張靈甫和七十四師盲目自大的狂妄心態：

  參謀長對張靈甫說：「恭喜師長，委座傳令嘉獎。」

  張靈甫矜持地笑了一下。

  黃旅長念電報：「漣水張師長靈甫弟轉七十四師全體將士。該師攻克漣水，予敵重創。從此，共軍在蘇北無立足之地，江淮得磐石之安，舉國歡騰，盟邦稱許，特電嘉獎，並發犒賞金一百萬元。希再接再勵，更建殊勳，有厚望焉。中正亥嘯。」

  黃秉鈞手持電報走向張靈甫，得意忘形地奉承說：

  「我們出師不到一個月，就佔領了兩淮，攻克了漣水，把共軍在蘇北的老窩打得個七零八落。——只有我們七十四師，才配打這樣的勝仗。」他把電報交回參謀長，說：「耀宗兄，你說對不對？」

  參謀長微微歎了一口氣，說：「代價可不小呀。」

  張靈甫皺皺眉頭——

  「漣水這一仗下來，沈振新這個軍完了。今後的問題，是尋找共軍主力，進行決戰。」

我們姑且不論蔣總裁的「嘉獎」與「犒賞」，是多麼露骨地表現了敵人為錢而戰的可笑伎倆；編導刻意去增加這一杜撰細節（小說中原本沒有），其主觀動機卻是有兩個政治目的：一是要突出對敵我之間戰略思想的鮮明對比，二是要為後來全殲整編第七十四師埋下伏筆。編導說電影對於小說的大膽修改，是因受到了皮定鈞將軍的深刻啟發。皮定鈞作為「漣水戰役」的指揮員之一，他不滿意小說《紅日》的「低沉情緒」：「原小說中撤退講得太多，撤退的目的卻沒有講清楚，從漣水到山東打張靈甫就是毛主席軍事思想的精華。戰役是表現戰略的。」驕狂之敵是外強中乾，我們「先打爛葡萄，再砸硬核桃。經過三反四覆地打擊敵人，我們由弱變強，敵人變得狼狽不堪。」〔註8〕由於這種大刀闊斧的全面改寫，使小說《紅日》中「漣水戰役」的慘敗結局，也轉變成了是「而今邁步從頭越」的勝利之始，所以歷史真實便遭到了藝術虛構的全面遮蔽。

  實際上無論是小說還是電影，《紅日》都是在以弘揚革命的主旋律，重新去書寫人民解放戰爭的輝煌歷史；令六縱指戰員們心蒙陰影的「漣水」之戰，也早已因作者與編導們的妙筆生花，消除了「長空雁叫霜晨月」的灰暗情緒。

〔註 8〕湯曉丹：《路邊拾零（湯曉丹回憶錄）》，山西教育出版社，1993 年出版，第299 頁。

然而，眞實的「漣水」之戰，究竟又是怎麼一回事呢？

1946 年 10 月，國共兩黨爆發了內戰，蔣介石出動大量精銳部隊，對我蘇北解放區進行全面圍剿。10 月下旬，國民黨整編第 74 師並轄第 28 師的 192 旅，在李良榮第 28 師和黃百韜第 25 師的兩翼策應下，向我蘇北重鎮漣水發起了第一次大規模進攻。當時我軍在漣水集結有華野 1 師、6 師以及 9、10、11 三個縱隊，總兵力共有二十三個團約 8 萬餘人。首先我們應該加以說明，這是一場勢均力敵之戰，而並非史書所寫得那樣，是敵強我弱的不對稱作戰。整編第 74 師固然是進攻主力，加上其所轄屬之 28 師 192 旅，兵力加起來總共也就 4 萬多人，而我軍守城之 11 縱和 6 師，其兵力也大致與敵相等。許多回憶者都說這場戰役，我軍是用小米加步槍，去打蔣軍的飛機與坦克，這當然絕不是客觀事實。爲了眞實地還原當時的歷史場景，我們不妨將敵我雙方的武器配置，依據史料去做一簡單的比較：整編第 74 師下轄 3 旅 6 團，共裝備 105 毫米榴彈炮 12 門，75 毫米山炮 54 門，37 毫米戰防炮 36 門，81 毫米迫擊炮 96 門，60 毫米迫擊炮 108 門，火箭筒 36 具，火焰噴射器 54 具，重機槍 108 挺；此外，每連配備輕機槍 9 挺、衝鋒槍或卡賓槍 10 餘支，軍官則全部配備 9 毫米勃朗寧手槍，無線電報話機配備到連級單位；全師還配屬有機動車約 300 餘輛，騾馬 1000 餘匹，基本上是清一色的美式裝備。而我軍 6 師（後改爲六縱）也是 3 旅 6 團制，共有各種火炮 100 多門，其中師炮兵營山炮 9 門，團炮兵連有迫擊炮 6 門，營配備有六零炮 3 門、重機槍 6 挺，每連配備有輕機槍 6 挺，並且槍炮彈藥數量充足。華野副司令員粟裕就曾非常自信地指出：「目前我們的裝備，比頑軍雜牌部隊要強，如團附有迫擊炮、重機槍，有的還有戰防炮」等（《粟裕文選》）。應該說除了在大口徑火炮方面有一定的差距之外，華野 11 縱與 6 師的兵力相加甚至還要稍多於國民黨 74 師。正是在這種力量均衡的前提之下，兩軍於漣水城外狹路相逢對壘廝殺，進而拉開了華東地區解放戰爭的雄壯序幕。

第一次「漣水」之戰，發生於 10 月 21 日，張靈甫下令其部屬 51 和 57 旅兩萬餘人，同時對漣水城發起猛烈攻擊。74 師不愧爲是國民黨的「鐵軍」，它是一支訓練有素紀律嚴明的隊伍，據被俘士兵李懷勝親口回憶說，「那時我們當兵的如果同駐地鄉村的年輕婦女隨便講幾句話，都是算違犯了軍紀的。只要爲長官或其它人發現告了密，就得挨罰關禁閉或打軍棍，連所在連隊的長官也得跟著倒楣。甚至士兵軍帽、軍風紀不正，都成爲長官藉故處罰的口

實。」〔註9〕這可真是所謂棋逢對手將遇良才，華野六縱與整編 74 師都是軍紀嚴整戰力強悍，他們兩強相遇對打起來，毫無疑問是很有看頭的：在華野 11 縱 15 團副政委謝雪疇的記憶之中，「這是我在四年解放戰爭中所見到的最猛烈的一次炮擊。現在，陣地上再也分辨不出一朵一朵的炮煙、一陣一陣的炮擊聲了，人們能夠覺察出來的，只是一個持續不息的轟雷，一團濃黑色的騰騰翻濃的煙雲。大地和天空，都被捲進了一個瘋狂的大漩渦、大風暴中，恍惚火山爆發，大地眼看就要沉落。」謝雪疇不是吳強，他對於「漣水」保衛戰驚心動魄的歷史追述，也絕不似小說或電影《紅日》裏那般氣壯山河，74 師官兵也不再是縮頭聳肩貓腰鼠行，而「是一片令人心碎的情勢：河心裏，密密麻麻，蜂蜂擁擁，盡是敵人的橡皮船，船上擠滿了暗綠色的鋼盔，幾支劃在最前面的小船，已靠近岸邊，敵人從船上跳到水裏，撲上岸來——。」謝雪疇用了一個「撲」字，去形容 74 師的兇悍進攻，根本就不像《紅日》所想像的那樣，敵人是戰戰兢兢怕死不前：「這是個具有極度瘋狂力量的衝鋒，沒有親臨過戰鬥的人，是很難體會出這種密集衝鋒的可怕情勢的。要想擋住這樣的衝鋒，幾乎是不可能的。」在 74 師的猛烈進攻之下，華野 11 縱幾乎是潰不成軍，漣水城牆也被敵人多處突破，千鈞一髮之際華野 6 師匆匆趕到，我軍以絕對優勢的兵力投入，把攻入城內的敵人分割包圍。但 74 師就是 74 師，被圍之敵寧死不降，即使是只有兩排士兵，也能重創我軍一個營，而剛剛趕到的 6 師主力，更是被撤退之敵嚴重「灼傷」。〔註10〕第一次「漣水」保衛戰因華野 6 師的及時增援，最終取得了擊潰國民黨整編第 74 師的初步勝利。

11 月 6 日，新華社發佈戰績公報：稱歷經 14 晝夜，我軍「共斃傷俘敵軍九千餘人，包括 74 師張靈甫 51 旅全部，57、58 兩旅各一部，及 28 師李良榮部 192 旅大部。」僅從這一數字不實的戰報來看，華野總部就犯下了主觀輕敵的嚴重錯誤。因為如果真像戰報所言那樣敵人慘敗，那麼整編第 74 師早已失去了戰鬥力！輕敵自然是要付出沉重代價的，果不其然僅僅相隔了一個月，張靈甫又帶領 74 師和 192 旅，重新殺回了上次失利的漣水城：由於張靈甫派一部佯攻華野 6 師，導致了華野領導的判斷失誤，使他們沒有吃不透敵

〔註 9〕 李懷勝：《整編七十四師覆滅親歷記》，載安徽出版社，1982 年出版的《安徽文史資料・解放戰爭時期史料專輯》第 11 輯（上）。

〔註10〕 轉引自鍾子麟：《蔣介石王牌悍將張靈甫》，北京團結出版社，2008 年版，第266～273、286～287、305、306、363、307～370 頁。

人的進攻意圖，以爲張靈甫不會這麼快就二次攻打漣水，故只派實力較弱的淮南 6 旅負責守城。12 月 14 日，張靈甫親率 74 師主力突然偷襲漣水，很快便突破了 6 旅的防禦陣地直逼城關。華野 6 師倉促增援浴血奮戰場面慘烈，當其它各路援兵也火速趕到漣水時，一切補救措施都已經來不及了——15 日中午漣水城被 74 師全部佔領，華野 6 師與淮南 6 旅一敗塗地傷亡慘重。陳毅與粟裕在得知漣水失守後深感震驚，他們立刻發電給 6 師副政委江渭清斥責說：「6 師保衛漣水城不力，是華野的恥辱、全軍的恥辱，撤掉王必成 6 師副師長之職，由江渭清兼任副師長。」〔註11〕在淮陰和漣水失守以前，中央與華野的戰略構想，仍是堅持蘇北立足全國，從中央與華野的多次通電中，這一意圖是顯而易見的。粟裕的想法在當時就很有代表性：「我們集中 2 縱及華野主力在沭陽、漣水一帶集結，布置出擊或運動作戰只爭取一二個殲滅戰恢復淮北，可能改變局勢——力求淮海區、鹽阜區控制在手裏，持久鬥爭，蘇中游擊戰仍然長期保持。」（《粟裕文選》）可是現在不僅把淮陰丟了，而且又把漣水給丟了，這樣一來華野在蘇北就失去了安身立命之地，所以只能離開江淮去向山東進行戰略轉移。

「漣水戰役」至今仍有一個謎團未解，那就是對敵我雙方具體的傷亡情況，一直都沒有個令人信服的統一說法。我方對此是這樣記載的：兩次「漣水」之戰，敵整編第 74 師共損失一萬三千人，差不多是 74 師主戰兵員的三分之一。而我軍兩戰的傷亡損失，根據陳毅與江渭清二人所言，僅華野 6 師一部就有七八千人；後來歷史資料又將這一數字，統一改成了五千餘人，這其中自然也包括戰死疆場的 10 縱司令員謝祥軍。如果敵 74 師果眞傷亡如此巨大，那麼應該說它基本上失去了戰鬥力，根本就不可能以主力陣容，在半年之後出現於「孟良崮」。不過皮定鈞在其日記裏的歷史描述，卻多少能爲我們提供一些眞實的參考：「目前敵人確實是很驕傲，我們也吃了他們不少的虧。如我們的 11 縱戰鬥力是最強的，目前不能再戰了；6 師是華中有名的野戰軍，現在是不能再連續戰鬥了。我們的傷亡不少於敵人，這是值得我們注意的。」〔註12〕實事求是地講，整編第 74 師的傷亡人數，要比我方所公佈的數字少得多，故他們才能夠不斷追擊繼續作戰，一直跟隨我軍進入到了山東

〔註11〕轉引自鍾子麟：《蔣介石王牌悍將張靈甫》，北京團結出版社，2008 年版，第266～273、286～287、305、306、363、307～370 頁。
〔註12〕見《皮定鈞日記》，解放軍出版社，1986 年 10 月版，第75 頁。

戰場。另外，「漣水戰役」也在我軍當中，造成了一種四處彌漫的悲觀情緒，六縱也與 74 師結下了血海深仇，故王必成對粟裕說：「給我什麼樣的處分，我都無怨言，只希望日後打 74 師絕對不要忘了 6 師。」粟裕十分爽快地就答應了王必成，這就有了六縱與 74 師「孟良崮」對決的後續故事。

2、《紅日》：走出陰霾的戰鬥成長

「萊蕪戰役」是小說《紅日》復仇故事的一個過渡情節，吳強描寫了我軍沈振新部撤往山東以後，臥薪嘗膽勵精圖治全面整訓準備再戰，既深刻地反映了我軍指戰員擺脫失敗陰影的痛苦過程，更生動地表現了人民群眾對於革命戰爭的大力支持。比如：根據地青年熱情高漲自願參軍，新老戰士摩拳擦掌練兵習武，地方百姓手拉肩扛支持前線，兄弟部隊接連取勝捷報頻傳——作者正是通過這種重振士氣的大肆渲染，把面貌一新渴望參戰的沈振新部，再次投入到了「萊蕪戰役」的風口浪尖，讓他們十分輕鬆地就拿下了「吐絲口」，不僅消滅了敵軍主力何莽師，並且還活捉了中將副司令李仙洲。值得注意的是作者寫「萊蕪戰役」，其篇幅明顯要多於他寫「漣水戰役」，而那些雜牌軍出身的國民黨部隊，無論是氣勢或戰鬥力也都遠遜於 74 師：

> 師長何莽最頭疼的一件事，是眾多的傷兵無法處理。輕傷的，他們自己會爬、會走，包包紮紮以後，可以集中到一個地方去，重傷的倒在陣地上，自己爬不下去，救護兵也到了需要別人救護的地步。——他們悲傷、歎息、戰慄、恐懼、憤恨、怒罵。為了求生，有的跑到解放軍方面去，有的就在解放軍打到面前的時候，舉槍投降。

小說《紅日》寫敵師長何莽是如何滅絕人性的活埋傷兵，寫國民黨軍李仙洲部是怎樣士氣低落的一敗塗地，其真正目的無非就是要去突出 74 師的凶頑強悍，以便為後面六縱與 74 師再度較量去營造氣氛。小說《紅日》裏的「萊蕪戰役」，並沒有多少可圈可點的精彩之處：雖然戰鬥打了兩天一夜表面上異常艱難，可總攻令一下戰士們便排山倒海勢如破竹，「在迫擊炮和機關槍的火力掩護之下，爆破手突到了碉堡腳下，碉堡接連地中了迫擊炮彈，接著，炸藥的煙火就在地堡的底層騰起，碉堡動搖震抖，磚土、石塊紛紛地倒塌下來。」而敵軍師長「何莽全身癱瘓，不是不想掙扎，而是真的掙扎不動了。」再來看看兵團副司令李仙洲部，我軍戰士一陣雨點般的猛烈射擊，就使「一大堆

敵人跪在山腳下面，舉起雙手，有的把腦袋抵在地上，兩隻手高高地橫舉著槍，『嗷嗷』地直叫說：『不要開槍！我繳械！我繳械！』而李仙洲本人則更是狼狽不堪，騎上一匹戰馬腳底抹油偷偷開溜：

> 那個軍官又從光背馬上跌了下來，在秦守本、王茂生追到離他還有五十米遠的地方，又拼死拼活地爬上馬去，繼續奔逃。——
>
> 王茂生拾起美國步槍，機柄一拉，正好有幾粒子彈睡在裏面。他站在路旁的一個土坡上，舉起一槍，沒有擊中，接著又是一槍，又沒有擊中！他停頓了一下，拍拍怦怦亂跳的胸口，屏住氣，射出了第三顆子彈。
>
> 光背黑馬栽倒下去，那個軍官的身子向後一倒，憑空地栽下馬來。——
>
> 「你是李仙洲！」秦守本指著軍官肯定地說。
>
> 軍官望望附近沒有人，站在他前面的只是兩個普通戰士，便從他的中指取下了金戒指，在兩個戰士眼前閃了一下，做作地笑著說：「這個，送給你們，八錢重，真金子！」
>
> 秦守本感到受了侮辱，大聲叫著：
>
> 「呸！一股臭氣的東西！」——
>
> 軍官哆嗦起來，抖得身上沾的泥灰紛紛地落下來，腦袋像觸了電似的惶急地搖晃著，兩個膝蓋也就忽然癱軟，正要跪下來，但又想到自己是個軍官，便又竭力地站穩了腳跟。

身為第二綏靖區中將副司令長官的李仙洲，在抗日戰爭中曾英勇殺敵面無懼色深受部屬愛戴，可在吳強筆下竟是如此無能窩囊透頂貪生怕死，當然我們只能將其看作是勝利者對於戰敗者的強烈蔑視！尤其是他收買革命戰士那一荒唐細節，更是被許多戰爭題材小說所重複模仿。

電影《紅日》對於「萊蕪戰役」的全景描寫，則更是讓我軍以摧枯拉朽之勢，對敵人李仙洲部「橫掃千軍如卷席」，不僅把對手寫成是一群廢物弱不禁風，更是人為增加了敵人內訌自保的可笑情節，進而將歷史上狹路相逢勇者勝的血腥大戰，寫成了是一場幾乎沒有任何懸念的必勝之役：

> 沈軍長站在村外的小山頭上，在場的有丁政委，梁副軍長和朱參謀長。
>
> 手電筒的光射到梁軍長的手錶上，時針指著八點正。

三顆彩色信號彈升上天空，槍聲大作。

我軍以密集火力，分三路猛攻吐絲口鎮圩牆。

正面我軍擊潰頑抗之敵，突入圩子，向縱深發展。

——

參謀報告：

「七十四師張師長叫通了。」

李仙洲轉與張靈甫通話：

「我是『鯉魚』，我是『鯉魚』，老兄，不要見死不救。我們是在一條船上，請你趕快靠攏，趕快靠攏。」

張靈甫在指揮所內，向報話機答話：

「請你再頂一天。天黑以前，我們就可以見面，我們就可以見面。」

李仙洲說：「不行呀，老兄，請你提早時間，趕快靠攏。」

「我盡力而爲。」張靈甫說。「李公！你放心。我這裡有帶了好酒，見面的時候，我們痛痛快快地喝一下。」

李仙洲啼笑皆非。

——

「活該！」張靈甫輕蔑地說，「停車。」轉對參謀長：「命令部隊停止前進。」

這段情節在小說當中也是沒有的，編導們之所以要去如此虛構，當然就是要表現國民黨軍的離心離德，以及蔣家王朝歷史必敗的腐朽本質。敵人之軍心渙散且分崩離析，恰恰彰顯出了我軍之英雄本色，故電影對於小說中一切不利於我軍形象的微小細節，也都做了大量刪改以便去凸顯革命戰士的完美人格。小說《紅日》中曾有這樣一個藝術情節：沈振新部劉勝團的連長石東根，被一時的勝利沖昏了頭腦，在「萊蕪」大捷後醉酒縱馬放浪形骸，正好碰上軍長沈振新在公路上溜馬——「從他的背後來了一匹高頭大馬，大聲嘶叫著飛跑過去。他定神一看，馬上的人像是一個國民黨的大軍官，頭戴著高簷大帽，兩腳蹬著帶馬刺的長統黑皮靴，穿著黃呢軍服，腰裏掛著長長的指揮刀，左手抓住馬鬃，右手揚著小皮鞭，在疾馳飛跑的馬上不住地吆喝著」。沈振新發現他就是自己的部屬石東根，立刻讓警衛員李堯把他攔截下來：

石東根猛一擡頭，看見軍長坐在山坡上。

「軍長在這裡！」他這時候才下了馬，向軍長姿勢不端正地敬著禮，面帶微笑地說。

沈振新沒有還他的禮，石東根的手在額角上停留了好久才放下來。他的心開始緊張了，兩隻眼睛望著地上，腦子裏也就推起磨來。

「我問你，你是共產黨還是國民黨？」沈振新問道。

石東根轉過臉去，側向著沈振新，規規矩矩地站立著，沒有回答。

「我再問你，你是解放軍還是蔣介石匪軍？」沈振新的聲調提高起來，語音裏的惱怒情緒更加明顯。

石東根的頭低了下來，垂下了兩隻手，馬鞭子落到地上。

「我還要問你，你是美國人還是中國人？你覺得美國裝備威風嗎？戴在頭上穿在身上神氣嗎？你覺得光榮，我看可恥！」

石東根摘下了帽簷上綴著有國民黨黨徽的軍帽，用力地摔到地上。

作者吳強認為他在小說中這樣去描寫，比較符合於我軍指戰員的成長歷程，同時也真實地反映了「漣水戰役」失利以後，六縱戰士們渴望走出心理陰影的浮躁情緒。電影劇本最早是寫有這一細節，而且編導也拍攝了這一細節，但在最後送審時卻迫於輿論壓力，他們又不得不將其做了刪節。這無疑使作者吳強大為不滿。到了「文革」結束後的 1988 年，吳強曾十分激動地去質問電影導演湯曉丹：「當年陳毅副總理都沒有說要剪的戲，現在都熬出頭了，為什麼還容不得石東根打了勝仗後高興一下？醉酒縱馬那段戲你怎麼忍心剪呢？」〔註13〕也許吳強在政治上過於幼稚，他可以去創作「紅色經典」，但卻並不瞭解「紅色經典」的審美規範；因為「紅色經典」從某種意義上來說，就是一種藝術化的革命歷史，是革命歷史當然就不能有任何缺陷！不僅是針對石東根這一人物形象，即使是整個「萊蕪戰役」也都是如此。

真實歷史上的「萊蕪戰役」，是我軍粉碎蔣介石「魯南會戰」企圖的關鍵一役。1947 年 1 月中旬，國民黨軍集中了 23 個整編師的強大兵力，對我華野

〔註13〕湯曉丹：《路邊拾零（湯曉丹回憶錄）》，山西教育出版社，1993 年出版，第299 頁。

主力展開了南北夾擊的猛烈攻勢。南線以整編第 19 軍軍長歐震指揮 8 個整編師，由臺兒莊、新安鎮、城頭一線分 3 路向臨沂殺進；北線則以第 2「綏靖區」副司令官李仙洲指揮的第 46、73、12 等 3 個軍，由淄川、博山、明水（今章丘）等地南下萊蕪進行策應。華野領導鑒於南線國軍兵力密集、齊頭並進、穩紮穩打，故只以第 2、第 3 縱隊在臨沂南面進行部署佯裝決戰，而主力第 1、第 4、第 6、第 7、第 8 縱隊則於 2 月 10 日起晝夜兼程隱蔽北上，對孤軍深入的李仙洲北線集團採取了分割包圍，經過三天的激烈戰鬥消滅了李部所屬的 5 萬 6 千人。一個裝備強大的國民黨兵團在短短三天內就煙消灰滅，這是一個令敵軍所有指揮官打死也不敢相信的嚴酷事實，所以氣得戰區司令長官王耀武中將破口大罵說：「5 萬多人，三天就被消滅光了？老子就是放 5 萬頭豬在那裡，叫共軍捉，三天也捉不完呀！」﹝註 14﹞「萊蕪戰役」的確是陳、粟二人打的一場「神仙仗」，它不僅完全扭轉了我軍自淮北撤退以來的被動局勢，而且還使我軍在山東戰場上形成了絕對的優勢兵力，並最終導致了華野在山東戰役的全面勝利。

首先我們應該實事求是地承認，「萊蕪戰役」我軍與敵軍的力量對比，無論是兵員總數還是武器裝備，都已經沒有了什麼明顯的本質差別。我軍參戰的總人數接近 50 萬，其中野戰部隊是十個縱隊約 28 萬人，敵軍直接參戰的部隊人數，是 23 個整編師 53 個旅共約 31 萬人。在武器裝備方面則更是今非昔比，由於「萊蕪戰役」前，我軍先消滅了敵 2 個整編師和一個快速縱隊，繳獲了大量坦克、汽車和榴彈炮，並在此基礎上成立了特種兵縱隊，故 1947 年 2 月 1 日粟裕向中央軍委報告道：「以榴彈炮團（第一步完成三十六門）為炮十團，野炮三十門、重戰防炮四門編為五團……另以魯中炮兵團（全山炮）為炮二團，膠東炮兵團為炮一團，渤海炮兵團為第三團。」（《粟裕文選》）僅以華野八縱為例來看，下轄 3 個師、一個炮兵團和一個新兵團；第 69 團有 3 個步兵營，其中一個是全日式裝備、一個是捷克式裝備、一個是全美式裝備；每連 9 挺輕機槍、每營一個機炮連、3 門迫擊炮、6 挺重機槍，另外連長有挑夫、營長有馬騎，火力與國軍主力不相上下。我們再看陶勇的四縱，也同樣擁有重炮 13 門，輕重機槍 936 挺。因此陳毅曾底氣十足地說：「現在我軍的武器裝備並不比國民黨差，也不比抗戰時期日寇差。」（《陳毅軍事文選》）而

﹝註 14﹞ 見《中共對國民黨非嫡系部隊的策反戰》一文，載 2008 年 9 月 15 日《揚州晚報》。

國民黨軍的裝備編制情況，僅以與 46 軍相似的 66 軍為例：整編師有野炮營，整編旅有山炮營、戰防炮連，團有迫擊炮 6 門、18 挺重機槍，營有六零迫擊炮 2 門，步兵連有輕機槍 9 挺；另外師有汽車連、旅有汽車排，但數量除美械裝備的整編師外，非國民黨嫡系部隊並未按編制補足。

南進之敵李仙洲部除第 73 軍（缺一個師）為蔣介石的嫡系部隊外，第 46 軍則是原西北軍的老底子，而第 12 軍又是原東北軍的老底子，武器裝備和人員編制整體都不如我軍。戰鬥開始以後，我軍只是以二分區新組建的三個團，去阻擊和延緩敵 46 軍的推進攻勢，同時又以 5 個縱隊對敵實行了全面包圍。1947 年 2 月 16 日，李仙洲發現被圍立即便率部撤退，19 日我軍首先向敵 73 軍發起攻擊，戰況絕非是小說或電影描寫的那樣輕鬆，而是主攻部隊九縱從來都沒有遇到過的一場硬仗。對此，我們可以從《萊蕪戰役》一書中窺斑見豹：

> 四十四團不愧為國民黨軍之精銳，在遇到突襲後，處變不亂，立刻改變隊形，分成相距 20 多米的兩路，單路動作，各路躍進，兔躍式向一連陣地發起猛攻。——

> 飛機不時地在陣地上空盤旋、俯衝、掃射、投彈，密集的排炮也自城中瘋狂地傾泄而出，炮聲、炸彈聲、槍聲響徹雲霄，煙霧、塵土瀰漫著小窪村上空。炮火轟擊之後，國民黨軍四十四團以潮水般湧動的優勢兵力，使用從美軍那裡學來的梯隊配合、輪番衝鋒模式，後浪推著前浪，一波推著一波，向一連陣地湧來。——

> 部隊的撤退路線是先過一段 80 米的開闊地，然後越過一條溝，最後跨過公路到達目的地。國民黨軍意識到一連要撤退，拼命封鎖那段開闊地。部隊撤到溝裏清點隊伍時，——以排子槍出名的三班此時只剩下 6 個人，成為全連最整齊的一個班。〔註15〕

尤其是在鳳凰頂之戰，雙方在不過 100 餘平方米的山頭上，就往返爭奪、輪番進攻、屍橫遍野、血流成河，幾乎打得個天昏地暗日月無光。歷史上的「萊蕪戰役」是十分慘烈的，我軍將領說雙方都付出了巨大代價，但對六縱指戰員而言卻是士氣大振，「一掃漣水戰鬥以來的沉悶空氣。」〔註16〕

〔註15〕見李尚明等主編：《萊蕪戰役》，山東人民出版社，1986 年版，第 76、78、83 頁。

〔註16〕樂時鳴：《七月烽火憶風範》，載《虎將王必成》，解放軍出版社，1992 年版。

　　「萊蕪戰役」固然是毛澤東軍事思想的偉大勝利，同時也是我華野將士團結一致奮勇殺敵的必然結果。但是，敵李仙洲部近 6 萬人三天之內便被全部消滅，這其中多少還有些非戰爭本身的意外因素。當我軍與敵軍殊死搏殺呈膠著狀態時，李仙洲下令全線撤退是有可能保全自己的，可關鍵深刻第 46 軍軍長韓煉成卻出現了反水行爲，直接把李仙洲送上了全軍覆沒的不歸之路。韓練成 1908 年出生於寧夏固原，1925 年從軍並追隨馮玉祥參加過北伐；1926 年他結識了劉志丹、鄧小平等人，是否眞正參加過共產黨一直都是一宗「懸案」。國共內戰時出任國民黨第 46 軍軍長，被派往山東參加南北夾擊我軍的魯南決戰。1947 年元旦，華東野戰軍司令員陳毅接到了軍委的一封電報，大意是說國民黨第 46 軍已從廣東海運到青島，該軍軍長韓練成有投誠起義的可能性，望華東局迅速派人以董必武的名義與其進行接觸聯繫。陳毅與張雲逸商議後，便派陳子谷化裝前往。陳很快便與韓接上了頭，韓讓陳馬上將國民黨魯南作戰方案轉交給華野，同時還告訴陳他的 46 軍三個師長都是由桂系派遣，自己很難單獨指揮和調動他們的轄屬部隊。陳毅當時對韓練成仍是滿腹狐疑顧慮重重，後來經過多次接觸他才消除了懷疑。「萊蕪戰役」打響以後，韓練成建議陳毅迅速包圍萊蕪城，切斷 46 軍與 12 軍、73 軍之間的相互聯繫，因爲那兩個軍齊頭並進連成一線很不好打，只能拿孤軍前行位置突出的 46 軍來開刀。但陳毅與粟裕旨在消滅所有南線敵軍，把李仙洲部的三個軍全都包圍了起來。2 月 21 日李仙洲發現了我軍的戰略意圖，命令 46 軍與 73 軍全線出擊掩護突圍，此時韓練成意識到我軍雖然完成了對敵之包圍，但防線稀散並不牢固完全有可能被敵人突破，所以他故意以部隊需要集中爲藉口足足拖延了一天多沒有動作，爲我軍大規模調集以封閉敵軍退路贏得了必要時間。與此同時，他還把敵人撤退路線透露給了陳毅，在眞正撤退時他自己又故意玩起了失蹤把戲，使敵 46 軍失去了指揮群龍無首陣腳大亂。粟裕曾萬分感慨地回憶說：「韓將軍爲我們爭取了一天的時間，我們要不惜一切代價攻佔還在敵人手中的吐絲口鎮，一定要將敵人北撤的必經要道死死卡住。」華野部隊終於用了這一天時間拿下了吐絲口，取得了全殲敵李仙洲部近 6 萬人「萊蕪大捷」！陳毅則更是抑制不住內心的激動對韓練成說：「我認爲你是我黨最優秀的黨員，一直爲黨忠心耿耿地工作，是一位出污泥而不染的孤膽英雄。」〔註17〕

〔註17〕杜金玲：《臥底將軍韓練成》，載 2007 年第 3、4 期《讀報參考》。

由國軍高級將領在其內部指揮我軍作戰，進而取得令敵人倍感意外的重大勝利，這的確是從某種意義上說明了一個問題：人心向背自有歷史去加以評說！

3、《紅日》：全面爆發的復仇火焰

打完「萊蕪戰役」便是「孟良崮戰役」，這是小說和電影《紅日》復仇故事的情節高潮。作者讓班長楊軍傷癒歸隊後，對戰友門所說的第一句話，就是「別的我都會忘掉，對蔣介石，對七十四師的仇恨，我不會忘掉！永遠的！一輩子！」當張靈甫和七十四師孤軍冒進時，我華野大兵團也開始了悄悄運動，沈振新部終於意識到「七十師眞的來了」，全軍上下都陷入到了無比亢奮的復仇情緒。他們雖然擔心「七十四師到了哪裏？我們還打得上嗎？」可是在他們的內心深處，卻發出了「七十四師一定要死在我們手裏」的錚錚誓言！

> 渴望戰鬥已經好久了，渴望打七十四師已經大半年了，漣水城外淤河灘上的戰鬥，在他們心胸裏刻上了不能磨滅的痕印。許多人的肌體上有著七十四師炮彈、槍彈的傷疤，許多人記得他們的前任團長蘇國英犧牲在七十四師的炮彈下面。許多人記得七十四師那股瘋狂勁兒，那股蔑視一切的驕縱驃悍的氣焰，他們早就有著這個心願：給這個狂妄的逞過一時威風的敵人，以最有力最堅強的報復性打擊。
>
> 「給打擊者以雙倍的打擊！」
>
> 「叫七十四師在我們的面前消滅！」
>
> 這是在部隊中自然發生的長久以來的戰鬥口號。（小說《紅日》）

正是帶著這種強烈的復仇情緒，沈振新部擔任了主攻敵七十四師的艱巨任務，戰上們經過三天三夜的頑強激戰，高喊著「攻上孟良崮，活捉張靈甫」的響亮口號，一舉消滅了七十四師並擊斃了張靈甫，最終實現了他們壓抑已久的復仇目的。無論是小說還是電影，《紅日》寫「孟梁崮」之戰，都是快意恩仇蕩氣迴腸，令人過目不忘大呼過癮。但藝術畢竟是藝術，眞實的「孟梁崮」之戰，顯然沒有那麼簡單，而是驚心動魄使人駭然。

首先，小說和電影《紅日》都把敵74師，寫成是兵員齊備戰力強悍，這

完全是一種藝術虛構，而並不符合於歷史事實。經過「漣水戰役」之後，敵74師大約有5000人傷亡，張靈甫曾向部下許諾回南京休整，可陳誠卻下令讓74師繼續向山東開進，為此他們兩人還在電話中大吵了起來。〔註18〕於是，張靈甫直接給蔣介石發電報訴苦：「（一）自協力攻佔臨沂後，即繼續搜剿，從未奉命整補；（二）新兵大部未到，幹部尚未甄選，換械尚未實施；（三）職部參戰已久，急需予以整補時間」。〔註19〕但蔣介石力圖在山東戰場速戰速決，也沒有滿足張靈甫撤回休整的急切請求。張靈甫似乎仍不死心，當湯恩伯前來視察時，他又再次提出休整要求：「給我三個月時間，整訓部隊。」可是湯恩伯老奸巨猾，他走到輜重團面前時，故意停下腳步大聲問道：「參加過抗戰的老兵舉手！」然後便對張靈甫說：「老兵還很多嘛！」張靈甫這時只能暗暗叫苦，輜重團不是什麼戰鬥部隊，老兵未直接參戰自然也就多些。所以湯恩伯馬上向給蔣介石報告：前線部隊將士士氣甚好，「尤以第74師更煥發齊整」。〔註20〕張靈甫多次要求休整未果，這一消息很快便被我軍所掌握，1947年3月8日，粟裕在華野高級指揮員會議上，做「萊蕪戰役」總結報告時就曾指出，此役「滋長了敵高級將領的悲觀失望情緒，同時也增加了敵人內部的矛盾。王耀武寫給第83師師長李天霞的信中說：『萊蕪戰役，損失慘重，百年教訓，刻骨銘心。』敵第74師師長張靈甫要求休整，並說：『本師重裝備不適合山地作戰。』李天霞則屢次裝病請假要求不幹。」（《粟裕文選》）應該說我軍的情報戰打得實在是不錯，就連敵人長官之間的通信內容都能掌握，難怪李克農後來無戰卻被授予了上將軍銜，你說張靈甫和他的74師最後還能夠贏嗎？綜合種種歷史資料來加以分析，敵74師進駐山東不僅沒有滿員，而且還傷痕累累氣勢低下，張靈甫甚至還認為不讓部隊休整是有人想整他，所以非常氣憤說「有人跟我過不去，一定要我死，我就死給他們看吧！」〔註21〕而我軍情況卻恰恰相反，在小說與電影《紅日》中，都表現了「萊蕪戰役」結束以後，沈振新部進行過兩個月的休生養息；

〔註18〕 轉引自鍾子麟：《蔣介石王牌悍將張靈甫》，北京團結出版社，2008年版，第266～273、286～287、305、306、363、307～370頁。

〔註19〕 《蔣中正電張靈甫》（1947年2月25日），存臺灣「國史館」《蔣中正檔案》典藏號002080200314039。

〔註20〕 《湯恩伯呈蔣中正》（1947年3月13日），載臺灣「國史館」藏文擋，編號4450.01～021目次：17。

〔註21〕 毛森：《往事追憶——毛森回憶錄（一○）》，載《臺灣傳記文學》2008年總第456號。

而實際上我六縱確實也從敵人那裡，得到了大量兵員和武器的及時補充，當他們去攻打「孟良崮」敵 74 師時，早已是兵強馬壯不可同日而語了。我們可以舉出這樣一個例子：當年敵 46 軍的重機槍手胡孟林曾回憶說，他在「萊蕪戰役」被俘後立刻就加入了解放軍，並與敵 46 軍那些經過思想改造的俘虜們一道，直接參加了消滅敵 74 師的「孟良崮戰役」。〔註 22〕這無疑表明，以枕戈待旦之師，迎疲憊不堪之敵，是「孟良崮戰役」大獲全勝的一個重要原因。

其次，小說與電影《紅日》都把敵 74 師，寫成是不可一世輕敵冒進，這也完全是一種藝術虛構，而與客觀事實大相徑庭。比如在小說裏作者這樣描寫道：張靈甫自負地認為，「現在的形勢是：我們這個師，以孟良崮為核心，拉住了敵人的手腳。敵人在我們的四周，敵人的外圍又是我們的友軍，形勢非常非常好。——敵人就處在夾攻當中，奇跡就必然出現，戰局就大可改觀。」又如電影裏編導也是這樣處理：「我們要站在孟良崮上，吸引共軍，中心開花，內外夾擊。現在共軍被我們吸引住了，撲滅共軍主力的戰機已經形成，這樣的大好時機，不能放過。」如此看來，敵 74 師是夠狂妄的了，但事實卻是另外一番景象。一進山東，張靈甫就對整個戰局十分悲觀，他曾對第 11 師師長胡璉坦言：「共軍無論在戰略戰役戰鬥皆優於國軍。數月來，共軍向東則東，向西則西，本軍北調援魯，南調援兩淮，傷亡過半，決戰不能，再過年餘將死無葬身之地，吾公以為如何？」〔註 23〕1947 年 5 月，蔣介石命令 74 師向垜莊方向大舉進犯，張靈甫當即就表示了截然不同的相反意見，據被俘的 74 師參謀長魏振鉞回憶說，張靈甫認為 74 師是「重裝師」不應在山區貿然前進，而是應以小部隊搜索坦埠一代的共軍主力，並試圖改變國民黨國防部的戰略意圖。在其意見被上峰全然否定之後，張靈甫只能是帶著 74 師，在魯南山區裏艱難行進。保密局特派員毛森到了前方也發現，「都是崎嶇山路，見人馬擁擠，宿營、補給均十分困難。因多岩石，極難構築工事，大炮也不能運動，推推拉拉，變成累贅廢物。逢山不能開路，遇水（汶河）搭不成橋，此處絕境，將士都有怨言。74 師師長張靈甫更是滿腹牢騷——現在我進入山區作戰，等於牽大水牛上石頭山。一定要我死，我死給他們看吧！」

〔註 22〕 徐朝政：《從 12 歲抗戰殺鬼子到朝鮮戰爭打美帝》，載 2009 年 7 月 7 日《武陵都市報》。

〔註 23〕 轉引自鍾子麟：《蔣介石王牌悍將張靈甫》，北京團結出版社，2008 年版，第 266～273、286~287、305、306、363、307～370 頁。

〔註24〕5月11日，張靈甫已發現自己周圍有20萬解放軍，他意識到問題的嚴重性並立即向湯恩伯彙報，可是湯恩伯與國防部都認爲這一情報不准確，他們的飛機並沒有偵察到坦埠地區有大股共軍。另外在「孟良崮戰役」之前，74師曾經過激戰佔領了黃崖山一帶制高點，按命令李天霞部應迅速接管這些地方進行佈防，可李部因得到了情報說華野主力正在集結，所以根本就不顧對74師的後方展開警戒，相反卻違抗軍令獨自向後大規模撤退。而我軍早已於5月11號得到了絕密情報，掌握了敵人整個戰略部署的詳細情況，並及時準確地在敵結合部大膽穿插，最終形成了對74師的全面包圍。5月13號張靈甫感到形勢嚴峻，命令三個建制不全的步兵旅發起進攻突圍，可爲時已晚我軍五個縱隊10餘萬人，把74師直接逼上了無水源無草木的孟良崮。再加上李天霞沒有幫74師守住垛莊這一退路，敵74師的彈藥給養全都被我軍所切斷，張靈甫在孟良崮上堅守了三天三夜，一代名將終於命隕魯南身死異鄉。

再者，小說和電影《紅日》中，都把敵74師的全軍覆沒，歸結爲是國民黨內部的相互拆臺，這也並不完全是歷史事實。比如小說中描寫敵74師參謀長董耀宗，預感到了自己失敗命運的即將來臨，他充滿絕望與痛苦地對張靈甫說：「萊蕪一戰，李仙洲被圍，我們中央系統部隊，也有我們七十四師在內，要保全自己，救援不力，使他們陷入了毀滅。這番，我們被圍，他們桂系的七師、四十八師，會爲了救援我們拼死賣命？」又如電影劇本中也這樣寫道：

　　張靈甫又向西線敵人喊話：「──老兄，不是說只有五公里了嗎？請快點靠攏，請快點靠攏！」

　　報話機裏的聲音：

　　「共軍增援部隊對我們壓力很大，進展困難，請老兄早點下山，早點下山。」

　　「不要見死不救。我們在一條船上，我完了，你們更沒有好日子過。」──

　　張靈甫不再接話，轉身痛罵：「黃伯韜這個混帳王八旦。」

歷史上的眞實情況，卻決非是如此混亂。當我軍主力發起進攻時，張靈甫則

〔註24〕毛森：《往事追憶──毛森回憶錄（一○）》，載《臺灣傳記文學》2008年總第456號。

並沒有慌張，而是井然有序地組織抵抗，立刻就把我軍佔領的石望崖奪了回來，進而帶領著近 2 萬人全部撤到了山上。在這裡我們必須說明一下，敵 74 師為了適應山區作戰，進山前就把榴彈炮營和戰車連開回了臨沂，而其它車輛也都留在了垜莊，部隊只是輕裝出發快速前進，所以上孟良崮之後除了迫擊炮和重機槍外，敵 74 師再也沒有什麼重型武器，且彈藥給養也十分有限異常困難。而我軍則以數百門火炮，連續猛轟敵人密集的狹小區域，由於沒有堅固工事可以隱蔽，敵 74 師只能倉促迎戰頑強抵抗，其誓與對手共存亡的鏖戰精神，居然頂住了我軍五個縱隊近五十個團的輪番進攻。敵增援部隊李天霞部雖然消極不前，但黃百韜部卻展開了殊死猛攻，對我軍葉飛部造成了巨大壓力。冥冥之中還真有些無法預測的命運巧合，當黃百韜部已抵進離孟良崮只有五公里處時，擔任阻擊任務的葉飛 1 師已是岌岌可危，恰好 4 縱 28 團的一個營跑步經過這裡，被 1 師師長廖政國攔了下來。據葉飛回憶道，「廖政國向煙火彌漫的天馬山一指說：『天馬山陣地的得失，關係重大，如果敵人打通聯繫，全局皆輸。我手裏只剩下七八個警衛員，只有使用所有到達這個地區的部隊。』營長考慮了一下說：『好，為了整體利益，我們執行你的命令。』這個營趕到天馬山，和我軍一路終於將敵人擊退。這種情況也只有人民軍隊才能出現。」〔註 25〕孟良崮上沒有水源，這不僅折磨人還影響到了武器，敵 74 師的主力裝備馬克沁式重機槍，大部分也都因缺水降溫而不能使用；空投的糧食彈藥也多落入我方陣地，無水無糧無彈藥之敵早已失去了戰鬥力，可他們依然躲在岩石後面，做著毫無意義的最後抵抗。戰後打掃戰場時，我軍在一個山崖下面，竟發現了 7000 餘敵軍士兵，他們饑渴難耐地躺在地上，已經沒有了任何兇悍殺氣。試想這 7000 餘人如果不缺少飲水和彈藥，仍舊還在戰場上與我軍奮力廝殺，恐怕結局就會是另外一番情景了！無論是小說電影或是歷史資料，都說「孟良崮戰役」全殲了敵 74 師；而事後我方經過調查統計，也說此役共消滅敵 74 師約 26000 餘人。國民黨整編第 74 師戰時滿員編制，不算三個新兵補充團共有 25000 人左右，「漣水」一戰已有 5000 人的戰鬥減員，再加之榴彈炮營和戰車連不在其列，所以敵 74 師參與「孟良崮戰役」的確切人數，大概也就 20000 人左右，根本就不存在什麼「全殲」之說。因為後來該師番號的重新組建，就是以 74 師的剩餘殘部為骨幹，有殘

〔註 25〕 轉引自鍾子麟：《蔣介石王牌悍將張靈甫》，北京團結出版社，2008 年版，第 266～273、286~287、305、306、363、307～370 頁。

部那就說明沒有被「全殲」,「全殲」那是在淮海戰役中才實現的。而我軍公佈的傷亡數字卻僅有 15000 多人,這恐怕也並不是那麼地精準與確切,因為按一般軍事常識在攻防戰中,攻方的損失要遠遠大於守方。我們不妨以「孟良崮戰役」結束後兩個月的「南麻戰役」做比較,我軍在平原地帶用四個縱隊去圍攻敵整編第 11 師,付出了上萬人的傷亡代價才消滅了第 11 師的一個團,〔註26〕由此可見,「孟良崮戰役」我軍之傷亡情況同樣也是非常巨大的。

再次,小說和電影《紅日》,都把張靈甫的最後結局,寫成是被我軍戰士所擊斃,這更是道聽途說的不實其辭。比如小說中描寫我軍「戰士們的湯姆槍向小山洞裏掃射著連串的子彈」,「張靈甫,這個狡詐的野蠻的曾經逞過威風的邪惡的匪徒,中了解放軍戰士的槍彈,死了!他終於在孟良崮山背的小山洞裏,找到了他的墳墓。」又如電影劇本中也這樣寫道:

石東根對洞內高喊:「張靈甫,出來!」

「出來!」秦守本和戰士們叫喊。洞內仍不斷射出冷槍,傷我戰士二人。

石東根怒不可遏,拉出手榴彈,向洞內擲去。在一陣硝煙中,他和秦守本等衝了進去,又打了一梭子。

洞內硝煙彌漫。張靈甫屍體橫陳,王世昌負傷被俘。

其實,關於敵 74 師師長張靈甫之死,至今都還是一個令史學界頗感困惑的待解之迷;即使是到了 21 世紀的今天為止,社會上仍流傳有迥然不同的三種說法。第一種說法當然是被我軍「當場擊斃說」──1947 年 5 月 18 日,也就是戰役結束後的第二天,新華社便報導說:「我軍在孟良崮戰役擊斃整編七十四師中將師長張靈甫等」;同日,《人民日報》也發表文章稱:「蔣介石嫡系精銳主力軍第一個美械師七十四師師長張靈甫,已為人民解放軍手中的美國武器擊斃。」「屍首查出後,經被俘之該師輜重團上校團長黃政、五十八旅一七二團上校團長雷勵群及張靈甫之侍從秘書張光第等人前往辨認,確證張氏後腦被湯姆槍彈炸爛,血與腦漿均已乾涸。……人民解放軍已備棺代為埋葬,以待張氏家屬前來領柩回籍。」而 5 月 30 日,陳毅、粟裕、譚震林、陳士榘又聯名致電中央軍委和劉伯承、鄧小平說:「據最後檢查證實,七十四師師長張

─────────────────

〔註26〕夏明星等:《粟裕反攻損兵 5 萬華野官兵:反攻反攻丟掉山東》,載《黨史博覽》2010 年第四期。

靈甫、副師長蔡仁傑、五十八旅旅長盧醒，確於十六號下午二時解決戰鬥時，被我六縱特（務）團副團長何鳳山當場擊斃。當特團何副團長走近張靈甫等藏身之石洞，據師部副官出面介紹爲張靈甫等人，現尙在俘官處可證。」第二種說法是被我軍「俘虜擊斃說」——1987 年 8 月 25 日，原華東野戰軍司令部參謀金子谷，在《文匯報》上發表《記孟良崮戰役》一文中披露：「戰役接近尾聲時，我六縱穿插部隊一個排，衝進張靈甫躲藏的山洞，張靈甫舉手投降，排長恨敵心切，端起衝鋒槍將他擊斃。」這一隱情被公開以後，引起了史學界的廣泛注意，因爲作爲司令部的參謀人員，金子谷應該是知道實情的。隨後，這一說法得到了 6 縱司令員王必成與政委江渭清的全面證實。1988 年，人民解放軍陸軍第 24 軍軍史編寫辦公室編印的《勁旅雄風》一書，收錄了王必成撰寫的回憶文章《飛兵激戰孟良崮》，在這篇內部文稿中王必成記述了 6 縱特務團在活捉了張靈甫之後，被一名復仇心切的解放軍戰士開槍打死的詳細情況。1996 年，江渭清在其回憶錄《七十年征程》一書中，再次公開證實了這一說法。江渭清在書中寫道：「我六縱特務團首先突破孟良崮西側，直搗敵七十四師指揮所。」「特務團一營三連在指導員邵至漢率領下，首先衝到張靈甫藏身的山洞前，他身上多處負傷，仍堅持戰鬥，不幸被從洞中衝出的亡命之徒擊中，英勇犧牲。三連指戰員怒不可遏，用抵近射擊和白刃戰消滅了佔據洞穴和石岩的殘敵，擊斃敵衛隊長，活捉了張靈甫。」他說「在孟良崮戰役中，要說還有什麼不足，那就是被我六縱特務團活捉了的張靈甫，卻被一名對張靈甫恨之入骨的幹部給打死了。」第三種說法是張靈甫「自殺成仁說」——張靈甫在「孟良崮戰役」中「自殺」身亡，這是國民黨當局一致認定和宣傳的統一說法。整編第 74 師全軍覆沒以及師長張靈甫之死，在國民黨軍隊中引起了難以平息的巨大震動，隨後國民黨各大報紙便紛紛報導張靈甫等人「集體成仁」的正面消息，而 5 月 29 日蔣介石又在追念張靈甫等「成仁」訓詞的通告中，大大讚揚了張靈甫等「最後不屈相率自戕」的英雄壯舉，故張靈甫等「集體自戕殉國」也被載入了國民黨的軍事戰史。關於張靈甫的「自殺成仁說」，其主要依據是他臨終前寫給蔣介石和妻子王玉玲的兩封信函，但史學界多認爲這是經過王耀武瞞天過海精心僞造的不實贋品，完全是他爲了朦騙蔣介石而爲自己撈取政治資本的愚蠢行爲。其實故人已去硝煙散盡，我們完全沒有必要再去羞辱作古之人。根據張靈甫桀驁不遜的倔強性格，以及他與華野六縱結下的深仇大恨，「自殺成仁說」應該是比較眞實的一種結局，

因為他不僅在孟良崮上給妻子寫信表示訣別,即使是在戰役前寫給其兄張秀甫的家書中,亦表示出了殺身成仁不辱人格的悲壯誓言:他說山東「匪區」到處都張貼著「活捉張靈甫」的大副標語,「他們要活的,只能給他們個死的!」而他在孟良崮上最後一次與老上級王耀武的告別通話,也都被那些當時在場的親歷者們證實為是「來生再見」的臨終道白!﹝註 27﹞

　　小說與電影《紅日》,說穿了也就是一種源於生活,又高於生活的藝術行為;既然是文學藝術行為,也就難免有「虛構」成分,以及審美想像的「傳奇」色彩。但是作為「紅色經典」的篇首之作,《紅日》就不可能擺脫革命時代的政治要求:弘揚英雄主義的浩然正氣,傳承愛國主義的崇高理念。如果說小說或電影以超越歷史真實去重塑藝術真實,它只是為了滿足人們的審美愉悅這當然並不難以理解;可是機械教條地將小說或電影視為是真實歷史的藝術複製,甚至乾脆就把兩者相提並論合二而一則有點令人感到不可思議了!因為我們一旦將小說或電影直接等同於歷史真實,那麼真實的歷史究竟還有什麼存在價值?所以我們認為審美閱讀就是審美閱讀,絕不應該為其規定一些毫無意義的附加條件。對待《紅日》以及所有「紅色經典」,我們都應採取這種科學態度!

﹝註 27﹞ 轉引自鍾子麟:《蔣介石王牌悍將張靈甫》,北京團結出版社,2008 年版,第266~273、286~287、305、306、363、307~370 頁。

五、燕趙大地的英魂鑄就
——《紅旗譜》的眞實與傳奇

　　「滹沱河，滹沱河，河水滾滾泥沙多；土豪惡霸凶如虎，窮人的眼淚流成河。河水滾滾翻波浪，沿河兩岸英雄多；俠肝義膽驚天地，慷慨悲歌壯山河。自從來了共產黨，黑夜之間出太陽；革命烈火燃不盡，勝利的紅旗到處飄揚。」〔註1〕這是話劇《紅旗譜》在演出時的主題歌詞，它生動地反映了冀中平原如火如荼的階級鬥爭，以及只有共產黨才能救中國的完整主題。眾所周知，作爲紅色經典「三紅一創」的重點之作，小說《紅旗譜》自1957年出版以來，很快便獲得了社會各界的一致好評，而當時的文藝界的領導人周揚、茅盾、郭沫若等，則更是將其譽爲「全國第一部優秀作品」，並把它看作是新中國文學當之無愧的「里程碑」。在長達半個多世紀的時間裏，小說《紅旗譜》再版印刷30餘次，國內外銷售量也高達500多萬冊，同時它還被改編成了話劇、電影、評劇、京劇、電視劇等，進而使燕趙風骨雄立九州美名傳揚。

　　對於《紅旗譜》這部革命歷史題材的長篇小說，近十多年來學界往往在「文學」與「歷史」之間發生爭論：有人說它是描寫農民革命的「史詩」之作，但更有人說它是人爲創造歷史的藝術傳奇！那麼，《紅旗譜》究竟是「眞實」還是「虛構」？回答這一問題，我們首先必須去正本清源。

〔註1〕魯速、村裏、亢克執筆：話劇劇本《紅旗譜》，百花文藝出版社，1960年版，
　　　　第1、92、96頁。

1、《紅旗譜》：真實故事的歷史還原

　　小說《紅旗譜》所講述的主要內容，是朱老忠等農民在階級鬥爭腥風血雨中的思想成長；尤其是「反割頭稅運動」和「保定二師學潮」這兩件事情，則更是集中反映了冀中平原勢不可擋的革命風暴。作者本人曾說《紅旗譜》中的人物和事件，基本上都是源自於歷史上的「真人真事」；故事情節中雖然有很大的虛構成份，但藝術真實卻並沒有曲解歷史真實。這就使得我們完全有必要，去重新考察一下作品之外的真實歷史。

　　1930 年冬，農民準備殺豬過年，河北官府為了收刮民財，心血來潮地要徵收什麼「割頭稅」──即農民必須要把生豬趕到固定地點，由那些包稅商去替他們殺豬，然後每頭豬上繳五毛錢作為稅錢，農民們聽到這個消息都非常氣憤。當時蠡縣共產黨組織，巧妙地抓住了這一大好機遇，充分利用廣大農民的不滿情緒，全力鼓動他們加以抵制和奮起反抗。1930 年 12 月 12 日，是蠡縣縣城春節前的最後一個大集，在中共縣委書記王志遠和縣團委書記張金錫的直接領導下，蠡縣鄉村師範的學生和參加反「割頭稅」的農民，在縣城南門口的一個牲口市場集會，組織了一場聲勢浩大的「反割頭稅運動」，張金錫作為代表上臺演講說：「縣政府財源枯竭，民國二十年就徵收了民國二十七年的地丁銀。為了彌補財政虧損，屢次巧立名目，向老百姓抽稅抽捐。現在近年關，他們又想出新的稅收名目，並與土豪劣紳相勾結，向群眾索取割頭稅。對於這種不合理的捐稅，我們必須聯合起來，向反動政府作不屈不撓的鬥爭，要求政府取消割頭稅，不達目的決不罷休！」[註2] 隨後學生又向群眾散發傳單，激起了圍觀農民的激憤情緒。聚集起來的兩千多名學生和農民，他們高呼「小豬本是自己喂，為何要交割頭稅？」、「反對苛捐雜稅」等口號，遊行到國民黨縣政府去請願。共產黨員扛著大旗站在隊伍的最前列，他們毫不畏懼反動軍警的荷槍實彈，把縣衙門包圍得水泄不通，並要求縣長出來做解釋。王志遠曾回憶說：

　　　　大家就打著小旗，排著隊，喊著口號，直奔縣政府而去。不少趕集的老鄉，也就跟著隊伍一起去了。就這樣，滾雪球似的，人越來越多，聲勢越來越大，真是人山人海！到了縣政府，大院容不下，

──────────
〔註 2〕俠山：《蠡縣民眾近代革命鬥爭史話》，選自《蠡縣文史資料（第 22 輯）》，中國人民政治協商會議河北省蠡縣委員會文史資料委員會 1987 年編印，第 32頁。

有的上了牆頭，有的站在房上，門外還站了好多人。〔註3〕
縣衙門裏那些當差的，從沒見過這麼大的造反陣勢，只能前去請示縣長；但
縣長卻遲遲不肯出面，只是要求群眾派代表進去會談，遭到學生與農民的強
烈反對。鬥爭堅持了三四個小時，縣長最後被逼無奈，只能答應緩徵「割頭
稅」，鬥爭取得了徹底勝利。

1928 年夏天，梁斌從蠡縣高小畢業，他於戰亂中考上了保定的育德中學，
但因其母親重病需要「沖喜」，他不得不放棄學業倉促完婚。1930 年多天，梁
斌雖然不在鄉村師範的學生之列，卻因為閒置在家而參加了「反割頭稅運
動」，不僅和同村農民梁老寵一起散發傳單，還聯合二哥在自家門口安上了殺
豬鍋，對運動的整個情況都有所親眼目睹，並據此而寫下了小說裏的「反割
頭稅運動」。所以小說《紅旗譜》以「反割頭稅運動」，作為農民英雄朱老忠
參加革命的歷史背景，應該說是有著真實生活基礎的藝術描寫。

「反割頭稅運動」發生以後，梁斌在原高小老師宋卜舟等人的幫助之
下，順利地考上了保定第二師範，並於 1931 年秋季開始，進入保定第二師範
求學。當時正值「九・一八事變」，保定二師的廣大師生，熱烈響應中共「抗
日救國」的政治號召，積極進行抗日宣傳和反對國民黨不抵抗政策的學生運
動。血氣方剛的梁斌，自然受到了革命氛圍的強烈薰陶，積極參加學潮熱衷
於進步書籍，主動去接近中共黨組織，政治思想得到了很大提高。可惜得是
由於他身體染病，不得不離開保定回家修養，所以也就因此而錯過了二師學
潮當中，最為轟動也最為壯烈的「七六」慘案。

二師學生日益高昂的革命激情，對國民黨當局形成了威懾作用，所以他
們不得不採取強硬措施，去消除和瓦解二師學生的革命氣勢。從 1932 年初開
始，反動當局多次派特務到校，跟蹤、盯梢、密捕進步學生；而學校內部的
反動組織「讀書會」，也派人到天津河北省教育廳去告密，誣陷「二師學生要
暴動」。於是，河北省廳在 4 月查封了二師，表面宣佈提前放假實則妄圖解散
二師；6 月又登報開除了 50 多名學生，勒令 30 多名學生休學；並撤換了開明
校長張雲鶴，讓反動分子蕭漢三任校長。

當時的形勢已經十分嚴重，中共保屬特委根據省委指示，決定發動學生
開展護校鬥爭。6 月 18 日，有近五十名學生應召回校，由賈良圖擔任總指

〔註 3〕 王志遠：《博蠡地區的建黨和農民運動》，選自《河北革命回憶錄（第 1 輯）》，
　　　　河北人民出版社，1980 年版，第 22 頁。

揮，組織同學關閉校門，在校內布置哨崗，把學校保護起來，6月20日黃昏，東北軍十四旅和保定市公安局偵緝隊，出動了 500 多名荷槍實彈的武裝軍警，突然將保定二師團團包圍，斷絕了二師與外界的一切來往，校園內外頓時一片恐怖氣氛。國民黨反動當局詭計多端，先是在 22 日暫時撤退一天，派國民黨代表劉俊士前來談判和欺騙家長，企圖誘使學生離校回家，但被二師學生識破了陰謀。緊接著軍警又重新包圍了學校，斷絕了同學們的糧源和水源，試圖讓他們失去後勤支持，自動放棄校園狼狽退卻。但是同學們忍饑挨餓，一面勇敢地堅守著學校，一面又對東北軍展開宣傳攻勢，逐漸地感動了許多熱血士兵，爲他們同外界聯繫提供了方便。二師被圍困差不多有半個月之久，社會各界想方設法給予援助，學生們自己也靠殺狗吃野菜頑強堅守，反動政府見一切圍困政策不見成效，於是便在 7 月 6 日 3 點左右，命令十四旅旅長陳貫群開始進行血腥鎮壓。二師同學們以木棒、紅纓槍、大砍刀等作爲武器，同全副武裝的反動軍警英勇搏鬥：王慕桓、邵春江等 7 名同學當場壯烈犧牲，賈良圖與邊隆基二人也因傷勢過重不治身亡，而臧伯平等 30 多名學生則被押送到了保定第四監獄，這就是曾經轟動一時的二師「七‧六慘案」。9 月 7 日清晨，反動當局在保定西關，又將被捕學生曹金月、劉光宗等 4 人秘密殺害，另外 17 人被判處了有期徒刑。而「七‧六」大屠殺之後，學校裏所有的東西財產，都被反動軍警搶劫一空，二師校園也幾乎被荒廢了。直到如今在保定二師的校園裏，依然佇立著莊嚴肅穆的「六‧七慘案」烈士紀念碑，上面還銘刻著死難者的英名和事跡；而學生領袖賈良圖烈士，也就是小說中夏應圖的人物原型，自然也被鐫刻在了紀念碑上的首要位置。1958 年 4 月，也就是在《紅旗譜》問世以後，「六‧七慘案」的當事者王冀農，在一次小說作品的座談會上，他再次復述了這段駭人聽聞的悲壯歷史：

> 在那次學潮中最緊張的是糧食鬥爭。我們曾派人與國民黨警察當局交涉過，結果他們沒有答應，於是我們就化妝出去買麵，國民黨連拉麵的車夫也打壞了。校外的黨組織和各校的革命青年知識分子，組織互濟會買了些餅，但因嚴密封鎖運不進來；馬路又寬，扔也扔不過來，扔過來的一百多斤餅搶到的很少。爲了搶餅鬥爭費了很大勁，最後沒有辦法，學校有二十多隻狗也殺了，再摻些樹葉子吃。每人每天合不到二兩糧食，從早到晚只吃一頓飯。後來國民黨封鎖得更緊：開始三道防線，後來增加到五道——步兵、炮兵、騎

兵，全用上了。最痛心的是「七六」早晨。在這以前，我們接到黨
的指示：能堅持就堅持，不能堅持的就放棄這個陣地，出去和紅軍
會合。當時學校裏確定：能堅持一兩天，然後衝出去，準備被捕一
部分同學，保護另一部分黨的力量突圍出去（要不一個也走不了）。
還差一天多時間，就在七月六日拂曉，國民黨一個步兵營和一個步
兵連，有六七百人，推倒學校西北角的院牆就衝進來了。十一班的
張樹森同學是最早接觸敵人的一個，敵人從西北角帶機槍衝進來，
他拿個大刀就往上衝，敵人一槍打在他的腿上，他沒覺得。第一道
防線破了，就退到第二道，張樹森拿刀向國民黨軍隊說：我們鬧學
潮是合法的，並沒有犯法；敵人二話沒說，一槍就把他打死了。王
慕桓和張汝泉等同學也上去交涉，也被打死了。陳錫周在飯廳東被
捕，也向敵人說理，正講著，敵人一刺刀把腸子刺出來半尺長，就
這樣，當時還被敵人捆起來了。從這兒看，國民黨對革命青年是多
麼殘酷啊！〔註4〕

從他這番允滿著革命激情的講述當中，我們可以真實地感受到二師的學生
們，他們在反動軍警的圍困之下，不屈不撓頑強鬥爭中的英勇行為。梁斌本
人雖然並沒有直接參加這次學潮，但當事人大多都是梁斌的在校同學，慘案
發生後梁斌又訪問了倖存者蔣東崛，從他那裡獲知了事件發生的全部過程，
同學們的無辜遇難和反動當局的兇狠殘暴，這一切都使梁斌心靈震撼難以釋
懷。因此，「六‧七慘案」便成為了刺痛梁斌內心的一棵「荊棘」，「在這個慘
案中，我失去了很多親密的戰友。我為這些戰友的被害而悲憤，在我寫這部
書的時候，好多次情不自禁地把眼淚滴在稿紙上。」〔註5〕顯然，梁斌選取保
定二師學潮作為小說創作的主要情節，是出於他對同學和戰友的深切懷念與
永恒紀念，整個故事敘述也基本上遵循了尊重歷史真實的寫實手法。但是在
真實歷史中保定二師的學潮運動，它本身還只是一場並不複雜的單純事件，
但小說卻將學生運動與農民運動完美地整合，進而藝術地再現了中國現代革
命的英雄史詩！我們可以從小說中發現，學生已不再是孤立無援的弱小群
體，在他們背後已經有了朱老忠這樣一群正直農民，不僅參與這場鬥爭的主

〔註4〕《紅旗手座談紅旗譜》，選自《梁斌研究專集》，海峽文藝出版社，1986年版，
　　　　第179、185、177頁。
〔註5〕梁斌：《我怎樣創作了〈紅旗譜〉》，選自《梁斌文集（第6卷）》，人民文學出
　　　　版社，2005年版，第257、258頁。

體對象被寫成了農民子弟，而且他們的一舉一動都得到了革命農民的強力支撐——比如像朱老忠等人爲學生們冒險送糧，並從被軍警封鎖的醫院裏救出被關押的進步學生，這些情節既增強了了朱老忠的革命品格，又擴展了學潮超越自身局限性的社會意義——學生運動與農民運動相結合，恰恰就是對中國現代革命的眞實反映！

長篇小說《紅旗譜》的創作目的，當然是要去表現以朱老忠爲代表的農民英雄；那麼朱老忠這一頗帶傳奇色彩的農民英雄，究竟有沒有眞實歷史的人物原型呢？梁斌自己曾在多次談到創作《紅旗譜》時說，朱老忠這一藝術形象的人物原型，是他土改時所遇到的一位宋姓老人：老人說話嗓音很大，身體矯健，他有三個兒子，二兒子和三兒子都是梁斌的高小同學，二兒子宋鶴梅在高蠡暴動後，爲了安全起見而藏於某個土匪家中；後來他在軍警的剿匪行動中，被當作「土匪」逮捕被判死刑，臨行時他站在汽車上高呼「打倒國民黨」、「共產黨萬歲」等口號，寧死不屈表現出了一個共產黨人的英雄本色。老人的三兒子在抗日戰爭時，曾擔任過某地區的自衛隊長，因其工作積極正直勇敢而慘遭內奸暗害，只剩下老人帶著兒媳和一堆孩子艱難生活。但宋姓老人卻精神達觀，對革命沒有絲毫抱怨，隻身一人前往冀中，替其兒子去打官司。梁斌被這位老人的樂觀與堅強而感動，由此也產生了「要以他爲模特，創造一個高大的農民形象」的強烈欲望，這應是小說《紅旗譜》中朱老忠形象的最初形態。不過，宋姓老人其故事本身並無閃光亮點，除了他對兒子們革命事業的支持之外，自己本人則並沒有任何的革命經歷，最多只能算是一個地地道道的淳樸農民。梁斌對這一眞實歷史的人物原型，最早在短篇和中篇小說《三個布爾什維克的爸爸》裏嘗試著寫作，後來又將其逐漸發展成了《紅旗譜》裏性格豐滿的朱老忠形象——毫無疑問，在朱老忠這一人物身上，凝聚著梁斌二十多年文學創作的全部信念和藝術智慧！

梁斌筆下的朱老忠的確與宋姓老人有某些相似之處，可又與他當年所聽說過的另一個歷史人物宋洛曙頗爲契合，宋洛曙的兒子宋保安在看過《紅旗譜》以後，就曾認公開承認朱老忠寫的就是他父親宋洛曙。梁斌本人對於這種說法，既沒有給予肯定也沒有加以否定，但他在創作《紅旗譜》時確曾找過高蠡暴動的當事人曹承宗，也即宋洛曙的外甥仔細詢問過宋洛曙的眞實情況。另外，梁斌於1961年清明前還在協和醫院的病房裏，專門寫下了一首帶有悼念性質的《宋洛曙之歌》，熱情謳歌了宋洛曙在高蠡暴動中的英勇壯舉，

可見這一農民英雄對於梁斌本人的影響之深。關於宋洛暑其人，其碑文上是這樣介紹的：

> 宋洛暑蠡縣宋莊人，1887 年生，成份貧農，粗通文字，織布爲生。秉性勤儉，富有革命精神。於 1927 年加入共產黨，在蠡縣縣城裏曾發動兩次革命鬥爭，以抗捐抗稅爲號召群眾之口號，是以廣大窮苦工農紛紛響應，於一九三二年的八月間，奉命召集蠡縣同志在玉田村集合，同赴高陽縣北辛莊匯合高陽縣之同志，以第一高小作根據地共同舉行高蠡革命運動。因宋洛暑同志工作積極意志堅決堪爲我黨之領導者，故公推爲當地蘇維埃區副主席。在執行任務時，對上級指示毫不違背，對階級之分析特別清明，以故反封建反帝之成果大有收效。及至各村游擊時執行紀律尤爲嚴格，所以既能得到各村勞苦大眾之擁護。不料返回北辛莊第三高小，正在開會計劃工作之際突然被反動軍隊包圍。當時宋洛暑同志誓爲革命流血之決心，指揮各隊英勇抵禦，卒因眾寡懸殊，孤軍無援，遂致失敗。我忠實果敢之宋洛暑同志竟爲反封反帝爲群眾謀利益之偉大革命運動而犧牲於一九三二年八月三十一日下午四時。亡時四十五歲。〔註6〕

從碑文和史料中，我們可以對宋洛暑做一簡單梳理：貧苦出身、爲人仗義、耿直大膽、血性十足，政治立場堅定、組織能力較強，無限忠誠於無產階級革命事業，積極投身於農村革命偉大斗爭，他留給後人印象最深的一句話便是：「只要爲窮人翻身，閻王爺面前也不悔帳！」1930 年 10 月，宋洛暑任中共蠡城區委書記，在蠡縣中心縣委的領導之下，組織黨員群眾踊躍參加反「殺豬稅」鬥爭；在臘月二十二日蠡縣縣城的「反割頭稅」大會上，宋洛暑在張金錫的指揮下肩扛大旗，帶領遊行隊伍圍困了縣衙門，與縣衙交涉時言詞鋒利大義凜然，是冀中平原上家喻戶曉的農民英雄。這些經歷我們都能從朱老忠身上看到，這充分說明了宋洛暑對於《紅旗譜》的潛在影響。

當然，現實生活當中的宋洛暑，有著更爲複雜的革命經歷，他不像小說中朱老忠那樣，具有「出水才看兩腿泥」的隱忍性格，而是較多地保留了民間草莽英雄的衝動和義氣：比如在蠡縣「反割頭稅」的集會上，他帶領群眾

〔註 6〕 轉引自關捷：《朱老忠之子欲續〈紅旗譜〉——訪電影主〈紅旗譜〉人公原型之子》，選自《黨史縱橫》1999 年第 2 期。

遊行示威並包圍了縣衙，大顯其叱吒風雲的英雄氣概，但卻多表現爲魯莽輕率，完全不似朱老忠那種沈穩性情。據當事者王夫回憶說：

> 我看見一個四方紅方臉，大嘴叉，眉毛特別長的敦敦實實的漢子，穿了一件補了很多補丁的褪了色的毛藍破大衣，揮動著拳頭，使勁地喊口號。在和偽縣丞交涉取消殺豬稅的時候，他說話也多。當最後陳中嶽不得不答應取消此稅時，群眾正陸續走散的時候，他還在高聲地喊口號。我這才知道他是缺乏鬥爭經驗，就湊近他耳邊說：「到了捕人的時候了，快跟我走。」我帶他一溜小跑到了師範的苗圃裏……〔註7〕

王夫對於宋洛曙的歷史追憶，更符合於農民英雄的率直性情。直到1932年宋洛曙任職蠡縣中心縣委書記之後，他才眞正成長爲一名更加成熟的政治革命者，在策劃並發動高蠡暴動的過程中，充分發揮了他的政治智慧與領導才幹。宋洛曙雖然是一個冀中平原上家喻戶曉的革命英雄，但是他與慷慨正義、俠肝義膽、大公無私、有膽有識的朱老忠相比，無論是其思想人格還是其革命意識，都還不具有多大的藝術傳奇性。在小說《紅旗譜》的故事裏，朱老忠、嚴運濤和朱老明等人，都被作者塑造成了傳奇式人物，他們有著目的明確的政治理想，有著愛憎分明的階級立場，有著胸懷寬廣的英雄人格，有著自覺獻身的革命精神！用眞實歷史中的農民革命英雄宋洛曙，去印證《紅旗譜》中的朱老忠等人農民革命英雄，也許我們不僅會從內心深處發出這樣的強烈疑問：在那個知識匱乏經濟落後自我封閉缺少溫飽的二十世紀三十年代裏，眞會有如此眾多充滿著政治理想與階級覺悟的農民革命英雄存在嗎？回答則應是藝術「眞實」而非歷史「眞實」！

2、《紅旗譜》：歷史傳奇的藝術演繹

梁斌原名叫梁維周，河北蠡縣梁家莊人，從青少年時期開始，便接受了革命思想啓蒙，有著豐富的革命經歷，以及高度的政治覺悟。梁斌的文學創作，最早始自20世紀30年代，其代表作爲《紅旗譜》、《播火記》、《烽煙圖》，另外還有中短篇小說和一些散文作品。

相比吳強與曲波等其它紅色經典作家而言，梁斌雖然也是靠一部長篇小

〔註7〕王夫：《冀中星火》，《河北革命回憶錄（第六輯）》，河北人民出版社，1984年版，第4頁。

說《紅旗譜》，而最早確立了他在新中國文壇上的顯著地位，但他從事文學創作的經歷與經驗則明顯要豐厚得多。在「三紅一創，青山保林」等八部紅色經典當中，《紅旗譜》從醞釀到誕生幾乎長達二十三年之久：1935 年，梁斌創作了短篇小說《夜之交流》；1941 年，梁斌創作了五幕話劇《五穀豐登》；1942 年，梁斌創作了短篇小說《三個布爾什維克的爸爸》；1943 年，梁斌創作了中篇小說《三個布爾什維克的爸爸》；一直到 1957 年，才正式出版了長篇小說《紅旗譜》。一個作家能夠在 20 多年的時間裏，對同一題材進行反覆地構思與打磨，這在中國現當代文學發展史上，恐怕是一種極其罕見的創作現象；它一方面說明了這些事件對梁斌思想的影響之深，另一方面也說明了作者在寫《紅旗譜》之前的準備充分，這種「二十年磨一劍」的信念和毅力，的確值得現在那些作家們去敬佩與讚歎。從短篇到中篇再到長篇的循序漸進以及最終定稿，《紅旗譜》故事篇幅的不斷擴大，同時又導致了它傳奇色彩的不斷膨脹，這就使得藝術眞實逐漸地脫離了歷史眞實，進而轉變成了梁斌本人革命敘事的眞正目的。

1935 年創作的短篇小說《夜之交流》，是梁斌筆下最早反映二師學潮和高蠡暴動的文字記錄，這篇作品雖然藝術技巧尚顯不足，但卻對後來創作《紅旗譜》影響極大——諸如嚴運濤被捕過堂的故事情節、二師「六・七慘案」發生的眞實情景、軍警洗劫學校圖書儀器以及叫賣二師同學血衣的卑鄙行爲，都已被作者在小說中做了十分生動的具體描述。1941 年冬，梁斌在新世紀劇社工作時，以一個宋姓老人的人生經歷，創作了短篇小說《三個布爾什維克的爸爸》，由此而塑造了朱老忠這一藝術形象的最初原型：

> 寫他的大兒子宋友梅參加了中國大革命，在「四・一二」反革命政變中犧牲了。寫了反革命蔣介石，破壞國共合作，回過頭來，屠殺工農群眾。老人徒步千里去探監。
>
> 寫他的二兒子宋鶴梅參加了高蠡暴動，當了紅軍大隊長，老人扛上鍘刀隨兒子出征，在辛莊戰場上大顯威風。大暴動失敗後的悲慘情形，宋鶴梅被捕，押於保定監獄，他在臨行前高呼：「中國共產黨萬歲！」「打倒國民黨！」「打倒日本帝國主義！」
>
> 寫了三兒子宋汝梅死於抗日戰爭，與他的經歷差不多相同。

〔註8〕

〔註 8〕梁斌：《一個小說家的自述》，選自《梁斌文集（第 5 卷）》，人民文學出版社，

該小說顯然要比《夜之交流》豐滿，它把時間設置爲由「四‧一二」反革命政變」，到高蠡暴動並一直延續到抗日戰爭，基本上確定了後來《紅旗譜》中朱老忠的活動框架，不過他那三個英雄兒子的革命經歷，才是作者所要表現的中心，有關老人自己的故事情節，則僅限於徒步千里去探監和跟隨兒子上戰場，朱老忠的革命意志與堅強人格，還沒有得到充分展開與全面描寫。1943年在邊區文聯工作時，梁斌又將短篇小說《三個布爾什維克的爸爸》擴充爲中篇（發表在《晉察冀文藝》上時改名爲《父親》），朱老忠形象明顯有了很大變化：

> 在這個中篇裏，嚴知孝這個人物出現了。寫了朱老忠給嚴知孝家扛長工。嚴知孝的兒子在保定第二師範讀書，因「七六」學潮，被軍警包圍。嚴知孝叫朱老忠到保定去看望，因而參加了對二師學生的援助，於是他的思想得到進步。
>
> 朱老忠從保定回來，高蠡暴動就起了。
>
> 朱大貴當了高蠡暴動的大隊長，朱老忠也扛上鍘刀隨朱大貴出征。寫了辛莊會戰。失敗後，朱大貴在路上被捕，押在保定行營。過堂問供時，朱大貴慷慨陳詞，死而無怨。行刑時站在汽車上，高呼共產黨萬歲。〔註9〕

相比同名短篇小說而言，中篇小說的主要變化，是增加了嚴知孝和保定二師學潮，英雄父親也取代了英雄兒子，開始成爲小說敍事的中心人物——尤其是朱老忠跟隨大貴出征辛莊戰場大顯身手，以及他積極參與營救二師學潮中的被困學生，都把他身上的那種革命性和俠義性，刻畫得淋漓盡致。此外，五幕話劇《五穀豐登》和短篇小說《抗日人家》，也是圍繞這些相關題材的文學創作，它們也從不同側面強化了《紅旗譜》中的人物與事件，共同建構起了《紅旗譜》故事情節的主體思路。

　　1943年以後，梁斌奔波於緊張的戰地生活，較長時間內放下了創作，直到1953年，他才重新拿起筆來，全面去構思長篇小說《紅旗譜》。爲了能夠使《紅旗譜》具有歷史眞實感，梁斌不僅爲了增加生活體驗而南下參加農村土改，而且還多次去拜訪當事人和重遊革命故地，聽到了更多關於「反割頭

2005年版，第199、247頁。

〔註9〕梁斌：《一個小說家的自述》，選自《梁斌文集（第5卷）》，人民文學出版社，2005年版，第199、247頁。

稅運動」和保定二師學潮的民間傳說，使他倍受鼓舞且產生了爲創作而「三辭官」的傳世佳話。與此同時，他對自己也做了非常明確的創作規劃：小說要突出冀中百姓「燕趙多慷慨悲歌之士」這一傳統的民族共性，敍事主題則應是階級鬥爭的殘酷性與複雜性。因此，他虛構了朱老鞏大鬧柳樹林、朱老明和馮老蘭三打官司、脯紅鳥事件等故事，並加入「反割頭稅運動」這一重大革命事件，著力去表現農民在地主壓迫下的覺醒與反抗。而在文學創作風格方面，他要求保證能使讀者看得懂或聽得懂，他說「我熟讀了毛主席的《講話》，仔細研究了幾部中國古典文學，重新讀了十月革命後的蘇聯革命文學」〔註10〕，他要堅持「趙樹理方向」，成爲一名大眾文學作家。

　　因爲有豐富的生活閱歷和充足的創作準備，梁斌寫《紅旗譜》的過程進行得非常順利，幾乎沒有遇到什麼太大的創作阻礙，洋洋數十萬言的文稿便得以完成。1956 年，梁斌信心十足地把書稿交給了中國青年出版社，編輯蕭也牧和張羽在仔細閱讀之後，發現作品描寫革命鬥爭的主題很好，既符合對新中國青年進行革命傳統教育的出版宗旨，而小說中的那種傳奇色彩又能夠獲得廣大青年讀者的歡迎喜愛，但是他們同時也認爲稿件本身的藝術質量，卻還遠未達到一部紅色經典的出版要求。於是，張羽看完初稿後給梁斌回了一封長信，他從「第一讀者」的角度提出了許多中肯的修改意見。梁斌在張羽和蕭也牧的鼓勵之下，他再次回到河北去拜訪歷史事件的親歷者，對《紅旗譜》中所涉及到的人物和事件，進行了更爲嚴格細緻的重大修改，以便使小說的傳奇性更具有眞實性。1957 年 11 月，修改後的長篇小說《紅旗譜》，終於由中國青年出版社出版發行，並立即在全社會引起了強烈的轟動效應。

　　從短篇、中篇直至長篇，小說《紅旗譜》的故事情節，無疑是經歷了一個由歷史眞實到藝術眞實的演變過程；雖然主要人物事件都有歷史原型，但《紅旗譜》畢竟是小說而不是歷史，其藝術虛構性才是這部文學作品的價值所在。長篇小說《紅旗譜》，在二師學潮和高蠡暴動這兩件事之外，又先後增加了朱老鞏大鬧柳樹林、脯紅鳥事件、「反割頭稅運動」等更能表現階級鬥爭政治主題的宏大場面，朱老忠這一農民革命英雄形象的思想與人格，也因故事敍事的重心轉移而被明顯地凸現了出來。首先是增加了故事情節：朱老忠

〔註10〕梁斌：《我怎樣創作了〈紅旗譜〉》，選自《梁斌文集（第 6 卷）》，人民文學出版社，2005 年版，第 257、258 頁。

被迫下關東闖蕩 25 年、花重金資助江濤讀書和朱老明看眼病、捨棄秋收替老友嚴志和前往濟南探監、協助江濤領導反割頭稅運動、到保定二師援助被困學生等重要情節，這些故事情節都爲朱老忠由落後農民向革命英雄的身份置換，做了極爲紮實和十分巧妙的事先鋪墊。其次是細節發生了改變：比如朱老忠最初是徒步千里前去濟南監獄看望自己的大兒子，後來卻變成了他去看望嚴志和的兒子嚴運濤，意在凸顯他解危濟困的俠肝義膽和火熱心腸；又如朱老忠在保定碰到嚴志和，聽說「馮老蘭比過去更霸道了」時，原先是寫朱老忠立刻「怒火爆發」，後來則改成是「強忍憤怒」，把他那直率衝動的火暴脾氣，一下子就改成了沈穩與持重。再次是情節進行了移植：原本是發生在他者身上的英雄事跡，也被寫成是朱老忠本人的革命壯舉——原先寫高蠡暴動時大貴是主要領導人，而後來卻改成由朱老忠擔任了大隊長，這種由革命「參與者」轉化爲革命「領導者」的身份置換，無疑使朱老忠變成了《紅旗譜》中的核心人物。因此我們在《紅旗譜》裏所看到的朱老忠，早已不再是一個生性剛烈的普通農民，他思想意志堅定、革命目的明確，不僅具有「出水才看兩腿泥」的沈穩個性，而且還目光遠大充滿著智慧，全力爲革命去培養「一文一武」兩位青年，當然更少不了「有我朱老忠吃的，就有你喝的」的俠肝義膽！梁斌將無產階級革命者的精神品質，都集中在了朱老忠這一人物身上，而中國農民思想愚昧與心胸狹隘的人格弱點，則被作者做了主觀剔除和人爲遮蔽。這也是朱老忠這一藝術形象倍受爭議的原因所在。

從《三個布爾什維克的爸爸》到《紅旗譜》的巨大變化，最爲集中的一點就是朱老忠藝術形象的思想完美性：爲父親朱老鞏報仇雪恨，原本是朱老忠重回鎖井鎮的根本目的，此時他雖然也心懷階級仇恨，但卻尚屬個人一己的恩恩怨怨；在瞭解鎖井鎮階級矛盾日益深化、自己又親歷了脯紅鳥事件之後，朱老忠則無師自通地意識到了農民與地主的階級仇恨，才是他與馮老蘭進行鬥爭的眞實目的。革命者嚴運濤和共產黨人人物賈湘農的思想引導，進一步明確了朱老忠參加革命的政治自覺，而嚴運濤被國民黨反動派抓捕入獄，又使他終於明白了農民革命的長期性與殘酷性；於是他親自發動了「反割頭稅運動」，第一次以農民領袖的政治身份，帶領數千農民去縣衙請願遊行，充分展示了他作爲一位革命家與江湖義士的英雄本色：

> 朱老忠看那兩把刺刀，在江濤眼前閃著光，眼看要搓著他的眼睛。把大棉襖一脫，擎著兩條三節鞭闖上去，兩手向上一騰，吭啷

嗍的把兩把刺刀打落在地上。一下子又來了五六把刺刀，照準朱老
忠衝過來。朱老忠氣衝衝走上去，拿起三節鞭，劈劈啪啪打著，迎
擋著。看眼前刺刀越來越多，他一個人獨擋不過來了，伸開銅嗓子
喊了一聲：「是刀子山也得闖，同志們！上啊！」（見梁斌：《紅旗
譜》，中國青年出版社，2005 年版，第 286 頁）

五十開外的朱老忠，竟憑藉著兩條三節鞭，便輕鬆地對付了武裝軍警，可見
其工夫非凡身手了得。作者使朱老忠文功武略集於一身，目的無外乎是想突
出他革命精英的高大形象；但其被過分誇張了的高超武藝，卻又將朱老忠寫
成了一個民間傳奇中的古代俠客。這應是《紅旗譜》的一大敗筆。保定二師
學潮運動被作者寫成是一次抗日救國運動，其意圖也是爲了要突破學生與農
民的自身利益，而把這場運動與全民族解放事業聯繫起來；朱老忠雖然沒有
直接參與這次學潮，但是當聽到江濤被圍困在校的消息時，他的第一反應便
是：「咱說去就去，看看能幫上手兒不？」他不僅主動與嚴志和前往保定打探
情況，還找到在保定有一定政治影響的知識分子嚴知孝去想辦法，與此同時
他還冒著生命危險，大膽地給予二師學生以糧食救濟；當慘案發生後，張嘉
慶因爲重傷被押入保定思羅醫院治療，朱老忠則更是假扮張嘉慶的老父親，
躲過反動軍警的嚴密監視去加以營救：

朱老忠使勁眨巴眨巴眼睛，忍住淚說：「來了，孩子！我看你來
了！」又猛然提高了嗓門說：「那門房，好可惡東西！麻煩了半天，
說什麼也不讓進來。又是什麼找熟人，又是什麼打鋪保，這麼多的
囉嗦事！眞是欺負我鄉下人哪，拿槍打了俺的人，還不叫家裏人見
面？天地底下有這麼不講理的不？

朱老忠嘮嘮叨叨說個不停，使粗布手巾擦著眼淚。（見梁斌：《紅
旗譜》，中國青年出版社，2005 年版，第 420 頁）

這些表演即增強了朱老忠的智慧謀略，也集中昇華了一位革命者的高尚人
格，朱老忠在此次學潮中可圈可點的英勇表現，生動地反映了落後農民到革
命英雄的成長歷程──苦大仇深根正苗紅只是其身份置換的先決條件，而黨
的領導與思想教育才是其身份置換的關鍵因素！

其實，作者用「傳奇」手法去描寫歷史事件，決不僅僅是發生在朱老忠
一個英雄人物身上，就連「反割頭稅」和保定二師學潮這兩大運動，也被作
者誇張渲染成爲了江湖傳奇式的逸聞趣事。作爲這兩次重大事件的親歷者遠

千里，他在看完小說後就曾不以爲然地評價說：「書裏所寫的反割頭稅運動和
學潮鬥爭，梁斌同志也是逐漸深化了的。就那件事情本身來說，也許不像書
裏寫的那麼集中，從表面看來，二師學潮也許不那麼轟轟烈烈。梁斌同志寫
的比原來的情況豐富了些，有些地方還誇張了些，故事曲折了些。」〔註11〕
小說對「反割頭稅運動」的故事敘述，也明顯沒有遵循歷史真實的創作原則。
據史料記所載，當時實際徵收「割頭稅」，是每頭豬收取五毛錢，而小說中不
僅把它改成了一塊七毛錢，還要加上豬鬃、豬尾巴、大腸頭等，加起來總共
價值接近於二三小斗糧食。梁斌刻意去升高稅收，既要人爲地強化地主階級
的貪婪本質，又要人爲地激化難以調和的階級矛盾，進而去表現中國現代農
村革命的歷史必然性。但虛構的藝術畢竟不是真實的歷史，所以《紅旗譜》
在這一問題上顯然是有意而爲之的。另外，「反割頭稅」原本是由學生和農民，
共同發起的一場「學農」運動；但在小說中則變成了是在「黨」的直接領導
下，由朱老忠親自發動的農民革命運動：縣委書記賈湘農「反割頭稅，就是
要發動養豬的主兒」的一句指示，便是朱老忠與嚴江濤發動「反割頭稅」的
精神動力：他們遵循著「黨」的諄諄教導，分頭去做廣大農民的思想工作，
正是由於有這種事前進行的宣傳教育，所以才極大地調動了鎖井鎮村民的鬥
爭情緒：

> 朱老忠兩個拳頭一碰，說：「大侄子說的是。」「依我說，咱們
> 就是幹，馮老蘭，他淨想騎著窮人脖子拉屎不成！」
>
> 朱老明咬緊了牙根，恨恨地說：「幹！割了脖子上了弔也得幹！
> 老了老了，走走這條道！」
>
> 朱老星站起來，說：「狗日的欺侮了咱幾輩子，咱可也不是什麼
> 好惹的！」
>
> 伍老拔把屁股蛋子一拍，說：「對嘛，就是這麼辦，咱組織農會
> 吧。反對割頭稅，打倒馮老蘭。你不跟我說，我還想去找你們呢！」
>
> （見梁斌：《紅旗譜》，中國青年出版社，2005年版，第217、219、
> 225、229頁）

這些鎖井鎮村民是如此地果斷與熱烈，無疑是要傳達作者本人的一種見解：
中國農民不僅具有崇高的政治覺悟，他們同時更具有堅定的階級立場——在

〔註11〕《紅旗手座談紅旗譜》，選自《梁斌研究專集》，海峽文藝出版社，1986年版，
第179、185、177頁。

蠡縣縣城的「反割頭稅」大會上，嚴江濤與朱老忠等人借「反割頭稅」之名，把鬥爭矛頭直接指向了舊社會的反動軍閥與貪官污吏！農民群眾被他們的革命熱情所薰染，遊行示威場面更是聲勢浩大蔚然壯觀——農民不堪忍受地主惡霸的階級壓迫，他們在朱老忠等人的帶領之下，精彩地演繹了一齣中國農民的革命「史詩」！歷史真相在梁斌筆下被改寫，農民形象在梁斌筆下被拔高，而一切反動派則又在梁斌筆下，都被描寫成不堪一擊的腐朽勢力——充滿著振奮人心的傳奇敘事，幾乎就是《紅旗譜》故事情節的全部意義。

　　《紅旗譜》中的保定二師學潮，也是一種作者筆下的傳奇敘事：真實歷史上的二師學潮，東北軍十四旅只派了部分兵力去包圍學校；而小說中卻讓一千餘軍警去面對手無縛雞之力的五六十名學生娃娃，雖然架設有機槍大炮卻始終束手無策進不了校門！但那些學生娃娃卻截然相反，他們雖然人數不多卻神奇無比——他們不僅能夠憑藉著幾杆紅纓槍，就能隨意衝出反動軍警的重重包圍，到商店裏去購買糧食和日用物品；而且還武功蓋世武藝高強以一當十，使得那些本性兇殘的反動軍警，始終都難以突破他們所築起的堅固防線！特別是那個神奇小子張嘉慶，平日裏就能槍打飛鴿彈無虛發；在二師護校運動中他更是表現神勇，起到了中流砥柱的重要作用——當劉麻子和小軍官用槍指著江濤和老夏，企圖把他們押到市黨部時，張嘉慶「看了一下臺階，一個箭步躍上去，劈啪兩腳，踢掉他們手裏的槍，舉起拳頭大喊：『打倒反動派！』」不僅輕易地解救了江濤和老夏，還能鎮定地高喊政治口號，這種非凡身手和革命鬥志十分了得。在糧食斷頓生存危難的緊急時刻，又是張嘉慶挺身而出解救同學於水火之中——他率領十幾個沒有吃飯、氣力全無的學生娃娃，竟一路狂殺衝出重圍去採購糧食，「張嘉慶向裏跑著，看見一個人失足，骨碌地倒在地上。他又跑回來，伸手抓起麵袋背在脊梁上，拽起那人就走。」而「崗兵一看這陣勢，向回卷作一團」趕緊給他們讓開路！最令讀者大跌眼鏡的一個細節，是保定二師的護校學生，他們都能十分流利地講一口政治英語：「江濤站在南操場的桌子上，」與牆外河北大學的同學們，「互相用英語交換意見，江濤說：『——打破飢餓政策，鬥爭就能勝利。』——嚴萍揚起手兒，說：『同學們，努力吧！預祝你們在抗日陣線上取得新的勝利！』」眾所周知，在民國期間「中師」是不開英語課程的，即使開設也只是學些極其簡單的語法詞彙；而小說中「二師」學生的英語能力竟然是如此之高，可見該校之政治英語教育水準絕不在北大清華之下！

十幾個青年學生和幾桿紅纓槍，就能對付千餘軍警的機槍大炮，這無疑是在印證一句毛澤東的至理名言：「一切反動派都是紙老虎」！而一群文化程度不高的「中師」學生，卻能流利講說大學的專業英語，這無疑又是在向廣大讀者暗示，革命者無一不是聰明絕頂的智慧人物！長篇小說《紅旗譜》快意地描寫了幾個超凡入聖的神奇人物，同「紙老虎」式的反動派進行著沒有懸念的生死對決，它並不是在真實地再現「典型環境」中的「歷史事件」，而是在藝術地虛構人為想像中的革命英雄——這些無所不能的神性人物，他們誕生於「大躍進」的火紅年代，建構於紅色記憶的浪漫敘事，流傳於思想貧乏的激情歲月！如果我們僅僅將《紅旗譜》看作是一部文學作品，那麼它的一切誇張成分都是不足為奇的，因為「虛構」本身恰恰正是文學藝術的本質特徵；問題就在於作者與讀者都將其視為是一部描寫農民革命的英雄「史詩」，他們從來都不去懷疑故事中人物或事件的虛擬性質，這才會使超出文學審美範疇的實據考證具有了現實意義。尤其是《紅旗譜》在幾十年時間裏一再被進行藝術改編，許多英雄形象和故事情節都被做了「真實性」的意志強化，這種「藝術真實」重新被轉化為「歷史真實」的奇特現象，實際上正是「學英雄、做英雄」的極「左」思潮的精神產物！

3、《紅旗譜》：多重改編的傳奇升級

1957 年 11 月，小說《紅旗譜》出版發行，立刻在全社會引起了強烈反響，隨之而來便是小說改編的藝術熱度。河北省話劇團最先做出反應，由魯速、村裏、亢克等三人在短時間內，非常迅速地改編出了三個草本，最終由魯速執筆進行加工調整，並於 1958 年 8 月完成了《紅旗譜》的話劇劇本，緊接著就開始組織演員排練，9 月便在保定河北劇院上演。此後，話劇《紅旗譜》在多次演出實踐中，為了精益求精又做過 15 次修改，終於成為了深受廣大觀眾喜愛的話劇作品。話劇《紅旗譜》的改編原則，主要是遵循「集中、割愛、補充」的六字方針：首先承襲了小說原著描寫農民革命與農民英雄的創作主題，大膽刪節了保定二師學潮等非直接涉及農村生活的故事情節，精選了從朱老鞏大鬧柳樹林到「反割頭稅運動」這兩卷的基本內容，以朱老忠為主人公去表現朱嚴兩家和地主馮蘭池之間的階級矛盾。這一改動得到了梁斌本人的充分肯定，他說「《紅旗譜》原著是三卷，話劇只收入兩卷，其中的主要原因是，第三卷寫的是二師學潮，與第二卷內容不連貫，這種大膽地取捨，是

值得稱讚的，不然很難寫成。」〔註12〕話劇劇本這樣改寫之後，使小說《紅旗譜》革命造反的原有主題，變得更加集中也更爲突出，進一步演繹了中國貧苦農民，在黨的領導下由自發反抗到自覺鬥爭的覺醒過程。

　　話劇改編的主要精力，都用在了刻畫朱老忠這一人物的性格方面，在保持朱老忠原有革命品質與英雄氣概的基調之上，既對春蘭、嚴志和、馮老蘭等人物進行了適量壓縮，又增加了一些輔助朱老忠成長的生動細節，比如朱老忠帶領大貴、運濤等晚輩在柳樹林練武的場景設置，便是爲其實現階級復仇長遠計劃而預先埋設的巧妙伏筆。其中改動最大的關鍵部分，應是朱老忠藝術形象的全面突出，其它英雄人物身上的各種優點，幾乎都被賦予了這位農民革命英雄。在小說《紅旗譜》當中，「反割頭稅運動」有很大篇幅都是在描寫嚴江濤的組織活動，一是他在鎖井鎮宣傳發動百姓起來反抗，二是他在蠡縣縣城指揮農民遊行並包圍縣衙；但到了話劇《紅旗譜》裏，「反割頭稅運動」總指揮的領導任務，則完全被移植到了朱老忠身上，青年學生嚴江濤卻成了一個配角──各村農民代表在共產黨人賈湘農的指示下，齊聚鎖井鎮準備發動「反割頭稅運動」，可是人們卻並不知道應該怎樣去運作這次行動，於是朱老忠便向大家簡單介紹了張嘉慶「秋收運動」的成功經驗，並以此爲借鑒策劃了「反割頭稅運動」的具體措施：「我跟江濤想了這麼一個主意。這個會兒一散，咱們就一傳十、十傳百，先把四十八村的窮哥兒們、養豬戶們都串聯起來。再規定個日子，各村一起安上殺豬鍋，不管他馮老蘭願意不願意，咱就是這麼硬抗！」〔註13〕意見合理實際，立即得到眾人贊同。當大家推舉朱老忠爲領頭人時，他稍做猶豫便應承了下來，並當機立斷地給眾人布置任務：

　　　　朱老忠：幹，明天各村把殺豬鍋安起來。

　　　　眾人：對！

　　　　朱老忠：馬上通知窮人會、婦女會會員，挨門挨戶去串連養豬戶。

　　　　眾人：對！

　　　　朱老忠：老星哥，你盯住馮老蘭的動靜。

〔註12〕梁斌：《關於話劇〈紅旗譜〉》，作於1982年8月，選自《大舞臺》2007年第2期。

〔註13〕魯速、村裏、亢克執筆：話劇劇本《紅旗譜》，百花文藝出版社，1960年版，第1、92、96頁。

> 　　朱老星：好！
> 　　朱老忠：志和，你在大小嚴村，我在東西鎮井。
> 　　朱老明：我上南北趙村。〔註14〕

安排全面周到，決策詳細縝密，朱老忠初次組織如此大型的農民運動，就已經充分展示了他與眾不同的領袖氣質與非凡才能。在後來縣城「反割頭稅」大會的集會上，嚴江濤向農民群眾宣講革命道理的故事情節，也被做了他者轉述式的極大省略，朱老忠則成為了組織與領導農民遊行的核心人物：「鄉親們！他們不敢傷害咱們的人，都準備好自己的傢夥！跟我上！」他帶領遊行隊伍同反動軍警英勇搏鬥，衝破重重阻撓包圍了整個縣衙，強硬地威逼縣長寫下取消「割頭稅」的安民告示，並終於取得了這場運動的最後勝利。話劇《紅旗譜》中的農民革命英雄朱老忠，明顯表現得要比小說裏更為高大傳奇，對於這一藝術形象的全面提升，主筆人魯速是這樣表示的：「這是由於我們考慮到朱老忠在窮哥兒們的心目中要比江濤的威望高……這樣，就使得朱老忠既繼承了父親朱老鞏的英勇頑強性格，又不同於朱老鞏的單槍匹馬生拼硬碰。因為朱老忠已經在中國共產黨的教育下，懂得了發動群眾，有計劃、有策略地進行階級鬥爭的道理。」〔註15〕的確，話劇突出了黨在「反割頭稅運動」中的重要作用，同時也凸顯了農民群眾對於黨的依賴關係，朱老忠以及廣大農民自覺地聽從黨的正確領導，恰恰又反映出了「沒有共產黨就沒有新中國」的革命真理！因此我們可以看到，話劇《紅旗譜》中的朱老忠，已不再是滿身俠氣的朱老忠，而是變成了政治上成熟的朱老忠——中國現代農民革命的無產階級化特徵，也因「黨」的介入因素而成為了不容質疑的客觀事實！

　　1960年，北京電影製片廠和天津電影製片廠，又聯合拍攝了電影版《紅旗譜》，進而將這部紅色經典真正地推向了全國。電影劇本由胡蘇、海默、凌子風、吳堅等四人執筆，著名演員崔嵬飾演朱老忠，蔡松齡則擔任嚴志和一角，正是由於這些著名表演藝術家的齊心合力，才使《紅旗譜》達到了它最為輝煌的「傳奇」頂峰。導演凌子風手法大氣，演員崔嵬藝術精湛，在幾代中國人的心目當中，電影《紅旗譜》都是刻骨銘心的，故1980年它還

〔註14〕 魯速、村裏、亢克執筆：話劇劇本《紅旗譜》，百花文藝出版社，1960年版，
　　　　 第1、92、96頁。
〔註15〕 魯速：《〈紅旗譜〉改編漫筆》，選自《紅旗譜：話劇民族化的探索》，中國戲
　　　　 劇出版社，1991年版，第119頁。

被中宣部列入「百部愛國主義影片」，至今仍在發揮著它革命傳統教育的思想功能。

電影《紅旗譜》與小說和話劇，都是誕生於階級鬥爭的火紅年代，所以它們所表現出的創作主題，顯然都帶有完全相同的政治色彩。電影《紅旗譜》在很大程度上，沿襲了話劇《紅旗譜》的改編意圖，同樣是裁截掉了保定二師學潮的故事情節，大量刪減了馮貴堂、張嘉慶等與朱老忠思想成長無關的敘事篇幅，只選取了朱老鞏大鬧柳樹林、脯紅鳥事件、「反割頭稅運動」這三個主要事件，圍繞著朱嚴兩家與地主馮蘭池之間的家族仇恨與階級矛盾，去生動地反映中國現代農村社會的風雲變換與歷史變遷。由於電影藝術的特殊性，它可以在更爲廣闊的視角中，去展現朱老忠的英雄人格，所以它給人留下的印象也尤爲深刻。毫無疑問，農民革命英雄的高大「完美」，是電影《紅旗譜》中朱老忠形象的塑造基調，在此基礎上電影要比話劇更爲明顯，去集中打造朱老忠身上的革命品質。比如朱老忠一改小說和話劇裏因沒有文化，而被青年學生嚴運濤啓蒙的無知角色，一出場便能夠識文斷字閱讀信件，這就使他掌握了獲取革命知識的主動權；朱老忠雖然也像話劇中一樣，被賦了了「反割頭稅運動」領袖的政治身份，但是在電影裏他卻表現出了非常自覺的階級意識，始終都保持著十分清醒的政治頭腦：

朱老忠：「咱殺豬，一不圖錢，二不要肉，送來的豬全白殺，爲的是替咱窮人出這口氣！」

朱老明：「共產黨主張的事情我贊成，馮蘭池是咱們的死對頭，他包了割頭稅，唉，出三千包價想收一萬，瞧，他的心多黑啊！反他，叫他一個子兒也拿不著！」

伍老拔：「對！馮蘭池還想欺騙咱們，不成了！這回呀，咱們不是好惹的！」

嚴志和：「馮蘭池欺侮咱們好幾輩子了！咱饒不了他這條老狗！」

朱老忠：「鄉親們説得對，咱們就造這個反啦！反割頭稅，反馮蘭池，跟他算老賬！」

群眾：「對，跟他算老賬，出出這口氣！」

朱老忠：「對！不讓私立殺豬鍋，咱就來個硬安！這鍋，就安在我朱老忠的大門口好了！」

群眾：「行啊！那太好了！」

朱老忠：「大家回去把話傳開了，一個傳倆，兩個傳仨，人多勢眾，十個遮不住太陽，人多了就能遮黑了天！」〔註16〕

在小說裏朱老忠聽到豬頭稅時先是一愣，作者並沒有讓其當機立斷拿定主意，而是讓其思慮再三才略微發表意見，主要是爲了表現朱老忠小心謹愼的沈穩性格；話劇寫發動「反割頭稅運動」，雖然是由朱老忠提出的決策，但卻是由他和嚴江濤共同商議的結果，仍舊顯示出了朱老忠的底氣不足。可到了電影《紅旗譜》中，青年學生嚴江濤「咱硬安殺豬鍋，不圖錢，不圖肉，就是爭這一口氣」和「一傳兩，兩傳三，把養豬戶和窮人們都串聯起來。村連村，鎮連鎮，人多勢力大，一齊擁上去，砸他個措手不及」的革命話語，只是經過細微改變就被完全移植到了朱老忠身上。與此同時，原本是大貴要在自己家門口安上殺豬鍋，替貧苦農民殺豬並與官府對抗，也變成了朱老忠要自己安殺豬鍋去承擔風險，這已不再是俠肝義膽那麼簡單了，而是生動地反映出了共產黨人身先士卒的榜樣力量！另外，朱老忠對於北伐的強烈關注與「四‧一二政變」的深切憂慮，都從不同角度襯托著這位農民革命英雄的政治敏感性——將農民階級的革命造反性與知識精英的思想前衛性合二而一，電影《紅旗譜》精心打造出了一部中國現代農民革命的偉大「史詩」；而知識分子精英話語被農民政治革命話語所全然取代，又不以人們意志爲轉移地彰顯了那個時代藝術審美的價值準則。

也許是因爲人們厭惡了文學藝術的政治化敘事，所以從 2003 年開始有人便按照所謂「人性」化原則，把梁斌三部長篇小說《紅旗譜》、《播火記》和《烽煙圖》放在一起，拍攝成了一部完整版的電視連續劇《紅旗譜》（共 28 集），並於 2004 年 9 月在中央電視臺一套節目黃金時間段播出。據電視劇導演胡春桐介紹，改編《紅旗譜》電視劇的最初想法，是由賀龍將軍的女兒賀捷生提出來的，因此賀捷生和梁斌的夫人散嫿英，也就應邀擔任了電視劇《紅旗譜》改編的總策劃。電視劇《紅旗譜》既保留了階級鬥爭的「紅色」底色，更力求符合於當前時代社會觀眾的藝術品味與審美心理——把農民革命英雄朱老忠從「神性」改成「人性」，應該說是策劃與編導們的主觀願望和認識基點。對於農民革命英雄朱老忠的形象再造，導演胡春桐有著他自己的理解和

〔註16〕胡蘇、凌子風等：電影文學劇本《紅旗譜》，中國電影出版社，1980 年版，第68 頁。

要求：他希望能夠「真實」地把朱老忠，還原為他那個時代的歷史人物，「與老電影中將朱老忠刻畫得完美而高大不同，電視劇塑造這一人物不僅要將他塑造成英雄，還要讓人信服地刻畫他是怎樣在特定的歷史環境中逐步成為一個英雄的。」〔註17〕朱老忠是如何循序漸進地思想「成長」，他是怎樣從一個極其普通的落後農民，變成了一個高大「完美」的革命英雄，這無疑是電視劇所要表現的重心所在。故在小說《紅旗譜》裏最為重要的兩大政治風波——「反割頭稅運動」和保定二師學潮，都沒有被電視劇劇本所沿襲採用，而是額外增添了許多日常生活細節，以圖更好地去表現朱老忠形象的生活真實感。這就使電視劇《紅旗譜》的審美維度，與小說和電影《紅旗譜》都完全不同：它竭力避免人物形象的臉譜化和模式化，不再是以英雄人物與階級敵人的直接對決，去直接地詮釋中國現代革命發生的歷史必然性，而是將「好人」與「壞人」統統置放於人性尺度上去重新加以衡量。就正面人物朱老忠而言，電視劇通過一系列的故事情節，突出強化了他俠肝義膽的樸實情感，盡可能去接近他最真實的人格特徵：比如，他敢於以丟棄性命為賭注去和地主狗腿子老山頭比武，終於替嚴志和贏回了被騙的寶地；比如，嚴運濤被官府抓丁之後，他竟用自己的兒子大貴將其換回；比如，他在村裏建立起了「演武堂」，只為尋找能夠替窮人撐腰的紅色大門派；比如，他得知消息勇闖馮宅，解救差點被馮蘭池姦污了的春蘭姑娘……總而言之，哪裏有危難哪裏就有朱老忠的偉岸身影，編導運用一個個具體而生動的傳奇故事，將朱老忠塑造成了一個殺富濟貧的民間豪俠，「人性」意識倒是被顯現得淋漓盡致，而「革命」精神卻被消解的色彩暗淡！脯紅鳥事件是貫穿於《紅旗譜》小說、話劇、電影一直到電視劇的一個情節，但是不同文體卻對這一情節有著不同的處理方式：小說寫脯紅鳥一事，旨在強化朱老忠和地主馮老蘭的階級矛盾，但是朱老忠並不是這一事件的核心人物，捕鳥人是下一代的嚴江濤和朱大貴等，他們不畏強權拒絕把脯紅鳥給地主馮老蘭，朱老忠所做的僅是提醒晚輩提高警惕，以免遭受馮老蘭的暗中報復。當大貴遭馮老蘭陷害被抓丁之後，朱老忠起初也是憤怒異常，但理智而敏感的沈穩性格，又讓他控制住了自己的一時衝動，為了長遠的復仇計劃，忍痛讓兒子去當兵打仗，並一再認真囑咐大貴說：「咱當兵不像人家，不能搶搶殺殺，不能傷害人家性命」。話劇寫脯紅鳥一事，基本延續了小說的原有思路，只是在一些細節上作了處理，讓朱老忠

〔註17〕《電視劇〈紅旗譜〉再現紅色經典》，載自 2004 年 9 月 17 日《遼寧日報》。

直接成爲這一事件的實際卞體；「李管家！請你轉告馮村長，要是早先，我爹死的時候，有這筆錢，可以買口棺材，現在請你拿回去吧！」並態度堅定地拒絕了馮家「買鳥」的無理要求。但在大貴被抓丁之後，朱老忠卻氣急一時，拿起鍘刀就想報仇，所幸被運濤給攔下，意圖是要反映貧苦農民的憤懣情緒。而電視劇寫脯紅鳥一事，雖然沿襲了小說情節的故事原貌，但編導者卻偏要節外生枝，人爲地去添加了自己的主觀想像：去掉了招兵這一結尾，讓朱老忠直接與地主馮老蘭對陣，完全憑藉自己的智慧和勇氣，去徹底戰勝詭計多端的陰險對手——大貴逮到一隻彌足珍貴的脯紅鳥，令地主馮蘭池垂涎三尺格外眼紅，想依仗權勢將其占爲己有；不曾想朱老忠竟然爽快答應，要在馮老蘭壽辰之日獻鳥爲禮，於是便在電視劇《紅旗譜》中，有了一段十分精彩的「智鬥」場面：

朱老忠：馮老爺，你馮家有文有武，還有今天請來的這些財神和舉人。誰要能説出這鳥的來歷，俺朱老忠就把這隻脯紅鳥送給誰。

馮老蘭：春蘭秋紅天地成，喝人奶，喂肉泥，一聲啼叫萬人迷。

朱老忠：哈哈，錯了……那是富家之鳥。鳥生於林，而林不生於富家。好鳥在天上，落在手中如家雞。那是供富人書生聽啼鳴，欣體態，賞其飛，觀技能，看爭鬥，造業，抱窩，喂雛，求配，富人難以體察……這脯紅鳥的來歷是紅叫天，野林子只要一叫百鳥迎送。它吃啥，吃的是草籽葉屑，喝的是寒夏的露水，不受風寒不得疾病。這紅色，不長，不短，不大，不小。脯紅是心血凝結於胸，紅的越多，越是孤寂，這種鳥，不合群，被捉的時候已經是疾病纏身。我請問，你們當中有誰知道如何調教它？

馮老蘭：朱虎子，你這套話是哪弄來的？你一個泥腿子，滿頭的高粱花子，你說不出這套話來的？

朱老忠：哈哈……俺朱老忠闖蕩關東 20 年，淘金、採石、打鐵、練武、種地、捕鳥、打獵、採藥……三教九流，五行八作，啥事沒幹過。要說沒幹過的，就是那缺德事。俺剛才的話，都是鳥經上寫的，俺朱老忠能倒背如流。

馮老蘭：你們咋不說話啦！四十八村的秀才舉子，你們的學問到哪去了？都讓狗叼去了？

　　馮煥堂：把鳥拿來！

　　朱老忠：好。既然你馮大老爺發話了，這隻腩紅鳥的來歷，咱就不論了。現在這隻鳥就在我的手裏，你猜它是死還是活啊？要是猜對了，我就把它送給你。

　　馮老蘭：自然是活的。

　　朱老忠：可俺要是一使勁，這隻鳥可就死啦！

　　馮老蘭：那是死的。

　　朱老忠：哈哈……可我要手一鬆，這隻鳥可就飛了。你說你到底想讓它活，還是想讓它死？

　　馮老蘭：朱老忠啊朱老忠，你這是耍弄俺馮蘭池啊！把鳥給我！〔註18〕

朱老忠計劃嚴密考慮周全，充滿著智謀且調侃了對手，最後他將抓有腩紅鳥的右拳鬆開，放走了腩紅鳥，現場隨之一片混亂──「智鬥」過程很是精彩，結果也很出人意料，不僅讓馮老蘭空等一場，還成功地羞辱了馮老蘭和在座的鄉紳舉人，大長了窮人之志氣。這一頗有看點的故事情節，使人不僅會聯想起「樣板戲」《沙家浜》，阿慶嫂不正是在同樣的「智鬥」場面裏，把胡傳魁與刁德一戲弄了一番嗎？

　　電視劇《紅旗譜》中朱老忠的扮演者吳京安，曾一語道出了電影與電視劇「兩個」朱老忠的本質差別：「由於特定的歷史背景，電影中的朱老忠是一個不僅繼承了勞動人民的優秀品質、英雄人物的光輝性格，而且還深刻地體現著無產階級革命精神的『完美』英雄。電視劇版的朱老忠最鮮明的個性特點不是『完美』，而是樸實，是典型的一條道跑到黑的人物。」〔註19〕而反面人物馮貴堂的藝術形象，在電視劇裏也被做了比較大的變動：在小說裏作者對於馮貴堂的描寫交代，主要還是表現其與父親完全不同的人生價值觀，比如他信奉三民主義不主張對農民苛刻，嚮往資本主義社會現代化的生產方式和經營模式等等；但是電視劇中的馮貴堂，卻被寫成是一個陰險與狡詐的混世魔王──他買通縣長王錯第，勾結官府抓捕朱老忠，重新奪回被朱老忠贏回去的嚴家寶地；他混入縣政軍界，以軍隊招募士兵爲由，設圈套把嚴運濤抓去當兵；他還與賈湘農鬥智鬥勇，妄圖借助反動勢力，一舉消滅所有的共

〔註18〕選自電視劇《紅旗譜》，2004年第5集。
〔註19〕《電視劇〈紅旗譜〉再現紅色經典》，載自2004年9月17日《遼寧日報》。

產黨人……電視劇《紅旗譜》裏的馮貴堂，盡情演繹著灰色人性的醜陋一面，而小說與電影那種水火不容的階級鬥爭，也被人性之好壞兩極的對立衝突所取代。公正地說，如果沒有小說和電影來做參照，電視劇《紅旗譜》還是比較好看的，其故事情節與人物性格，也都沒有什麼可以挑剔的；但是小說和電影早已限定了《紅旗譜》的宏大主題，儘管電視劇勉強保留了一些革命話語的「紅色」底蘊，可它畢竟偏離了政治敘事的「史詩」形態，進而也就完全消解了《紅旗譜》作爲紅色經典的存在價值！

近些年來，重新評判紅色經典藝術價值的風氣盛行，具有「農民革命史詩」美譽的《紅旗譜》自然也受到了質疑。尤其是在「萬里山河一片紅」的革命年代，《紅旗譜》由藝術眞實到歷史眞實的轉化效應，一直是現在學界加以詬病的根因所在。人們鄙視把藝術當作是歷史的教條主義，更厭惡把虛構當作是眞實的僵化思維，對於這種政治逆反心理我們能夠去理解，但「矯枉」是不是就一定要去「過正」呢？重新評價《紅旗譜》的功過是非，我們必須首先要搞清楚一個問題：《紅旗譜》從歷史眞實到藝術眞實，它是一種符合文學規律的合理轉變，因爲一切文學藝術作品都是虛構性的故事敘事，把虛構故事當成眞實歷史自然是有些荒唐。關鍵在於原本只是小說虛構的《紅旗譜》故事，究竟又是怎樣被迅速轉變成了歷史眞實？難道僅僅是因爲時代政治話語在作祟嗎？回答當然不是那麼地簡單而自信。至少有兩個方面的主觀原因，人們應該去進行深刻的自我檢討：一是在中國文學傳統的悠久歷史中，文學藝術與意識形態兩者之間，一直都有著千絲萬縷的情感糾葛，所以才會屢屢發生從文藝去考證歷史的「索隱」事件；二是紅色文學經典作品中那些歷史原型人物，往往又會在小說或電影走紅之後，親自站出來對其所描述的人物與事件給予充分肯定，這又勢必會造成讀者或觀眾對於藝術眞實與歷史眞實的模糊認識！梁斌說《紅旗譜》是以「眞人眞事」爲基礎的，學界也因此而去跟著相信《紅旗譜》的歷史眞實性，更有甚者還想方設法去對號入座以求還原歷史之眞相，完全背離了文學藝術的創作準則與審美原理。尤其是那些所謂「當事者」們紛紛出來說話，那是一件最使人摸不到頭腦的糟糕事情——如果他們不按照小說或電影的故事情節去講述歷史，那麼他們原先所親歷的政治歷史就絕不可能光芒四射；如果他們按照小說或電影的故事去講述歷史，那麼由於他們出面認可的小說與電影也就變成了歷史眞實——這是幾乎所有紅色經典都曾遇到過的尷尬事情。比如在小說和電影《紅旗譜》問

世以後，嚴江濤的原型人物張金錫就站出來說：「這本書寫得很好，把白色恐怖統治下我們黨的領導、革命的力量、群眾對黨一步進一步的認識都很好的寫出來了，對青年一代教育意義很大。」〔註20〕而參加過「反割頭稅運動」與保定二師學潮的王冀農也認為：「蠡縣農民鬥爭，梁斌同志寫的是很真實的。——這書是反映黨在華北地區白色恐怖之下，進行階級鬥爭的歷史小說。」〔註21〕既然就連「當事者」們都出來證明小說和電影寫的是真實歷史，人們還有什麼理由去懷疑《紅旗譜》的歷史真實性呢？我們不想對此去做過多的解釋，在我們看來《紅旗譜》就是一種小說創作的虛構故事，而不是歷史人物或政治事件的藝術化處理！因為藝術可以描寫歷史但卻並不替代歷史，虛構才是藝術自身的本質特徵。

〔註20〕 《老戰士話當年》，選自《梁斌研究專集》，海峽文藝出版社，1986年版，第151頁。

〔註21〕 《紅旗手座談紅旗譜》，選自《梁斌研究專集》，海峽文藝出版社，1986年版，第179、185、177頁。

六、鳳凰涅槃的悲壯史詩
——《紅岩》的真實與傳奇

　　「紅岩上紅梅開，千里冰霜腳下踩，三九嚴寒何所懼，一片丹心向陽開——」一曲蕩氣迴腸的《紅梅贊》，曾經令幾代中國人熱血沸騰如癡如醉；而一部慷慨悲壯的小說《紅岩》，則更是令廣大讀者心潮澎湃難以釋懷。1959年，報告文學《在烈火中永生》問世，共發行了 300 萬冊；1961 至 1963 年，小說《紅岩》問世，共發行了 500 萬冊；「文革」後到 1984 年，《紅岩》不斷再版印刷，又發行了 300 萬冊。在短短的 20 多年時間裏，《紅岩》故事的實際銷量，竟超過了 1100 萬冊！尤其是借助於電影和電視等傳播媒體，《紅岩》英烈的革命事跡，更是在中國社會廣泛流傳，至今仍在發揮其鼓舞人心的積極影響！我想無論學術界是否願意承認，小說《紅岩》數以億計的受眾對象，都足以證明它作為紅色經典的價值存在！

　　《紅岩》故事這種經久不衰的藝術魅力，的確值得我們去認真地體味與反思。近十幾年來，國內學術界一直都在質疑，《紅岩》究竟是「歷史」還是「傳奇」？在我個人看來，它既是「歷史」也是「傳奇」——「歷史」是指作者以其親身經歷，對英烈事跡的藝術復述；而「傳奇」則是指作者以其堅定信仰，對英烈精神的高度提升！由於《紅岩》是以真人真事為題材的文學創作，因此也就產生了一種紅色經典所獨有的人文奇觀：它使讀者從「傳奇」中去體驗「真實」，同時又從「藝術」中去感悟「歷史」；小說《紅岩》正是以其虛實結合的審美法則，創造了歷史的藝術與藝術的歷史。

1、《紅岩》：文獻記載的歷史敘事

小說《紅岩》中所講述的感人故事，既是一段驚心動魄的眞實歷史，也是一段沒齒難忘的痛苦記憶。

1948 年初，年僅 17 歲的共產黨員陳柏林，由於自己的天眞與幼稚，擅自將「進步青年」曾紀綱，帶進剛剛開張的「文城書店」，進而拉開了重慶乃至四川地下黨，遭受慘痛重創的悲壯序幕。根據大特務徐遠舉在《重慶大屠殺大破壞自述》中的回憶描述，當時眞實的歷史情景大致應該還原爲是這樣：

> 1948 年 3 月的一天晚上，呂世琨偕同李克昌和一個二三十歲的青年特務向我彙報情況，說已在文城出版社發現了《挺進報》的發行據點。原來這個青年特務僞稱自己是失業青年，與該社的店員陳柏林認識了。陳柏林是一個中共黨員，願意介紹他與組織發生聯繫，他已搬進文城出版社去住了。我就指示他說，這個做法很好，還要深入下去，最好與中共地下黨直接發生聯繫，不要輕舉妄動，以免又撲空。
>
> 過了幾天，呂世琨又來向我彙報，說布置的內線已搭上了組織關係，陳柏林願意介紹他與上級領導見面，約定於某天上午，在觀音岩紅球壩某工廠碰頭，要求立即行動。我即命令呂世琨率同大批特務，按照約定地點等候逮捕。一會兒，陳柏林偕同內線前來與其上級見面，蹲伏在四處的特務蜂湧而上，將陳柏林及其領導任達哉一同逮捕，另外又逮捕了一個青年工人，解回二處。當時陳柏林只有 17 歲，鬥爭經驗不足，爲僞裝的特務所欺騙，因此遭了特務的毒手，使中共地下黨受到重大危害。〔註1〕

這個被抓的「上級」領導，人稱「老顧」眞名任達哉，是中共重慶市工委的地下聯絡員。經過兩天一夜的酷刑審訊，年僅十七歲的陳柏林，堅貞不屈視死如歸，而黨齡較長的任達哉，卻意志薄弱背叛了革命，成爲摧毀整個重慶地下黨事件的導火索。由於任達哉的突然叛變，重慶市工委委員許建業被敵人誘捕；特務守侯在許建業任職的「志成公司」，很快又抓捕了重慶市工委書記劉國定。劉國定的叛變投敵，對於重慶和四川的地下黨組織，無疑是一個滅頂之災的致命打擊；因爲他是一個承上啓下的關鍵人物，故因他叛變所導

〔註1〕見徐遠舉《重慶大屠殺大破壞自述》，載全國政協文史資料委員會編《中華文史資料文庫》第 8 冊，中國文史出版社，1996 年版。

致的嚴重後果，不用解釋人們也就可想而知了。徐遠舉後來曾回憶說：

> 劉國定叛變後，出賣了中共四川地下黨川東工委的情況；川西
> 工委在重慶接頭的地點；革鎣山武裝起義被鎮壓後轉移的情況；《挺
> 進報》印刷及發行據點；中共重慶城區區委的情況；以及豐都、石
> 柱、雲陽、巫溪、宜昌的組織人事情況；運動內二警的情況；中共
> 四川地下黨與長江局的聯繫情況等等。〔註2〕

由於劉國定出賣了陳然等眾多革命同志，他被國民黨特務當局吹捧爲「反共英雄」，不僅在南京受到了毛人鳳的親自接見，並且還被授予了國防部保密局的上校軍銜。

　　根據劉國定所提供的口供線索，徐遠舉派人到重慶南岸「永生錢莊」，抓獲了川東農村武裝暴動負責人之一的李忠良。李忠良在敵人的刑具面前，甚至沒做任何的抵抗，便乖乖地供出了鄧興豐等30多名同志。恐怕就連特務當局也未曾想到，由李忠良牽所連出來的一個小人物余永安，竟然使他們獲得了一個意料之外的重大收穫──余永安雖然不是中共黨員，卻認識一個中共大人物「老張」，特務通過電話監聽並巧妙設局，終於順利地抓捕到了「老張」──中共重慶市工委副書記兼組織部長冉益智。1938 年就參加革命的冉益智，也沒有守住一個共產黨人的應有氣節，隨之出賣了中共下川東地工委書記涂孝文，中共沙磁區特支書記劉國鋕以及曾紫霞等大批同志。冉益智同樣也是因其背叛革命、破壞組織的「功勳卓著」，受到了國民黨當局的高度賞識，並被國防部保密局授予了中校軍銜。

　　涂孝文既是中共川東臨委副書記兼下川東地工委書記，同時還是中共第七次代表大會的正式代表。劉國定和冉益智叛變之後，他沒有聽從上級命令離開萬縣，所以當冉益智帶領特務來抓他時，出於求生的本能他也背叛了革命。涂孝文先後出賣了唐虛谷、楊虛裳、江竹筠、李青林、李承林、雷震、張靜芳、唐慕陶、黃玉清、陳繼賢、廖摸烈、陶敬之等一大批地下黨員，從而使下川東地工委的組織系統，頃刻之間便土崩瓦解全面癱瘓。應該說涂孝文是個非常複雜的歷史人物，史料記載他在被捕以後的獄中表現，十分矛盾且反覆很大：他因貪生怕死而出賣同志，但當面對那些被捕的同志時，卻又充滿自責深陷內疚。在《〈紅岩〉檔案解密》一書中，曾有這樣一段描述性文

〔註 2〕　見徐遠舉《重慶大屠殺大破壞自述》，載全國政協文史資料委員會編《中華文
　　　　史資料文庫》第 8 冊，中國文史出版社，1996 年版。

字，來披露他和李青林烈士的對質情況；看到被自己出賣的昔日部下，渾身血污拖著一條受了傷的斷腿，「他不敢與李青林的眼睛對視，低著頭，白著臉，把全部精力都用來控制自己那兩條不由自主顫抖起來的腿。——涂孝文羞得臉上一陣紅一陣白，恨不得找個地縫鑽進去，對於李青林的質問哼哧哼哧地半天也答不出個所以然。」〔註3〕李青林的大義凜然，對涂孝文的觸動很大；而劉國鋕等人的英勇表現，則更是令他心靈震撼無地自容。從此以後，他緘口不言拒絕再與特務合作，相反還將自己作為反面教材，在獄中進行著靈魂懺悔般的現身說教。「認識到涂孝文已『無藥可救』，對自己已無任何價值，惱怒之下，1949 年 10 月 28 日，徐遠舉將涂孝文、蒲華輔與陳然、王樸等 10 人押到大坪刑場公開槍殺。據有目擊者回憶，槍殺前，10 人都高唱國際歌，高喊『共產黨萬歲』等口號，其中當然也包括涂孝文。」〔註4〕與涂孝文情形相似的還有蒲華輔。蒲華輔是整個《紅岩》故事當中，年齡最大、黨齡最長、職務最高的一個叛徒，他 1927 年加入中國共產黨，時任中共川康工委書記。劉國定叛變後曾向徐遠舉交代，他的直接上級叫「鄭眼鏡」，但卻不知道他的真實姓名；而冉益智則積極邀功說，「鄭眼鏡」的真名叫蒲華輔，以前他們曾在一起工作過。正是由於劉、冉二人的共同出賣，而且還親自出馬披掛上陣，特務才在成都將蒲華輔抓獲歸案。沒曾想受黨教育 20 年的蒲華輔，在敵人未施酷刑的前提下，同樣很快就成為了叛徒，並且也出賣了黨組織和革命同志。不過，「蒲華輔在成都叛變後被押到重慶，據難友們觀察，他後來『逐漸鎮靜』，沒有再進一步出賣組織，而且還拒絕了徐遠舉讓他參加特務活動的要求。1949 年 10 月 28 日，蒲華輔和涂孝文與陳然、王樸等 10 人一起被押到大坪刑場公開槍殺。」〔註5〕

當然，作為人民革命的可恥叛徒，他們都不會有什麼好下場。除了蒲華輔、涂孝文和任達哉等人是死於國民黨的特務之手，劉國定、冉益智、李忠良等人則是死於新中國的正義審判。

有叛徒自然就會有英雄，而叛徒畢竟只是少數人，英雄才是《紅岩》故

〔註3〕見歷華主編：《〈紅岩〉檔案解密》，中國青年出版社，2008 年版，第 69～70、72～73、78、273、227、226 頁。

〔註4〕見歷華主編：《〈紅岩〉檔案解密》，中國青年出版社，2008 年版，第 69～70、72～73、78、273、227、226 頁。

〔註5〕見歷華主編：《〈紅岩〉檔案解密》，中國青年出版社，2008 年版，第 69～70、72～73、78、273、227、226 頁。

事的眞正主體。據徐遠舉自己回憶說，四川省和重慶市的地下黨組織，因叛徒出賣而遭受嚴重破壞之後，總共有 133 名共產黨員被捕；而「在這些被捕的共產黨員中，就我接觸所及，大部分黨員階級立場堅定，節操高尚，叛變投降的只有少數人，如劉國定、冉益智、涂孝文等。」〔註6〕徐遠舉講得都是實話，在渣滓洞與白公館集中營裏，絕大多數被捕的共產黨員，他們都用自己的熱血與生命，捍衛了政治信仰和人格尊嚴。由於歷史資料的高度匱乏，人們已經無法去還原革命英烈們，在監獄中同敵人英勇鬥爭的眞實場景；但是僅憑幸存者的深情追憶，我們依舊能夠透過時空隧道，看到他們紅梅傲雪的威武英姿。

　　許建業烈士是小說《紅岩》中許雲峰的生活原型，他原名叫許明德，又名許明義，化名楊紹武、楊清，四川鄰水人，1938 年參加中國共產黨，1947年任中共重慶市工委委員，曾爲重慶工運、學運以及華鎣山的武裝起義，做出過不可磨滅的重大貢獻。1948 年 4 月 4 日，由於叛徒任達哉的出賣，許建業在磁器口茶館秘密接頭時不幸被捕，先後被關押在白公館和渣滓洞監獄。1948 年 7 月 22 日，英勇就義於浮圖關，時年只有 28 歲。1950 年 2 月，重慶市人民政府追認其爲革命烈士。與小說《紅岩》中的許雲峰不盡相同，許建業由於自己本人的一時疏忽，曾造成過黨組織的重大損失。徐遠舉在回憶中這樣寫道：

　　　　楊身體強壯，氣宇軒昂，有革命英雄氣概，問他姓名、年齡、籍貫、住址，一字不答。經用各種酷刑，他只說叫楊清，鄰水人，住在過街樓某旅館。經調查，那里根本沒有這個旅館。我用盡各種手段，審訊了一天一夜，仍毫無所得。我怕線索中斷，命特務嚴加看守，注意他的每一個動態。

　　　　第二天早上他寫了一封絕命書，說他叫楊清，鄰水人，只有一個老母親，他以身殉黨，叫她不要惦記他；另外又賄賂看守特務，送一封信到志成公司，託其夥伴代爲焚毀文件。不料這個特務卻把信交給我，我率人立即包圍了志成公司，嚴密搜查，查出了楊的身份及其歷史，並在他臥室下查出一個大皮包，裏邊有二三十份中共黨員入黨申請書及大批《挺進報》，才知道他叫許建業，鄰水

〔註 6〕 見徐遠舉《重慶大屠殺大破壞自述》，載全國政協文史資料委員會編《中華文史資料文庫》第 8 冊，中國文史出版社，1996 年版。

人，曾在重慶和成銀行及輪渡公司任會計職務，現在是志成公司會
計。我一面派特務在志成公司守候，對所有來往的人，只准進不准
出，抓到了劉國定等七八人，一面將該公司董事長、經理逮捕到
案。接著中共重慶市委書記劉國定叛變，將地下黨組織完全供了出
來。〔註7〕

由於許建業的粗心大意玩忽職守，直接導致了重慶地下黨組織的滅頂之災，
所以他自己感到痛心疾首三次自殺未遂。不過，許建業畢竟是一位真正的共
產黨人，羅廣斌在寫給黨組織的報告中說，許建業「十次苦刑猶罵賊，從容
就義貫長虹」。〔註8〕而徐遠舉也說，「中共地下黨負責人許建業，在殘酷的拷
打之下，那種寧死不屈的革命精神，更令人敬佩不已。許建業被捕後，不管
我用多麼嚴酷的毒刑，都動搖不了他的革命意志。」許建業「在赴刑場時，
一路上高唱國際歌，高呼『中國共產黨萬歲』等口號，表現極為壯烈，路旁
的人看了都感動得流淚。我有個朋友事後告訴我說：『我昨天在路上看到汽車
上押著兩個人，他們沿途高呼共產黨萬歲，真英武啊！』我聽後內心感到十
分悵惘，簡直無言以對。」〔註9〕

江竹筠是小說《紅岩》中江雪琴的生活原型，原名竹君，曾用名江志煒，
四川自貢人，畢業於四川大學農學院，1939 年加入中國共產黨，1946 年底至
1947 年初，參加領導重慶學生抗暴運動，並為市委機關報《挺進報》做了大
量工作。1948 年 6 月 14 日，由於叛徒涂孝文的出賣，江竹筠不幸在萬縣被捕，
被關進重慶渣滓洞監獄。1949 年 11 月 14 日，在重慶即將解放的前夕，江竹
筠被國民黨特務殺害於歌樂山下，犧牲時年僅 29 歲。江竹筠人稱「江姐」，
她既是《紅岩》故事的靈魂人物，同時也是英雄品格的精神象徵，無論是「紅
梅讚」還是「繡紅旗」，其雄渾悲壯蕩氣迴腸的音樂旋律，都是一曲曲為「江
姐」所譜寫的英雄頌歌。然而，真實歷史中的「江姐」，與小說《紅岩》中的
「江姐」，兩者之間卻並非完全等同。我瀏覽了現有的《紅岩》資料，發現有
關江竹筠的歷史記載，幾乎都是靠渣滓洞監獄倖存者的事後追述，而這些回

〔註7〕見徐遠舉《重慶大屠殺大破壞自述》，載全國政協文史資料委員會編《中華文
　　　　史資料文庫》第 8 冊，中國文史出版社，1996 年版。
〔註8〕轉引自羅學蓬：《〈紅岩〉英雄「許雲峰」的慘痛失誤》，載《同舟共進》雜誌
　　　　2008 年第 11 期。
〔註9〕徐遠舉《重慶大屠殺大破壞自述》，載全國政協文史資料委員會編《中華文
　　　　資料文庫》第 8 冊，中國文史出版社，1996 年版。

憶往往又是描述大於紀實，文學藝術性的虛構色彩十分濃厚。如果眞像小說
《紅岩》裏那樣，「江姐」受過敵人的殘酷刑訊，對江竹筠一案整個過程最爲
熟悉的特務頭子徐遠舉，爲什麼他在《重慶大屠殺大破壞自述》一文中有提
起過？而新中國成立以後，那些被抓獲歸案的監獄看守人員，爲什麼在他們
所寫的交代材料裏，也沒有留下有關「江姐」受難的文字記載？〔註10〕因此，
我們只能從倖存者的回憶錄裏，去感受這位中國「丹娘」的英雄事跡。曾紫
霞在《戰鬥在女牢》中這樣寫道：

> 當江竹筠被提出女牢去審訊時，渣滓洞十八間牢房的人沒有片
> 刻心安：有人把頭伸出牢房風門口的洞在探望：有人不斷在設法打
> 聽情況：有人在向剛入獄的難友介紹江竹筠怎麼不同於一般：有人
> 在估計這次審訊會延長到什麼時間：女牢的難友則在打聽受了什麼
> 刑，準備著怎麼讓她回牢後舒服一點，使她傷痛減輕一點。江竹筠
> 被帶回女牢時，幾個人把她擡到床上，有人抱著她餵糖水，有人在
> 用鹽水清洗她的傷口。她沒有在受刑時落淚，卻在難友的懷裏哭了，
> 傷心地哭了。還罵了聲「特務龜兒子眞狠！」

> 難友在爲江竹筠擦腳時，生怕碰痛她的鐐傷。動作十分輕柔。
> 就在這時出現了一個奇跡：江竹筠的腳小得出奇，在角度恰當時，
> 她的腳可以從上了鎖的腳鐐脫出來！女犯們幾乎驚叫了起來。從此
> 以後，江竹筠在未取腳鐐之前，除大小便外，幾乎整天都用被子蓋
> 在身上坐著，或躺在床上。有的女犯也不知道她在床上時根本沒有
> 戴上腳鐐。只要有特務喊女牢的人出去或進女牢時，自有女犯早已
> 機靈地把江竹筠的腳放入了腳鐐，沒想到這件當初只對敵特保密的
> 事三十多年竟無人知曉。〔註11〕

曾紫霞與江竹筠同被關在一間牢房，這段描寫應是她親眼所見，故比較客觀
而眞實。我們再看羅廣斌、劉德彬、楊益言三人合寫的《「中美合作所」回憶

〔註10〕「紅岩聯線」2004 年 9 月 30 日記載，一個名叫「小美」的普通讀者，直接向
　　　　「紅岩革命紀念館」館長厲華髮出質疑：曾經參加審訊過江竹筠的特務張界，
　　　　爲什麼沒有留下任何有價值的交代材料？而那些介紹江竹筠英雄事跡的歷史
　　　　資料，卻又爲什麼在引用張界頌揚江竹筠的所謂「感慨」？厲華館長則對此
　　　　回答說：「江姐是紅岩小說中的一個文學形象，在我館館內沒有見過直接審訊
　　　　江姐的有關材料，也許是我還沒有看到！」
〔註11〕該文刊載於《紅岩春秋》雜誌 1991 年第 3 期。

片斷：聖潔的血花──獻給九十七個永生的共產黨員》，他們對江竹筠英雄事
跡的傾情追述，則發生了思想昇華般的巨大變化：

> 特別是江竹筠同志，要想從她身上，找出一些關於她丈夫彭詠
> 梧同志的關係，所以在魔窟的嚴刑拷訊下，受盡了老虎凳，鴨兒浮
> 水，夾手指，電刑，釘重鐐……各種各樣的酷刑，特務匪徒，沒有
> 從她身上得到絲毫的線索。
>
> 在受刑時，她曾經暈死過去三次，每次都被冷水噴醒過來，又
> 繼續受刑。望著連自己也認不出的被摧殘的身體，和凝結著仇恨的
> 遍體血斑，嘴唇倔強地抽動著：
>
> 「我是共產黨員，隨你們怎樣處置！」
>
> 的確，沒有人能用肉體抵抗毒刑而不暈厥痛絕；但一個優秀戰
> 士的階級仇恨和戰鬥意志，卻應該熬過任何考驗而始終不屈！江竹
> 筠同志，就是這樣一個忠誠和老實的共產黨員，在敵人面前表現了
> 無比英勇。──
>
> 在政治上，她一直要求著每個戰友不妥協、不投降、不叛黨地
> 熬過任何困難，她曾經鼓勵大家說：
>
> 「毒刑、拷打，那是太小的考驗！」
>
> 十一月十四號，把她從獄裏提出去，她扶著一位受刑殘廢了的
> 女戰友──李青林，面向刑場走出渣滓洞的時候，還擡起頭來，向
> 男室的戰友們點頭告別。那種從容、鎮定，是忠實革命黨人最高品
> 質的自然流露，也是堅定的無產階級戰士，在敵人面前無比的驕
> 傲……。〔註12〕

儘管這裡面摻雜有大量的文學成分，但是我們仍舊可以從中感受到一個偉大
女性的英雄氣概。至於江竹筠是否眞正受過像「釘竹籤」那樣的殘忍酷刑，
我想這都不會影響到「江姐」在人們心目中的完美形象。因爲對於一個身高
不足一米五的瘦弱女子來說，江竹筠卻表現出了令那些男性叛徒頗感汗顏的
頑強意志：忠於革命、永不叛黨、笑看生死、無怨無悔，這就是「江姐」受
到人們敬仰與愛戴的唯一理由。

　　劉國鋕是小說《紅岩》中劉思揚的生活原型，但是通過對比分析我們可
以發現，兩者除了在家庭背景和營救細節基本相似之外，而在《紅岩》故

〔註12〕該文刊於重慶《大眾文藝》1950 年 6 月第一卷第三期。

事中所佔的重要程度卻完全不同。劉國鋕亦作劉國志，四川瀘州人，出身於豪門家庭，1941 年加入中國共產黨，1944 年畢業於西南聯大。曾擔任中共重慶沙磁區學運特支書記，組織和領導進步學生運動，並為市委機關報《挺進報》提供印刷資助。因上級冉益智的叛變出賣，1948 年 4 月 19 日在四川榮昌與未婚妻曾紫霞一起被捕。先被囚於重慶渣滓洞集中營，後被轉囚於白公館監獄。其親友曾利用各種上層社會關係展開營救，但他卻表示「決不背叛革命」，寧願放棄去美國留學，拒不在「脫黨聲明」上簽字，他說：「我死了有黨，等於沒有死；我如果背叛組織，活著又有什麼意義！」1949 年 11 月 27 日，劉國鋕慷慨就義於重慶歌樂山松林坡刑場，時年也是僅有 28 歲。對於劉國鋕這一歷史人物，許多革命回憶錄都有過記載，但由於小說《紅岩》將劉思揚塑造的比較單薄，所以總是給人留下一種知識分子的孱弱形象。可在徐遠舉本人的敘述當中，劉國鋕卻是一個共產黨人的典型模範，他說：

> 我派特務漆玉麟等當晚去榮昌，將劉國鋕、曾紫霞逮捕，解到二處，分別囚禁於白公館和渣滓洞。
>
> 中共地下黨員不愧是用先進思想武裝起來的，他們為了黨的利益，需要用不同的鬥爭方式與國民黨當局進行鬥爭。在這方面，共產黨員劉國鋕是最典型的一個。——
>
> 我與葉翔之、顏齊 3 人當晚進行審訊。劉國鋕的態度非常強硬，把他綁上老虎凳，仍什麼也不說，我過去一面打他耳光，一面說：「你的上級都把你出賣了，你不說我們也知道，你是有萬貫家財的三少爺，搞什麼共產黨呵！你皮肉嫩，吃不了這個苦吧！」顏齊與他是瀘縣同鄉，知道他的家庭情況，也勸了一番。他堅強不屈，表示他絕不當叛徒，我就未追逼下去，準備以後慢慢進行軟化。

劉國鋕的親屬在其被捕之後，想方設法救他出獄，甚至還請國民黨經濟部長劉航琛、軍統特務頭子曾晴初等人，親自出面向徐遠舉說情，但由於劉國鋕堅持立場絕不變節，最後還是被敵特殘忍地殺害了。為什麼在那麼多高官的說情之下，徐遠舉仍堅持要殺掉劉國鋕呢？原因就在於他不是一般的共產黨員，而是共產黨組織的中堅力量和領導人物。據史料記載，劉國鋕在走向刑場時，高聲朗誦他自己所寫得一首詩：「同志們，聽吧，像春雷爆炸的，是人民解放軍的炮聲，人民解放了，人民勝利了，我們沒有玷污黨的榮譽，我們

死而無愧。」〔註 13〕毫無疑問，劉國鋕是以犧牲自己的寶貴生命，向黨和人民交出了一份知識分子思想改造的合格答卷。

在《紅岩》故事裏，還有無數像陳然、李青林這樣的革命英烈，他們的英雄事跡通過小說和電影，早已在中國讀者與觀眾中廣為流傳。叛徒是可憎的，而英雄是可敬的，但當我們去回首歷史往事，總是會發現有某些現象，令人感到困惑不解：為什麼那些出賣組織、出賣同志的無恥叛徒，多是些黨齡較長、位高權重的領導幹部；而那些大義凜然、視死如歸的革命英烈，卻又多是些血氣方剛、充滿理想的朝氣青年？這的確是一個值得我們去深刻反省的重大命題！

2、《紅岩》：藝術虛構的文學故事

運用記實文學形式去形象化地敘述《紅岩》故事，最早出現於重慶「11‧27」大屠殺發生後的第九天，即任可風在 1949 年 12 月 6 日《大公報》的第 4 版上，所發表的《血的實錄——記一一‧二七瓷器口大屠殺》一文。緊接著，重慶《國民公報》也從 1949 年 12 月 29 日至 1950 年 1 月 1 日，分七部分連載了鍾林的文章《我從渣滓洞逃了出來》。這兩篇文章的主要目的，是作者以其生還者的親身經歷，去對大屠殺過程進行藝術化的復述與還原，而不是直接描寫渣滓洞與白公館監獄裏的革命鬥爭。1950 年 6 月，羅廣斌、劉德彬、楊益言三人合作，在重慶《大眾文藝》發表了長篇報告文學《「中美合作所」回憶片斷：聖潔的血花——獻給九十七個永生的共產黨員》，才第一次讓讀者真正瞭解了《紅岩》故事的真實內幕。這五位作者都曾被關押在渣滓洞或白公館，他們以自己那段刻骨銘心的所見所聞，向全社會控訴了國民黨反動派的血腥罪行，同時也熱情地謳歌了革命英烈的高尚品質。

1956 年春天，羅廣斌、劉德彬、楊益言三人，聯名致信中共重慶市委，希望能夠由組織出面牽頭，對渣滓洞和白公館革命英烈的英雄事跡，進行全面地發掘和整理，以便使其成為革命傳統教育的正面教材。恰恰在這一時候，中國青年出版社創辦了一個針對青少年開展革命傳統教育的文藝刊物《紅旗飄飄》，於是編輯根據廣大讀者的強烈要求，約請羅廣斌等人為雜誌撰寫《紅岩》故事。1957 年春，雜誌社收到了由羅廣斌、劉德彬、楊益言合寫的萬字

〔註 13〕見歷華主編：《《紅岩》檔案解密》，中國青年出版社，2008 年版，第 69～70、72～73、78、273、227、226 頁。

長文《在烈火中永生》，文章共分爲「魔窟」、「考驗」、「意志的閃光」、「挺進報」、「望窗外已是新春」、「最後的時刻」六節，刊發於 1958 年 2 月 1 日出版的《紅旗飄飄》第六輯，這也就是後來小說《紅岩》的最初版本。長文《在烈火中永生》受到了社會各界讀者的一致好評，因此中國青年出版社編輯張羽便致信羅廣斌等人，希望他們能夠對長文進行內容資料方面的大量擴充，準備由出版社出版單行本向全國發行。1958 年 11 月 6 日，羅廣斌、劉德彬、楊益言再次合作，將四萬餘字的《聖潔的光輝》寄給張羽。張羽覺得還是用《在烈火中永生》的題目爲好，並於 1959 年 2 月由中國青年出版社出版。《在烈火中永生》的單行本，短短幾年就連續再版，創造了一個發行量高達 300 萬冊的出版奇跡，可見該書在當時社會上的反響有多麼得強烈。1958 年 11 月，共青團中央常委、中國青年出版社社長、總編輯朱語今到重慶視察工作，他在參觀渣滓洞和白公館監獄時，敏銳地感覺到這是一個向廣大青少年進行革命傳統教育的極好題材，於是他和隨行編輯王維玲便決定向羅廣斌等人約稿，將《紅岩》故事改寫成長篇小說。當時羅、劉、楊都是重慶團市委幹部，他們明確表示「這事還要聽市委的，市委要我們寫，我們就寫；市委不讓我們寫，我們想寫也寫不成！」於是朱語今便向重慶市委常委、組織部長蕭澤寬提議，讓羅廣斌等寫一部能夠反映革命英烈事跡的長篇小說，希望重慶市委支持共青團的出版事業。蕭澤寬立即向市委第一書記任白戈、書記李唐彬做了彙報，重慶市委常委會決定由蕭澤寬來具體領導和指揮，把《紅岩》故事的文學創作當成一項非常嚴肅的政治任務。

在小說《紅岩》的創作過程中，並不是專業作家的三位作者，他們所遇到的困難可想而知。首先是有關渣滓洞與白公館監獄革命志士的歷史資料十分匱乏，建國後被抓的那些敵特口供也是散亂無章矛盾重重。1959 年初稿寫出後，爲了聽取意見，排印了五十本。「蕭澤寬看過後，感到稿子寫得過於沉重、感傷，壓抑的東西太多。他把徵求意見本送給任白戈，白戈對這部長篇小說所要表現的思想和內容，概括爲八個字：『表彰先烈，揭露敵人。』這次他讀完徵求意見本後，又一針見血地指出：『小說的精神狀態要翻身！』如何使小說的精神狀態翻身？怎樣在作品中反映重慶解放前敵潰我勝的主流形勢？怎樣跳出眞人眞事的束縛，站在更高的角度反映監獄裏邊的鬥爭？這是蕭澤寬當時考慮的幾個最主要的問題。爲此，他親自出面，召開了三次座談會，邀請了四川、重慶地下黨老同志參加，給徵求意見本提意見，給作

者提供史實、史料、背景材料。正是在這樣的一些座談會上,使羅、楊在已掌握的素材中,不斷地得到充實和提高。」蕭澤寬還語重心長地對羅廣斌等人說:「幾個座談會開下來,聽了不少意見,你們還是要獨立思考的,自己負責,放開思想,大膽創作。不能遇到困難就灰心,就打退堂鼓,知難而進,才能進步。在文學上你們是生手,這沒什麼,不懂就學嘛!搞文化工作得有知識,你們半路出家,更要在這方面下工夫補上課。邊學邊寫,不要急躁,要有長期思想準備,一年不行二年,三年不行五年,為黨爭氣,為死難烈士爭氣,也為自己爭氣,一定要把小說寫好。」此時,老作家沙汀的一席話,更使他們茅塞頓開:「你們現在還是關在牢房裏,戴著手銬腳鐐寫這場鬥爭。你們要從牢房裏走出來,把手銬腳鐐都丟掉,以勝利者的姿態眉飛色舞地寫這場鬥爭。」〔註14〕1961 年 3 月,羅廣斌、楊益言(此時,劉德彬因在反右運動中犯有「工團主義分子」、「嚴重右傾」等「錯誤」,受到了留黨察看一年、撤銷行政職務的嚴屬處分,並被剝奪了《紅岩》創作的參與權利)帶著初稿來到北京中國青年出版社,編輯部指派張羽介入與羅、楊二人共同修改,經過他們三人 3 個月時間的集體勞作,長篇小說終於達到了出版社提出的政治要求,並在《地下長城》、《紅岩朝霞》、《紅岩巨浪》、《嘉陵怒濤》等十多個書名當中,最後選擇了《紅岩》這一具有革命象徵意義的書名定稿。

1961 年 12 月,全長約四十一萬字的小說《紅岩》,正式由中國青年出版社出版發行。

由《聖潔的血花》到《在烈火中永生》再到長篇小說《紅岩》,《紅岩》故事無疑是經歷了一個由歷史真實,逐步走向藝術真實的演繹過程。正是因為小說《紅岩》屬於文學創作的美學範疇,所以它所表現的那些革命英雄人物,自然也都是些典型化與概括性的藝術形象,我們應從審美欣賞而非歷史認知的切入角度,去感受與體驗他們的存在價值與思想意義。與此同時,由於小說《紅岩》的文學性質,又直接決定了它藝術虛構的合理性,從萬字長文到四十一萬字的長篇小說,一部《紅岩》故事的宏大敘事,如果僅憑那些殘缺不全的歷史資料,作者肯定是難以完成其原定目標的。於是,藝術虛構便成為了小說《紅岩》的敘事主體。倘若我們簡單地將小說《紅岩》,機械教

〔註14〕王維玲:《蕭澤寬:〈紅岩〉讀者不知道的故事》,載 2006 年 7 月 14 日《北京日報》副刊。

條地視爲是歷史《紅岩》，那麼必然會犯最低級的判斷錯誤。

與《聖潔的血花》和《在烈火中永生》相比較，長篇小說《紅岩》已不再是對某一具體歷史事件的片段敘事，而是作者力圖去追求紅色文學經典創作的史詩建構。小說《紅岩》以「沙坪書店」爲前奏曲，以甫志高被捕叛變爲導火索，進而展開渣滓洞和白公館監獄內革命志士的鬥爭故事；由於這種藝術構思本身，完全符合於重慶地下黨組織遭受破壞的歷史事實，故人們往往很容易將兩者直接對號混爲一談。

甫志高這一叛徒形象，是小說《紅岩》中最具有歷史眞實感的人物形象；他身上所表現出來的種種劣跡，幾乎就是作者對眾多叛徒灰色靈魂的生動寫照。比如他擅自擴大「沙坪書店」的經營範圍，不加嚴格審察便同意接納「進步青年」鄭克昌，結果使地下黨組織遭受了重大損失，這些寫實性材料則是取自於叛徒任達哉；他喜歡誇誇其談、思想容易衝動，經常對下屬大講政治理想和革命氣節，但關鍵時刻卻又背叛組織出賣同志，這些人格缺陷則是取自於叛徒冉益智；他被捕以後幾乎沒有反抗就如實招供，不僅自己投降變節成爲鷹犬，並且還親自帶領特務去捕捉許雲峰與江雪琴，這些可恥行爲恰恰又是取自於叛徒劉國定。在小說《紅岩》中，曾有這樣一個藝術細節：許雲峰感到「沙坪書店」聯絡站已經暴露，他通知甫志高不能回家立即轉移，可甫志高卻陽奉陰違不聽勸告，執意要回家去看望一下令他牽掛的美貌嬌妻，結果被埋伏在那裡的特務當場抓獲，這一情節也是直接取自於叛徒李文祥。李文祥時任中共重慶市工委城區區委書記，主要是負責地下黨的農村武裝工作、幹部人員輸送以及購置武器藥品，由於劉國定的叛變出賣，1948 年 4 月22 日李文祥和妻子一塊被捕。開始李文祥還是頂住了敵特的刑訊逼供，但特務們很快便發現了李文祥對其妻子用情極深，於是他們就利用了李文祥的這一弱點，專門展開有計劃的「引導」和「誘惑」，結果使李文祥堅守了八個月後還是叛變投敵了。由此可見，小說《紅岩》將如何擺正個人情感與政治信仰的態度問題，作爲是考驗和衡量共產黨員思想情操的試金石，絕不是什麼毫無根據的空穴來風或人爲想像。

如果說叛徒甫志高是一種藝術寫實形象，那麼許雲峰、江雪琴等革命英烈則是一種藝術重構形象。在小說《紅岩》當中，英雄被作爲突出表現的敘事主體，他們雖然也都具有眞實歷史的生活原型，但除了陳然與成崗的身世經歷比較一致之外，總體來說仍是一群被典型化了的特殊人物。人們經常會

把許雲峰看作是許建業的藝術化身，儘管他們面對敵人的嚴刑拷打都毫無懼色，走向刑場也是大義凜然視死如歸，可是兩人之間的年齡層次與思想氣質則大不相同：許雲峰人到中年老成持重，許建業卻只有 28 歲年輕氣盛；許雲峰為人機警處事謹慎，許建業卻缺乏警惕粗心大意。如果僅憑有關許建業本人的那點史料，肯定塑造不出許雲峰的高大形象，因此作者按照上級領導的一再指示，把羅世文、車耀先、齊曉軒等革命烈士的英雄事跡，經過加工虛構然後都集中於許雲峰身上，這才使讀者看到了一位超凡脫俗的共產黨人。比如小說《紅岩》裏「許雲峰赴宴」的精彩故事，原本是發生在羅世文與車耀先身上的一件事情：一九四六年端午節，特務頭子周養浩以「每逢佳節倍思親」為由，假惺惺地邀請羅世文與車耀先前去「赴宴」，當即遭到他們兩人的嚴詞拒絕。特務們氣急敗壞，竟用強迫手段把他們押到餐室，但羅世文與車耀先卻無動於衷，把周養浩弄得十分尷尬狼狽不堪。《紅岩》作者不僅把這一真實細節移植到了許雲峰身上，充滿革命激情地渲染了他大鬧記者招待酒會的感人場景；同時還讓許雲峰在眾多敵特面前以排山倒海之勢，暢快淋漓地宣講了馬克思列寧毛澤東思想：

> 「正是毛澤東，他把馬克思列寧主義的普遍真理和中國革命的
> 具體實踐相結合，極大地豐富了馬列主義，使無產階級的革命學說
> 更加輝煌，光照全球！馬克思主義永遠不會過時！用馬列主義、毛
> 澤東思想武裝起來的中國共產黨所向無敵，必然消滅一切反動派，
> 包括你們這群美帝國主義豢養的特務！」（見《紅岩》，中國青年出
> 版社，2000 年版，第 189 頁）

這種場面當然只是藝術虛構而不是歷史事實，不過卻極大地強化了小說《紅岩》的主題思想，其熱情奔放揚揚灑灑的革命樂觀主義情緒，也完全符合於那一特定時代的審美趣味。

目前學界與讀者爭議最大的歷史人物，首先還不是許雲峰而是江雪琴。小說《紅岩》中「江姐」的完美形象，究竟是不是一個客觀存在的真實人物？這一直都是籠罩在人們心頭上的一片疑雲。江雪琴的生活原型是江竹筠，江竹筠人稱「江姐」是名優秀的共產黨員，她堅貞不屈犧牲於敵人的屠刀之下，當然是一個不容否定的真實人物。但人們為什麼還會提出種種質疑呢？問題出就出在羅廣斌等人，他們在「江姐」形象的塑造方面，不斷地加大人為想像的虛構成分，最終使其成為了一個超越現實的神話人物。「江姐」既是渣滓

洞監獄中難友們對於江竹筠的親切稱謂，同時也是小說《紅岩》裏同志們敬
重江雪琴的情感流露；江竹筠與江雪琴兩人同被稱作「江姐」的客觀事實，
無疑會造成讀者對歷史「江姐」與藝術「江姐」的模糊認識。那麼「江姐」
到底受沒受過像「釘竹籤」那樣的殘酷刑訊，也就自然而然地成爲了學界關
注的爭論焦點。我們從徐遠舉和曾紫霞這兩個關鍵人物那裡，似乎並沒有找
到印證小說《紅岩》「酷刑說」的有力證據。徐遠舉在其《重慶大屠殺大破壞
自述》一文中，根本就沒有提及「江姐」受「刑」；而曾紫霞在《戰鬥在女牢》
一文中，雖然說過「江姐」受「刑」但卻只限於了「鐐傷」。關於「江姐」受
「刑」的文字資料，最早始見於 1950 年 1 月中旬，「重慶市各界追悼楊虎城
將軍暨被難烈士追悼會」召開之後，羅廣斌等人所整理的大會材料《如此中
美特種技術合作所──蔣美特務重慶大屠殺之血錄》（內部印行了 3000 冊），
其中在介紹「江姐」的英雄事跡時是這樣記載的：

> 特務們一點不放鬆她，戴重鐐，坐老虎凳，弔鴨兒浮水，夾手
> 指……極刑拷訊中，曾經昏死過三次……

到了 1950 年 6 月，羅廣斌等人發表《「中美合作所」回憶片斷：聖潔的血花
──獻給九十七個永生的共產黨員》時，又增加了「電刑、釘重鐐……各種
各樣的酷刑……」這樣的描述性字眼。而 1957 年 2 月羅廣斌等人在《重慶團
訊》第 3 期上發表的《江竹筠》（連載長文），其中在描寫江姐受刑時，情況
則發生了的巨大變化：

> 繩子綁著她的雙手，一根竹籤子從她的指尖釘了進去……竹籤
> 插進指甲，手指抖動了一下……一根竹籤釘進去，碰在指骨上，就
> 裂成了無數根竹絲，從手背、手心穿了出來……

1959 年 2 月，羅廣斌等人在《在烈火中永生》中，進一步對「江姐」受「刑」
做了藝術加工：

> 一根根的竹籤子，從她的手指尖釘進去，竹籤釘進指甲以後，
> 碰在指骨上，裂成了無數根竹絲，從手背、手心穿出來……釘進一
> 根竹籤，江姐就昏過去一次，接著就聽見一次潑冷水的聲音。潑醒
> 過來，就又釘……

而到了 1961 年小說《紅岩》出版時，則又變成：

> 鐵錘高高舉起，牆上映出沉重的黑色陰影。
> 「釘！」

人們彷彿看見繩子緊緊綁著她的雙手，一根竹籤對準她的指尖

——血水飛濺——

「說不說？」

沒有回答。

「不說？拔出來！再釘！」

——

一根，兩根！——竹籤深深地撕裂著血肉——左手，右手，兩隻手釘滿了粗長的竹籤——（《紅岩》第 268～269 頁）

由「夾手指」到「釘竹籤」，這一血淋淋的殘忍酷刑，深深地震撼了廣大讀者，在當時的確曾營造出了一種憎恨敵人、崇拜英雄的社會情緒！不過，就連與江竹筠同住一間牢房裏的曾紫霞，在回憶錄裏都沒有談到過「釘竹籤」（包括「夾手指」）之事，那麼羅廣斌等人究竟是從哪裡知道或看到的呢？顯然這是作者爲了歌頌英雄而杜撰出來的一個情節。「江姐」受難過程的人爲加工與不斷強化，雖然使「江姐」形象在藝術眞實上得到了昇華，卻又使其在歷史眞實性方面蒙上了陰影。曾有學者非常遺憾地感歎道：「其實，眞實寫出江姐當年受過的酷刑不是『釘竹籤子』而是『拶指』，也並不會就貶低她的英雄形象。在這裡，值得探究的是，爲什麼當年在『教育（或文藝）爲無產階級政治服務』的口號下，爲了『革命的需要』，對歷史眞相竟可以隨意進行修改甚至虛構？」〔註 15〕

其實這種出於時代政治需求而隨意虛構歷史的創作行爲，不僅體現在「江姐」等革命英雄形象的藝術塑造上，更是體現在小說《紅岩》整個故事情節的宏觀背景上。比如「中美特種技術合作所」，原本是抗戰期間中美兩國共同建立的一個機構，其主要職責是收集軍事與氣象情報，曾爲世界反法西斯戰爭做出過重要貢獻，1946 年隨著二次世界大戰結束被宣佈解散。「中美特種技術合作所」與渣滓洞、白公館監獄沒有任何關係，但是作者爲了突出當時反對美帝國主義的國家意志，所以羅廣斌等人堅持認爲「我們寫國民黨反動派，時刻都和美帝國主義分不開。寫敵人，寫敵我矛盾，揭示矛盾，解決矛盾，都少不了美帝國主義」，原因就是爲了要「說明它是世界憲兵。」故「我們寫的敵人在獄中的重點進攻、紅旗特務的三次進攻，就是美國顧問策劃的；美

〔註 15〕轉引自羅學蓬：《〈紅岩〉英雄「許雲峰」的慘痛失誤》，載《同舟共進》雜誌 2008 年第 11 期。

國刑具，直至對成崗使用的誠實注射劑，就是美國的最新發明。」〔註16〕其它如叛徒與英雄職務身份的全面置換，渣滓洞與白公館監獄任意使用各種刑具審訊政治犯（監獄本身只看押而不審訊，這一點屬華館長已經在「紅岩聯線」中對提問者做了回答）等情節設計，我們都只能將其視爲是藝術眞實而非歷史眞實。

小說《紅岩》從歷史眞實上升到藝術眞實，這本來是一種屬於文學創作的正常行爲。但是它爲什麼卻又會從藝術眞實，重新被人們理解爲歷史眞實呢？這應是由「文學工具論」時代美學所造成的社會後果。在「政治第一」、「文藝服從於政治」的大背景下，命題寫作與集體創作的唯一目的，就是寓教於樂培養革命情操；而學英雄、做英雄的時代要求，也促使讀者完全相信一切紅色經典，都是革命勝利者眞實歷史的藝術寫照！政治與藝術、現實與歷史，在「革命」話語中早已成爲了一個不可分割的意義整體；因此人們才會在很長的一段時間內，將小說《紅岩》當作歷史《紅岩》而頂禮膜拜！

這既不是作者的個人失誤，也不是讀者的群體失誤，而是那個「極左」年代的政治失誤。

3、《紅岩》：作者個人的自我敘事

談及小說《紅岩》，人們自然就會想到羅廣斌。而作爲《紅岩》故事最早的披露者之一，羅廣斌本人頗爲坎坷的人生經歷，也同撲朔迷離的《紅岩》故事一樣，爲後人留下了許多充滿懸念的無窮遐想。

1924 年，羅廣斌出生於成都，其父羅宇涵是富甲一方的地主豪紳，其兄羅廣文是國民黨十五兵團的司令長官。羅廣斌早年曾就讀西南聯大附中，1947年考入重慶西南學院，1948 年 3 月 1 日由江竹筠等人介紹入黨，1948 年 9 月因冉益智出賣在成都被捕。「11・27」渣滓洞與白公館大屠殺時，他策反看守楊欽典交出牢房鑰匙，成功地帶領 19 位難友逃離了魔窟。新中國成立以後，他先是擔任共青團重慶市委常委、統戰部長，1957 年被下放到長壽湖漁場進行思想改造，後來因爲與楊益言共同創作長篇小說《紅岩》而聞名全國，又被重新調回重慶並一直在文聯工作。1967 年 2 月，羅廣斌在「文革」中墜樓而死，紅衛兵說他是跳樓「自殺」，而其家人則認爲是被「謀殺」，至今也沒

有一個比較明確的權威結論。

羅廣斌是因傳播《紅岩》故事而出名的歷史人物。據已有史料所記載，他從白公館監獄成功脫險之後，「心中一個最大的心願就是要爲那些死在獄中的難友工作。雖然他的一生很短暫，但他有兩個不可磨滅的貢獻：一是他完成了死難烈士的囑託，寫了二萬字的《關於重慶地下黨組織被破壞和獄中鬥爭的情形》的報告，特別是整理出烈士提出的八條建議。這是一份非常珍貴的黨史資料。第二是他與楊益言同志共同創作了長篇小說《紅岩》。」〔註17〕然而，現在有些學者卻對此提出了強烈的質疑，他們認爲無論是寫作能力還是政治資格，「《紅岩》作者們並不見得就是記述大屠殺事件的最合適人選」。〔註18〕我個人對於這種說法很感興趣。「寫作能力」在新中國的文學創作中，絕不是一個什麼大不了事情，就連只念了六年小學的曲波都能創作出《林海雪原》，那麼具有大學文化程度的羅廣斌與楊益言能夠創作出《紅岩》也就並不稀奇了。我們千萬不要忘記在他們的背後，其實還有大量不署名的「潛作者」在辛勤工作；尤其是那些無名編輯的認眞修改和加工潤色，都是屬於紅色經典集體創作的重要環節。我所關注的焦點問題，是《紅岩》作者的「政治資格」，這不僅事關具體事件的歷史眞僞，同時更隱含著作者難以言表的心路歷程。

當人們質疑羅廣斌書寫《紅岩》的「政治資格」時，我本人也注意到了這樣一個不容忽視的客觀事實：從1948年3月入黨到同年9月被捕，羅廣斌只不過是一個還未度過考察期的預備黨員，他對重慶地下黨組織的全部認識，應該說都是來自於同獄中其它難友的接觸過程。也許正是因爲他親眼目睹了監獄中優秀共產黨人的英雄事跡，所以他逃出魔窟後才發誓要去歌頌那些已經犧牲了的革命英烈。但有一個問題卻頗值得斟酌：從渣滓洞與白公館魔窟中逃出來的革命志士，共有三十四人之多（其中渣滓洞十五人白公館十九人），他們大多數人的入黨時間都比羅廣斌早，其文化水準也並不比羅廣斌低——如任可風與鍾林等人出獄後，分別在《大公報》和《新華日報》工作，無論是親身經歷還是披露條件，明顯都要比羅廣斌強得多，爲什麼《紅岩》故事的組織者，是羅廣斌而不是其它人呢？根據史料記載，1949年12月中

〔註17〕見歷華主編：《《紅岩》檔案解密》，中國青年出版社，2008年版，第69～70、72～73、78、273、227、226頁。

〔註18〕錢振文：《「深描」一件被人忽略的往事——細說〈紅岩〉作者們解放初期的第一次「文學」活動》，載《渤海大學學報》2008年第3期。

旬，劉德彬和羅廣斌、凌春波（重慶大學地下黨員，曾被關押於石灰市監獄）被組織指派，到設於城內新民街 3 號的「重慶市各界追悼楊虎城將軍暨被難烈士追悼會」組織部協助工作，參加整理烈士傳略以便為組織甄別身份提供參考。他們在二樓會議室集中了蕭中鼎、傅伯雍、盛國玉、孫重、任可風、杜文博、郭德賢、曾紫霞等脫險同志一起討論，由羅廣斌與劉德彬、凌春波記錄整理，最終則由羅廣斌一人去向評審會議彙報並回答詢問。〔註 19〕由此來看，羅廣斌在整個《紅岩》故事的形成方面，的確是一位鞠躬盡瘁死而後已的重要角色，他不僅牽頭寫下了《「中美合作所」回憶片斷：聖潔的血花——獻給九十七個永生的共產黨員》，而且還牽頭向中共重慶市委提議重新整理渣滓洞與白公館的英烈事跡，以便對廣大青少年展開革命英雄主義和革命理想主義的政治教育。伴隨著《紅岩》故事的廣為流傳，作者羅廣斌背叛家庭出身的革命人生，同樣也引起了人們的高度關注。因此他應邀前往各地去宣講《紅岩》，先後共作過上百場次的革命英烈報告。劉德彬後來曾回憶中說，在羅廣斌那些聲淚俱下的激情演講中，「事實上，烈士的一些英雄事跡也是被誇大了的。」〔註 20〕劉德彬在談到歷史真相時，就十分坦率地向組織申明，「自己被捕後沒有受過刑」。〔註 21〕所以從 20 世紀 50 年代一直到「文革」時期，劉德彬在政治上始終都不被信任且多受精神磨難。

羅廣斌顯然要比劉德彬敏感與聰明，當他剛一逃出魔窟便立刻意識到了自己的尷尬處境：在叛徒與烈士之間，黨組織將會怎樣去看待他們這些生還者呢？中華民族素有敬重英雄蔑視叛徒的文化傳統，崇尚貞潔與氣節也是衡量一個人功過是非的價值準繩。既然敵人監獄已被描寫成了是那樣的森嚴與血腥，因此能夠逃避大屠殺而毫髮無傷的活著出來，自然也就會受到組織和民眾的強烈質疑。這是縈繞於羅廣斌心頭揮之不去的沉重陰影。依據羅廣斌本人的解釋和他者的追憶，「白公館脫險」的基本情況應是這樣：特務和軍警都趕去支持渣滓洞了，羅廣斌把看守楊欽典招呼了過來。楊欽典是獄中同志們的重點策反對象，他對楊欽典說：「楊排長，我們剩下的人怎麼處理呀？」

〔註 19〕　參見何蜀：《劉德彬：被時代推上文學崗位的作家》（上），載《社會科學論壇》
　　　　　2004 年第 2 期。

〔註 20〕　參見何蜀：《劉德彬：被時代推上文學崗位的作家》（上），載《社會科學論壇》
　　　　　2004 年第 2 期。

〔註 21〕　參見何蜀：《劉德彬：被時代推上文學崗位的作家》（下），載《社會科學論壇》
　　　　　2004 年第 3 期。

「我聽說，要把你押送臺灣，剩下的人都處決。」「你知道共產黨的政策，你要立功呀。」革命者平時所做的策反工作，在關鍵時刻起了作用，楊欽典答應幫忙。他偷偷把牢房鑰匙交給了羅廣斌，還有一把鐵錘。「我先出去看看有沒有人，沒人的話，我在樓上跺三下腳，你們就跑！」楊欽典出門望風的時候，又順便告訴白公館周圍的警衛說「共軍進城了」，警衛們一聽就連忙撤走了。羅廣斌等 19 個人於是跑出了白公館。大約 5 分鐘後，特務便坐著汽車趕了回來，他們見牢房空無一人，以為是楊進興已經把人幹掉了，便掉頭走了。白公館看守所副所長楊進興，後來也從渣滓洞趕回白公館，他一看沒人了，還以為是先他趕過來的特務已經將犯人「執行」了，也就沒有再去深究。〔註 22〕綜合各種歷史資料所提供的線索來看，徐遠舉根本就沒想殺羅廣斌的絲毫念頭，對此監獄中地下黨組織也是十分清楚的，所以曾直接領導過羅廣斌的張國維才會對他說：「我們大多數人可能沒法活著出去，但你不一樣。你有個哥，掌十萬雄兵。你要注意搜集情況，徵求意見，總結經驗，有朝一日向黨報告。」〔註 23〕特務不敢殺羅廣斌，是因為他有一個手握兵權的司令哥哥。許多回憶文章都說羅廣斌被抓，他哥哥羅廣文事前是知道的，甚至還繪聲繪色地說羅廣文大義滅親，把成都的家庭地址也告訴了徐遠舉，希望他能夠把羅廣斌帶回去好好地加以管教。〔註 24〕這顯然不是歷史事實而是藝術虛構。「紅岩革命紀念館」館長厲華最近發表的一篇採訪，就對此事原委講得非常清楚：

> 原國民黨羅廣文部二處（情報處）少將處長、起義將領林茂（現
> 四川榮縣政協常委），1998 年應邀來到歌樂山烈士陵園協助整理資
> 料。由於他一直是國民黨從事情報工作的，與徐遠舉的西南長官公
> 署有密切的聯繫，他在幫助羅廣文營救羅廣斌的活動中起了不小的
> 作用。3 月 18 日，這位 84 歲高齡的老先生在我的辦公室向我仔細
> 地介紹了他自己的情況，介紹了他與羅廣文、徐遠舉、楊元森的情
> 況、談了他救羅廣斌的情況。1948 年，林茂由西南長官公署調到羅

〔註 22〕參見侯鍵美：《烈火中永生──〈紅岩〉背後的真實故事》，載《新華文摘》
2007 年第 6 期。
〔註 23〕參見侯鍵美：《烈火中永生──〈紅岩〉背後的真實故事》，載《新華文摘》
2007 年第 6 期。
〔註 24〕參見侯鍵美：《烈火中永生──〈紅岩〉背後的真實故事》，載《新華文摘》
2007 年第 6 期。

廣文部任處長。9 月的一次飯後，一處處長劉牧虎請林茂喝茶時希望林茂能夠幫羅司令官一個忙，劉牧虎說：「羅司令官的一個同父異母的兄弟，被徐遠舉給抓了，你是從長官公署過來的，能不能給通融一下，不要給殺了！」隨後，機要秘書方勉耕、政工處長若盧也請林茂喝茶，要求林茂去向徐遠舉說情，希望看在羅司令官的份上，對這個「共產黨」人能夠特殊處理。林茂爲了能夠得到羅司令長官的信任，答應幫忙，並表示一定爭取把羅廣斌保出來。11 月在一次宴會結束後，林茂找到了西南長官公署二處副處長楊元森，要求他在徐遠舉面前活動，第一先做到不殺，第二能夠盡早釋放。楊元森把林茂的請求報告給徐遠舉，考慮到羅廣文的實力，徐遠舉答應先不殺。1949 年 3 月，林茂應徐遠舉之請，到歌樂山下的「鄉下辦事處」參加應變會議，會後在與楊元森、渣滓洞看守所所長李磊等打麻將時，林茂向楊元森提出羅廣斌的問題。第二天，楊元森告訴林茂說：「徐處長說他沒有忘記這個事，他會酌情辦理的。」同年 8 月，徐遠舉、楊元森、林茂在一次公務後徐請林吃飯，席間，林茂對徐遠舉說：「羅司令長官的弟弟羅廣斌的事情，早已向處長談過了，我今天還要向老處長請求一下，務必請您關照，早些設法把羅廣斌放出來。」徐遠舉回答說：「你回去告訴羅司令長官，請他放心，我會相機行事的。」〔註25〕

從林茂的談話中我們可以清晰地感覺到，羅廣文還是很看重他們兄弟二人的手足之情，他事先並不知道羅廣斌被抓，所以才會從 1948 年 9 月起，一直託人去想方設法的打點疏通。再加上羅廣斌也不是什麼共產黨的重要人物，徐遠舉不殺他既不違反毛人鳳處決重要政治犯的秘密指令，同時又給足了羅司令面子有利於穩定風雨飄搖的西南局勢，這一切都是那麼的合情合理卻又缺乏歷史證據。不過人們的疑點還在於，如果徐遠舉眞想要殺掉羅廣斌等人的話，幹嘛不讓憲兵先解決了他們然後再去渣滓洞幫忙，反倒要舍近求遠爲了十幾個人而回來折騰？再說楊進興等人返回後一看沒人掉頭便走，也完全不符合於國民黨軍統特務一貫敏感的謹愼作風，沒有見到人更沒有見到血跡或撕打痕跡，「狡猾」的敵人一下子就變得如此「愚蠢」，這顯然又是難以服眾的大膽假設。恐怕徐遠舉那句「我會相機行事」之言，其深刻內涵才是我們

〔註25〕 屬華：《白公館脫險志士羅廣斌》，載 2010 年 7 月 15 日「紅岩聯線」。

要去慢慢破解的意義符號。

　　這絕不是我個人信口雌黃的隨意杜撰，而是執政者難以消除的嚴重心病。渣滓洞與白公館的那些生還者們，從他們逃出魔窟的那天開始，便一直都是黨組織的懷疑對象，並在歷次政治運動當中，不斷地接受各種各樣的嚴格審查。比如曾紫霞與劉德彬等人，被捲入了「反右」鬥爭的政治漩渦；而羅廣斌本人也從重慶團市委，被下放到了長壽湖漁場。儘管羅廣斌要比其它人幸運，被朱語今點名去寫小說《紅岩》，可他卻並沒有因《紅岩》而得志走紅，相反仍舊是飽受組織的冷眼看待。1963 年團中央提議推薦羅廣斌為訪日代表，重慶市委領導便以「歷史問題有個別疑點」為由而加以否定；第二年共青團召開「九大」準備安排他當團中央委員候選人，也同樣被重慶市委領導以歷史「疑點」問題為由而再次否定。我現在終於明白了羅廣斌難以言說的內心痛苦：當初他剛被抓進監獄時，難友們起初也曾懷疑過這位國民黨司令胞弟的真實身份，但「江姐」傳來一張「此人可靠」的說明紙條，則使他從此得到了同志們的由衷信任。而如今「江姐」已經犧牲作古，再也不能成為他的保護神，其餘倖存者也都自身都難保，更何況去替他人證明歷史清白呢？當年曾缺席了涅槃儀式的羅廣斌，最終還是追隨「江姐」駕鶴而去。我們不禁要問：這種以死為代價來證明了自己對黨的無比忠誠，是不是有點過於殘酷與血腥的悲壯色彩？

　　讀懂了羅廣斌人生坎坷的命運悲劇，我們也就基本讀懂了小說《紅岩》的創作動機。羅廣斌曾說「《紅岩》是用烈士的鮮血寫成的」，這點人們應該堅信不移無庸質疑。但是，有一個現象卻值得引起我們的充分注意：「江姐」作為小說《紅岩》中的靈魂人物，顯然是作者思想意圖的明確表達，然而作為羅廣斌的入黨介紹人，為什麼在任何回憶性的文字資料裏，都沒有記載他們兩人的交往過程？「江姐」生前究竟是否真正認識羅廣斌？恐怕至今仍是一個有待求證的歷史「迷團」。小說《紅岩》對於「江姐」形象的藝術塑造，基本上都是作者根據他者追述的加工虛構。比如，「江姐」在城門前看到丈夫人頭一事，劉德彬就認為編造痕跡太過濃重，當報告文學《在烈火中永生》1964 年再版時，他就向編輯建議把它刪除掉了。又如「江姐」在獄中堅貞不屈的英雄壯舉，羅廣斌也不可能親自在場，那一幕幕驚心動魄的靈肉搏擊，也只能是羅廣斌塑造英雄的人為想像。提升「江姐」形象的頑強意志和英雄氣概，無疑就是要去提升革命者堅貞不屈的精神品質；而一旦「江姐」這一

藝術形象能夠被社會讀者所欣然接受，那麼羅廣斌也就會因「江姐」的認可而具有了質地相同的英雄人格！

閱讀小說《紅岩》，我們稍加留意還會發現，知識分子的思想改造，一直都是作者所關注的潛在主題。作品開端是甫志高叛變，而甫志高爲何會叛變？原因就在於他是一個沒有改造好思想的知識分子。家庭出身不好與知識分子身份，這令羅廣斌本人始終都是耿耿於懷。其實，當時重慶地下黨組織的主要成員，幾乎都是學歷頗高的知識分子，他們中有很多重要人物的叛變革命，無疑會使人對知識分子的革命動機產生懷疑。當然，這些害群之馬只不過是知識分子共產黨員中的極少數人，但他們對黨組織所造成的巨大破壞卻令羅廣斌感到了奇恥大辱。因此，他在小說《紅岩》中對重慶地下黨的核心人物，都非常巧妙地做了身份背景的人爲置換：許雲峰和「江姐」徹底擺脫了生活原型的書生意氣，完全置換成了家境貧寒苦大仇深的工人出身；地下黨高層領導群體的身份置換，同時也意味著知識分子革命者的脫胎換骨──許雲峰和「江姐」帶領著那些知識分子共產黨人，他們面對死亡毫無懼色昂首挺胸走向刑場，既體現了無產階級先鋒隊的示範效應，又展示了知識分子思想改造的積極成果！小說《紅岩》中劉思揚這一形象的精心塑造，就強烈寓意著作者本人對黨忠誠的自我表白。

人們一般都把劉國鋕烈士視爲是劉思揚的生活原型，這種說法雖有道理卻並不一定正確。劉國鋕出身於豪門，家庭背景十分複雜，所以在他被捕之後，才會有那麼多頭面人物出來說情，這與作者爲劉思揚設計的情節故事大致相同。比如小說《紅岩》中劉思揚的大哥出面去保釋劉思揚，就是對劉國鋕的大哥出面去保釋劉國鋕一事的直接引用。但劉國鋕是中共重慶地下黨的中層領導，而劉思揚卻只是一個剛剛入黨的新黨員；劉國鋕在監獄中表現英勇意志頑強，而劉思揚卻在監獄裏思想起伏鬥爭激烈；劉國鋕並沒有被保釋出獄，而劉思揚卻被保釋出獄了。這些細節都足以說明，劉思揚根本就不是劉國鋕，而應是羅廣斌自己的眞實寫照。羅廣斌與劉國鋕只是在家庭保釋問題上有些相似，卻與劉思揚在家庭保釋與獄中表現完全相同，這也是我在羅廣斌與劉思揚之間劃等號的判斷依據。小說《紅岩》中劉思揚在家人的積極活動下，被保釋出獄後頂住了國民黨特務精心策劃的種種考驗；而據史料記載羅廣斌也曾被家人保釋，後來卻因拒簽「悔過書」自己又回到了監獄。與羅廣斌同關在一間牢房裏的《大公報》人周建平曾回憶說：

羅廣彬這青年有骨氣，他始終不肯交出組織關係。7 月，他被
家人保釋出去，但第二處必須要他寫一份自白書或者悔過書，他仍然
一個字不肯寫，寧願回到這裡來，所以又抱著鋪蓋來坐牢。〔註26〕

周建平這段話講得似乎有些含糊，羅廣斌到底是被家人保出去了呢，還是半
路自己又夾著鋪蓋卷走了回來？不過從「抱著鋪蓋」來加以分析，應該說的
確曾被「保釋」出去過，但由於他拒絕簽署「悔過書」使敵特不滿，所以同
劉思揚一樣又重新被關押回監獄。另外，羅廣斌與劉思揚在獄中的表現也非
常相似，小說《紅岩》中是這樣去描寫剛剛入獄的劉思揚：爲了爭取得到同
志們的眞正信任，他主動要求去倒牢房中的公用馬桶，可是當他一進廁所看
到群蠅亂舞臭氣薰天的骯髒景象，「突然感到一陣噁心，頭腦像要脹破似的膨
脹著。嗡嗡地響，手腳也麻木了。」面對監獄裏「乾硬黴臭的飯粒」，他也只
能是硬著頭皮勉強吞咽。而羅廣斌在自述材料裏也說自己「剛進牢，只有一
個感覺，就是『度日如年』『完了』，在大腦的一片混亂中，只還記得老馬（馬
識途）的一句話：不管直接、間接、影響別人被捕，都算犯罪行爲！我當時
並沒有爲了人民革命事業，犧牲自己的絕對明確的意志，只有一個念頭，那
就是不影響任何朋友。」〔註27〕他們二人都是在其它共產黨人的影響之下，
才逐漸克服了資產階級大少爺的生活習氣，並順利地實現了從剝削階級的豪
門公子，到無產階級革命戰士的思想飛躍！羅廣斌如此用心良苦地去塑造劉
思揚這一藝術形象，無非就是要向世人證明他不僅沒有背叛革命，而且經受
住了肉體刑罰和思想磨練的雙重考驗，自己是一個忠於黨、忠於人民的革命
戰士與合格黨員！

我完全理解羅廣斌頗爲複雜的內心世界，也堅信他絕對是一個不屈不撓
的共產黨人！小說《紅岩》作爲一份他與其它倖存者，向黨組織和人民所交
出的合格答卷，我們沒有理由再去懷疑他們對於革命的赤膽忠心。然而，恐
怕羅廣斌等人並沒有意識到，他們沒有能「在烈火中永生」，這是其人生最大
的不幸與遺憾；因爲在那個令人瘋狂的「極左」年代，不是烈士便是叛徒的
簡單公式，早已決定了他們不被信任的悲劇命運。儘管羅廣斌等人把小說《紅
岩》，寫成了一部藝術化的革命歷史，但他們這些倖存者本身，卻受到了這部

〔註26〕見歷華主編：《〈紅岩〉檔案解密》，中國青年出版社，2008 年版，第69～70、
72～73、78、273、227、226 頁。
〔註27〕參見侯鍵美：《烈火中永生──〈紅岩〉背後的眞實故事》，載《新華文摘》
2007 年第 6 期。

歷史的強烈排斥。我一直都在琢磨這樣一個問題：爲什麼《紅岩》故事的最早命名，要叫做「在烈火中永生」呢？這其中自然有作者對於革命先烈的高度讚美，更有作者自己對於光榮犧牲的強烈渴望！因爲就在羅廣斌等人開始正面去講述《紅岩》故事的 1957 年，毛澤東就發表了有關知識分子思想改造的重要講話，他說「我們現在的大多數的知識分子，是從舊社會過來的，是從非勞動人民家庭出身的。有些人即使是出身於工人農民的家庭，但是在解放以前受的是資產階級教育，世界觀基本上是資產階級的，他們還是屬於資產階級的知識分子。」〔註 28〕這番講話直接決定了知識分子世界觀改造的重大命題——只有那些已經「在烈火中永生」了的知識分子共產黨員，才能以他們肉體的犧牲和精神的永恒，成爲一個眞正合格的無產階級革命者，凡是活著的人都必須要活到老、學到老、改造到老！

沒有犧牲於敵人的屠刀之下，反而慘死於同志的猜疑之中。羅廣斌最後還是要去接受精神與肉體的鳳凰涅槃，才能以悲壯之犧牲來證明自己人格的歷史清白；而長篇小說《紅岩》也於無形之中，成爲了他爲自己所建立起來的一座墓碑！我們熱愛《紅岩》故事，敬仰那些爲新中國而死難的共產黨人，同時也緬懷那些倖存下來的革命志士，因爲他們也和無數革命先烈一樣，都是革命歷史的組成部分，都是我們學習的光輝榜樣！列寧曾有一句名言：「忘記過去就意味著背叛」！那麼如果我們忘記了那些《紅岩》故事的倖存者們，是不是也「就意味著背叛」呢？歷史必將對此做出符合邏輯的公正回答！

〔註28〕見《毛澤東選集》第 2 卷，人民出版社，1977 年版，第 636 頁。

七、革命母親的鐵骨柔情
——《苦菜花》的眞實與傳奇

　　1958 年 1 月，只有小學文化程度的馮德英，創作了長篇小說《苦菜花》，那年他還不滿 23 歲。這部作品以其曲折複雜的故事情節，生動地描寫了一位革命母親的成長歷程。由於《苦菜花》「親情」加「革命」的敘事模式，在當時那種政治話語背景下格外引人注目，故小說發行量很快便突破了 200 多萬冊，並通過電影藝術的傳播渠道迅速走紅了全國。媒體記者在深度報導小說《苦菜花》的強烈反響時，更加表現出了他們對於作者身份的巨大興趣：「如果說『神威能奮武，儒雅更知文』的軍官，在古代不易出現，因而『上馬殺賊下馬作露布』成爲美談，那麼，在我們黨所領導的人民解放軍中，卻有著很多威武文雅的軍官，因而在上馬殺賊之餘，不僅能下馬作露布，還要著書立說，這不算什麼奇事，二十三歲的排長馮德英只是若干實例中的一個。」〔註1〕仔細推敲一下這段讚譽之詞，我們可以發現其中大有深意：它既歡呼著眞正革命作家的橫空出世，又暗示著《講話》精神實質的具體落實，同時也宣告著工農兵文藝時代已經到來——這就意味著《苦菜花》之所以能夠成爲紅色經典，作品內容與作家身份是兩個不可分割的意義整體。

1、《苦菜花》：關於母親的深情回憶

　　應該實事求是地說，在整個紅色經典序列當中，小說《苦菜花》的藝術品味，絕對是比較高雅而抒情的。它把「母愛深情」、「男女愛情」和「階級友情」，十分巧妙地融和爲一體，激情地渲染著革命戰爭的血色浪漫，使其每

―――――――――――

〔註 1〕 田海燕：《優秀的青年作家馮德英》，載 1958 年 6 月 30 日《中國青年報》。

一個人物或每一個情節，都令人過目不忘印象深刻。有關《苦菜花》的母親敘事，在 1958 年版的小說前面，作者曾寫有這樣一段故事梗概：

抗日救亡的烽火在膠東半島昆箭山區燃燒。王官莊貧農馮仁義，爲逃避惡霸地主王唯一的迫害，兩年前隻身闖關東，留下仁義嫂拉扯著五個孩子艱難地度日。

牛倌出身的共產黨員姜永泉領導鄉親們武裝暴動。仁義嫂的大女兒娟子拿起父親的槍參加這場殊死的戰鬥，暴動勝利，王官莊群眾公審並槍決了王唯一，建立了抗日民主政權。仁義嫂衝破重重阻力，支持娟子當婦救會長，投入抗日鬥爭的洪流。

秋末的一個夜晚，國民黨特務、王唯一的叔伯兄弟王柬芝奉命回到王官莊。他僞裝進步，騙取群眾信任，當了小學校長。其妻雖出身破落地主家庭，卻不甘做封建婚姻制度的犧牲品，不堪丈夫的精神折磨，愛上了長工王長鎖，並生下女兒杏莉。王柬芝利用妻子的隱私，挾制王長鎖爲他傳送情報，進行特務活動。僞軍分隊長、王唯一之子王竹根據王柬芝的情報，帶領日僞軍洗劫王官莊，殘酷地殺害了副村長七子等人。群眾懷著仇恨的怒火祭奠烈士，村黨支書德松、娟子的弟弟德強等參加于得海團長率領的八路軍。仁義嫂這位革命的母親更加堅毅地挑起了生活的重擔，並參加抗日救亡工作。她懷著母愛，做軍鞋，關懷住在她家的戰士。

王柬芝趁娟子外出之機派人在老貓嶺暗殺她，未遂，便狡猾地殺人滅口。經過艱苦細緻的工作，八路軍陳政委將膠東土匪司令柳八爺的隊伍收編爲第三營。柳八爺在于團長的教育下，處決了強姦婦女的罪犯、他的親信馬排長。王柬芝施詭計從老號長口中探得陳政委的消息，立即電告主子，致使陳政委在歸途中遇害，警衛員、於團長之子于水負傷，德強隻身衝出重圍。

八路軍某部兵工廠遷到王官莊，區婦救會長趙星梅和兵工廠主任紀鐵功這對戀人，爲了全力投入革命工作而決定暫不結婚。不久，紀鐵功爲保護彈藥英勇犧牲。敵人妄圖破壞兵工廠，鬼子大隊長龐文突然襲擊王官莊，將群眾趕往南沙灘。王柬芝施苦肉計以掩人耳目；星梅等慷慨就義，母親——仁義嫂被捕。敵人嚴刑拷打，母親堅強不倔；敵人逼她上山找兵工廠埋機器的地點，她卻把敵人引到

雷區挨炸。兇狠歹毒的敵人，當著母親的面殘酷地殺害了她的小女兒嫚子。杏莉母親和王長鎖等機智地救出母親。根據地軍民幾經血戰，粉碎了敵人的「掃蕩」，王官莊又回到人民手中。德強從部隊轉到中學讀書，與杏莉同班同桌。他倆自幼相熟，緊張的戰鬥生活更加深了感情，終於相愛了。

杏莉清晨起來，發現王柬芝正在發電報──原來他是漢奸，正要去告發，被王柬芝攔住殺害了。王柬芝倉皇出逃，被區婦救會長娟子捉住。王柬芝的特務面目徹底暴露，受到群眾的嚴正審判，其黨羽也被一網打盡。杏莉母親和王長鎖這對有情人，歷盡磨難，終成眷屬。抗日軍民打得鬼子龜縮在據點裏不敢露頭，百姓們過了一個歡樂的春節。

人們稱母親為光榮媽媽。娟子和姜永泉結了婚，花子也在政府和母親的幫助下，掙脫封建婚姻觀念的枷鎖，與長工老起建立了美滿的家庭。離家 6 年的馮仁義回來了。他得知家鄉的變化，立即投入抗日鬥爭，被選為村幹部。

不甘心失敗的敵人發動了更大規模的「掃蕩」。根據地軍民在黨的領導下積極進行反「掃蕩」。游擊隊兵分兩路堅持鬥爭，馮仁義在鬥爭中光榮入黨。娟子和母親帶著全村老小疏散，途中，他們被鬼子圍困在一座山上，情況極其危急。八路軍連長王柬海率十餘名戰士奮戰群敵，救出了群眾。馮仁義與部隊失散後被俘，但他機警果敢地殺死漢奸王竹，逃出虎口。母親帶著在冰天雪地裏分娩了的娟子與群眾回村。不料龐文突然殺「回馬槍」，包圍了村莊，把母親、娟子和群眾關押在大廟裏。娟子向偽軍官孔江子曉以民族大義，使之反正。游擊隊伏擊鬼子，救出被押群眾，但他們卻陷入重圍。

姜永泉為掩護群眾轉移而被捕。龐文把被捕的人趕到南沙灘，又拉出青年男子，設毒計讓婦女們認領各自的親人。母親和娟子分別救出游擊隊員和連長王柬海，花子救出區委書記、娟子的丈夫姜永泉，而自己的丈夫老起則慘死在龐文的屠刀下。

根據地人民終於奪得了反「掃蕩」鬥爭的勝利，並在革命戰爭中受到了鍛鍊。王柬海與花子訂婚後即奔赴戰場。為使娟子能專心工作，母親勇敢地挑起撫養外孫女菊生的擔子。希特勒投降，世界

人民反法西斯鬥爭的偉大勝利，極大地鼓舞著根據地軍民。爲了給即將開始的反「掃蕩」掃清道路，我軍決定攻打道水城，東海軍區司令員于得海親自指揮戰鬥。爲配合部隊攻城，德強率便衣隊進城以裏應外合：母親和娟子以走親戚之名潛入道水，英勇機智地搞到了鬼子大隊長龐文的印信。不料，和德松一起打入敵人營區的孔江子叛變，致使德松犧牲，情況急轉直下。一群敵人衝過來，母親臨危不懼，手持兒子留下的手槍，身靠牆根，勇敢地射出仇恨的子彈，殺死了一個敵人，但她自己也負了傷。

綠色信號彈升空，總攻開始了。柳營長奉命阻擊增援之敵，王連長率隊強攻東門，德強等在城裏與攻城的主力部隊相配合。軍民們英勇奮戰，終於全部殲滅守城的敵軍，紅旗插上道水城頭。千萬人的歡呼震撼著大地。在這勝利的時刻，母親一家又團聚了。鮮豔的紅旗和陽光映照著這位躺在擔架上的英雄母親。她深情地注視著女兒秀子手中的鮮花，特別是那金黃色的苦菜花吸引著她，她好像嘗到苦菜根清涼可口的苦味，嗅到了苦菜花的馨香，臉上露出欣慰的。幸福的微笑。

毫無疑問，長篇小說《苦菜花》的創作立意，是要通過描寫一位革命根據地的農村婦女，最終成長爲一位英雄母親的轉變過程，進而去歌頌在那激情燃燒的火紅年代，「黨」與「母親」雙重關愛的宏大主題。這種「革命」加「親情」的思想認識，自然又是與馮德英本人的經歷有關。

馮德英是山東乳山人，母親本名叫曹文琳，是四姐妹中最小的一個，十八歲那年嫁給了馮仁義，人們都稱她爲「仁義嫂」。馮德英非常愛自己的母親，他曾滿懷深情地回憶說：「我從小和母親形影相依，她的行爲，她的眼淚，她的歡笑……都深深印在我的腦海裏。直至現在，我對母親當時的神態表情，做過的一些事，說過的一些話，還記憶猶新。」〔註2〕在馮德英的印象裏，母親最能吃苦也最爲堅強，幾乎就是家中生活的頂梁柱：在全家斷糧時她曾沿街乞討，被惡霸地主家的狗咬傷過，後來父親外出躲難去闖關東，家庭生計便壓在了母親一個人的身上；三十多歲的母親，從來沒有穿過一件新衣服，而他們姐弟從頭到腳的所有穿戴，則全都是由母親自己紡線、織布和染色，並一針一線縫製起來的；母親不僅愛自己的子女，而且也愛那些八路

〔註2〕見《苦菜花·後記》，載解放軍文藝出版社，1958年版。

軍戰士,她積極支持兒女參加革命工作,還把家裏當作部隊路過的接待站;最令馮德英終生難忘的一件事情,是 1941 年一位女八路軍傷員住在他們家中,母親把家裏好吃的東西都拿出來給她養傷,可自己三歲的妹妹卻因營養不良而不幸夭折。1946 年春天,過度操勞的母親因病去世;這使年僅 11 歲的馮德英,很早就失去了母愛;儘管有姐姐的百般呵護,可母親卻始終都是他揮之不去的情緒記憶。即便是參軍以後,他說自己也是「身在軍營心在魯」或「身在異鄉心在故土」,〔註 3〕心靈深處無時不在發出著「我想念家鄉,我思念家鄉」的眞誠呼喚!〔註 4〕因爲這種「思鄉」情結的本身,恰恰寄寓著他對母親難以釋懷的永久眷念。從自己母親的偉岸人格,去推演所有革命母親的崇高品質,這種強烈奔突的思想動能,不斷地強化著馮德英的創作信念。從 1953 年到 1955 年的三年時間裏,馮德英先後寫下了五萬餘言的紀實文字,差不多都是自己對母親往事的緬懷與追述。正當他沉浸在懷念母親而不能自拔時,家鄉突然傳來一個令他震驚的不幸消息,更是直接促成了長篇小說《苦菜花》,由自己母親敍事轉向了革命母親敍事的重大改變:

> 1955 年,正當我潛心寫作《苦菜花》的初稿時,從故鄉的土地上傳來了令我震驚且心碎腸斷的靈耗。我的鄰居——一位親手把兩個兒子送到解放戰爭的戰場的老人,自殺身亡。原因是老人的兩個兒子在戰場失蹤,老人不僅得不到烈士待遇,而且連個聊以自慰的「烈屬光榮」牌也不讓掛。老人的悲慘的死,使我的心裏受到了巨大的撞擊。我痛哭失聲,爲老人半生遭地主剝削,半生爲革命折腰的一輩子哭泣,爲她的兩個一去不返的兒子哭泣,更爲她所得到的不公平的待遇而忿忿不平。我不理解,在我們新中國的土地上,在飄揚著五星紅旗的天空下,跟著黨流血犧牲的膠東人民中的忠誠的一分子,怎麼會得到如此悲慘的下場?自此,我那蕩漾著江南春暖花開的溫馨寧靜的心田上,,凝結著一層冰霜。它使我痛苦、顫慄,使我難以成眠。我不得不放下《苦菜花》的初稿,來思考這個難以解答的迷。〔註 5〕

〔註 3〕 見《安泰的苦惱與幸運》,載《馮德英中短篇作品選》,解放軍文藝出版社,1997 年出版。

〔註 4〕 見《故鄉的雪》,載《馮德英中短篇作品選》,解放軍文藝出版社,1997 年出版。

〔註 5〕 見《安泰的苦惱與幸運》,載《馮德英中短篇作品選》,解放軍文藝出版社,

馮德英這段充滿愧疚的痛楚之說，難以掩飾其發自內心深處的強烈自責：
「我」有幸在戰爭年代活了下來，所以「我」可以自豪地去頌揚自己的偉大
母親；可那位鄰居老人的兩個兒子都犧牲了，又有誰知道她爲中國革命所做
的默默貢獻呢？因此，我們也終於明白了作者重寫《苦菜花》時的情感負
載：「『苦菜花』基本上是以真實確切的素材寫成的，有不少情節完全是真實
情況的寫照，大部分人物都確有其人，」〔註6〕這應是指作者自己的母親和家
人；而描寫自己親人爲革命貢獻的光榮往事，則又是爲了要去折射在「那個
鬥爭的年代」中，無數家庭爲了革命而無私奉獻的「可歌可泣的人物和事
跡」，〔註7〕這自然也包括那位自殺老人在內的所有革命母親以及革命英烈。
「母親」形象由個體擴展爲群體、由保守轉化爲進步，它更是集中反映出了
紅色經典的政治導向──「戰爭偉力之最深厚的根源，存在於民眾之中。」
〔註8〕難怪解放軍文藝出版社主編陳斐琴，在讀完了小說《苦菜花》的初稿之
後，異常興奮逢人便說：「蘇聯有他們的『母親』，我們也有自己的『母親』」！
〔註9〕毋庸質疑，《苦菜花》創造了一位中國革命的偉大母親；在她身上，又
深刻地揭示了中國現代歷史發展的必然趨勢！這是馮德英對中國當代文學的
一大貢獻。

　　馮德英毫不諱言自己懷念母親，是創作小說《苦菜花》的直接動因，他
甚至還非常執著的這樣認爲：「對作家的創作影響最直接最深刻的，莫過於他
的親人，這一點我有深切的感受。」〔註10〕然而僅僅是出於一種思念情緒，
肯定還寫不出像《苦菜花》這樣的鴻篇巨製；「黨是母親」、「部隊是家」的政
治覺悟，才是使馮德英成爲紅色作家的關鍵因素。馮德英雖然在童年時代就
失去了母愛，但他14歲便參加了解放軍，在部隊這個革命大家庭裏，他又重
新獲得了「黨」的呵護與關愛。所以，馮德英將眷戀母親的一己私情，變成
了他忠誠於「黨」的報恩心理，並使小說《苦菜花》的藝術構思，具有了十
分明確的思想目的性：「我想表現出共產黨怎樣領導人民走上了解放的大道；

　　　　　1997年出版。
〔註6〕見《我怎樣寫出了「苦菜花」》，載《解放軍文藝》1958年第6期。
〔註7〕見《苦菜花・後記》，載解放軍文藝出版社，1958年版。
〔註8〕見《毛澤東選集》第2卷，人民出版社，1991年版，第511頁。
〔註9〕轉引自吳登峰、白瑞雪：《苦菜花：悲情的母親》，載《尋找抗戰經典影片幕
　　　　後的故事》，解放軍文藝出版社，2005年版。
〔註10〕見《我與「三花」》，載2005年6月24日《北京日報》。

為了革命事業，人民曾付出了多麼大的代價和犧牲；從而使今天的人們重溫所走過的革命道路，學習前輩的革命精神，更加熱愛新生活，保衛社會主義的祖國。」〔註11〕「黨」在馮德英的思想成長中，既是他政治啟蒙的引路者，又是他文學夢想的知心人，故《苦菜花》能夠脫穎而出成為經典，這一切都是「黨」所給予他的巨大榮譽。我們可以從《苦菜花》創作過程中的兩件小事，清晰地看到「黨」的關懷無處不在。其一，是劉亞樓將軍的直接過問。小說《苦菜花》的真正寫作，是從1955年春節開始的。馮德英說那時他正在海南三亞執行任務，一有空閒就反覆地在電報紙上來回書寫。後來調到漢口中南空軍教導連工作，他仍堅持不懈地去進行創作。1955年胡風事件發生以後，部隊也奉命進行「保密大檢查」，尤其要查閱每個人的書信、筆記、日記、文稿之類，看看其中有無與胡風聯繫的跡象及其它嫌疑。馮德英「秘不示人」的小說草稿也被查了出來，基層領導雖然沒發現有什麼政治問題，卻認為他不務正業，並在大會上不點名地批評說：「我們單位有個年輕的電台台長，他今年剛剛二十歲，只上過小學五年級，倒在寫小說，想當作家！他能當作家，還要丁玲、趙樹理幹什麼？！」〔註12〕事情不知怎麼被反映到了上級領導那裡，空軍文化部門審讀了一遍認為寫得還不錯，當即決定把馮德英抽出來專心修改。但空軍直屬機關卻並不瞭解馮德英，只是讓他住在集體宿舍，按照一般幹部去對待。空軍司令劉亞樓將軍知道這一情況後，立刻把管理人員叫去狠狠地訓了一頓。當管理人員辯解說，馮德英軍齡不長、級別不高，他們只能執行現有的規章制度，劉亞樓將軍頓時大怒並厲聲呵斥道：「空軍幾十萬人，能寫長篇小說的有幾個？你要是也有這能耐，我馬上把你供起來！」他下令給馮德英安排一個安靜住處，讓他有一個良好的創作環境。由於有空軍司令的出面干預，《苦菜花》、《迎春花》和《山菊花》等作品，才最終得以順利地問世。〔註13〕其二，是出版社編輯的全力扶持。小說《苦菜花》最初為馮德英個人所寫這並不假，但是我們也不能抹殺出版社編輯們為此所付出的艱辛勞動。獨立去創作一部近40萬字的長篇小說，這對於只有小學文化程度的馮德英而言，顯然絕不是一件信手拈來的容易事兒。馮德英第一次接觸文

〔註11〕見《苦菜花‧後記》，載解放軍文藝出版社，1958年版。
〔註12〕見趙鶴祥：《陽光‧土地‧鮮花──著名小說家馮德英剪影》，載《藝術天地》1986年總第140期。
〔註13〕見王勇、魏兵：《劉亞樓與〈苦菜花〉》，載《解放軍報》2000年11月10日第7版。

學作品，是 1950 年偶然看到的《洋鐵桶的故事》，柯藍這部寫於 1944 年的通俗抗日小說，幾乎就是馮德英走上文學道路的啓蒙之作。儘管他在五十年代後，又讀過一些蘇聯革命文學作品，但其文化功底與文學素養，都還不足以支撐他去寫長篇小說。實際上小說《苦菜花》剛一出版發行，就曾有人質疑是不是馮德英自己的本人創作。〔註 14〕這是一個事關新中國十七年文學運作體制的普遍性問題。以小學文化程度去寫長篇小說，恐怕絕不止是馮德英個人的一己之爲，至少《林海雪原》的作者曲波也是如此；我們必須對他們在「後記」裏，一再地表達對「編輯」的感恩謝辭，仔細去玩味並加以充分地注意。1957 年馮德英到北京修改文稿時，當時的初稿《苦菜花》只有 20 多萬字；然而短短的半年之後，小說文本竟擴充到了近 40 萬字！我當然並不否認作者本人的個人努力，不過編輯在這其中所付出的巨大心血，歷史也絕不應該淡化或忘記。我把編輯修改稱之爲是「潛創作」，由於職業關係他們不能作爲作者直接署名，但他們參與小說修改過程的痛苦經歷，同樣是日月可鑒名垂青史的。只要讀過小說《紅岩》責任編輯張羽的《我與紅岩》，人們自然也就明白了編輯與小說成書的密切關係──無論是故事情節的設置編排，還是語言文字的斟酌潤色，甚至就連作品題目的最後命名，編輯都是以「潛作者」的幕後身份，在起著至關重要的決定性作用。羅廣斌與楊益言兩人都是大學文化程度，其《紅岩》仍舊要經過編輯的大量修改後方能熠熠生輝；那麼馮德英的《苦菜花》和曲波的《林海雪原》，被編輯們加工改造的艱難情況就更加可想而知了！馮德英在《苦菜花·後記》裏，只對責任編輯寧乾的「幫助和指導」表達謝意；可就我所掌握的那些資料而言，《苦菜花》至少曾經有過兩位責任編輯。知青作家梁曉聲在談到他第一部作品的責任編輯時，就說過那位編輯曾是《苦菜花》的責任編輯，因被打成右派不能署名而被人們所遺忘了。〔註 15〕《三聯生活周刊》朱偉在做客「人民網」時，同樣也提到了這位老編輯對他的深刻影響：「這位老先生原來是《苦菜花》的責任編輯，──當時出版的時候字數很少，後來改成 30 萬字。」〔註 16〕由此可見，正是因爲這些編輯們的積極參與和無私奉獻，小說《苦菜花》才得以豐滿膨脹並聞名

〔註 14〕此說可參見樊星主編《永遠的紅色經典》一書，長江出版社，2008 年版，第 174 頁。

〔註 15〕見《我的第一位責任編輯》，載《你在今天還在昨天》，時代出版社，2006 年版。

〔註 16〕見「人民網」2002 年 12 月 10 日「傳媒沙龍」。

於世。

因此，《苦菜花》的故事雖然爲馮德英個人所寫，但是它所表現出的藝術成就卻是屬於集體勞作；而由個人母親到「黨是母親」的敘事轉換，則更是體現了那個革命年代的政治信仰！

2、《苦菜花》：革命母親的藝術昇華

眾所周知，小說《苦菜花》塑造了一位革命母親，但是這位革命母親之所以能夠感人至深影響久遠，首先還應該去感謝電影藝術的傳播效用。在整個紅色經典小說系列當中，《苦菜花》被改編成電影的時間最晚，幾乎是醞釀了七年方得問世，這其中究竟遭遇到了什麼樣的阻力呢？翻閱歷史資料我們發現，小說《苦菜花》出版發行以後，儘管社會上讚譽有加好評如潮，可是評論界權威人士卻對作者筆下的革命「母親」，提出了極端政治化與意識形態化的不同看法。比如李希凡就曾指出：「小說中的突出人物母親，雖然和革命有這樣的血肉聯繫，但始終只停留在一個革命同情者的水平，這就限制了母親性格的更深廣的發展。」﹝註17﹞而何其芳也認爲：「母親」形象的「性格也還是寫得不突出」，「至少這些描寫還是不夠的。」﹝註18﹞來自於評論界權威人士的不滿之聲，應該說是小說改編成電影的主要障礙。因此，從 1963 年開始，馮德英就根據專家們的反饋意見，不斷地進行由小說到電影劇本的改編嘗試，用作者自己頗爲感慨的原話來說，當時所要解決的關鍵問題，就是「如何在影片中塑造這位革命母親的英雄形象。」經過兩年時間的不斷修改與調整，電影劇本終於寫完並於 1965 年投入拍攝。電影《苦菜花》對小說做了很大的改動，而「這些改動，主要是爲了集中地刻畫母親的形象。更突出地展示主題思想。」﹝註19﹞對比電影與小說，人們自可以發現兩者間的巨大變化：

A、對父親馮仁義藝術形象的不同處理。在小說當中，地主王唯一的兒子王竹，姦污了馮仁義侄子馮得賢的新媳婦，並殺死了他哥哥和侄兒侄媳全家，他氣憤不過要拿獵槍前去拼命。王唯一怕馮家上門找事，便想斬草除根除掉馮仁義。父親在母親的催促之下，含恨外逃去闖關東。數年之後父親歸來，

﹝註17﹞ 見《英雄的花、革命的花──讀馮德英的「苦菜花」》，載 1958 年第 13 期《文藝報》。
﹝註18﹞ 見《何其芳文集》第五卷，人民文學出版社，1983 年版，第 371 頁。
﹝註19﹞ 見《關於影片〈苦菜花〉的改編》，載 1965 年 12 月 11 日《光明日報》。

不僅加入了共產黨，而且還當上了村幹部。在作品開頭描寫馮仁義出逃時，作者是這樣向讀者交代的：

> 娟子，這十六歲的山村姑娘，生得粗腿大胳膊的，不是有一根大辮子搭在背後，乍一看起來，就同男孩子一樣。她聽著母親的吩咐，瞪著一雙由於淚水的潮濕更加水靈靈的黑而大的眼睛，撅著豐腴好看的厚嘴唇，緩緩地走向了父親。
>
> 「爹，你什麼時候能回來呢？」她緊看著父親。
>
> 仁義悽楚地苦笑一下，用粗大糙滿繭的大手，撫摸著女兒的黑亮頭髮，說：
>
> 「住不多久，我就回家來。好孩子，聽媽媽的話。別使性，幫媽幹活。」

這原本是一段父親對女兒的臨行囑託，但是到了電影劇本中，卻完全改變了小說情節的敘事結構：王唯一霸佔了馮仁義家僅有的一畝活命地，他咽不下這口氣到鄉政府去告狀，結果被王唯一的手下打成了重傷：

> 仁義睜開眼，掙扎著喊道：「槍！槍！」
>
> 德剛跳上炕把掛在牆上的一支獵槍取下來。
>
> 仁義攢起手來握住槍對德剛說：「報仇！孩子，報——仇啊！」
>
> 仁義說完死去。全家慟哭。
>
> 四大爺和老起匆匆來到。
>
> 四大爺對母親：「娟子媽，快打點德剛逃命！」
>
> 老起：「嫂子，王唯一怕德剛鬧事，要抓他進縣大牢！」
>
> 「我跟他們拼了！」德剛拿著獵槍要往外衝。
>
> 「我的兒！你別再惹禍了！」母親抓住槍。
>
> 「娟子媽，快拿主意吧，再晚，還喪一條命。」四大爺焦急地說。
>
> 母親望著四大爺：「到哪裏去？」
>
> 四大爺悲戚地說：「前輩走出的路——下關東！」
>
> ——德剛雙膝跪下，給母親磕頭，雙手捧過銀鐲子：「媽，我留下一個——兒走天涯海角，也要回來！」他仇恨的目光盯住槍，「回來給爹報仇！」

這一改動，無疑是強化了三個方面的思想意義：首先是把親戚家中所發生的

人生悲劇，直接轉變爲自己家中所承載的命運悲劇，並以馮仁義的含冤屈死爲導火索，激發起母親後來支持子女參加革命的復仇情緒；其次是在視覺與對話裏，反覆凸顯一個「槍」的意象，它不僅暗示著中國農村中不可調和的階級矛盾，同時也暗示著「槍桿子裏面出政權」的革命眞理；再者是讓兒子代替父親出走，並帶走一隻母親的銀鐲子，這就又爲她與趙星梅之間的婆媳相認，做了非常自然的事前鋪墊。作者說原來他想讓馮仁義與兒子德剛一起出逃，可是發現這樣處理以後的情節就不好編排了，所以只能讓其早早的以「死」退場，既便於集中敘事又便於主題深化。

B、對母親與趙星梅關係的不同處理。在小說中母親與趙星梅，只不過是一種極其普通的幹群關係──趙星梅住在母親家中，她告訴母親家裏有弟妹，自己從小進了工廠做工，自從認識了地下黨員紀鐵功，她便義無返顧地參加了革命，並且還與紀鐵功訂了婚。母親對於這位革命女性，充滿著疼愛和敬仰之心。後來，紀鐵功的壯烈犧牲與趙星梅的英勇就義，加速了母親義無返顧地走上了革命道路。但是到了電影劇本中，母親與趙星梅兩者間的幹群關係，則被改寫成了一種親情纏繞的婆媳關係──母親在得知紀鐵功犧牲後，懷著沉重的心情去幫他整理遺物：

> 母親接過包袱，默然地點點頭，姜永泉離去。她茫然而痛苦地看著死者的遺物，極力堅定自己，好去安慰那個遭到如此慘重打擊的閨女。看著，母親覺得這包袱有些眼熟。她禁不住將它放在眼近處，仔細地端量著──這不明明是她送德剛逃難時的包袱皮嗎？！母親心頭突突地跳著，手慌亂地打開包袱──一件金屬東西掉落在地上。
>
> 一隻銀鐲子。
>
> 母親將它拾起來，與自己手上的那隻一對──一模一樣！
>
> 母親大驚！失去兒子的恐怖推動著她，使她急向屋裏奔去。
>
> 母親猛然推開門。
>
> 星梅在織布機上。她是那樣鎮定有力地機織著。
>
> 這情景出乎母親的意料之外。也給了她抑制自己的力量。她緩緩地走近星梅。
>
> 母親顫聲問道：「梅子，鐵功還有別的名字沒有？」
>
> 在這樣悲慟的情感中的星梅，沒有去體味母親的問意。她順口

回答：

「有，叫德剛！」

像一聲焦雷轟擊下來。母親要爆發哭聲——但就在這時，母親
還爲他人著想，趕緊用包裹捂著嘴，讓淚往自己心裏流！

而星梅在讀完了鐵功留給她的遺書之後，也知道了房東大媽就是她未來的婆
婆，所以她同樣是感到非常震驚並連忙跑向北屋：

星梅推開北屋的門。

母親在織布，就像平常一樣，似乎沒有發生過什麼事情。

星梅激動地叫道：「媽媽！」

母親回過頭來，慈祥地望著她。

「我的好媽媽！」星梅撲進母親懷裏。

這段故事情節，小說與電影截然不同，作者本人曾爲此，做過這樣的解釋：「在
小說裏，區婦救會長趙星梅和她的未婚夫紀鐵功，對母親的成長起了重要作
用。尤其是紀鐵功的犧牲，星梅的慷慨就義，把母親的革命思想大大提高了。
可是，因爲母親與他們沒有血肉的聯繫，萍水相逢，在小說裏可以通過敘述
來描寫鐵功和星梅的形象，使他們的犧牲產生強烈的力量。但在電影裏，沒
有篇幅來過多的寫他們，而單純的保留了他們的犧牲，對母親的影響也不會
很大了。爲此就想到如果星梅的未婚夫，就是母親的兒子，舊社會的殘暴使
他們的命運聯繫起來，革命的洪流又將他們湧到一條戰線上。紀鐵功的犧牲，
是母親失去了親生的兒子，又是失去了英雄的戰士，做母親的骨肉之情，對
革命戰士的階級之愛，這雙重的崇高情感產生的力量會更加強勁。這既是寫
了母親在喪失兒子的不幸面前經受了考驗，更是歌頌了革命母親的堅貞情
操。」〔註 20〕馮德英說得不錯，這一改動造就了兩位英雄女性：一位失去了
丈夫，一位失去了兒子，可她們卻都默默無語，只是用織布支前的實際行動，
去遮蔽心靈深處的巨大傷痛。如此一來，母親失去丈夫是階級之仇，而母親
失去兒子又增加了民族之恨！家仇國恨交織爲一體，無疑使母親在革命道路
上又邁進了一大步。

　　C、對小女兒嫚子受刑場面的不同處理。嫚子是母親的小女兒，她只有五
歲大小，是母親百般疼愛的心頭肉。在小說中，有這樣一個慘不忍睹的刑訊
場面：母親被敵人抓到後，無論怎樣嚴刑拷打，也不說出兵工廠的埋藏地址；

〔註20〕見《關於影片〈苦菜花〉的改編》，載 1965 年 12 月 11 日《光明日報》。

壞女人淑花向王柬芝獻計，把嫚子抓來威逼母親，並以折磨嫚子童稚的肉體，去瓦解母親的堅強意志。

母親發瘋般地向孩子撲去，那長長的灰髮在她身後飄散！可是被兩個敵人扭住了。

皮鞭在孩子赤裸的幼嫩身子上抽打，一鞭帶起一道血花！孩子已經哭啞聲了。

母親哪，救救孩子啊！

孩子的小手指一個個被折斷了！

「說不說？」

母親昏厥過去──

孩子被倒掛梁上，一碗辣椒水向她嘴裏灌進去，又從鼻孔裏流出來──是心肺裏的血啊！

母親醒過來，呼喊著，撲過去！被敵人架著拖過來。

孩子死過去，活過來，又死過去──

毒辣無比的兇手，在絞殺一棵幼嫩的花芽！

哭聲像最鋒利的鋼針，繫在母親心上！她已經沒有力量去衝撲，她一次次昏厥。

她要救孩子，她要保工廠。

她要屈服──趕快救孩子吧！不，不能！

她要發瘋！她緊咬著牙關發顫，她攥得手指發痛。

──

「嫚，好孩子，你怎麼不哭？對，別哭。你已經哭得不少了，你知道媽心疼你。好孩子，你生下來就沒安穩過一天。媽在月子裏，抱著你埋了你大爺和哥嫂，送你爹逃命去。孩子，你知道嗎？就是王唯一那些壞蛋害得咱家破人亡啊！」──

嫚子像真聽懂了媽媽的話，眼睛瞪得更大，一眨不眨地看著母親，然而，她臉上的嫩肉不抽動了！嘴角的血道僵住了！斷了指頭的小手掉落下來了！身上不熱了！細弱的呼吸停止了！她一動不動，她，她、她死了！

這段令人毛骨悚然的文字描寫，是小說《苦菜花》中最殘忍的恐怖畫面。作者本人的主觀意圖，是想通過對英雄母親的人格錘鍊，來突出表現她超越兒

女私情的博大胸懷，進而把母親這一藝術形象，昇華到無與倫比的崇高境地！但是，這種曾經施用於革命英雄江姐身上的殘忍酷刑，又被誇張性地挪用於年僅五歲的嫚子身上，讀起來總是讓人感覺到不是那麼地真實。也許導演和作者都注意到了這一矛盾，「因為母親已經受到了兒子犧牲的考驗，再用嫚子犧牲來表現母親的成長，就會顯得重複。而且嫚子不死，也已達到了母親在敵人面前堅貞不屈、寧捨親生女兒而不動搖的英雄性格。」〔註21〕所以在電影劇本中，對於嫚子受刑一節，幾乎也做了顛覆性的重大修改：

嫚子急拉母親：「走啊，媽！」

「嫚子，走不得！」母親痛心地說。她盯著敵人，抱緊嫚子。

王竹：「仁義家的，你要是疼你的親生孩子，就把埋兵工廠的地址說出來！」

母親全身抖瑟，身子緊貼嫚子，把她摟得更緊。她目不轉睛地瞅孩子的臉，一霎，淚水盈眶。

嫚子恐怖地瞪了一眼敵人，又拉母親：「媽！走，走啊！」

母親抽噎著，更緊地抱住孩子：「孩子，別怕！有媽護著你！」她忍回淚水，堅強地站起來，對敵人說：

「兵工廠，我知道埋在哪，孩子不知道，共產黨八路軍我接來家的，你們要殺殺我，不能害我的孩子！」

龐文衝過來：「小孩，兵工廠，你哪個的要？」

母親斷然道：「孩子、兵工廠，我都要！」

龐文抽出指揮刀：「八格！大大的壞！」

王竹上去奪嫚子，母親拼命抓住不放。嫚子絕命地呼救：「媽——媽呀——」

母親被打倒。嫚子被奪過去。孩子哭喊：「媽呀！媽——」

母親呼喊撲上去：「孩子！嫚子！閨女——」

她被敵人打倒。

王竹：「說！現在還來得及！」

母親堅忍不拔地說：「我說！你們這些畜生！」她揚臂給了王竹狠狠一耳光。

——

〔註21〕見《關於影片〈苦菜花〉的改編》，載 1965 年 12 月 11 日《光明日報》。

　　母親撫摩著孩子，心疼地說：「孩子，媽知道你疼，疼，你就哭吧！」

電影劇本刪掉了有關嫚子受刑的直觀描寫，反而使母親這一形象變得更加眞實可信──母親拼命保護孩子，這是出於「母愛」的本能；母親始終堅守秘密，這又是出於「信仰」的執著！嫚子沒有死，而是同母親一道被八路軍救出。在經歷了一場人世間最殘酷的考驗之後，母親也終於從一個膽小怕事的農村婦女，成長爲了一個意志堅強的革命戰士！應該說電影要比小說的故事情節，加工提煉得更爲精粹也更具美感。

　　D、對特務王柬芝可恥下場的不同處理。小說《苦菜花》中最令人感到快意的藝術場面，無非是那個陰險狡詐的日本特務王柬芝，最終被善良的人們所徹底識破而被捕落網。王柬芝是惡霸地主王唯一的堂弟，他僞裝進步騙取政府與鄉民的信任，暗地裏卻偷偷地爲日軍傳送情報，幾乎故事中所有的悲劇事件，都與他脫不了直接的干係。在小說與電影中，作者對於王柬芝的最後結局，顯然是採取了各不相同的處理方法。小說描寫王柬芝因其特務身份被識破，殺死了女兒杏莉之后倉皇出逃，並在出逃路上與娟子不期而遇：

　　娟子正走著，猛見王柬芝匆匆從南面走來。看樣子他很緊張，別人和他打話也來不及說完，只是一個勁地走。娟子心裏一動，就迎著他走上去。

　　──

　　由於人多，娟子開始沒看清楚他的身上有什麼特別。可是當他一閃身，娟子那敏銳的眼光就發現王柬芝的黑衣服上有點點的血印，再加上他不安的神情，那槍聲又是從南頭傳來的，娟子立即警覺，疾忙跟上他，叫道：

　　「校長！等一下，我有點事！」

　　王柬芝已走出十幾步，聽見叫聲轉回頭。可是一發覺娟子的手在從腰裏向外掏什麼，立時知道不對頭，就放快腳步。

　　「哎，你等一等呀！」

　　王柬芝心一慌，顧不得其它，大跑起來。

　　「站住！」娟子推上子彈，緊緊追趕。

　　那王柬芝跑得更快了。

　　「站住！要不我開槍了！」

王棟芝見跑不出去，就停下來，急忙從腰裏掏出密碼本，劃著火就燒。

娟子見他在燒什麼，更急了。猛地衝上去，抓住王棟芝的衣領，怒喝道：

「快把火熄掉！」娟子見他把燒著的東西摔到地上，急忙趕上去用腳踩。

王棟芝突然抽出匕首，照娟子背上就刺。

娟子飛快地閃身躲開，用槍指住他：

「不許動！把刀丟掉！」

王棟芝顫抖了一下，又兇惡地向娟子撲來。

娟子氣炸了！照他腿上狠狠開了兩槍！

後面的人群趕上來，把已打傷的王棟芝扭住──

小說裏的王棟芝，是被娟子打傷並抓住的；但是爲了突出革命母親的完美形象，電影劇本則把這一情節，做了頗有創意性的重新改寫：

王棟芝猶如落入大網的兔子，驚魂不定地逃進一條小巷。他向哪頭跑，都有喊抓聲──他正在走投無路之時，見一院門半開半掩，就提著手槍，小心地走了進去。

這正是母親的家。

母親聽到一片喊聲，就不顧傷未痊癒的身體，下了炕，拿起那支獵槍，走出了屋門。

王棟芝掩在院門後，向外窺伺──

母親喝問：「誰？」

王棟芝一驚，轉回身來。

母親明白了一切憤恨地說：「王棟芝！你這披著人皮的惡狼！」

王棟芝亮出手槍，威脅道：「老東西！你要聲張，我送你見閻王！」

母親，面對著這樣一個兇惡的敵人，她一點也不慌亂。這除了她無畏的精神之外，還因爲她手裏有消滅敵人的武器──槍！她雖然生平第一次拿槍，而且是支古老的獵槍，就感到了它的無限力量。

母親緊握著槍，輕蔑地說：「狗東西！你敢開槍？！」

　　王柬芝膽怯了，耍花招了：「仁義家的，只要你放走我，你要什麼都可以──」他明知在這樣的對手面前是脫身不得的，邊說著邊向門口退去。

　　母親深仇大恨地說：「我要你的黑心！」

　　「你這老不死的共匪婆！」王柬芝舉起手槍。

　　母親舉起槍，威嚴地命令：「把槍放下！」

　　王柬芝回身逃跑。

　　槍響，王柬芝結束了罪惡的一生。

這是電影《苦菜花》中最爲經典的一組鏡頭，當年那些觀眾至今仍難忘這一動人的藝術場面。由娟子打傷王柬芝到母親擊斃王柬芝，我們可以感到整個情節結構的全面改寫，的確是把革命母親的英雄形象，提升到了無以復加的完美極致。特別是導演和作者讓母親手握獵槍，沉著冷靜且蔑視一切地與王柬芝對視，親手除掉這一集家仇國恨爲一體的日本特務，最終定格了革命母親的高尚人格！貧苦農民終於從屈辱地活著中拿起了「槍」，這是一種對於中國現代革命的象徵寓意，用作者自己所反覆強調的話來說，「槍，是貫穿整個影片的一條線索。」仁義臨死前囑咐兒子要拿槍去報仇，女兒娟子則用槍打死了王唯一，最後母親又親手用槍擊斃了王柬芝，這一系列有關「槍」之意象的邏輯關係，其目的就是要讓那些反動派們，「嘗嘗人民的槍桿子的威力」！〔註22〕母親不僅爲中國革命奉獻了自己的兒女親人，而她本人也成爲了一位無比堅強的革命戰士──應該說電影要比小說更加生動地告訴了觀眾：中國無產階級革命之所以能夠取得勝利，就在於有千千萬萬個像娟子媽那樣的革命母親！

3、《苦菜花》：人性母親的形象重塑

　　「苦菜花開遍地黃，烏雲當頭遮太陽，鬼子漢奸似虎狼，受苦人何日得解放，何日得解放。苦菜花開甜又香，朵朵鮮花見太陽，受苦人拿槍鬧革命，永遠跟著共產黨。」這段電影《苦菜花》的主題歌，由最初那種悽楚哀婉的曲調，到最後那種熱烈奔放的合唱，曾經令幾代中國人都難以忘懷。

　　苦菜，又稱苦苣菜、苦麻菜、苣蕒菜等，是多年生草本植物。從外形上看，苦菜莖枝直立，葉呈披針形或圓形，花冠黃色。民間食用苦菜已有兩千

〔註22〕見《關於影片〈苦菜花〉的改編》，載 1965 年 12 月 11 日《光明日報》。

多年的歷史，亦常用做草藥。苦菜花是一種極爲普通的野菜，它沒有華麗的外表，也沒有絢麗的花朵，它悄悄地開在田野裏，開在山路旁。這不由地使我們想起了在小說和電影裏，作者本人曾多次對於「苦菜」這一意象，做出過寓意深刻的深情闡述：「母親眼前還是夾在雜草中的那棵還未開花的鮮嫩的苦菜。苦菜雖苦，可是好吃，它是採野菜的姑娘們到處尋覓的一種菜。苦菜的根雖苦，可開出花來，卻是香的。母親不自覺地用手把苦菜周圍的雜草薅了幾把。她自己也不明白她這樣做，究竟是爲了讓採野菜的女孩子能發現這棵鮮嫩的苦菜，還是想讓苦菜見著陽光，快些成熟，開放出金黃的花朵來！」母親從「苦菜」中體悟到了蹉跎歲月的辛酸血淚，又從「苦菜」中感受到了現實磨難的苦盡甜來，總而言之作者就是要向讀者或觀眾表達一個意思：「吃水不忘挖井人，幸福感謝共產黨！」也許對於現代青年人來說，他們根本就不理解《苦菜花》，爲什麼會那麼地被人喜愛，其實只要我們去翻一翻上世紀 60 年代的發黃報紙，無論是在內地還是在香港，《苦菜花》都獲得了一致的好評。

由於小說和電影《苦菜花》，對於中國人的影響深刻，所以即使是到了21世紀的當今時代，人們也一直在嘗試著去重現它的藝術輝煌。紅色經典從小說改編成電影，再到現在被改編成電視連續劇，這是近幾年來中國文藝界的一大熱點。可當人們以所謂人類普遍的「人性」價值，去重塑《苦菜花》中的人物形象時，幾乎卻遭遇到了同改編《紅岩》、《青春之歌》、《鐵道游擊隊》、《林海雪原》等名著一樣的失敗命運！《苦菜花》被高調拍成了20集電視連續劇，應該說編導者主觀上的出發點都是好的，他們是想用現代眼光去重新詮釋歷史，並且還原小說被電影所刪掉的那些情節。然而，電視劇《苦菜花》一經問世，就受到廣大觀眾尤其是中老年觀眾的強烈否定，因爲電視劇幾乎完全顛覆了小說和電影早已在他們心目中所建立起來的完美形象！人們覺得「陳小藝怎麼看怎麼不像馮大娘，太年輕也太漂亮了，根本就不是那種感覺。」更有人質疑說母親和王柬芝的「婚外情太離譜」了，「『苦菜花』那個年代的人們連溫飽和生存問題都還沒解決，怎麼能有心思『移情別戀』？」〔註 23〕而對於小說《苦菜花》的再度改編，原作者也表明了一種原則上的支持態度：「只要大方向對頭，主題思想忠於原著，翻拍，我是贊成的，不能求全，要寬容。」不過就連馮德英本人，對於改編者的過分大膽，

〔註23〕見 2004 年 11 月 24 日《法制日報》報導。

也是滿腹狐疑深表不滿：「劇本和原作都沒有的，怎麼能亂寫啊。不健康的不能搞啊。」〔註24〕那麼，20集電視連續劇《苦菜花》，究竟又是怎樣去處理小說原著的呢？

首先，我們應該實事求是地加以承認，電視劇對小說做了它力所能及的原著恢復，尤其是被電影所大量刪掉的那些情節，電視劇都以相當的篇幅去重新還原。具體表現爲：（一）王柬芝老婆與長工王長鎖偷情相愛，並生下了女兒杏莉，這一故事情節，在小說中原本是作爲王柬芝敲詐王長鎖，並以此爲把柄逼去要挾其爲自己傳送情報；與此同時，作者也讓杏莉有了一個好的階級出身，以便使她和德強的戀愛關係，更容易被那一時代的觀眾所接受。小說中描寫王柬芝，明知王長鎖和自己老婆偷情，卻假裝不知道，聲稱晚上去學校開會不回來；可當王長鎖潛進屋裏，與杏莉母親相會時，王柬芝卻突然出現，當場捉姦並逼迫王長鎖就範。但由於電影爲時間所限，無法去容納這些細節，而電視劇則以它的長度優勢，比較細膩地將其表現了出來，特務王柬芝陰險狡詐的內在性格，也因此得到了生動的表現。（二）杏莉母親與王長鎖的偷情秘密，被特務宮少尼得知以後，宮以向政府告發爲藉口威脅她，並最終姦污了這個命運悲慘的可憐女人。小說原先設計這一故事情節，是爲了揭示在嚴酷現實的重壓之下，杏莉母親逐漸覺醒的痛苦過程，並爲她挺身而出去營救馮大娘，埋下了一個令人信服的巧妙伏筆。電視劇對這一情節的展開描述，基本上還是忠實於小說原著的；但編導故意讓演員去「露點」表演，顯然又是出於滿足觀眾獵奇心理的商業思考。（三）小說中曾有一段關於土匪柳八爺歸順的情節描寫──在陳政委的耐心說服教育下，柳八爺和他的響馬武裝參加了八路軍。不過柳八爺想試試八路軍究竟有多厲害，便親自和於團長比賽騎馬打槍，結果柳八爺輸得是心服口服；柳八爺的親信馬排長，強暴了一農家女子，於團長爲了嚴肅軍紀，決定將其槍斃以平民憤，但柳八爺卻因其有恩於己堅決反對，最後經過於團長耐心說服教育，羞愧猛醒後親自處決了這個畜生。小說描寫柳八爺的歸順及思想轉變，目的是要歌頌八路軍在人民群眾中間的巨大影響力，以及人民軍隊秋毫無犯的嚴明紀律，應該說電視劇較好地還原了這一場面。（四）在小說中，母親被捕以後，受到敵人的嚴刑拷打，龐文見母親寧死不降，便以折磨小女兒嫚子，來摧殘母親的堅強意志；滅絕人性的日酋龐文，殘忍地將嫚子打成重傷，使她悲慘地死在母

〔註24〕見劉偉：《〈苦菜花〉作者鼓勵翻拍經典》，載2005年5月25日《金陵晚報》。

親的懷抱裏，母親悲痛欲絕發誓報仇。電視劇對於這一情節表現的十分細緻，幾乎把電影敘事重新改回到了小說敘事，進而以充滿著血腥色彩的恐怖畫面，人爲地強化英雄母親在革命成長道路上的艱難曲折。（五）母親大義凜然，隻身到特務隊去見龐文，代表王官莊軍民以王柬芝和山島花子，去交換楊翻譯官、王長鎖、孔江子等人；龐文自知事關重大，假意答應交換條件，但卻要母親本人，必須親自隨行參加；於司令率部隊進駐王官莊，與永泉、娟子、德強等人，詳細研究作戰計劃，力求圍殲龐文的特務隊；在交換人質的過程中，龐文突然指揮部隊開槍，將母親打成重傷，被永泉奮不顧身地救回。小說中這一段敘事描寫，是要突出革命母親的魄力與膽識，電影中固然是沒有加以表現，但卻在電視劇中得以眞實復原。

當然，我們在充分肯定電視劇忠實於小說原著的同時，也必須注意到編導對於小說重新加工的人爲改造。如果編導眞是完全忠實於小說原著的話，恐怕也就不會惹出那麼多令觀眾不滿的社會非議了。電視劇《苦菜花》的自我擴張性，主要是表現在以下幾個方面：

（1）母親和王柬芝的情感糾葛問題。小說和電影《苦菜花》，都把母親的出場地點，定格在秋天烏雲密佈的廣袤田野：母親背著莊稼領著嫚子在回家的路上，受到了惡霸地主王唯一的兒子王竹，富有蔑視與挑釁性的一頓鞭打，進而從故事敘事的剛一開始，就揭示出了地主與農民不可調和的階級矛盾。而電視劇卻別出心裁地將時間與地點，都放在了王姓地主的高牆深院裏，同時又將王唯一與王柬芝的堂兄弟關係，改成是一奶同胞的親兄弟關係。在小說和電影裏，母親幾乎沒有同王柬芝發生過正面接觸，而電視劇不但一開始便讓他們兩人相識，而且還使母親對反抗舊式婚姻的三少爺王柬芝，產生了一種令人莫名其妙的好感和同情——王柬芝出於正義感，救下了幾乎被二少爺王唯一強姦了的母親；而母親也是出於道義感，又夥同馮仁義幫助王柬芝逃出了王家大院。這段天方夜譚式的主僕之戀，一直都使母親對王柬芝堅信不移：王柬芝一回到家鄉，就提著禮物穿街過巷去看望母親，並譴責其兄王唯一的累累罪行，他的贖罪態度和抗戰決心，使母親喜出望外十分感動；王柬芝在敵人面前假裝受傷，母親燉好雞湯親自到王家大院去看他，王柬芝躺在炕上慷慨陳詞地怒斥日寇暴行，又再次勾起了母親對往昔情緣的縷縷記憶！最爲離奇的一段編排，還應算是臨近結尾的那一場面：王柬芝求母親放他一條生路，母親怒斥他癡人說夢；王柬芝自知罪孽深重萬念俱灰，非常痛

苦地對母親反省他的罪惡人生——他是怎樣從一個愛國青年，墮落成爲了一個民族敗類，又是怎樣去認識日本的侵略戰爭，以及中國的抗戰前途等等問題——母親冷靜地聽完了王東芝的「宏篇大論」，只是以一個普通百姓的樸實語言，不僅批駁了王東芝的賣國理論，同時也表達了自己堅信勝利的抗戰決心。王東芝無顏以對撞牆斃命，結束了自己可悲可恥的罪惡一生。我並不懷疑電視劇編導的人性立場，但是這樣去篡改《苦菜花》中的母親形象，不僅沒有突出革命母親的英雄氣質，反而卻弱化了革命母親的思想人格——將一個革命的母親，演繹成一個人性的母親，這種偷梁換柱式的改編理念，絕不應是現實拒絕歷史的眞正藉口！

（2）王東芝形象的藝術改造問題。王東芝是《苦菜花》中反派人物的主要代表，在小說和電影中王東芝雖然僞裝積極進步，但是作者在其剛一出場，便描寫他的特務活動，因此讀者或觀眾對其身份，已經預先就有所認識。電視劇編導試圖打破小說和電影的固有程序，對這一人物採取了循序漸進的暴露方式，逐步去揭開他投敵變節的心路歷程，進而使其思想演變更趨於人性化。如果沒有小說和電影《苦菜花》的對比效應，電視劇《苦菜花》對於王東芝形象的定位和處理，無疑還是可以讓廣大觀眾所接受的；但問題恰恰就出在小說與電影，已經給出了這種難以迴避的參照對象——電視劇對於王東芝的藝術處理，幾乎完全顛覆了作者原來的形象設計：王東芝剛一出場，就被描寫成是一個反叛封建婚姻、具有民主意識的現代青年——他不僅厭惡自己家庭的醜陋罪惡，而且還十分同情貧苦農民的不幸遭遇。回到家鄉以後，儘管他偷偷從事特務活動，但卻十分疼愛女兒杏莉，並且也對母親充滿著牽掛；當宮少尼非禮杏莉母親時，他更是怒不可遏挺身而出，狠狠地教訓了這個流氓之徒，表現出一種男性特有的人格尊嚴。電視劇對於王東芝形象的藝術處理，顯然是極大地超越了小說原著的描寫範疇，有些情節場面更是因編導者的肆意亂改，變得不合邏輯情理而令人難以接受。比如，王東芝與老號長喝酒聊天刺探情報，這一情節原本是發生在王東芝家裏，但電視劇則把它挪到了八路軍團部，軍事重地彷彿如同茶樓酒肆，任何人都能自由進出毫無障礙。又如，陳政委因老號長酒後失言而暴露行蹤，被敵人在歸來途中埋伏襲擊而壯烈犧牲，於團長不但沒有懷疑王東芝，還答應他考慮撤消對老號長的紀律處分！這是小說中原本沒有的虛構情節，不知道編導是如何杜撰出來的。再如，王東芝殺死女兒杏莉之後，僞造了一個被人姦殺的假現場，然後

跑到杏莉母親房中去強行求歡；事情敗露後王東芝被隔離審查，幾乎全校師生甚至於行署專員，都紛紛站出來為他請願擔保！這與小說和電影都是大相徑庭的。恐怕觀眾最難以接受並感到憤然的荒謬改編，莫過於是電視劇臨近結尾時，母親與王東芝的惺惺惜別——王東芝自知罪不容赦，來見母親最後一面，母親親自下廚，做了他喜歡吃的飯菜，另外還燙了一壺老酒，王東芝在酒足飯飽之後，給母親下跪求情。無論編導是出於什麼意圖，如此場景都是對革命母親的莫大藝瀆！

（3）白芸與淑花形象的隨意擴展問題。電視劇在許多情節的處理方面，都表現出了一種隨心所欲的自我意識，不僅沒有嚴格按照小說去改編，相反還極大地改變了原著合理的藝術結構。我們可以在這裡舉出兩個具體事例：一是白芸在小說原著中，原本是一個非常次要的人物角色，作者交代其曾在王官莊小學當過老師，後來又到了八路軍於德海部去當護士，作品對她也就是寥寥幾筆的文字描寫，這一形象幾乎是可以忽略不計的。但是到了電視劇裏，白芸卻搖身一變成了一個重要角色，她剛一出場是個大家小姐的教師身份，不安心教學工作受到了學生和家長的強烈反對；可白芸實際上卻是一個地下工作者，而且還被寫成是八路軍陳政委的未婚妻（在小說裏陳政委已經結婚），她的神秘使命就是要去暗地調查敵特真相，王東芝之所以會露出原形，與她的調查揭密是分不開的。這一情節的主觀設置，雖然增添了審美觀賞的戲劇性，但卻改變了小說結構的緊湊性，看後令人感到雲山霧罩匪夷所思。其二，淑花在小說和電影《苦菜花》中，是漢奸王竹的老婆和王東芝的情人，她沒有什麼文化，貪圖享受風流成性，作者對這一人物形象的總體描述，就是用一個「濫」字和一個「壞」字去高度概括——「濫」是指她不知廉恥可以跟任何男人睡覺，「壞」是指她出毒計直接害死了母親的小女兒嫚子！但是到了電視劇裏，編導卻將其改寫為是一個氣質高雅、文質彬彬、大學畢業、偽裝進步的日本特務——她以女學生身份被王東芝帶進了王官莊，表現積極工作認真思想前衛；她主動接近娟子並向白芸大談愛國道理，儼然一副痛恨日寇嚮往光明的革命面孔；她眼勤手快任勞任怨廣交朋友，並認母親為乾媽得到了村民們的普遍認可！這種完全超越了小說原著的胡亂改編，同樣也因編導所謂人性真實的歷史復原，而徹底破壞了《苦菜花》有關階級鬥爭殘酷性的思想主題！

除了上述原因以外，電視劇不被廣大觀眾所接受的根本原因，還與主要

演員的個人素質及藝術修養密切相關。小說和電影《苦菜花》的作者馮德英，曾被邀請作爲顧問參與了電視劇的拍攝過程，他不無痛心地對媒體記者說：「現在有些演員拍戲時候，很難進入角色，蔣雯麗曾經在《苦菜花》裏演了一天的『母親』角色，就告訴導演，自己再也演不下去了，因爲無法同時愛上長工和特務。有一些演員更過分，一遍劇本都沒看過也敢演，臺詞不會就臨時發揮。」〔註 25〕特別是「母親」角色的扮演者陳小藝，過分誇張的堅硬性格與過於年輕的外形體貌，馮德英本人感到並不滿意，他說「陳小藝的『母親』造型和我的想像有些差距，電影版的馮大娘是曲雲演的，當時是滿頭銀髮的農村大娘形象，而電視版的就年輕多了，她的造型以現代人的眼光看會習慣的。」馮德英還深情地回憶說：「我們拍攝電影時準備了 3 年，春夏秋冬的外景都是眞的，而且我們的演員僅體驗生活就用了一年多時間，在這點上電視劇比不了。」〔註 26〕導演王冀邢和演員陳小藝則不這麼認爲，他們稱電影《苦菜花》中曲雲所飾演的母親形象，雖然堪稱是中國電影中的藝術經典，但是由於當時政治化的時代要求，把中年母親人爲地變成了老太太；而小說原著中母親的眞實年齡，卻只有 39 歲而且也很漂亮，「你想想，老太太怎麼可能有兩三歲的女兒呢？應該說我們這部作品離原著更近。」〔註 27〕特別是「母親」飾演者陳小藝，更是在不同的場合極力辯解說：「在小說《苦菜花》中，馮大娘就是一個 39 歲的中年女性，電視劇完全尊重原著，還馮大娘一個眞實的年齡。」〔註 28〕其實，導演王冀邢和演員陳小藝都犯了一個低級錯誤：小說《苦菜花》中的母親年齡，是有「39 歲」到「44 歲」的五年跨度，而故事情節所描寫的主要內容，也應是五年以後的那位母親！況且，在二十世紀三、四十年代，「39 歲」的中年農村婦女，因爲辛苦操勞日曬雨淋，其體貌特徵是很顯蒼老的，當然不會像當今那些女演員們，拼命地用化學物質去保養美容，塗抹出一種極不自然的青春靚麗！其實作者在小說中，曾多次用「灰白色」的「頭髮」和「深深」的「皺紋」，來暗示苦難歲月對母親容貌的無情

〔註 25〕見劉偉：《〈苦菜花〉作者鼓勵翻拍經典》，載 2005 年 5 月 25 日《金陵晚報》。

〔註 26〕崔燕：《花開二度芬芳依舊——訪著名作家馮德英》，載 2005 年 10 月 15 日《青島新聞網》。

〔註 27〕丁冠景、蕭歐：《紅色經典劇〈苦菜花〉爭議大》，載 2005 年 5 月 25 日《南方日報》。

〔註 28〕黃敬怡：《馮大娘過於年輕 陳小藝：這是最猶豫的一部戲》，載 2004 年 10 月 14 日《北京日報》。

摧殘，如果我們仍執迷不悟地要用現代人的生活水準，去機械教條的認知過去與衡量歷史，那麼我們必定會墮入非理性主義的唯心史觀。

電視劇《苦菜花》的不成功改編，還有一個非常重要的關鍵原因，那就是演職人員對於藝術的奉獻精神！馮德英說一部僅有兩小時的電影《苦菜花》，卻花了三年時間去認真拍攝；現在一部 20 集的電視連續劇，卻只要一年之久就拍完了。難道是現代人的攝製水平與表演水準，都早已遠遠地超越了前人嗎？回答自然是否定性的。我們可以用在電影《苦菜花》裏，扮演母親形象的演員曲雲來做比較，陳小藝無論是演技還是扮相，都達不到當初老演員的高超技藝。這絕不是懷舊情緒在作祟，而是不可否認的客觀事實！曲雲之所以能成功地塑造出「馮大娘」這一角色，是其本身就與電影中的「母親」，有著比較近似的相同經歷：曲雲小時侯家裏很窮，父親是地下黨員，她每天除了和媽媽、姐姐拉犁耕地，有時間便給父親他們站崗放哨；她出生於膠東地區的農村人家，熟悉那裡的人情世故風俗民情，她常常是帶著戲裏的角色，去觀察大娘大嬸們的言談舉止，更是深入到她們中間去拜師學藝體驗生活。僅僅就為了那個瞬間而過的織布細節，她竟用了三個月時間，起早貪黑地勤學苦練！所以當我們從電影中，看到她是那麼熟練地織著布，幾乎沒有人再會想到她是個演員，而都把她當成了一個真實可信的革命母親。曲雲那一代演員對於生活的感受與對於藝術的執著，恐怕是陳小藝這代已經商業化了的演員們所難以企及的！

我們渴望著影響了幾代中國人的紅色經典，其崇高理想和堅定信仰能夠代代相傳延續下去；但是綜觀那些已經改編或正在改編的紅色經典，它們卻正在悄然地退去歷史舞臺而逐漸離我們遠去。這其中固然有商業化的銅臭氣息，更有人們對於革命歷史的無情遺忘！所以，真誠地呼喚革命理想與精神信仰，應該是現代藝術家們的神聖使命！

八、颯爽英姿的椰林倩影
——《紅色娘子軍》的眞實與傳奇

　　在新中國十七年的「紅色經典」當中，有一部風靡全國的電影《紅色娘子軍》，以「不愛紅裝愛武裝」的震撼氣勢，令億萬觀眾如癡如醉難以忘懷。這是一段頗具傳奇色彩的革命敘事，也是一群颯爽英姿的椰林倩影，正是因爲有了她們這些可敬可愛的威武女兵，人們才知道了瓊崖革命的輝煌歷史！從 1957 年劉文韶所撰寫的報告文學《紅色娘子軍》，到 1970 年所拍攝的電影藝術片《紅色娘子軍》，「向前進，向前進，戰士的責任重，婦女的冤仇深，古有花木蘭替父去從軍，今有娘子軍扛槍爲人民」的嘹亮歌聲，幾乎響徹了祖國大地傳遍了大江南北；而洪常青與吳瓊花等革命英雄形象，他們那種忠於黨和人民的浩然正氣，則更是頂天立地高大完美，給觀眾留下了不可磨滅的深刻印象！然而，「紅色娘子軍」所講述的神奇故事，究竟是藝術虛構還是歷史眞實？帶著這種普遍存在的好奇與疑問，我們有必要去回歸歷史尋找眞相，對於《紅色娘子軍》故事的發生經過，做出一番能夠令人信服的理性析解！

1、《紅色娘子軍》：傳奇歷史的眞相還原

　　電影《紅色娘子軍》所表現的故事情節，是源於瓊崖縱隊「女子軍特務連」的歷史記載。

　　1929 年春夏之交，由於國民黨忙於軍閥混戰，主力部隊撤出了海南島，使瓊崖紅軍得到了迅速發展。到了 1930 年 8 月，瓊崖紅軍已有 14 個連的正規建制，兵力也擴充爲 1300 多人，並掀起了第二次土地革命浪潮。爲了適應

武裝鬥爭的深入發展，吸引更多受壓迫女性參加革命，於是中共瓊崖特委便做出決定，組建一個獨具特色的女子特務連──這就是 1931 年 3 月 26 日，在樂會創建的「赤色女子軍連」。當時全連僅有一個排的人員編制，由樂會縣委和縣蘇維埃政府直接領導，連長由紅軍女戰士龐瓊花擔任，中共黨員幹部王玉文任指導員，其主要任務是配合紅三團開展工作。樂會「赤色女子軍連」的宣告成立，不僅激發了廣大海南女性的革命熱情，更使她們看到了自我解放的希望曙光，所以要求參加者也趨之若鶩越來越多。「為了發揚婦女同志的英勇革命精神，鼓勵婦女同志更進一步參加革命鬥爭，同時適應她們熱烈參加武裝、拿槍殺敵的要求」，[註1] 1931 年 5 月 1 日，中國工農紅軍第二獨立師第三團決定，在原有「赤色女子軍連」的基礎之上，成立一個正規建制的「女子軍特務連」，即以後廣為流傳的「紅色娘子軍」的歷史原型。「女子軍特務連」分為三個排，一共有 103 名戰士，連長龐瓊花（後由馮增敏接任），指導員王時香，一排長馮增敏（後由盧賽香接任），二排長龐學蓮（後由李昌香接任），三排長黃墩英（後由曹家英接任）。對於這群以後被藝術神話了的革命女性，時任中共瓊崖特委書記的馮白駒，曾在《關於我參加革命過程的歷史情況》一文中，做過這樣一種飽含激情的歷史追述：

> 娘子軍當時的任務，主要是在特委和師部住地外圍紅白交界地區活動，保衛蘇區，打擊國民黨區鄉公所常來搶掠和擾亂蘇區的武裝力量。……娘子軍活動蘇區，和群眾結合很好，經常參加農民生產，幫助農民幹各種農活，很得農民群眾擁護。[註2]

在馮白駒個人的歷史記憶裏，「女子軍特務連」所承擔的真正使命，是保衛「特委」和「師部」以及開展群眾工作；但在瓊崖縱隊其它老戰士的歷史復述中，「女子軍特務連」所承擔的主要任務，則是配合紅三團主力直接參加與敵作戰──比如他們中有人說「女子軍特務連」曾用火攻拿下過文市炮樓，更有人說「女子軍特務連」曾參與打過沙帽嶺伏擊──這原本是瓊崖縱隊的一次經典戰役：1931 年 6 月，盤踞在樂會縣中原鎮的陳貴苑，經常帶領大股民

〔註 1〕 馮白駒：《關於我參加革命過程的歷史情況》（一九六八年六月二十五日），參見《馮白駒研究史料》，廣東人民出版社，1988 年版，第 421 頁、第 421～422 頁、第 421 頁。

〔註 2〕 馮白駒：《關於我參加革命過程的歷史情況》（一九六八年六月二十五日），參見《馮白駒研究史料》，廣東人民出版社，1988 年版，第 421 頁、第 421～422 頁、第 421 頁。

團武裝，在蘇區邊界騷擾滋事，爲了打擊敵人的囂張氣焰，紅三團決定主動出擊將其消滅；於是主力部隊佯裝轉移至萬寧縣，故意製造僅有「女子軍特務連」留守的人爲假象，陳貴苑上當向根據地發起猛烈進攻，「女子軍特務連」且戰且退假裝敗相，把敵人逐步誘入到紅三團主力的包圍圈內；經過一個小時的激烈戰鬥，紅三團殲敵 100 多人，俘虜了「剿共」總指揮陳貴苑，繳獲機槍 3 挺、長短槍 146 支，以及子彈 1000 餘發。追述者在談及「女子軍特務連」的輝煌歷史時，無一不對那群鏗鏘玫瑰心懷敬意大表讚歎，彷彿即使是激情燃燒的歲月早已遠去，而「女子軍特務連」的光輝業績卻永存於他們心中。

1932 年初夏，瓊崖革命事業迅猛發展，於是中共瓊崖特委決定，將「女子軍特務連」連部和兩個排，從樂會縣調往紅軍師部所在地；而留下的那個排，則被擴編爲「女子軍」第二連，轄屬 2 個排總計 60 人，由黃墩英任連長、龐學蓮任指導員，一排長李昌香、二排長王振梅。經過擴充後的「女子軍特務連」，隨即便在殘酷的鬥爭中遭受了重創——1932 年 7 月，國民黨軍陳漢光部 3000 餘人開赴海南島，對瓊崖革命展開新一輪的軍事「圍剿」，他們採取「先攻要點」、「重重包圍」、「分進合擊」、「各個擊破」的作戰方法，〔註3〕對各革命根據地實行了大規模的重點進攻。8 月 1 日，陳漢光率主力部隊 1600 人，對瓊崖特委和紅軍師部實行進剿，紅一團一營和「女子軍特務連」一連，受命掩護特委領導和紅軍主力撤退轉移。據當事者回憶說，女戰士同男戰士們一樣作戰勇敢，她們憑藉馬鞍嶺一帶的有利地形，打退了敵人一次又一次的瘋狂進攻；戰鬥打了三天三夜，出色地完成了阻擊任務，營部當即決定撤出戰鬥，只留下十名女戰士牽制敵人。我們那些英勇善戰的男性戰士們都悄悄地走了，而惟獨女性戰士們卻挺起了她們身體單薄的瘦弱脊梁——在班長梁居梅的帶領之下，女戰士們浴血奮戰彈盡糧絕，全都壯烈犧牲而沒有後退半步！追述者曾對此滿懷深情地書寫道：這是「女子軍特務連」用她們的青春熱血，譜寫出的一曲驚天地、泣鬼神的英雄讚歌！我們毫不懷疑「女子軍特務連」對黨和人民的赤膽忠心，但讓女兵去掩護男兵撤退這恐怕是在中外軍史上都未有過的先例！我們在緬懷這些女性英雄的同時，更希望這只不過

〔註3〕 《國民革命軍第一集團軍警衛旅瓊崖剿匪記》，參見中共海南省委黨史研究室編著：《紅旗不倒——中共瓊崖地方史》，中共黨史出版社，1995 年版，第 178 頁。

是一種浪漫傳奇，而絕非是眞實發生過的歷史故事，那樣我們男性會因良心
譴責而無地自容。

　　1932 年 8 月 11 日，陳漢光又調集了 6 個營的精銳部隊，向文魁嶺一帶紅
軍駐地發動進攻，紅三團和「女子軍特務連」第二連，奮起迎擊卻寡不敵眾
傷亡慘重，所剩餘部決定與當地赤衛隊一道，在樂會四區堅持鬥爭開展游擊
戰。與此同時，瓊崖黨政軍領導機關，也被圍困於母瑞山長達數月，革命形
勢異常嚴峻。爲了保存實力東山再起，突破敵人包圍後的瓊崖特委，經研究
決定將「女子軍特務連」就地解散，讓女戰士們各自回鄉務農等待時機。至
此，「女子軍特務連」也完成了它的歷史使命，成爲了中國無產階級革命的永
恒記憶！對於這段歷史追述，我們始終都存有疑惑：既然「女子軍特務連」
英勇善戰，實爲我瓊崖縱隊之絕對主力；可爲什麼在革命的緊要關頭，卻又
解除了她們的全部武裝？顯然這種意圖明確毋庸質疑的「減負」行爲，又與
追述者對「女子軍特務連」過度神話的大肆渲染，形成了一種無法自圓其說
的相互矛盾。看電影《紅色娘子軍》，人們會不由自主想到毛澤東的一首詩
詞：「颯爽英姿五尺槍，曙光初照演兵場，中華兒女多奇志，不愛紅裝愛武
裝。」可是娘子軍女兵們在解甲歸田以後，她們最終之命運究竟又將會如何
呢？我們當然不會要求藝術去對歷史負責，但人們卻有理由去瞭解客觀眞實
的歷史眞相！

　　「女子軍特務連」連長馮增敏，無疑是「紅色娘子軍」中的標誌性人
物，她出生於萬寧縣一個貧苦的農民家庭，16 歲就加入了共產主義青年團。
「女子軍特務連」成立之初，馮增敏便出任一排排長，1932 年春，又接任龐
瓊花擔任了連長。據追述者回憶，「女子軍特務連」解散之後，她不幸被敵人
關押了五年，到 1937 年才釋放出獄，「嫁給紅軍戰士，懷孕後，丈夫在戰爭
中犧牲」；與此同時，她一邊在家務農，一邊從事地下工作，「她把『遺腹女』
撫養幾歲後，狠了狠心，把女兒送了人」，〔註 4〕隻身上山去尋找黨組織，全
身心投入到了瓊崖地區的革命事業。直至全國解放，她才將女兒認領回來。
由於馮增敏對黨無比忠誠，1945 年被批准加入了中國共產黨。爲了表彰她的
英雄事跡，肯定「女子軍特務連」的歷史功績，1960 年毛澤東、朱德、周恩

〔註 4〕李高蘭：《紅色娘子軍連長馮增敏和她的女兒》，參見中共瓊海市委黨史研究
　　　室編：《紅色娘子軍研究【第一輯】》，海南大中印刷公司，2007 年版，第 89
　　　頁。

來等中央領導在北京接見了她，並獎給她一支蘇式自動步槍和 100 發子彈。可是在文化大革命期間，也就是在芭蕾舞劇《紅色娘子軍》成為了「樣板戲」，女主人公吳清華正受到國人狂熱之極的英雄崇拜時，海南區政府卻下發了一個《關於處理馮增敏的決定》的「瓊革發（70）56 號文件」，將歷史上曾遭被捕過的馮增敏定性為「叛徒」和「特務」，不僅屢遭批鬥並且還被開除了公職。1971 年 9 月因病醫治無效，結束了她傳奇而又悲劇的一生。根據我們現在所掌握的歷史資料，馮增敏是「女子軍特務連」解散之後，唯一一位掙扎著返回部隊的革命女性；同時也正是這位「紅色娘子軍」的標誌性人物，在藝術極力去演繹歷史的宏大敘事過程中，自己本人卻一直都在受到革命隊伍的排斥與懷疑！

「女子軍特務連」連長的命運是如此，那麼指導員王時香的命運又會是怎樣呢？王時香當然不會是洪常青，她既不威武挺拔英氣逼人，也不高瞻遠矚頂天立地，只不過就是一個普通女性。王時香 16 歲開始參加革命，由於她有 3 個月夜校的學習經歷，並且工作能力也比較強，所以「女子軍特務連」成立時，便被組織上任命為指導員。王時香作為指導員的主要任務，「就是上午給連隊戰士授政治課兩個鐘頭（油印小冊子），晚上在識字班教戰士學文化，識字課是把戰士分成小組，然後一組一組地教」，〔註 5〕負責提升戰士們的文化水平和政治素質。「女子軍特務連」解散以後，她也被敵人抓捕並鋃鐺入獄，經受了 5 年之久的鐵窗生涯。指導員在部隊裏就是黨代表，可令人感到不可思議的是，她回鄉後竟嫁給了一個國民黨中隊長，還先後生育有二男一女。在解放戰爭中，王時香的丈夫擔任國民黨軍隊的大隊長，帶領部隊與人民解放軍武裝頑抗，1950 年被解放大軍擊斃於海南陽江。因此在歷次政治運動中，王時香都未能倖免於難，不僅被打成「黑五類」和「叛徒」，還被定性為「地主婆」與「反屬」。一個曾經是錚錚誓言的共產黨人，都能隨意去嫁給自己的革命對象；指導員王時香的政治覺悟尚且如此，那麼「女子軍特務連」的政治覺悟也就可想而知了！

「女子軍特務連」第二連連長黃墩英與指導員龐學蓮，同樣是半途而廢沒有將革命進行到底。黃墩英出生於一個革命家庭，父親為利試口鄉蘇維埃主席，哥哥和弟弟都是紅軍戰士，黃墩英 13 歲就參加了兒童團，「女子軍特

〔註 5〕 王時香：《我和女子軍特務連》，參見中共瓊海市委黨史研究室編：《紅色娘子軍史》，海南大中印刷公司，2002 年版，第 67 頁。

務連」第二連成立時，她先擔任排長後接任連長。黃墩英被捕釋放後回家務農，經母親勸說也嫁給了一個國民黨區長作妾。1950 年陽江解放時，黃墩英的丈夫遭到了人民政府的審判鎮壓，而她本人則更是受到了政治牽連──只要一有政治運動到來，她自然就是被批鬥的對象。尤其是「文革」期間，她還被捏造私藏槍支，「因爲抓她老公的時候沒有搜出槍，給她說一定把槍拿出來，因爲一個是找不出你老公的槍，第二個是你會打槍，你當過連長，你會打槍，你肯定會留槍下來，以後要報復無產階級，三大罪名，把她抓去嚴刑拷打，弔起來車輪戰術」。〔註6〕黃墩英忍受不住肉體和精神的雙重折磨，幾次企圖自殺都被兒女發現並有效阻止。而龐學蓮的情況也大抵是如此，雖然根正苗紅卻又晚節不保──1933 年從母瑞山突圍返回父母家中，爲躲避災禍龐學蓮嫁給了一個牙醫，後因別人告密她被捕入獄，丈夫則移情別戀另覓新歡；1937 年龐學連出獄以後，舉目無親生活沒有著落，只能無奈地回到丈夫身邊，過著一種一夫二妻的「特殊」生活。後來馮增敏曾幾次勸說她繼續革命，但她都以孩子太小爲由加以拒絕。新中國成立以後，她銷聲匿跡淡出了公眾視野，儘管也曾遭受政治磨難，但卻逐漸被人們所遺忘。

我們注意到歷史的追述者，他們在談及「女子軍特務連」時，都帶有政治拔高的明顯意圖，似乎那些活潑可愛的女戰士們，天生就具有極高的革命素質，就像電影裏的吳瓊花那樣，有著一雙怒火燃燒的黑亮眼睛，有著一種不容質疑的堅定信仰，有著一股不屈不撓的革命精神！其實這都是革命勝利以後的藝術演繹，而不是眞實歷史場景的客觀還原。「女子軍特務連」戰士們參加革命的思想動機，絕非哪裏有壓迫哪裏就有反抗那樣簡單，馮白駒將軍曾在講述一個女子參軍的故事時，不經意之間便透露出了瓊崖婦女革命的「反封建」色彩：

> 「這位女兵叫吳伯蘭，出生在貧苦農家，長得很漂亮，被國民黨一個團長強迫去做小老婆，在夜裏趁團長睡覺時，用小刀把他刺死，逃了出來。後來參加了娘子軍，在連裏做傳令兵，戰鬥中非常英勇。」〔註7〕

〔註6〕《眞實紅色娘子軍：存在僅 500 天　殘部被迫嫁國民黨》，中央電視臺 2009 年 3 月 13 日《重訪》。

〔註7〕劉文韶：《採寫報告文學〈紅色娘子軍〉的回憶》，參見中共瓊海市委黨史研究室編：《紅色娘子軍研究【第一輯】》，海南大中印刷公司，2007 年版，第 27 頁。

「有些比男同志還好，丈夫反動的帶領我們打死他，甚至丈夫
反動，在夜間和丈夫睡覺時，自己用刀子殺死丈夫，逃出參加革
命。」〔註8〕

通過這個故事我們可以發現，海南女性離家出走去從軍革命，其真正原因是
反抗封建夫權，而不是尖銳複雜的階級矛盾。北京新華總社曾對此問題做過
詳細調查，並於 1957 年 1 月給中共中央政治局寫過一份《關於海南島黨內團
結問題》的內部參考；「內參」在論及「女子軍特務連」這一奇特現象時，就
非常明確且一針見血地指出：「海南島婦女參加革命的人，一般都是和家庭不
和才出來參加革命的」。而原瓊崖縱隊女戰士王中民，也在廣東省電視臺的一
期《解密檔案》節目中，述說了解放後海南女兵不願還鄉的複雜心理：「1950
年解放全島了嘛，就動員那些女同志復員回家。我們女同志去參加革命有幾
個原因，一個就是受家庭的壓迫，遭到打罵。丈夫打罵、父母打罵，所以才
跑出來。跑出來時候這些女同志最辛苦了，你動員她復員回家她還不敢，也
不想回去，因為你原來在家裏面受傷了嘛，你怎麼能夠回去呢！」〔註9〕由於
「女子軍特務連」女兵們文化程度普遍很低，大概只有 3 個人能夠讀書認字，
所以她們中相當一部分人熱衷於參軍，就是抱著脫離家庭夫權的本能意志。
在這期《解密檔案》節目中，「女子軍特務連」97 歲的老戰士陳振梅，也曾激
情地回憶道：「我之前也是沒什麼書讀，當時女孩子也很多！我們那兒是紅色
基地，有些女孩子也說，人家很多都去參加娘子軍了，經她們這麼一發動，
我心裏也很想去。」〔註 10〕由此可見，反對夫權的文化啟蒙而非階級鬥爭的
政治啟蒙，才是造成「女子軍特務連」赫然出現的歷史真相。

「女子軍特務連」的戰士們，因其缺乏對於無產階級革命的深刻理解，
也就決定了她們思想上的盲目性與局限性：雖然能為革命事業作出貢獻，但
卻難以善始善終堅持到底，比如她們既可以奮勇殺敵，但又可以屈辱地委身
於敵──這種「傳奇」人生的矛盾現象，的確值得我們去認真思考。當然，「女
子軍特務連」與《紅色娘子軍》畢竟不是一回事，我們決不能簡單地把藝術
真實誤認成是歷史真實；「女子軍特務連」從模糊記憶到紅色敘事，它是經歷

〔註 8〕 馮白駒：《關於我參加革命過程的歷史情況》（一九六八年六月二十五日），參
見《馮白駒研究史料》，廣東人民出版社，1988 年版，第 421 頁、第 421～422
頁、第 421 頁。
〔註 9〕 張磊、卓慶林：《紅色娘子軍傳奇》，載《嶺南文史》2009 年第 1 期。
〔註 10〕 張磊、卓慶林：《紅色娘子軍傳奇》，載《嶺南文史》2009 年第 1 期。

過了一個政治話語的包裝過程！

2、《紅色娘子軍》：歷史影像的藝術提升

「女子軍特務連」被神話傳奇，最早是始於 1956 年，海南軍區政治部幹事劉文韶，根據他本人的調查採訪，寫出了一篇 2 萬多字的報告文學《紅色娘子軍》，並發表於 1957 年 8 月的《解放軍文藝》雜誌上。這篇吸引讀者眼球的報告文學一經問世，立刻便引起了人們對於瓊崖革命的高度關注，同時更是激發起了《紅色娘子軍》創作的社會熱情。

報告文學《紅色娘子軍》以連長馮增敏為第一人稱，按照時間順序分為七個部分，去回憶和復述「女子軍特務連」的輝煌歷史，即：走進紅軍的行列、初戰的聲威、火燒「團豬窩」、一支活躍的宣傳隊伍、保衛蘇維埃、森林長征七晝夜、永不熄滅的火花。故事從「女子軍特務連」成立與馮增敏參加革命開始，到她與部隊走散後歷盡苦難又回歸部隊結束，詳細記述了「女子軍特務連」前前後後的翔實情況；值得注意的是馮增敏個人的主觀敘述，也都因其具體人物與事件的難以考證性，而成為了後人講述「女子軍特務連」故事的唯一範本。報告文學固然具有紀實性質，但它畢竟仍是一種文學創作，所以虛構成分也就不可避免，我們不能認定它就是歷史事實。劉文韶在《我創作〈紅色娘子軍〉的歷史回顧》、《我寫〈紅色娘子軍〉》等文章中，曾多次提及觸發他創作靈感的關鍵因素，是「有一天，我在翻閱一本油印的關於瓊崖縱隊戰史的小冊子時，偶然發現有這樣一段話：『在中國工農紅軍瓊崖獨立師師部屬下有一個女兵連，全連有一百二十人。』全書僅有這一句話，其它再沒什麼別的記載。……可是當時只是有一個線索，其它什麼文字材料都沒有。我就詢問了在瓊崖縱隊工作過的一些老同志，可能是因年代太久他們都不瞭解這個情況。」〔註 11〕從劉文韶本人的敘述當中，我們發現了這樣一個疑點：他在創作《紅色娘子軍》時除了「小冊子」上「一段話」，其它有關「女子軍特務連」的史料幾乎是全無；不僅權威的「瓊崖革命史冊」上沒有記載，甚至瓊崖縱隊老戰士們也都並不知情。作為瓊崖革命史上最具有代表性的象徵事件，假如「女子軍特務連」的的確確曾經存在過，那麼它為什麼會被歷史所淡忘掉了呢？而那段有意或無意被淡忘了的革命歷史，又是怎樣被後人化腐朽為神奇，從鮮為人知發展到了聞名遐邇呢？劉文韶出生於 1934 年，而

〔註 11〕劉文韶：《我創作〈紅色娘子軍〉的歷史回顧》，載《軍事歷史》2007 年第 3 期。

「女子軍特務連」成立於 1931 年，他僅僅參加過 1950 年解放海南島的渡海作戰，而沒有親自參加過紅軍時期的瓊崖革命。由此可見，劉文韶對於「女子軍特務連」的輝煌歷史，並非是「親身經歷」而只是聽他者「言說」。劉文韶承認他寫《紅色娘子軍》的全部史料，都是從「女子軍特務連」戰士們那裡「聽」來的，尤其是連長馮增敏和指導員王時香兩人的歷史追述，幾乎就是他撰寫《紅色娘子軍》的全部資源！問題是「女子軍特務連」前後共有 160 餘人，並且大多數老戰士解放後仍然健在，而劉文韶僅僅是採訪了幾位當年連隊的領導幹部，由已經功成名就者或希望追加功名者去重新復述歷史，將原本是反封建的叛逆行為都染成了階級鬥爭的革命紅色，那麼我們究竟應該如何去辨別這其中的虛擬因素呢？其實，報告文學《紅色娘子軍》中連長馮增敏的激情回憶，是她自己對當初參加革命動機的提升認定；王時香對「女子軍特務連」的大講特講，則是她為自己後來不太光彩行為的極力遮掩！對於報告文學作者劉文韶而言，部隊文藝工作者的政治使命，無疑就是要去重塑歷史與宣傳革命，故「革命」與「革命」之間的話語溝通，則命中注定了《紅色娘子軍》的虛構性與傳奇性！通觀報告文學我們可以看出，馮增敏個人所講述的光榮往事，實在都有些過分誇張不著邊際，比如她是怎樣帶領著女戰士們，去機智勇敢地活捉陳貴苑，又如她是怎樣帶領著女戰士們，去張揚恣肆地火燒馮朝天！可是稍有軍事常識的人都瞭解，在實際戰爭中女性軍人並不直接參戰，而瓊崖「女子軍特務連」的主要使命，則更是為首長提供安全警衛與後勤服務。如果說海南革命史上那些重大戰役，都是由「女子軍特務連」來擔任完成的，那麼瓊崖縱隊那些血氣方剛的男性「爺們」，不都變成了一群毫無用處的擺設了嗎？更令人感到十分詫異的是，劉文韶還在其報告文學當中，穿插了大量的描述性語言，比如馮增敏等人的內心活動，以及敵人俘虜的恐懼心理——既然歷史在革命者心中是如此之清晰，可為什麼歷史卻對她們沒有正面書寫呢？另外，馮增敏在談及她與「女子軍特務連」的關繫時，竟還有這樣不實之詞的文字記載：「我的腳很快就治好了，由於我參加革命早，受過鍛鍊，被任命為連長，指導員王時香同志是從幹校調來的。」〔註 12〕「女子軍特務連」第一任連長應為龐瓊花，馮增敏當時只不過是一排排長；如果說她對其它歷史細節都過目不忘，為什麼卻偏偏忘記了自己所擔任過的職務級別呢？再說劉文韶還曾親自採訪過馮白駒等人，他們為什麼也

〔註 12〕劉文韶：《紅色娘子軍》，載《解放軍文藝》月刊 1957 年 8 月號。

都「忘記」了龐瓊花而只去突出馮增敏？這其中當然有　種中國特色的歷史禁忌——龐瓊花是「女子軍特務連」的首任連長，據追述者後來回憶說，正是在她的帶領之下，「女子軍特務連」才有了像沙帽嶺伏擊戰那樣的驕人戰績。可是到了 1932 年，由於受到王明「左傾」機會主義影響，中共瓊崖特委也接到開展肅反運動的強硬指令：「目前瓊崖已經有了 AB 團改組派的活動，而且已經活動到『支部與之妥協』的成績，然而這是瓊崖蘇區最嚴重的危險。」〔註 13〕於是，中共瓊崖特委決定立即開展肅反運動，在黨內採取以「逼、供、信」的殘酷手法，將一大批紅軍指戰員打成了「AB 團」或「改組派」，而錯殺同志的現象也是層出不窮比比皆是。「女子軍特務連」連長龐瓊花，就是在這場突如其來的政治運動中，被打成了「AB 團」的反革命分子，遭到撤職查辦並被關進了紅軍監獄。在二十世紀五十年代，這段歷史冤案還沒有得到平反昭雪，從事政治宣傳工作多年的劉文韶，對黨的方針政策自然非常熟悉，如果直接去表現當時歷史上的真實人物，那麼龐瓊花的政治歷史問題也就無法迴避；再加上「文章的主題表現的是在中國共產黨的領導下，中國婦女的覺醒和中國工農紅軍中女兵的颯爽英姿」，〔註 14〕所以超越歷史真實而去追求藝術真實，用馮增敏去取代了龐瓊花也就不足為奇了！不過我們到現在也還是沒有搞明白，「AB 團」歷史問題最終已得到了解決，可龐瓊花卻為什麼至今仍被排除於歷史之外——究竟是她自己悄悄地從人間蒸發了呢，還是她根本就是一個無中生有的虛構人物？人們對此都採取了三緘其口的曖昧態度。然而，我們卻不能不佩服劉文韶的職業敏感：他從「一句話」的文字記載中，就獲取了《紅色娘子軍》的創作靈感；並通過採訪「當事人」以彌補史料之不足，終於藝術化地「還原」了一段血肉豐滿的「真實歷史」！不過，我們也不無遺憾地加以指出，用藝術方式所描述出的歷史事件，它只能是屬於藝術真實的審美範疇，而並不能被等同於客觀存在的歷史本身。因此，報告文學《紅色娘子軍》從其誕生之日起，就已經決定了它「傳奇」大於「真實」的虛構性質——「虛構」經過革命者的事後「追述」，成功地被轉化為是「歷史真實」；因為只有當「藝術」變成是「歷史」時，它才能去負載「學英雄、做英雄」的宣傳目的。

〔註 13〕中共廣東省海南行政區委員會黨史辦公室編：《瓊崖土地革命戰爭史料選編》，廣東省海南新華印刷廠，1987 年版，第 245 頁。

〔註 14〕劉文韶：《我創作〈紅色娘子軍〉的歷史回顧》，載《軍事歷史》2007 年第 3期。

　　報告文學《紅色娘子軍》發表不久，瓊劇《紅色娘子軍》也於 1959 年閃亮登場。瓊劇《紅色娘子軍》的故事情節，大致是這樣一種敘事結構：樂會縣剿共總指揮家中的丫環朱紅，苦大仇深愛憎分明，在其姑母娘子軍連指導員朱眞的影響之下，主動爲娘子軍打探消息傳遞情報；娘子軍連遭遇敵人「圍剿」，與紅軍師部失去了聯繫，朱紅自告奮勇爲她們引路，使朱眞帶領戰士突出了敵人的包圍與封鎖；朱眞思維冷靜決策果斷，經常是身先士卒高風亮節，最終配合主力部隊展開反攻，並取得了徹底殲敵的戰鬥勝利。瓊劇《紅色娘子軍》的作者吳之，是 1939 年參加瓊崖縱隊的革命老隊員，他對「女子軍特務連」雖未「親見」但卻早有「耳聞」，所以由他主創的瓊劇《紅色娘子軍》，幾乎都是對「耳聞」事件的藝術重構。比如像血戰羊山和反「圍剿」戰役等，瓊劇《紅色娘子軍》的敘事描寫，顯然要比報告文學《紅色娘子軍》更爲誇張離奇，而主人公形象也由虛構人物取代了眞實人物。瓊劇《紅色娘子軍》爲了突出瓊崖現代女性的革命主題，開篇便賦予了朱紅以階級鬥爭的自覺意識：她主動利用陳指揮家丫環的特殊身份，聰明睿智地去爲娘子軍連打探情報，這不僅使故事具有了驚險可讀性，更凸顯了朱紅的階級本質與革命立場；朱紅不愼被陳指揮發現並抓獲，雖遭嚴刑拷打卻始終堅貞不屈，爲了不誤軍情她不顧自身傷痛，掙扎著越獄逃跑去尋找革命隊伍；在前去娘子軍連駐地的漫長路途中，她一直都保持著高度的革命警惕性，不僅識破了陳指揮跟蹤圍剿的險惡陰謀，而且還機智勇敢地擺脫了尾隨之敵──這種超越自我嚮往革命的崇高品質，當然只能是藝術虛構而不是歷史眞實！如果說我們從朱紅身上已經能夠看出吳瓊花的影子，那麼我們從朱眞身上更能清晰地看到洪常青的影子！在瓊劇《紅色娘子軍》當中，指導員朱眞作爲「黨」代表形象已經是初具規模：她總是在危難關頭挺身而出，不僅能夠化解各種矛盾，更能穩定軍心凝聚人氣，完全就是娘子軍連中的靈魂人物。比如，娘子軍被敵人圍困於荒野之山，她會想辦法派人突圍去與組織聯繫；娘子軍彈盡糧絕飢寒交迫，她會想辦法用野菜和野果去爲戰士們充饑；面對重重困難部隊情緒低沉，她又會用毛主席語錄去鼓舞士氣振奮精神！其實在瓊崖革命史上，並沒有過「女子軍特務連」同組織失去聯繫的史料記載，瓊劇《紅色娘子軍》裏所描寫的那些情節，應是對馮白駒帶領瓊崖縱隊度過艱難歲月的高度濃縮：1933 年，反「圍剿」鬥爭失敗後，瓊崖革命受到了重創，部隊被敵人圍困在母瑞山上，同中共廣東省委失去了聯繫；馮白駒一方面派人分批突圍去尋找

上級組織，另一方面則又在母瑞山與敵周旋堅持革命，沒有糧食他們就挖番薯吃野菜，紅色理想支撐著他們的頑強意志與革命精神。如果我們把瓊崖縱隊的這段歷史，與瓊劇《紅色娘子軍》劇情做一比較，兩者之間具有非常驚人的相似性——作者都是在用《紅色娘子軍》這一特殊題材，去盡情演繹瓊崖縱隊的革命歷史，進而以生動形象的史詩敘事，眞實地再現了「二十三年紅旗不倒」的偉大壯舉！將「紅色娘子軍」直接等同於瓊崖革命，固然會因歷史復述的異性題材而令人矚目；但是以整個瓊崖縱隊去襯托「女子軍特務連」，這又恰恰說明了「紅色娘子軍」自身歷史的虛擬性。瓊劇《紅色娘子軍》是藝術創作，我們當然不能去要求其歷史眞實；然而這種經過不斷強化的藝術虛構，卻最終還是被政治話語定格成了中國革命的客觀史實！電影《紅色娘子軍》的再度改編與宣傳效應，便是促使這種虛擬歷史轉換爲眞實歷史的重要手段。

　　1958 年廣州軍區作家梁信，開始關注《紅色娘子軍》的傳奇故事，他用了兩年時間去進行調查採訪和精心寫作，終於在 1960 年完成了《紅色娘子軍》的電影劇本。與此同時，電影《紅色娘子軍》也在海南投入了拍攝，由上海戲劇學院實驗話劇團演員祝希娟扮演吳瓊花，八一電影製片廠著名演員王心剛扮演洪常青，上海電影製片廠著名演員向梅扮演符紅蓮，北京電影製片廠著名演員陳強扮演南霸天，海南省話劇團著名演員王黎扮娘子軍連長，1961 年作爲向建黨四十週年的獻禮影片，《紅色娘子軍》終於在全國同時上映且反響強烈。電影《紅色娘子軍》究竟受沒受過瓊劇《紅色娘子軍》的直接影響？這在當代中國文壇也成了一件頗有爭議的歷史懸案！吳之說電影劇本是根據他瓊劇劇本進行改編的，而梁信則否認說他根本就沒見過什麼瓊劇劇本。〔註15〕我們並不想就這一問題去發表意見，但是比較一下兩者的故事情節，我們還是能夠發現它們之間的相似之處——電影《紅色娘子軍》講述的故事情節大致是這樣：在海南島的椰林寨裏，一個名叫吳瓊花的貧農女兒，不願受地主「南霸天」欺辱與壓迫，冒著生命危險屢次逃跑；喬裝打扮成華僑富商的洪常青，深入南府與「南霸天」巧妙周旋，他設計救出了吳瓊花，並引導她去參加娘子軍；但由於吳瓊花復仇思想嚴重，首次執行偵察任務便遇上「南霸天」，因此她怒火燃燒貿然開槍，結果暴露了目標違反了紀律；在

〔註15〕參見中共瓊海市委黨史研究室編：《紅色娘子軍研究【第一輯】》，海南大中印刷公司，2007 年版，第 150～157 頁。

洪常青的耐心開導下，吳瓊花思想慢慢地發生了轉變，她開始懂得參加革命不是要爲自己去報仇，而是要去解放普天之下的勞苦大眾；洪常青再次喬裝二入南府，吳瓊花面對仇人「南霸天」，強忍怒火去沉著應對，出色地完成了偵察任務；紅軍裏應外合攻下了椰林寨，「南霸天」卻憑藉暗道機關落荒逃走，吳瓊花奮起直追中彈負傷，但卻對革命有了更加深刻的思想認識；敵人對紅軍展開全面「圍剿」，洪常青爲掩護同志們不幸壯烈犧牲，吳瓊花化悲痛爲力量繼承革命先烈遺志，接任了黨代表一職並帶領著娘子軍連從勝利走向了勝利！

　　梁信說電影《紅色娘子軍》，「沒有拘泥於具體的歷史事件」，〔註16〕只不過是根據他對瓊崖革命歷史的自我理解，重新去演繹「女子軍特務連」的傳奇而已。然而只要我們去仔細分析一下朱紅與吳瓊花、朱眞與洪常青的身份背景，電影《紅色娘子軍》的確刻有瓊劇《紅色娘子軍》的深刻烙印。但電影《紅色娘子軍》幾乎跳出了歷史敘事，主要是通過吳瓊花這一人物的思想變化，去傾力表現中國現代革命中的「成長」主題；而「瓊崖」與「椰林」的地理環境，也只是一種中國革命敘事的時空場域，它與瓊崖革命本身並不發生直接關係。故當電影《紅色娘子軍》上映以後，人們試圖從「女子軍特務連」中去尋找出吳瓊花的生活原型時，梁信自己便公開申明說吳瓊花不是一個眞實的歷史人物，而是他按照藝術典型化原則對一切革命者優秀品質的加工合成：「《紅色娘子軍》電影文學劇本中的吳瓊花，是從三方面的生活素材里選擇、集中、演變而寫成的。即：過去和我在一起工作的幾位女同志；海南已故的婦女革命軍劉秋菊；一位娘子軍烈士。」〔註17〕梁信的第一句話我們完全可以去相信，但在追述者對「女子軍特務連」的歷史記憶中，他們卻從來都沒有提起過「劉秋菊」這一人物，而那位無名無姓的「娘子軍烈士」，我們也就更沒有辦法去加以考證了！實際上吳瓊花就是梁信筆下的藝術虛構，人們也根本用不著去尋找什麼她的生活原型──這無疑說明了一個關鍵問題：虛構的吳瓊花與虛構的《紅色娘子軍》一樣，她們都只能是藝術眞實而不是歷史眞實！

　　電影《紅色娘子軍》中的吳瓊花，出場便是一個中國「無產階級」式的經典亮相：她出身微賤苦大仇深，臉上帶著地主的「鞭痕」，眼裏燃燒著反抗

〔註16〕《謝晉電影選集‧戰爭卷》，上海大學出版社，2007年版，第25頁。
〔註17〕梁信：《梁信文選》（卷三），廣州出版社，2006年版，第288頁。

的「怒火」；所以她積極要求參加革命，拿起槍來去推翻剝削階級，恰恰又反映了現代中國政治變革的根本原因！梁信本人曾到過海南島去進行實地採訪，他也從馮白駒那裡聽說過「吳伯蘭」的傳奇故事：「吳伯蘭」是「女子軍特務連」的一名戰士，她被國民黨軍官強娶爲妾心懷怨恨，最後實在是無法忍受家庭暴力，才親手殺死了丈夫去投奔革命。「吳伯蘭」究竟是不是「女子軍特務連」成員，除了馮白駒個人所說其它並無史料記載。不過瓊女「吳伯蘭」的殺夫之事，至多也就是反對封建夫權，無論人們怎樣去東拉西扯，都同階級矛盾和階級鬥爭全然無關。梁信聰明就聰明在他並沒有把「吳伯蘭」傳奇，直接移入到電影《紅色娘子軍》的故事情節，而是讓吳瓊花以掙脫「水牢」去代替反抗「婚床」，因此極大提升了電影《紅色娘子軍》頌揚革命的思想主題。與其它紅色文學經典的審美法則基本相同，電影《紅色娘子軍》既大膽地運用了民間傳奇的「復仇」敘事，又人爲地加入了無產階級政治啓蒙的時代話語，進而生動地演繹了革命從「民間」走向「廟堂」的清晰軌跡。比如吳瓊花最初同「吳伯蘭」一樣，都是懷著「當女兵，報大仇」的簡單目的，只想親自手刃仇人以報一己之恨，除此之外再也沒有什麼其它所圖，故她在偵察敵情時與南霸天狹路相逢，內心積蓄已久的復仇火焰一下子便釋放了出來——「我我我我要殺他！殺他！」結果不但沒有殺死南霸天反而暴露了自己。作者如此精心編排顯然是大有用意，個人復仇的民間傳奇固然是精彩好看，但僅憑一己之力去撼動強大的反動勢力，無疑就是螳臂當車十分荒唐！所以接下來當然少不了一通政治啓蒙，讓吳瓊花之類的中國農村婦女，在實際革命鬥爭中一次次受挫，又一次次地在血與火的洗禮中成長，直到她們眞正懂得了「我們，要報的整個階級的血海深仇」時，吳瓊花也已不再是苦大仇深的「吳伯蘭」，而是一名忠誠於無產階級革命的眞正戰士！由此可見，中國現代農民向無產階級戰士的身份轉換，實際上就是個人復仇到階級復仇的意識轉變，吳瓊花這一藝術形象的全部價值和社會意義，就在於她是以「親身經歷」去重新詮釋歷史「眞實」。

有被啓蒙者自然就會有啓蒙者，洪常青作爲娘子軍連的黨代表，他那目光炯炯智勇雙全的高大形象，至今仍令觀眾記憶猶新難以忘懷。我們知道在「女子軍特務連」的歷史上，指導員王時香只不過是位身體瘦弱的普通女性，既沒有什麼文化素質也沒有什麼政治覺悟，否則她後來也不會去嫁給一個國民黨。這無疑是梁信所遇到的最大難題，革命軍隊是「黨指揮槍」，像王時香

這樣意志不堅定的人，當然不能也不配去指揮「槍」！因此他精心塑造出了一個黨代表洪常青，以男性力量去反映中國現代革命的頑強意志，以精英意識去反映中國現代革命的崇高理想——故「男性」與「精英」對於女性解放的強勢介入，不僅使電影《紅色娘子軍》裏充滿了陽剛之氣，同時更是盡情釋放出浪漫主義的政治情懷：首先，「引路人」洪常青是個「智者」角色——為了將革命資金順利地運達蘇區，他裝成南洋富翁去勇闖「南府」，面對老奸巨猾的南霸天，他察言觀色隨機應變，不僅使南霸天深信不疑，而且還救出了吳瓊花；其次，「引路人」洪常青是個「長者」角色——為了使吳瓊花徹底擺脫苦難，他指引其去參加革命隊伍，吳瓊花為報私仇而屢犯紀律，他又耐心說服循循善誘，不僅給「娘子軍上政治課」，還啟發她們樹立為革命奮鬥終生的遠大志向；再者，「引路人」洪常青是個「勇者」角色——為了掩護主力和同志們撤退，他主動要求留下來阻擊敵人，雖然中彈受傷不幸被捕，但他卻毫無畏懼笑看生死，大榕樹下乾柴堆積烈火熊熊，而英雄則一身正氣在烈火中永生！梁信憑藉著他對革命英雄的個人理解，把古今中外一切歷史偉人的崇高品質與完美氣節，都賦予了以洪常青為代表的共產黨人身上，於是人們也就有了頂禮膜拜的學習榜樣。所以，洪常青絕不是一個歷史上的真實人物，他只能是永遠地活在人們的想像之中！

　　一提到電影《紅色娘子軍》，人們馬上還會想到「南霸天」，他那陰險狡詐的醜陋嘴臉，幾乎就是階級敵人的象徵符號。然而，「南霸天」這一人物到底存不存在？對於那些如癡如迷的觀眾而言，這當然是個倍感困惑的巨大疑問。無論是瓊崖史志還是實地採訪，人們都找不到有關「南霸天」的歷史蹤跡。但既然梁信寫了有那麼一個壞蛋「南霸天」，劇組也就必須去尋找與之相似的拍攝地點——於是他們跑遍了整個海南島，終於在陵水縣找到了地主張拔貢的大宅院，雖與劇本中所交代描寫的還有些距離，但畢竟還可以作為「南府」宮殿借來一用。後來由於電影《紅色娘子軍》迅速在全國走紅，一夜之間張拔貢也就無庸質疑地變成了「南霸天」。張姓大戶在當地原本是頗有善舉口碑不錯，況且他的家境財力也與「南霸天」相去甚遠不能比肩。梁信在構思這一反面人物時，顯然是採用了「雜取」與「合成」的概括手法，把他所聽說或想像到的地主惡行，全部都堆積到了「南霸天」身上。我們千萬不要忘記，電影《紅色娘子軍》的創作之際，正值四川大地主劉文彩的家史被暴光；如果我們去稍做比較分析便可以發現，在歷史對於「南霸天」與劉文彩

的描述當中，無論是家業之龐大還是靈魂之邪惡，兩人竟然都有著十分驚人的相似之處——「南霸天」家大業大傭人無數，而劉文彩則良田萬頃奶媽成群；「南霸天」巧取豪奪無惡不作，而劉文彩則欺男霸女壞事做絕；「南霸天」揮金如土生活糜爛，而劉文彩則紙醉金迷荒淫無恥；「南霸天」積極反共與民爲敵，而劉文彩則思想反動殺人如麻——特別是還有這樣一個細節：「南府」用「水牢」去鎭壓反抗，「劉府」則用「水牢」去禁錮不滿，兩者之間完全一致截然雷同，眞可謂「天下烏鴉一般黑」！毫無疑問，梁信是把劉文彩當作了「南霸天」的生活原型，不僅將「劉府」搬進了「南府」，還讓「南霸天」坐上了籐椅滑竿——衆所周知，籐椅滑竿是四川特產，海南本地絕無此玩意兒！劉文彩被移植到了海南，這應是《紅色娘子軍》非瓊崖革命敘事的直接證據。

電影《紅色娘子軍》與瓊劇《紅色娘子軍》相比較，就是作者梁信逐漸脫離了地域性的革命敘事，將其大膽地演繹成了全國性的革命敘事，進而使原本是模糊不清的「一句話」記載，成爲了中國現代革命史上的一朵奇葩！但是《紅色娘子軍》的藝術經典化，則是完成於「文革」期間的革命樣板戲；芭蕾舞劇《紅色娘子軍》「全國人民都在看」的宏大場景，無疑是凝聚著那一時代對於「紅色經典」的高度認同！

3、《紅色娘子軍》：紅色經典的再度演繹

60 年代電影故事片《紅色娘子軍》上映以後，立刻引起了國內文藝界對其表現題材的高度關注。芭蕾舞劇《紅色娘子軍》，就是在這種歷史背景下誕生的。

1963 年秋，文化部北京舞蹈學校實驗芭蕾舞團，在天橋劇場演出芭蕾舞劇《巴黎聖母院》。周恩來在看完演出後的座談會上，曾對編導和演員意味深長地說：「你們不能老是跳什麼王子或仙女，應該搞點革命化與大眾化的東西，可以先編一個外國革命題材的芭蕾舞劇，比如反映巴黎公社、十月革命的故事。」〔註18〕周恩來對於中國芭蕾舞劇現狀的強烈不滿，引起了文化部與藝術界的恐慌與重視。1963 年 12 月，文化部副部長林默涵邀請了國內舞劇界的權威人士，專門落實周恩來有關芭蕾舞劇徹底改革的講話精神；與會者

〔註18〕李承祥：《一部中國芭蕾的歷史記憶——寫在〈紅色娘子軍〉公演 45 週年》，載《中國藝術報》2009 年 3 月 20 日。

先是討論了《小二黑結婚》與《王貴與李香香》的改編可能性，最後大家還是接受了李承祥的大膽提議，認爲《紅色娘子軍》題材最適合於芭蕾舞表演。於是，中央歌舞劇院組建起了一套創作班子，對編劇、舞蹈、舞美、音樂、演員等，都進行了非常細緻地認眞把關和嚴格挑選。

1964 年 2 月，全體主創人員開赴海南島去瞭解風土人情，那裡茂密挺拔的椰林樹和秀麗多姿的萬泉河，爲舞劇故事情節提供了獨具南國風韻的主體形象；同時他們又到駐防部隊去體驗生活，與戰士們同吃同住同訓練收穫頗豐，像「射擊舞」與「投彈舞」等編排設計，就是根據這段軍旅生活所創作出來的。芭蕾舞劇《紅色娘子軍》的創作改編，肯定不能完全脫離人民早已熟知的電影故事；所以他們還專程到廣州拜訪了電影編劇梁信，並與他認眞討論了芭蕾舞劇的改編思路。一個半月後，劇組主創人員再次齊聚海口集思廣益，初步擬定了「三個人物」與「六場戲」的舞劇框架——「三個人物」分別是：一號角色吳瓊花苦大仇深、性格頑強、潑辣勇敢，在舞蹈上要設計粗獷剛烈愛憎分明的造型動作；二號角色洪常青沉著冷靜、成熟幹練、意志堅強，在舞蹈上要設計挺拔舒展英氣逼人的造型動作；三號人物「南霸天」陰險狡詐、心狠手辣、人格猥瑣，在舞蹈上要設計謹小愼微冷酷無情的造型動作。「六場戲」則分別是：第一場「瓊花逃跑」，第二場「瓊花參軍」，第三場「打入南府」，第四場「軍民情深」，第五場「山口阻擊」，第六場「常青就義」。1964 年 7 月劇本完成後，劇組成員全部回到了北京，開始了爲期兩個月的集中排練，吳瓊花由白淑湘來扮演，洪常青由劉慶棠來扮演，而李承祥則扮演了反派人物「南霸天」。在排練過程中劇組邀請了軍地文藝界人士來觀看，他們提出了許多帶有建設性的寶貴意見，比如他們建議應該突出芭蕾舞劇的寫意特點，開場一幕設置「一間水牢，瓊花被捆在柱子上，兩個女奴在瓊花身旁，舞出她們的哀怨與渴望走出牢房的心聲，之後老四進來，瓊花借機逃跑」。〔註19〕又如他們認爲應該突出具有南國特色的地理氣候，將原來吳瓊花被毒打昏死後慢慢蘇醒，改爲用一場雷陣雨將昏迷的瓊花喚醒。最關鍵的一點是他們認爲該劇演員多爲女性，氣質上多像「娘子」而不像「軍」，故應加大舞蹈編排的動作力度，最大限度去克服女性自身的柔弱缺陷。〔註20〕

〔註19〕 蔣祖惠：《芭蕾舞劇〈紅色娘子軍〉編導談創作》，載《人民日報》2009 年 11
　　　　月 5 日。
〔註20〕 袁成亮：《現代芭蕾舞劇〈紅色娘子軍〉誕生記》，載《文史春秋》2004 年第

於是劇組決定全體成員，再赴部隊去下放鍛鍊，一邊對劇本情節進行修改，一邊對軍人生活增強體驗。

1964 年 9 月初，經過重新修改與排練後的芭蕾舞劇《紅色娘子軍》，在北京天橋劇場進行了第一次正式彩排。周恩來在觀看彩排後，眼睛濕潤地對演員說：「我比你們保守了，當初怕你們搞中國題材有困難，所以要搞十月革命、巴黎公社。」〔註21〕10 月 6 日夜裏，劇組接到來自中央的緊急電話，讓他們連夜在人民大會堂小禮堂裝臺，準備 10 月 8 日晚上演出。當大幕拉開時他們才發現，臺下坐的是毛澤東、劉少奇、朱德等中央領導同志。毛澤東在看完演出後不僅上臺接見了演員，而且還對演出留下了三句評語：「革命是成功的，藝術是好的，方向是對的。」由於有毛澤東的充分肯定，這一天也被視爲是現代舞劇《紅色娘子軍》的誕生之日。芭蕾舞劇《紅色娘子軍》在北京公演，幾乎成爲了各大報刊的一大新聞，它們爭相發表評論稱之是毛澤東文藝思想的偉大勝利，是中國現代「芭蕾舞劇藝術的一次大革命」。〔註22〕就在這年 10 月底，《紅色娘子軍》劇組又應邀到廣州交易會爲各國客商演出，隨後又在廣州和深圳等地爲廣大觀眾巡迴演出，尤其在深圳演出時還特別受到了香港觀眾的熱烈追捧。一位曾對這部舞劇抱有極大懷疑態度的文藝界人士，在他看完演出後也不由自主地感歎道：「出乎意料之外，中國的現代生活和芭蕾舞的表演程序竟結合得這樣完美」。〔註23〕

1966 年 11 月，「文化大革命」已經開始。經江青修改審查過的芭蕾舞劇《紅色娘子軍》，連同京劇《紅燈記》與《白毛女》等其它七部作品一道，被正式命名爲八個「革命樣板戲」，成了「無產階級文藝的最高典範」。「文革」期間各種文藝形式都遭受了重創，而惟獨芭蕾舞劇《紅色娘子軍》一枝獨秀，不僅在國內舞臺上紅紅火火屢演不衰，同時還走出了國門風靡全球享譽世界。前蘇聯部長會議主席柯西金來華觀看了該劇後，這位生活在歐洲芭蕾中心的俄羅斯政治家，也忍俊不住地對中國朋友交口稱讚說：你們演得實在是太好了，「我們還沒有你們這麼大膽，搞出這麼好革命題材的舞劇呢！」

9 期。

〔註21〕劉澎編著：《中國電影幕後故事》，新華出版社，2005 年版，第 192 頁。

〔註22〕葉林：《芭蕾舞劇藝術的革命——爲芭蕾舞劇〈紅色娘子軍〉歡呼》，載《人民日報》1964 年 10 月 07 日。

〔註23〕《中央歌劇舞劇院在深圳演出現代芭蕾舞劇香港觀眾熱烈讚揚〈紅色娘子軍〉》，載《人民日報》1964 年 11 月 12 日。

〔註24〕1970 年《紅旗》雜誌第 7 期，刊登了 1970 年 5 月修改後的舞劇劇本；而同年北京電影製片廠，還將其拍攝成了彩色藝術片《紅色娘子軍》。彩色藝術片《紅色娘子軍》的隆重推出，標誌著這部紅色經典的最終完型！

　　談到芭蕾舞劇《紅色娘子軍》，關於江青強勢「干預」的歷史問題，我們自然也不能置若罔聞視而不見。從 1964 年 9 月到 1965 年 1 月，江青曾三番五次地親自到芭蕾舞團去「指導」修改。《海上文壇》雜誌 2005 年第 11 期發表了一份「文革史料」：《一九六九年十月二十三日江青同志、文元同志、謝副總理審查「紅」劇看戲過程中的指示》。從這份「文革史料」中我們可以看出江青對於芭蕾舞劇《紅色娘子軍》，眞可謂是無分鉅細、事必躬親、嘔心瀝血、精益求精──哪怕是一隻鞋的式樣、一道舞臺燈光，或是一件衣服的顏色、一個表演造型，她都積極獻言、出謀劃策、一絲不苟、精心挑剔，對整部芭蕾舞劇都要求得十分苛刻：其一、將女主人公吳瓊花改成了吳清華，將題材與人物擺脫地域性而更具全國性；其二、「木棉花」原是用紅布做的不夠紅豔，她提議改成用絲絨做使效果更好；其三、讓洪常青首先出場並去掉紅蓮這一人物，突出黨代表在娘子軍中的戲劇分量；其四、娘子軍戰士著裝過於一致難以區分，在服裝上略加裝飾以區別他們之間的不同身份。〔註 25〕對於江青所提的這些建議，舞劇編導之一蔣祖慧就認爲，「還是蠻好的」「也不是很難修改」。〔註 26〕而李承祥也實事求是地說，「江青的某些意見也是相當不錯的」。〔註 27〕江青對於芭蕾舞劇《紅色娘子軍》所提的修改意見，不僅全都在 1970 年版芭蕾舞藝術片中得到了體現，即使是 20 世紀 90 年代芭蕾舞劇《紅色娘子軍》復排時，同樣也得到了不折不扣的完整保留！芭蕾舞劇《紅色娘子軍》在藝術上的精益求精，爲它贏得了國內外不同觀眾的廣泛讚譽──1972 年美國總統尼克松來訪華訪問看過此戲後，他在回憶錄裏還專門寫到了觀看《紅色娘子軍》的深刻感受：「原來我並不特別想看這齣芭蕾舞，但我看了幾分鐘後，它那令人眼花繚亂的精湛表演藝術和技巧給了我深刻的印象。江青在試圖創造一齣有意要使觀眾既感到樂趣又受到鼓舞的宣傳戲方

〔註24〕袁成亮：《現代芭蕾舞劇〈紅色娘子軍〉誕生記》，載《文史春秋》2004 年第 9 期。

〔註25〕《江青文選》，新湖大革命委員會政宣部，1967 年 12 月版，第 17 頁。

〔註26〕見 2003 年 9 月 20 日「魯豫有約」：《〈紅色娘子軍〉編舞之一蔣祖慧》。

〔註27〕《經典歲月故事〈紅色娘子軍〉改編 40 年》，載《南方周末》2006 年 9 月 20 日。

面無疑是成功的。」〔註28〕《紐約時報》評論說：「中國的演員們能自如地擺脫古典芭蕾的固定程序，充分體現了中國民間舞蹈的風格，使舞臺表現力更具戲劇性，從而樹立了自己獨特的表演風格……從中可以看到東方和西方藝術的完美結合。」法國媒體則更是認為：「它的價值和內涵，已經超越了時代和意識形態的局限，這種與歐洲文化風格迥異的中國芭蕾，可以說已經成為了人類文化遺產的一部分。」〔註29〕而粉碎「四人幫」後《紅色娘子軍》復演時，前奏曲一響大幕還沒有拉開，觀眾就開始熱烈鼓掌歡呼；洪常青剛一登臺亮相，臺下的掌聲就又響了起來；其它無論是「萬泉河水」還是「快樂女戰士」，都會贏得觀眾一陣陣的熱烈掌聲。〔註30〕僅僅是芭蕾舞劇《紅色娘子軍》，從1964年到2009年，45年就上演過近3000場次；如果是按每場1000人次來計算，那麼觀眾人數竟多達近 300 萬，可見國人對於芭蕾舞劇《紅色娘子軍》的喜愛程度。

從電影故事片《紅色娘子軍》，到舞劇藝術片《紅色娘子軍》，由於主創者們認知歷史的角度不同，因此故事敘事也發生了相應變化：

首先，是極大豐富了主人公吳瓊花的形象內涵：A、電影開端的鏡頭描寫，是「南府」女傭吳瓊花帶著滿身傷痕和一腔仇恨，掙脫了鎖鏈在「椰林蕉叢」中盲目奔跑；但舞劇開場的情節設計，則是「大柱子上，鐵鏈弔著貧農女兒吳清華，她不甘心當丫頭、做奴隸，幾次逃跑被抓回，已被打得遍體鱗傷。──同牢裏還關押這兩個無辜的勞動婦女，只因交不起南霸天的租，也被毒打囚禁。」從吳瓊花一個人受迫害，到變成眾多吳清華受欺壓，一己之仇向階級之恨的悄然轉化，明顯增強了群體反抗的政治色彩。B、電影表現吳瓊花的思想成長，有個讓她違反紀律槍擊「南霸天」的曲折過程，經過洪常青十分嚴厲的批評教育，她才表示「我一定好好地改正錯誤！」但舞劇則完全改變了這一細節，「椰樹下架著一塊黑板，醒目地寫著：『只有解放全人類才能最後解放無產階級自己』。洪常青正在給娘子軍連的戰士們上政治課。」課餘之際，吳清華獨自一人「跑到黑板前，凝神注視著黑板，心胸豁

〔註28〕 【美】理查德・尼克松：《尼克松回憶錄》中冊，世界知識出版社，2001年版，第684頁。

〔註29〕 李承祥：《一部中國芭蕾的歷史記憶──寫在〈紅色娘子軍〉公演45週年》，載《中國藝術報》2009年3月20日。

〔註30〕 見2009年12月3日鳳凰衛視：《鳳凰大視野──舞劇背後：芭蕾舞伶們的冷暖人生傳奇》。

然開朗。」如果說電影是在突出部隊紀律的嚴肅性，那麼舞劇卻是在突出政治啓蒙的重要性，舞劇中吳清華那種幡然醒悟的階級意識，顯然要比電影中吳瓊花的政治自覺更勝一籌。C、電影中的山口阻擊戰，吳瓊花主要任務是掩護群眾轉移和護送傷員，並沒有寫她親自上陣參加戰鬥；但舞劇中的山口阻擊戰，「吳清華雙手舉刀，奮力砍去」！「團丁招架不住，被清華踩在腳下。清華趁勢拔下團丁的匕首，一刀結束了他的狗命。」這眞可謂是：巾幗絕不讓鬚眉，軍中自有花木蘭，中華兒女多奇志，婦女能頂半邊天！任憑你「南霸天」張牙舞爪逞兇狂，其結果「一切反動派都是紙老虎」！吳清華馳騁疆場去奮勇殺敵，象徵著中國現代婦女的解放與成長，必須去接受血與火的戰鬥洗禮，這是芭蕾舞劇《紅色娘子軍》的最大看點！

其次，是重新調整了黨代表洪常青的外形設計。洪常青這一無產階級革命的「引路人」，在電影與舞劇中都受到了主創者的高度重視，但是由於「文革」時期政治第一的極「左」氛圍，客觀上又造成了兩者之間的很大差異。比如，電影編導將其出場時裝扮成一個華僑巨賈：

> 山路上走來一位騎高頭白馬的「華僑巨商」。旁邊跟著挑擔子的「男僕」。
>
> 騎在馬上的「主人」，二十七八歲。魁梧粗獷，穿一身對他很不相稱的漂亮西裝，帶涼帽，穿皮鞋。「男僕」十七八歲，娃娃臉，卻努力效法成年人的深思熟慮的姿態。

洪常青以富商身份去進入南府，一身「漂亮西裝」也只是一種道具，目的無非是要表現在特定的環境之下，使人物與場景保持平衡眞實可信。但「文革」期間這身非常刺眼的穿著打扮，則被認爲是在宣揚資產階級的生活情調，完全是有損於黨代表的光輝形象，於是舞劇在其剛一出場亮相，就把洪常青徹底還原成了一個農民：

> 紅軍幹部洪常青帶著通訊員小龐，化裝成農民，偵察敵情，路過這裡。
>
> 洪常青英姿勃勃，沉著、機警。他手握斗笠，偵察前進（「急步圓場」，側身了望，轉身「亮相」）。他目光炯炯，敏銳地觀察著周圍的情況（輕捷地「前躍」，「蹉步」，「上步翻身」，「亮相」）。

讓洪常青穿著一身樸素的農民裝扮高調登場，不僅全然祛除了資產階級的生活情調，而且還從一開始便凸顯了「黨」和農民之間，相互依存不可分割的

血緣關係！舞劇主創者這種煞費苦心的精心編排，深刻地反映出了那一時代思想單純的政治信仰。對於黨代表洪常青英勇就義的場面描寫，電影與舞劇的表現手法也是不盡相同。比如，電影《紅色娘子軍》是透過吳瓊花的眼睛折射，去間接地表現洪常青大義凜然的英雄氣概：

> 刑場上，常青環視這大好河山和周圍衣不遮體的善良農民，以及兇惡又驕橫的劊子手們，他突然暴怒高呼：
>
> 「打倒封建地主！」
>
> 「打倒國民黨！」
>
> 「中國共產黨萬歲！」

電影編導是想通過洪常青臨終之前的振臂一呼，讓躲在遠處觀看的吳瓊花心靈震撼精神昇華，爲她最終成爲一名剛毅堅強的無產階級革命戰士，再做一次令人唱歎深信不疑的思想鋪墊。可以說黨代表洪常青英勇犧牲的悲壯之舉，只是爲了推出吳瓊花這個「革命自有後來人」。但舞劇《紅色娘子軍》則以大幅場景，去直接表現共產黨人洪常青的英雄氣質：

> 洪常青輕蔑地掃視了一下榕樹前的火把柴堆，邁著堅定的步伐，伸展開有力的雙臂，仰望長空，環視四野，豪情澎湃：大好的祖國河山啊！多麼富饒寬廣，百年來魔怪橫行，受盡創傷！如今啊，井岡山開闢了光輝大道，毛主席指引著勝利方向，武裝革命，奪取政權，燎原烈火，誰能阻擋！
>
> ……
>
> 在雄偉的《國際歌》聲中，洪常青憤然甩開撲來的眾匪徒，大義凜然，從容不迫地登上了榕樹前的柴堆。他左手前伸，像是撫摸著祖國的壯麗山河；他極目遠望，似看見新中國燦爛輝煌的勝利明天。洪常青腳踩熊熊烈火，奮臂高呼口號：「打倒國民黨反動派！」「中國共產黨萬歲！」「毛主席萬歲！」

洪常青已不再是作爲吳瓊花思想成長的形象陪襯，而是以自身肉體之犧牲去詮釋著共產主義的堅定信仰，無論人們是如何去評說這一改編的政治意義，在當時洪常青卻是比吳清華更能打動觀眾的藝術形象！

再者，人爲追加了軍民魚水之情的故事情節。電影《紅色娘子軍》的創作主題，明顯是要通過吳瓊花的苦難與成長，去深刻揭示中國農村的階級矛盾與階級鬥爭，所以主體敘事被安排爲是吳瓊花的思想轉變，那麼戰鬥寫意

與軍民關係便自然退居到了其次。在電影中我們能夠看到的群眾場面，無非就是「打土豪分田地」的傳統套路：

> 一群群人圍上來，暴打南霸天。
>
> 小龐緊身利落，在街道的肉案子上喊著：「喂，老鄉先別打，靜一點！」可是誰也聽不見他的聲音。有人遞給他一支火槍，他向空中放了一槍，跟著喊道：
>
> 「到老南家大門口去！開大會槍斃南霸天！」

但舞劇中卻對此做了兩點改進，一是突出表現了中國貧苦農民，對黨和毛主席的感恩心理：

> 分到了糧食的鄉親們，歡天喜地。洪常青高擎著糧筐，熱情、親切地把糧食送到一位貧農老大爺手中。鄉親們手捧著這金黃的稻穀，一千遍一萬遍地高呼：「毛主席萬歲！」「中國共產黨萬歲！」
>
> 「感謝親人工農紅軍！」

二是通過紅軍與農民的聯歡場面，突出表現了人民軍隊與貧苦百姓，原本就是一家人的創作意圖：如果說一段「女戰士與老班長之舞」，反映得是紅軍內部關係的親密無間；那麼一段「編斗笠送荔枝之舞」，則反映得是軍民關係的魚水之情。「萬泉河水清又清，我編斗笠送紅軍。軍愛民來民擁軍，軍民團結一家親。」這首《萬泉河水》之所以能夠長久不衰，除了它曲調優美更因為它寓意深刻——「人民只有人民」，才是中國革命勝利的根本保障！

從 1957 年的報告文學，到 1970 年的舞劇藝術片，《紅色娘子軍》的傳奇故事，先後歷經了十多年的風風雨雨——我們以為人們早已將其遺忘了，然而歷史激情似乎仍在繼續燃燒：不僅芭蕾舞劇在全國各地繼續上演，而且還被拍攝成二十一集電視連續劇！無論《紅色娘子軍》傳奇故事的現代演繹，究竟保留了多少紅色革命的政治色彩，但是它依舊能夠成為當代中國人的情緒記憶，由此可見它的藝術魅力的確是非同一般。如果我們把《紅色娘子軍》，完全等同於歷史真實，那固然是幼稚可笑愚昧無知；可如果我們把《紅色娘子軍》，只看成是一部藝術作品，它是否就沒有任何審美價值了呢？我們不想對歷史去指點江山激揚文字，千秋功罪還是留待於後人去自由評說吧！

九、知識女性的思想成長
——《青春之歌》的眞實與傳奇

　　當人們一談起「紅色經典」，自然就會聯想到以「工農兵」爲主體的眾多小說：工農英雄往往是心胸開闊高大完美，而知識分子「臭老九」則往往是人格猥瑣蒼白孱弱。但 1958 年 1 月出版的長篇小說《青春之歌》，則明顯突破了這種創作題材的歷史局限——它不僅以知識分子爲主要描寫對象，更是與那些「工農兵」作品一道被奉爲經典，現在人們常說的「三紅一創、青山保林」，其中「青」字所指的就是《青春之歌》。這部題材獨特的革命小說，在短短不到 8 個月的時間裏，就出版發行了九十四萬冊；截至到 1990 年的數量統計，32 年間總共印刷了 500 餘萬冊，並被翻譯成英、日、法、德等 18 種文字走向了世界。應該說無論是中文版還是譯文版，《青春之歌》都創造了十七年中國文學的一個奇跡！而根據小說所改編的同名電影，不僅被列爲重點影片一路綠燈，彭眞等北京市委主要領導還親自審查，並批准它作爲建國十年慶典的獻禮大片。

　　《青春之歌》是一部以知識分子爲題材的長篇小說，作者以知識女性林道靜思想成長的曲折經歷，生動地講述了知識分子世界觀改造的必要性，以及他們在走向革命征途過程中「黨」的引路作用。《青春之歌》是一個美麗的名字，它既象徵著令人難忘的蹉跎歲月，又暗示著紅色革命的浪漫激情，正是由於它那史詩般的宏大敘事，故文壇才將其譽爲是具有「教育意義的優秀作品。」〔註 1〕然而，《青春之歌》究竟是藝術虛構還是歷史眞實？爲什麼近

〔註 1〕茅盾：《怎樣評價〈青春之歌〉》，原載《中國青年》1959 年第 4 期，《中國當代文學研究資料・楊沫專集》1979 年，第 216 頁。

十年來學界一直都對它強烈質疑？揭秘早已被塵封了的事實真相，一切詳情我們還是應該從作品文本說起！

1、《青春之歌》：作家經歷的藝術重構

無可否認，長篇小說《青春之歌》的創作取材，的確與其它紅色經典有所不同：它以「三個男人和一個女人」的故事情節，造就了當代版「革命＋戀愛」的敘事模式；並通過知識女性林道靜的「個人成長」，生動地再現了「民族國家」的奮鬥過程！這種題材新穎主題鮮明的革命敘事，除了「好看」之外無疑更具有「教育意義」。

楊沫創作《青春之歌》，自然與她個人的經歷有關。她說小時候一個名叫方伯務的共產黨員，是她追求進步嚮往光明的引路人；1936 年與共產黨員馬建民的情感結合，更是使她真正地走上了革命道路。後來，楊沫跟隨馬建民來到了冀中抗日根據地，她在如火如荼的民族聖戰中，親歷了環境之艱苦與犧牲之悲壯；尤其是那些前仆後繼死而後已的革命英雄，他們大義凜然視死如歸的動人故事，令她每每聽來都會唏噓不已感慨萬千：常常是前幾天還在一起親切聊天交談，可不久就會傳來令人震驚的犧牲消息——英雄們有的被敵人包圍在磨棚裏，拒絕敵人勸降並打倒十多名敵軍，最終壯烈犧牲在熊熊烈火之中（如二聯縣六聯區區長王泰）；有的在彈盡糧絕之際，便撕破衣服塞入喉嚨，寧死也不當敵人的俘虜（如三聯縣縣長胡春航）；有的因叛徒告密被捕入獄，歷經敵人嚴刑拷打卻寧死不屈，最後用牢房中吃飯的筷子插入耳中撞牆自盡（如二聯縣委組織部副部長譚傑）……楊沫說在戰爭中所湧現出來的英雄事跡，甚至要比文學作品中描寫的更為真實而感人！革命英雄那種英勇而悲壯的從容之死，深深刺痛著楊沫多愁善感的脆弱心靈；於是她萌生了一種難以抑制的創作衝動，嘗試著要將她所經歷的「革命」寫成小說。

但是，僅僅具有革命情感還不足以支撐她去創作小說《青春之歌》，建國以後楊沫一直都是疾病纏身，根本就無法深入基層體驗生活。萬般無奈之下，楊沫只好以她自己的身世經歷，再加上她本人對革命的認識和理解，拼湊出了這樣一個具有傳奇色彩的故事框架：「主人公是女性，一個失學失業的知識分子，她因家庭的敗落，父母的不和，愛情的折磨……在種種坎坷的遭遇中生活。後來卻在革命朋友、在黨的影響下，一天天成長起來……。」

〔註2〕這就是小說《青春之歌》的最初構想。女性主人公林道靜的成長歷程，當然也就是楊沫思想的眞實寫照。楊沫出身於一個湖南長沙的大戶人家，因不滿父母的包辦婚姻，而離家出走去自謀生路，危難時刻偶遇北大學生張中行，不僅使她擺脫了窘迫困境，同時還收穫了甜蜜愛情。後來楊沫在妹妹公寓裏的聯歡聚會上，認識了許多東北流亡學生和「劇聯」進步人士，開始有意識地去接觸共產主義的思想信仰。據她本人回憶說，國民黨北平市黨部特務顧寶安，爲白楊爭風吃醋誤抓了共產黨員許晴，給她提供了幫助獄中同志的「革命」機會──冒險去爲他們傳遞進步書刊。這次十分成功的「革命」實踐，使原本就潑辣野性的湘妹子楊沫，更加嚮往驚險刺激的地下活動。她開始厭倦張中行「一心只讀聖賢書」的「平庸」與「迂腐」，主動去追求共產黨員馬建民和他那充滿激情的政治理想。楊沫這段羅曼蒂克式的個人經歷，經過她巧妙加工與肆意改寫，就變成了小說中的傳奇故事：道靜跳海遇「騎士」，思想分歧終分手，苦悶之中覓知音，美滿姻緣跟黨走。

　　從現存史料來看，楊沫無論是和張中行還是和馬建民，他們之間所發生的愛情糾葛，根本就不是什麼政治因素，完全是楊沫個人的率性所爲。比如她認爲自己同馬建民的相見恨晚，是同志加愛人式的信仰組合；但馬建民卻對此加以否定，他在寫給楊沫的信中說道：「默，你想的太多，你小資產階級情調也太濃。也許有一天你發現比我更好的人，你也許──也要離開我……。」馬建民所說的這番話，道出了他與楊沫的思想分歧：楊沫並非是在由衷地崇尚革命本身，而只是在盲目地崇尚革命者的英雄氣質！正是由於馬建民意識到了他們兩人的不同追求，所以才主動去疏遠楊沫並盡可能消除她的英雄幻想，因爲他想告訴楊沫自己只是一個普通的革命者，永遠也成不了美女心目中的英雄偶像！馬建民的坦率直言，觸動了楊沫的內心傷痛，故楊沫就說她的心「被深深地戳了一個永遠無法彌合的洞」〔註3〕。也許用不著我們去多做什麼解釋，這個「洞」其實就是知識女性的小資情調。這無疑引起了楊沫本人的高度警覺，於是她便在小說《青春之歌》中，巧妙地把自己的心靈之「洞」，轉化成了一道林道靜必須要去跨越的思想門檻：當林道靜向盧嘉川傾訴她閱讀革命書籍的「深刻」體會，並表示自己也想入黨參加紅軍成爲革命

〔註2〕《楊沫文集》（卷6）《自白──我的日記》（上），北京十月文藝出版社，1994年10月第1版，第154頁。
〔註3〕《青藍園──楊沫母女共寫家事和女性世界》，學苑出版社，1994年3月第1版，第343頁。

英雄時，結果卻受到了盧嘉川十分嚴厲的一通批評：這不是對於中國無產階級革命的真正認識，而是資產階級個人主義的英雄崇拜！楊沫讓林道靜從靈魂深處猛然驚醒，終於理解了現實革命的殘酷與血腥，這種知識分子世界觀改造的情節設計，或許多少會使楊沫那「汩汩流血」的心底之「洞」，能從藝術改寫人生中得到一些情感慰籍吧！

至於張中行這一歷史人物的真實形象，楊沫顯然是對其做了極大的藝術改寫。楊沫曾說《青春之歌》的前半部分，是她自己人生歷程的真實寫照；而後半部分即林道靜的思想轉變，則是她藝術典型化的高度概括。似乎如此一來，《青春之歌》果真是「源於生活」又「高於生活」，但稍加考證我們便可以發現，實際情況根本就不是那麼一回事。僅以張中行這一歷史人物的真實性而言，我們就能判定《青春之歌》是純粹的藝術虛構。張中行是北京大學的在讀學生，而楊沫則是因為與張中行同居，也曾在「北大」校園裏住過幾年。其實楊沫本人並不瞭解「北大」，可《青春之歌》卻偏要去表現什麼「北大」精神；如果說「北大」精神的確是一種客觀存在，那麼也應是愛國熱情與潛心治學的辯證統一！可楊沫卻以政治意識形態的先入之見，對這兩者因素做了隨心所欲的人為分解。楊沫把「北大」精神簡單地歸結為是愛國精神，為了使這種愛國精神與中國現代革命相結合，她在《青春之歌》中描寫了一個自己並沒參加，歷史上卻曾經發生過的學潮事件——「九一八」事變後「北大」學生的南下請願。小說中那個人格猥瑣、自私狹隘的余永澤，被楊沫描寫成是一介埋首故紙的可憐書生，他不僅極其厭煩同學們熱情高漲的愛國情緒，並且千方百計阻撓林道靜與盧嘉川等進步學生接觸。可是作為余永澤的生活原型，張中行在這場轟轟烈烈的學潮當中，其本人所表現出的態度與立場，實際上究竟又是如何呢？根據史料記載，1931 年 12 月底，為了抗議日本侵佔「東三省」，「北大」學生會決定派出一個代表團，到南京去向國民政府示威請願，張中行正是請願團 230 名代表之一。此次學生運動作為「五四」精神的歷史延續，一直都被視為是「北大」的光榮而載入校史，那麼張中行能榮幸地被大家推舉為學生代表，可見這位仁兄當然不會是一個平庸之輩。楊沫是從張中行那裡聽說的請願故事，然而張中行毫無刀光劍影的平靜敘述，卻與史書中極其張揚的政治宣傳大相徑庭：「出發之前，聽說學校已經向南京打了招呼，讓北大的舊人，如蔡元培、陳大齊等，關照我們。顯然，這也就通知了南京當局，北大去了一群學生，要向不抵抗的政府示威。一路平

平靜靜……到下關，不久就進了南京城。果然有人關照，把我們安置在中央
大學。」〔註4〕即使他們後來因遊行被捕而遭送回北平，同學們在列車上也是
一臉輕鬆談笑自如，還有警察因學生沒有打罵他們而向學生表示了感謝。一
場在小說裏由黨所領導的聲勢浩大的學生運動，被親歷者張中行說得是那麼
地平淡無奇沒有懸念，這自然會令崇拜神話敬仰英雄的楊沫倍感失望；所以
當她創作《青春之歌》時，便從李大釗、鄧中夏、趙世炎等革命先烈身上，
去合理地推演出激情澎湃的「北大」精神──一種光彩奪目的政治色彩，用
楊沫的話來說就是：「北大的紅樓是磚瓦蓋成紅色的，也是革命者的鮮血染成
紅色的」！既然「北大」已經被楊沫寫成了是中國現代革命的政治搖籃，那
麼也就必須有一大批年輕的革命者繼往開來活躍於其中，於是像盧嘉川、徐
輝、羅大方、江華之輩，他們雖然都身爲「北大」學生，卻只熱衷於政治而
根本不去讀書，就如同一群來無影去無蹤的神行太保，彷彿「北大」只是他
們過路借宿的臨時客棧！

　　提升「北大」精神的政治信仰，否定「北大」精神的學術品質，這使得
《青春之歌》將「北大」校園，人爲地分成兩大水火不容的對立陣營：一邊
是以盧嘉川爲代表的革命勢力，一邊是以余永澤爲代表的保守勢力；當楊沫
敬仰盧嘉川而鄙視余永澤時，她對「北大」精神的片面理解也就一目了然
了。楊沫是根據張中行在「北大」的學習生活，去刻畫反派主人公余永澤的
精神狀態，在她後來絕對革命化了的思想意識裏，莘莘學子那種刻苦讀書的
求知欲望，都被她視爲是「北大」精神的負面因素：他們「埋頭在圖書館裏
或實驗室裏，……爲了一個字，一個版本的眞僞，他們可以掏盡心血看遍了
所有有關的書籍、材料。……他們的心靈裏，只想著個人成名成家，青雲直
上。」〔註5〕但她恐怕忽略了一個非常重要的關鍵命題：學校本是清淨地，學
生更是棟樑材；如若一心鬧革命，還要學校幹什麼？認眞苦讀本不是知識分
子的一大「罪狀」，但問題就出在一個政治思維的革命年代。1956年，國內開
始徹底清算胡適的反動思想，毛澤東對於知識分子的思想改造，不僅十分重
視而且還多次發表講話，他指出在中國現代知識分子中間，「還有一些人很驕

〔註4〕張中行著：《流年碎影》，作家出版社，2006年9月第1版，第155頁。
〔註5〕楊沫：《北京沙灘的紅樓──我在〈青春之歌〉中以北大爲背景的原因》，原
　　　載《光明日報》1958年5月3日，《中國當代文學研究資料・楊沫專集》1979
　　　年，第57頁。

傲，讀了幾句書，自以爲了不起，尾巴翹到天上去了，可是 遇風浪，他們的立場，比起工人和大多數勞動農民來講，就顯得大不相同。前者動搖，後者堅定，前者曖昧，後者明朗。」〔註6〕政治領袖的主觀意志，無疑爲《青春之歌》指明了方向：胡適派文人是「北大」校園反動勢力的當然代表，其個人主義思想則更是造成余永澤人格墮落的主要原因！當余永澤表白說「我是採取我自己的方式來愛國的」，立即遭到林道靜和羅大方的無情嘲笑：「你的形式就是從洋裝書變成線裝書，從學生服變成長袍大掛。」楊沫甚至還讓羅大方以調侃諷刺的挖苦口吻，斷章取義地運用胡適的一段話去揶揄余永澤：「你忍不住嗎？你受不住外面的刺激嗎？你的同學都去吶喊了，你受不住他們的引誘與譏笑嗎？你獨坐圖書館裏覺得難爲情嗎？你心裏不安嗎？……我們可以告訴你一兩個故事……」胡適此言是出自於1925年的《愛國運動與求學》，其原文之意是要告誡「北大」同學，「救國事業非短時間所能解決，帝國主義不是赤手空拳打得倒的，『英日強盜』也不是幾千萬人的喊聲咒得死的。救國是一件頂大的事業。排隊遊街，高喊著打倒『英日強盜』，算不得救國事業；甚至於砍下手指寫血書甚至於蹈海投江，殺身殉國，都算不得救國的事業。救國的事業須要有各色各樣的人才；眞正的救國的預備在於把自己造成一個有用的人才。救國須從救出你自己下手！」〔註7〕我們從這段話裏看不出有什麼「反動」之處，況且在1935年北平爆發的「一二‧九」運動中，胡適還公開發表過《爲學生運動進一言》，對學生愛國運動表現出了全力支持的積極態度，他說「十二月九日北平各校的學生大請願遊行，是多年沈寂的北方青年界的一件最可喜的事」。楊沫爲了迎合革命時代的政治需求，把原本正直的胡適寫成是極其虛僞的胡適，把原本進步的張中行寫成是思想落後的余永澤，這種篡改歷史爲我所用的創作意圖，很難使《青春之歌》成爲經典載入史冊！

對於楊沫本人而言，她寫《青春之歌》時自然沒有想到，自己隨心所欲地去改寫歷史人物，會對被改寫者造成什麼樣的嚴重後果。胡適遠在美國當然沒有辦法將其拿來「革命」，可張中行卻被置於風口浪尖難逃厄運。姚文元曾這樣去評價《青春之歌》的政治意義，他說小說當中有一個最偉大的藝術

〔註6〕 《建國以來毛澤東文稿》第6冊，中央文獻出版社，1992年版，第380頁。
〔註7〕 《胡適文集》第4卷，歐陽哲生主編，北京大學出版社，1998年版，第628～631頁。

創造，就是「別具匠心地把余永澤寫成一個跟著胡適的屁股後面鑽進『整理國故』的牛角尖裏的人，加深了這一形象的典型意義，並且也反映出胡適那一套理論徹頭徹尾的反動性，在中國革命過程中所起的腐蝕青年的反動作用。」﹝註8﹞這種具有高度政治意識形態化的思想評語，在當時社會幾乎得到了廣大讀者的普遍認同，比如《青春之歌》剛剛問世不久，《青年報》就曾以「怎樣正確認識余永澤這個人」爲題，在文藝界展開了爲時一個多月的廣泛討論。撰文者都表示從余永澤這個反面教材身上，看到了自己世界觀改造的歷史必然性，儘管也有人曾替余永澤去進行辯護，但卻遭到了革命話語劈頭蓋臉的猛烈批判──原本是一個純粹虛構的藝術人物，卻成爲了一種不容質疑的客觀存在，那麼作爲余永澤生活原型的張中行，就命中注定了要去爲藝術虛構而自我獻身──建國後所發生過的歷次政治運動，他都是被作爲反面人物飽經磨難人格受辱！好在歷史是客觀與公正的，它同楊沫開了一個很大的玩笑：文化大革命期間，楊沫曾經崇拜過的革命者馬建民，突然揭發她是「混入黨內的假黨員」，楊沫因此而在政治上淪落深淵；危難時刻竟是被她曾經蔑視的張中行，挺身而出盡顯其一個學者的正直與良知，張中行頂住巨大壓力向調查人員證明：「那時候，我不革命，楊沫是革命的。」﹝註9﹞對於《青春之歌》有辱他的人格形象，他更是表現出了一種謙謙君子的儒雅風度，張中行笑對人談：「這是小說，依我國編目的傳統，入子部，與入史部的著作是不同的。」甚至他還十分寬容地解釋說：「爲了強調某種教義，是可以改造甚至編造大小情節的」﹝註10﹞。當我們對於張中行那種「心底無私天地寬」的坦蕩心胸去大表敬意之時，就不能不對《青春之歌》肆意改寫歷史的荒謬行徑而去進行深刻地反思！

　　盧嘉川無疑是《青春之歌》中正面歌頌的英雄形象，楊沫對他所付出的心血明顯也是遠大於其它人物。小說中的盧嘉川，既有革命者的堅定剛毅，又有人性化的俠骨柔情，像這樣一個有血有肉的人物原型究竟是誰呢？楊沫自己曾解釋說，盧嘉是虛構大於眞實。楊沫的兒子老鬼，後來爲讀者揭開了神秘面紗，盧嘉川是源自於對楊沫影響最大的兩個人物：一個是1933年除夕

﹝註8﹞ 姚文元：《一部閃耀著共產主義思想光輝的小說──評〈青春之歌〉》，《新松集》，上海文藝出版社，1962年5月第1版，第73頁。

﹝註9﹞ 《青藍園──楊沫母女共寫家事和女性世界》，學苑出版社，1994年3月第1版，第333頁。

﹝註10﹞ 張中行著：《流年碎影》，作家出版社，2006年9月第1版，第174頁。

之夜所認識的陸萬美，他是北平中法大學的在讀學生，曾因積極參加學生運動而兩次被抓，小說中關於盧嘉川被捕入獄的情節描寫，就是對陸萬美傳奇人生的藝術寫意。尤其是他向楊沫推薦的《怎樣研究馬克思主義》一書，不僅開啓了楊沫參加革命的思想先河，更被寫成是林道靜成長的指路明燈。另一個原型人物則是革命者路揚，路揚於1937年「七七事變」以後，投筆從戎並加入了中國共產黨，先後參加過抗日戰爭和解放戰爭。如果說陸萬美賦予了盧嘉川以英雄氣質，那麼路揚則賦予了盧嘉川以火熱愛情。「七七事變」之前，楊沫即與路揚相識，還產生了一段感情，後因誤會兩人分手；到達抗日根據地，他們又重逢相愛，由於路揚離隊治病，兩人再次發生了誤會。直到朝鮮戰爭開始，楊沫才又與路揚建立起聯繫，不過此時楊沫已結婚成家，有情人卻不能再成眷屬。楊沫對於路揚用情很深，他們之間頗爲複雜的波折戀情，使楊沫刻骨銘心難以釋懷，她只能將這份深愛埋藏於心中，並傾注於盧嘉川這一人物身上。楊沫曾在日記裏這樣寫道：「有時想起他對我的感情──革命的又是深摯的友誼。我忽然想，我應當在未來的小說中，寫出這個人物，寫出他高尙的革命品質；寫出他出生入死的事跡；也寫出他對我經受了考驗的感情（也許只是一種幻想的感情）。……我現在的願望是把他寫入我的書中，使他永遠活著──活在我的心中，也活在億萬人民的心上。」〔註11〕最後楊沫終於天隨人願，把盧嘉川寫成了令人仰慕的革命英雄；而他與林道靜「革命+戀愛」的浪漫傳奇，更不知感動了多少中國讀者去爲他們同情落淚。不過，老鬼只是把盧嘉川歸結爲是陸萬美與路揚兩人，而那個才氣逼人的馬建民卻被排斥在外，我們想這可能是事關「文革」中的那次「傷害」；但從楊沫同馬建民之間的通信來看，她與馬建民兩人的情感纏綿，同樣也具有似曾相似的類同感覺。所以我們堅持認爲，盧嘉川不是別人，正是楊沫情感生活中，幾個男人的影子組合！

作爲小說《青春之歌》中的英雄人物，最能體現盧嘉川革命壯舉的故事情節，我們大致可以列舉出這麼兩件事：一是南下示威被捕後的監獄鬥爭，二是爲了革命大義凜然的英勇犧牲。楊沫自己雖然沒有坐過監獄，但紅色經典卻並不缺乏此類描寫，一部《在烈火中永生》擺在那裡，怎麼看都像是「紅岩」故事的情節翻版：中央大學學生楊旭等被關在監獄兩個多月，他們積極

〔註11〕《楊沫文集》（卷6），《自白──我的日記》（上），北京十月文藝出版社，1994年10月第1版，第157頁。

爭取看守去爲其傳送獄中消息，這種策反看守爲我所用的攻心之計，無疑就是對「紅岩」故事的模仿照搬；還有當學生衝擊監獄時，軍警如臨大敵又拉槍栓又上刺刀，全部武器殺氣騰騰地對準了牢房，也是仿傚渣滓洞與白公館大屠殺時的表現場景；另外，盧嘉川等人爲了保護同學避免過多的流血犧牲，提議給救援學生寫信讓他們暫時收兵，這時楊旭從牆角掏出一截鉛筆和一張紙條遞給盧嘉川，他們支起棉被擋住亮光分別給自己學校的同學寫信，其實更是與江姐、許雲峰、成剛等革命英雄在監獄中出版報紙傳遞消息如出一轍。我們並不是說楊沫要去刻意模仿《紅岩》，而是《紅岩》中所體現出的英雄精神，在新中國十七年裏到處都能夠令人感受到！楊沫經過閱讀記憶的經驗作用，賦予了盧嘉川以他者英雄的固有品質，這種「挪用」或「借鑒」的直接效果，是使同一時代的英雄具有了完全相同的英雄人格。身上流著他者血液的英雄盧嘉川，無論是其政治素質還是革命意志，都變得更加成熟起來——他目光炯炯地注視著傾聽他演講的人民群眾，用低沉有力的聲音揭露著統治者賣國求榮的醜惡嘴臉；他帶領學生不畏危險奮起反抗，與荷槍實彈的反動軍警展開著面對面的殊死搏鬥；他更用了雪萊的詩句「冬天來了，春天還會遠嗎？」去鼓舞與激勵著青年學生的愛國熱情與奮進心理！「紅岩」英烈劉國鋕再度復活爲盧嘉川，無論楊沫本人如何去進行辯解，都無法將《青春之歌》的藝術虛構性，直接等同於是客觀歷史的眞實性！

　　由於「紅色經典」的審美法則，是藝術眞實與歷史眞實相輔相成，因此《青春之歌》本身所具有的「史詩」性質，其歷史眞實性自然也就不會受到人們懷疑。小說出版之後，立刻就有人寫信給作者去打聽作品中的人物下落，並帶著一副火熱心腸去詢問林道靜同志的「現在」情況〔註12〕。武漢軍區空軍某部還以組織名義，給楊沫發來一份正式公函，請求她提供林道靜的具體地址，希望能夠同她取得聯繫並去向她虛心請教。更有一些崇敬革命英雄的年輕女學生，她們還曾多次跑到南京雨花臺，去尋找烈士盧嘉川的埋葬地點，以便去憑弔這位俠骨柔情的白馬王子！而茅盾等藝術大家則更是紛紛撰文推波助瀾，他們乾脆就把小說故事當作是革命歷史，全面肯定了《青春之歌》不僅反映了「從『九一八』到『一二九』這一歷史時期黨所領導的學生運動」，〔註13〕並且認爲它再現了「那一時期中國的革命運動的眞實面

〔註12〕老鬼著：《母親楊沫》，長江文藝出版社，2005 年 8 月第 1 版，第 92 頁。
〔註13〕茅盾：《怎樣評價〈青春之歌〉》，原載《中國青年》1959 年第 4 期，《中國當

貌」。〔註14〕小說《青春之歌》正是在一片讚譽聲中，超越了藝術虛構而成爲了歷史眞實，因爲對於那一時代具有政治信仰的讀者而言，革命敘事一切皆眞是不可動搖的藝術信條。

2、《青春之歌》：精心打造的傳奇故事

《青春之歌》究竟是一部什麼樣的「紅色經典」？以至於長時間人們都對它如癡如醉大加讚譽？如果把它看成是一種現代知識女性的成長敘事，我們固然可以從作品文本中找到一大堆相應的故事情節：比如她主動追求進步，天性酷愛革命書籍，主動接觸共產黨人，積極參加學生運動，經受監獄磨難考驗，投身農村階級鬥爭，意志頑強不怕犧牲，信仰堅定修得正果——，可以說楊沫創作《青春之歌》的主要目的，當然是想要通過林道靜的思想成長，既去回答中國知識分子的世界觀改造問題，又去回答中國女性解放的根本出路問題。然而，當我們仔細地去把這部作品閱讀一遍，則會發現實際情況卻並不那麼樂觀：《青春之歌》只不過是以「三個男人和一個女人」的愛情敘事，借助於「三個借鑒與一個經典」的拼湊模式，巧妙地表達了「三個否定與一個肯定」的絕對眞理，進而全面否定了「五四」新文化運動思想啓蒙的人文精神。

首先，我們來看「三個男人與一個女人」的傳奇故事。《青春之歌》的眞正看點，當然是「男人」和「女人」之間的微妙關係。

傳奇故事的第一幕，無疑是余永澤與林道靜之間的青春萌動之戀。林道靜因反抗父母包辦婚姻離家出走，可又深感社會黑暗而萌生了自殺念頭；余永澤則「自從在海邊第一次看見這個美麗的少女，他就像著迷似的愛上了她」，並暗暗發誓「如果能夠幫助」她，那將是他「最大的幸福」。故一曲古老而傳奇的「英雄救美」，也被作者做了生動煽情的現代演繹：「年輕的」林道靜「很快地竟像對傳奇故事中的勇士俠客一般的信任著他」；而「頗有閱歷似的」余永澤也以其「熱情善良」和「知書達禮」，毋庸置疑地成爲了林道靜心目中的「白馬王子」。林道靜與余永澤之間短暫的熱戀關係之所以難以維繫，問題並非出自於政治信仰的截然不同（這只是一種假象），而是出自於兩人性格方面的巨大差異（這才是眞正原因）。林道靜性格好動且絕不安分守

代文學研究資料・楊沫專集》1979 年，第 207 頁。

〔註14〕巴人：《談小說〈青春之歌〉》，原載《文藝月報》1958 年 4 月號，《中國當代文學研究資料・楊沫專集》1979 年，第 277 頁。

己，作品開端所描寫她「反抗」與「逃婚」等一系列叛逆行爲，便是對她躁動不安潑野性格的前期鋪墊；而余永澤卻心態平和且富有理性精神，博識、幹練、溫情、善良等等行爲舉措，則是作者對他「沈穩」性格的實際交代。余永澤出手「拯救」使得林道靜「絕處逢生」，無論是出於「感恩」或者「眞情」，林道靜的第一次「愛情」經歷，都是她自覺自願的無悔選擇。所以當兩人情感決裂之後，林道靜再次路經他們曾經同居過的那個「家」時，她還會產生出對「一個家」、「一張床」的「溫暖和可愛」的強烈渴望。至於林對余的「厭惡」和「鄙夷」，卻是作者在修改本中完成並呈現於讀者面前的。

傳奇故事的第二幕，是盧嘉川與林道靜之間的「柏拉圖」之戀。正如作品中余永澤所言的那樣，林道靜是「好一匹難馴馭的小馬」，她希望在社會上「東闖西闖」，「不安」於瑣碎的家庭生活，更拒絕過陳蔚如式的少奶奶生活，因此才會經常感到有「愛情並不能解決」的內心「苦悶」。而盧嘉川的出現正當其時，他爲林道靜「從個人的小圈子走出來」，去「投身到集體的鬥爭中」，提供了一個精神解放的極好契機。與盧嘉川相比，「余永澤常談的只是些美麗的藝術和動人的纏綿的故事；可是這位大學生卻熟悉國家的事情，侃侃談出的都是一些道靜從來沒有聽到過的話。」這段描述語言具有強烈的暗示性：余永澤的愛情理想主義是對林道靜「野性」人格的人爲壓抑，而盧嘉川的政治理想主義則是對林道靜「野性」人格的內在激活。盧嘉川以蘇聯的「社會科學」與「文學」著作喚醒了林道靜的沉睡意識，他「那高高的挺秀身材，那聰明英俊的大眼睛，那濃密的黑髮，和那和善的端正的面孔」又極大地引發了林道靜的愛慕心理。特別是在三人之間的對峙場景當中，盧嘉川「那奕奕的神采、那瀟灑不羈的風姿」與余永澤「那一雙被嫉妒激怒的小眼睛」形成了鮮明反差，「黑瘦」單薄的余永澤便自然會失去他先前那種迷人的光彩。而在盧嘉川光輝形象的照耀之下，林道靜丟掉了與余永澤相處時的「苦悶」與「壓抑」，掃除了內心世界的「悲觀情緒」，「看見了眞理的光芒和她個人所應走的道路」，感到了從未有過的精神上的「快樂與滿足」。由於道德與使命的雙重約束，盧嘉川一直「用意志控制了感情」，並因此而「沉默」、「憂鬱」和「苦惱」。而林道靜也深深「愛」上了這位「盧兄」、「老師」、「最親愛的導師和朋友」：「當姓余的告訴我老盧被捕的那一霎間，我才明白我是愛上他了」！十分明顯，盧嘉川的被捕既是林、余分手的加速器，也是道靜情感質變的催化劑。作爲一種難以實現的烏托邦想像，林、盧之間的精神之戀雖然

「神聖」而「崇高」，卻也只能以盧嘉川的永久消失，去為《青春之歌》的愛情「傳奇」，騰出繼續演繹的故事空間。

傳奇故事的第三幕，是江華與林道靜之間的「政治理性」之戀。作為「理論與實踐相結合」、「學生與工人相結合」的光輝典範，江華是打著「革命工作」的旗號走近林道靜的，而事實上「很久以來，他就愛著這個年輕熱情的女同志。」對於江華而言，共同事業是「愛情」得以生成的必然途徑；介紹林道靜入黨，則更是將「同志」與「情人」合為一體的最好選擇。在如何巧妙地處理林、江二人的情感糾葛時，作者的確頗費了些文字工夫：為了使林道靜消除對盧嘉川的「一往情深」，先是劉大姐將盧嘉川的犧牲消息揭曉；接著便以劉大姐的現身說法，去告訴林道靜共產黨人關於「革命」與「愛情」的正確態度；然後再讓江華「在痛苦中等待許久」之後主動出擊，去無微不至地關心林道靜的思想與生活（這一點恰恰是余永澤和盧嘉川都不可比擬的）。作者把余永澤與盧嘉川兩人的優點集中在江華一人身上，塑造了一個從體態形貌到思想品行都完美統一的男人形象，直接滿足了林道靜人生追求中的情感想像。因此，她才會在江華提出直接「要求」之後，「感到這樣惶亂、這樣不安，甚至有些痛苦」——接受江華並不僅僅是出於一種男女之愛，而是因為「像江華這樣的布爾塞維克同志是值得她深深熱愛的」，她沒有理由去加以拒絕。對於林道靜而言，這次所謂的「理性」選擇，是對前兩次「非理性」選擇的無情否定；「野性」對於「駕馭者」的由衷臣服，也鮮明地體現著五四新女性個性解放的社會理想，在男權社會話語權威面前是多麼的不堪一擊！其實，「三個男人和一個女人的傳奇故事」，只不過是中國古代「才子佳人」敘事題材的現實翻版；並沒有因其摻入大量的政治因素，而使其超凡脫俗煥發青春！所以，無論人們如何去超越愛情主題以發掘其政治意義，都難以提升《青春之歌》的思想高度與藝術品味。

其次，我們來看「三個借鑒與一個經典」的拼湊模式。《青春之歌》的創作過程，也是楊沫借鑒前人成功經驗的學習過程，她說自己曾大量閱讀過五四新文學和左翼革命文學作品，「包括那些作家的筆調和文風，也會像白紙染墨一樣被吸收著。」（楊沫：《回憶我怎樣發表第一篇作品》）如此以來，我們就不難發現《青春之歌》，的確帶有模仿前人的清晰痕跡。

A、對魯迅小說敘事模式的直接模仿。林道靜與余永澤的情感糾葛，簡直就是《傷逝》中涓生與子君愛情故事的重複再現：逃婚叛家——大膽同居

——瑣事矛盾——冷淡猜忌——另尋出路——破裂分手。即使是細節之處也多有模仿，比如：余永澤對林道靜大談托爾斯泰、雨果、海涅、魯迅，談易卜生的《娜拉》和馮沅君的《隔絕》，談反抗傳統的道德，提倡女性的獨立，簡直就是涓生對子君「談家庭專制，談打破舊習慣，談男女平等，談伊孛生，談泰戈爾，談雪萊」的原文照搬；子君宣稱「我是我自己的，他們誰也沒有干涉我的權利！」林道靜則「要獨立生活，要到社會上去做一個自由的人」；爲了避開直接衝突和情感冷戰，涓生「終於在通俗圖書館裏覓得了我的天堂」，而圖書館也成了余永澤情感困頓的「避難所」。另外，由於與子君同居，涓生「疏遠了所有舊識的人」，「然而只要能遠走高飛，生路還寬廣得很」，現在「忍受著這生活壓迫的苦痛，大半倒是爲她」，「但子君的識見卻似乎只是淺薄起來」。同樣，林道靜「因爲是秘密同居，她不願去見早先的朋友」，「生活整天是刷鍋、洗碗、買菜、做飯、洗衣、縫補等瑣細的家務」，「海闊天空遙望將來的夢想也漸漸衰退下去」，但最令她感到難以容忍的卻是，她發現余永澤「原來是個自私的、平庸的、只注重瑣碎生活的男子。」一樣的句式、一樣的語調、一樣的言辭，恰恰驗證了一樣的模式！

B、對胡也頻小說敘事模式的直接模仿。林道靜與盧嘉川的愛情故事，是對胡也頻《光明在我們的前面》和《到莫斯科去》「革命＋戀愛」敘事模式的承接與延續。眾所周知，「革命＋戀愛」小說的審美特徵，是以「革命」之名去行「戀愛」之實，「革命」只不過是一種空洞口號或抽象理念，而「戀愛」才是它所要表現的具體對象和故事載體。《光明在我們的前面》與《到莫斯科去》，都突出典型的三角戀愛關係：白華——「自由人無我」——劉希堅，徐大奇——張素裳——施洵白。而《青春之歌》也造就了林——余——盧三人之間的對峙場景。施洵白的突然出現，加深了素裳對於家庭生活的不滿情緒和對於政客丈夫的強烈「反感」，其被捕犧牲更成爲素裳離家出走的重要契機；盧嘉川的強行介入，也導致了林道靜與余永澤之間的情感破裂，而其被捕「失蹤」同樣加速了林道靜的思想覺醒。其它如胡也頻擅長將女性主人公置放於兩種男性人格的比較之中，刻意去凸現革命男性思想閃光的巨大魅力，進而去實現「革命」與「戀愛」的完美理想；又如胡也頻習慣於在固定的場景中，特別是在「兩人世界」的幽靜環境裏去展現愛情敘事——劉希堅與白華是在房間、施洵白與張素裳是在客廳，這些藝術表現手法也都在《青春之歌》裏得以一一再現：余永澤在愛情的角逐中被淘汰出局（有如「自由

人無我」和徐大奇一樣），而原來情侶的甜蜜居所現在卻成了林道靜與盧嘉川頻頻幽會的隱秘空間。不過，胡也頻筆下所營造的愛情故事，尙能相對獨立於意識形態的政治規範性，進而傳達出作者內心世界的情感和諧；而楊沫筆下所營造的愛情故事，則愛情必須融入政治並服從於政治，「革命」與「愛情」很難兩全。與《光明在我們的前面》和《到莫斯科去》對於未來革命前景的無限憧憬相比較，《青春之歌》則是以勝利者的傲慢姿態，在對往昔光輝歷史進行理想追憶的敘述當中，將左翼革命文學的紅色敘事模式打磨得更加精細：愛情傳奇更具有飛揚進取的政治激情，個人情愛與知識分子和民族國家的歷史敘事，往往更能夠「令人信服」地合二爲一。這既是一種中國無產階級革命文學的激情寫意，同時也是主流意識形態文學的審美訴求。我們只有將胡也頻模式與《青春之歌》聯繫起來加以考察，才會眞正把握中國現代文學發展史的內在運行規律。

　　C、對蔣光慈小說敘事模式的直接模仿。談到《青春之歌》中江華與林道靜的愛情故事，我們就不能不提及到蔣光慈的小說《咆哮了的土地》──即進步女青年與工農革命者情感結合的「虛構想像」。《咆哮了的土地》是蔣光慈後期創作的長篇小說，也是他試圖走出「革命＋戀愛」模式的一種大膽嘗試。儘管這部作品仍具有概念化與臉譜化等諸多毛病，但卻在如何處理知識分子與工農大眾相結合的重大問題上，開啓了新中國十七年紅色文學經典的歷史先河。故事講述的是農民出身的礦工領袖張進德與地主出身的知識分子李傑，他們兩人共同下鄉組織暴動的革命壯舉。對於張進德而言，他的「下鄉」只不過是一種原有身份的自然回歸；但對於李傑而言，他的「返鄉」則是一種思想轉換的精神煉獄。曾經是五四時代被啓蒙的社會對象，現在卻成了政治革命的啓蒙主體──張進德主角而李傑配角的情節結構，幾乎奠定了後來紅色文學經典的敘事模式。我們的興趣點還遠非如此，而是在於這部作品的愛情描寫上。小資產階級知識分子李傑由於複雜的家庭背景因素，不僅革命動機頗受人們質疑，就連「愛」的權利也基本喪失。但張進德則完全不同，高大與野性賦予了他外在體態的男性象徵，而剛毅和堅強則又賦予了他內在靈魂的崇高之美。大家小姐何月素對他所表現出的仰慕之情，與其說是眞「愛」還不如說是「吸引」；只有「革命者」才配擁有「美女」的荒誕邏輯，同樣被《青春之歌》演繹的淋漓盡致。我們不妨去對這兩個文本做一比較分析：

　　「張同志！我右腿受了一點傷。」她顫顫地說。張進德並沒答言，走上前去，用著兩只有力的臂腕將她的微小的身軀抱起來了。何月素也不反抗，兩手圈起張進德的頸項。兩眼閉著，她在張進德的懷抱裏開始了新的生活的夢……（《咆哮了的土地》）

　　一到屋裏，她站在他身邊，激動地看著他，然後慢慢地低聲說：「眞的？你──你不走啦？……那、那就不用走啦！……」她突然害羞地伏在他寬厚的肩膀上，並且用力抱住了他的頸脖。（《青春之歌》）

何月素先前「愛」的是李傑，而李傑犧牲後又轉爲「愛」張進德，「愛」作爲女性皈依「革命」的最簡單方式，明顯得到了楊沫本人的高度認同。林道靜先前「愛」的是盧嘉川，而盧嘉川「失蹤」後又選擇「愛」江華，我們對此「巧合」還能說些什麼呢？

　　再者，我們來看「三個否定與一個肯定」的絕對眞理。《青春之歌》的創作主題，就是要否定資產階級的價值觀，最終確立無產階級的價值觀，進而突出紅色經典的教育意義。《青春之歌》的第一個否定，是對五四歷史的全面改寫。比如《青春之歌》對於「北大」與「五四」，都做了令人瞠目結舌啼笑皆非的主觀詮釋：作品將「北大」描寫成政治革命的發祥地與大本營，不僅共產黨人可以隨意進出頻繁活動，而且關鍵人物也都任其取捨隨心所欲。特別值得引起我們注意的，是《青春之歌》對於胡適形象的負面塑造。爲了突出反映學生運動的「偉大意義」，高歌頌揚暴力流血的「犧牲精神」，胡適這位中國新文化運動的先驅者，其歷史形象則被作者徹底地加以醜化與顛覆。《青春之歌》中的余永澤，是位北大才子與浪漫騎士，他所追求的個性主義思想，是典型的五四人文精神；然而，楊沫卻將其冠以胡適弟子的顯赫頭銜，使其「洋裝書變成線裝書」、「學生服變成長袍大褂」、埋頭於圖書館「整理國故」而不問世事，最終成爲一個趨炎附勢、巴結權貴，嘲笑政治、甘當「抱穩了胡適的大粗腿」的卑鄙小人。1959 年的修改過程中，楊沫更是爲胡適獨設一章，使他完全以一個反面人物，直接出現在廣大讀者面前：虛構想像的藝術場景（胡適在學生運動中的「醜態表演」）、荒誕滑稽的對話語言（胡適「演講」與學生「反駁」），只要稍有一些歷史常識的讀者都會發現，這是作者對胡適與蔣夢麟無中生有的肆意歪曲。胡適與蔣夢麟以自由知識分子的個性立場，固守讀書求學與教育救國，重視個人修養與民族前途，認爲與一黨

一姓之亡相比，文化教育實係中華民族之魂，文化立國乃避免亡國之根本。令人深感遺憾的是，這種源自於五四運動的人文傳統，在《青春之歌》中卻受到了全面的批判與否定！

《青春之歌》的第二個否定，是對個性主義的全面否定。林道靜的成長道路，最初是反抗封建家庭與婚姻、追求個人自由和尊嚴，這無疑是五四精神的集中體現。爲了實現這一人生理想，林道靜也曾非常執著與堅強：「爲了保持人的尊嚴，我不願馬馬虎虎地活在世上。」「我才不信什麼命運呢，反正碰吧，碰吧！我不相信眞會永遠碰不出一條道路來」。但是，「個人奮鬥」在楊沫本人的主觀意識裏，並不是一種「肯定」而是一種「否定」的價值取向，所以林道靜從其一開始出走，就立刻陷入到了難以自立的重重障礙。即便沒有余敬唐的僞善奸猾或余永澤的溫柔陷阱，還會有胡夢安的欲擒故縱、白莉蘋的腐蝕拉攏、戴愉的栽贓陷害……總而言之，作者的眞正目的無非就是要告訴廣大讀者：「個人奮鬥」無疑是一種兇險歧途，而「個性主義」則更是一種虛無幻覺；只有將個體自我融入到民族整體，個人解放才能夠得以實現。因此，革命者的「介入」與「拯救」，便成爲了《青春之歌》的思想亮點。盧嘉川與林道靜的愛情糾葛，被作者硬性附加了「拯救」色彩：盧嘉川先是否定林道靜個人奮鬥的「英雄式幻想」，接著又引導她跳出個人痛苦轉而關注群體的解放：「你一個人孤身奮鬥，當然只會碰釘子。可是當你投身到集體的鬥爭中，當你把個人的命運和廣大群眾的命運聯結在一起的時候，那麼，你，你就再也不是小林，而是——而是那巨大的森林啦。」江華也啓發她要「跳出你那個小圈子，到這些組織裏面去看看，去活動活動」；僅僅沉迷於自己狹小的個人天地，那是小資產階級的狹隘思想。爲了突出革命者「介入」與「拯救」的實際效果，作者不僅讓林道靜幡然醒悟，同時更讓王曉燕和王鴻賓等老教授也在一夜之間拋棄了「自己的膽怯和私念」，認識到「共產主義必將在全世界全人類獲得最後的勝利」，使他們不願再「爲自己渺小的生存而虛度一生」，積極參加革命運動並激情高呼：「工人兄弟們！歡迎你們呵！全中國人民一致團結起來呵！」由「個體」而走向「群體」，其深刻內涵除了是對五四「個性解放」的自我揚棄，同時也表現爲對知識分子立場的全然放棄。應該說否定「個性解放」而推崇「大眾利益」，否定「個人自我」而追求「階級群體」，否定「文化啓蒙」而嚮往「政治革命」，這就是《青春之歌》「超越」五四精神的「史詩」意義！

　　《青春之歌》的第三個否定，是對女性解放的全面反思。「三個男人與一個女人」的故事結構，其本身就寓意著一種鄙視女性的荒謬意識。作者讓林道靜剛一踏上自我解放的人生道路，就開始遭遇危險重重孤立無援的尷尬境地：

> 　　「這小密斯失戀啦？」一個西裝革履的洋學生對他的同伴悄悄地說。
>
> 　　「這堆吹吹拉拉的玩藝至少也值個十塊二十塊洋錢。」一個胖商人湊近了那個洋學生，擠眉弄眼地瞟著樂器和女學生，「這小妞帶點子這個幹什麼呀？賣唱的？……」（第一章）
>
> 　　「我來找表哥是爲……爲的找職業。不知您學校裏還缺教員嗎？」她忽然提出了這麼個問題，使余敬唐吃了一驚。立刻看出這姑娘還是個剛離娘窩的「雛兒」。（第三章）

作者有意將剛一出場的林道靜，便「投入」到了男性「欲望」的想像之中，既強調了江湖如此險惡女性難以自立，同時又爲林道靜「臣服」於男性埋下了伏筆。儘管作者在作品開端的頭幾章裏，也不斷地人爲強化林道靜的反抗與叛逆；但是讓其走向「自殺」的情節安排，實際上早已宣判了「女性解放」的歷史終結。林道靜因反抗封建婚姻而「離家出走」，無非就是要去選擇一個可以「託付」終身的理想男性。如果我們把林道靜的三次「愛情」串接起來加以考察，自然會得出這樣的判斷結論：每一個男人都是林道靜人生道路上的思想導師，而不同的導師造就了她不同的前途命運；林道靜選擇「未來」是通過選擇「男人」來實現的，唯一區別則是所找男人的「好」與「壞」其最終結局大不相同而已。我們不妨去聽聽林道靜臣服於「男人」的癡迷性語言：對於余永澤，「你信仰的人的每一句話都是有分量的，道靜這時就毫不猶疑地答應了余永澤的要求。」對於盧嘉川，「我總盼望你——盼望黨來救我這快要沉溺的人……」。對於江華，「其它都好說，領導的人不來找我——這眞苦死了！」林道靜在男人的影響之下，終於放棄了自身解放的性別意識，當她「堅定而熱烈」表示「我能夠有今天，我能夠實現了我的理想——做一個共產主義的光榮戰士，這都是誰給我的呢？是你——是黨。只要我們的事業有開展，只要對黨有好處，咱們個人的一切又算什麼呢」時，《青春之歌》也以女性群體徹底臣服於男性社會的革命話語，斷然否定了自五四以來中國女性作家尋求性別解放的所有努力。

3、《青春之歌》：經典再造的不同演繹

在「紅色經典」大躍進的火紅年代，由於《青春之歌》故事題材的特殊性，評論界似乎並不看好它的政治價值，甚至還嚴重低估了它的社會影響。何其芳就曾直言不諱地說，在同期出版的革命小說中，他最初只看好《林海雪原》，而不是《青春之歌》等。即使是楊沫本人，也對小說大受歡迎頗感意外。《青春之歌》於 1958 年 1 月正式出版，同時還在《北京日報》副刊上連載，可 2 月底出版社就通知楊沫小說頭版已銷售一空，馬上要出二版再加印五萬冊。與此同時，4 月周揚在文學評論工作會議上，親自點名表揚了《林海雪原》、《紅旗譜》、《青春之歌》是最近出現的三部好作品；而《中國青年報》、《人民日報》、《讀書月報》、《文匯報》和中宣部的《宣傳動態》等重要報刊，也連續刊登評論文章充分肯定小說思想主題的重大意義——由於讀者和學界對於《青春之歌》正面而迅速的積極反映，楊沫也由一個文壇新人一躍成為了風靡全國的著名作家，不僅被「北大」等高等學府請去講座和懇談，而且當年 9 月還成為了亞非作家會議的中國代表。

與其它「紅色經典」一樣，《青春之歌》的暢銷受捧，也使其成為了藝術改編的熱門作品：小說在報紙上連載不久，北京人藝就找到報社，表示想把小說改編成話劇；而中國評劇院著名演員小白玉霜，則更是親自登門拜訪楊沫，希望將小說改編成評劇；北影和上影為了搶拍《青春之歌》，還展開過一場互不相讓的激烈爭奪，當然最終還是北影「近水樓臺先得月」。電影《青春之歌》作為向建國十週年的獻禮影片，於 1959 年拍攝完成並在全國上映，據史料記載當時北京各大影院全部爆滿，幾乎是二十四小時不間斷地循環播放，這對於「三年自然災害」中餓著肚子的觀眾來說，真可謂是達到了廢寢忘食的癡迷程度。1960 年，電影《青春之歌》又東渡日本，連續放映了36 場，據日本學者和田統計，這是所有中國電影在日本放映場次最多的一部影片。日本共產黨主席野阪參三在看完《青春之歌》後，曾撰文表示「林道靜的道路就是日本青年應該走的道路。」﹝註 15﹞由此可見，林道靜思想成長的革命之路，已不僅是中國知識分子的光輝榜樣，而且還成為了世界革命青年的共同楷模。應該說電影《青春之歌》的大獲成功，其社會影響也遠遠超過了小說本身，那些編導與演員的共同努力，當然是可圈可點功不可沒的了。

﹝註 15﹞老鬼著：《母親楊沫》，長江文藝出版社，2005 年 8 月第 1 版，第 119 頁。

　　然而，人們對於《青春之歌》的藝術改編，似乎仍舊是情有獨鍾熱度不減，1996 年和 2006 年，它兩次被拍成電視連續劇，這就是一個最好的證據。90 年代版電視劇那些改編者、導演和主要演員，基本都是看著《青春之歌》小說或電影長大的一代，他們認爲小說和電影中所表現出的革命理想，並沒有伴隨著時間的流逝而逐漸遠去，因此他們還是抱著教育大眾的純潔目的，也希望電視劇能夠像小說與電影一樣，「引出青年人應該怎樣正確對待國家民族前途，怎樣正確對待人生道路和愛情的大討論。」〔註 16〕但是電視劇播放後卻反應平平，並沒有出現編導們預先想像的「紅色風暴」，其重要原因就是既保留了政治教條式的革命敘事，又以去「臉譜化」思維消解了小說裏的紅色激情，故無論是青年觀眾還是中老年觀眾，他們都不認可《青春之歌》的這種改編。所以 2006 年，《青春之歌》再次被搬上了電視屏幕，這次編導們吸取了上次改編的經驗教訓，觀眾群體最終被定位是當代社會的青年一代，因此編導雖然延續了小說故事的某些情節，如林道靜輕生跳海、盧嘉川壯烈犧牲等等，以圖眞實地再現革命歷史的固有風貌，但編導們則更熱衷於用俊男靚女，去大肆演繹符合世俗趣味的浪漫愛情——說穿了也就是以取媚現代青年的時髦話語，去利用「革命」而書寫「戀愛」的動人華章。2006 年版電視劇《青春之歌》，同樣沒有得到廣大觀眾的審美認同。那麼電影版與電視劇版《青春之歌》，究竟又與小說原著有什麼差異呢？

　　（一）對林道靜思想人格的大膽改寫。楊沫說她寫林道靜這一人物，是「按照生活本身的發展邏輯」，去表現一個情感脆弱的小資女性，在走向革命道路過程中的痛苦歷程。〔註 17〕因此，無論是林道靜離家出走盲目反抗，還是她參加革命後情感脆弱思想反覆，作者都試圖將其人格變化的每一個過程，寫得跌宕起伏細膩逼眞令人可信。比如對於余永澤的感恩心理，對於盧嘉川的仰望姿態，羅曼蒂克的空洞幻想，身陷愛情的不能自拔，這一切都作爲必要因素，構成了林道靜成長的精神內涵。應該說林道靜從出場時的天眞幼稚，到後來不斷地克服自身的小資情調，最終變得立場堅定鬥志頑強，還是比較符合於知識女性的革命經歷。但小說出版以後，儘管廣大讀者對其評價很高，可仍有權威學者主觀地認爲：林道靜這一人物小資情調過於濃厚，

〔註 16〕 恒萬：《〈青春之歌〉採訪紀要》，《當代電視》1997 年第 9 期。
〔註 17〕 楊沫：《談談林道靜的形象》，原載《文藝論叢》1978 年第 2 期，《中國當代文學研究資料・楊沫專集》1979 年，第 78 頁。

楊沫雖然極力想把她塑造成一個革命者,然而「到書的最末她也只是一個較進步的小資產階級知識分子」;他們甚至還不無憤慨地公然指責說,「作者給她冠以共產黨員的光榮稱號」,這是「嚴重的歪曲了共產黨員的形象」!〔註 18〕電影《青春之歌》的導演崔嵬,在讀完小說後也感覺到林道靜的形象不夠完美,「即使在現實生活中,也不是每一個革命者都必須走一段彎路,受點挫折的」,作者大可不必去畫蛇添足憑添累贅,「非得找些不健康的情緒,尋找些矛盾和痛苦的感情」,所以他要求電影就按照另一種生活邏輯,使主人公形象更加符合時代特徵與「更加理想化」。〔註 19〕

於是,電影便以林道靜反抗家庭出身開場,並用跳海自殺去顯示其性格的剛烈倔強;她雖然對余永澤抱有感恩心理,但卻始終保持著自己人格的決然獨立;她崇拜革命者盧嘉川不再是兒女情長,而是轉變成了對前途人生的自覺追求;她信仰執著「一心聽從黨召喚」,敢於糾正缺點和錯誤去接受任何考驗;她積極參加學生愛國運動四處散發傳單,帶領遊行隊伍同武裝軍警進行殊死搏鬥。電影《青春之歌》的結尾處,是林道靜英雄形象的系列疊影──她登上列車車廂振臂高呼,她奮不顧身衝向反動軍警,她和江華等人走在遊行隊伍最前面,臉上露出從容自信的勝利笑容!在這一幅幅「紅旗漫捲西風」的藝術畫面中,林道靜早已不再是那個沉迷愛情富於幻想的小資女性,而是變成了一個衝鋒在前英勇無畏的共產主義戰士!電影中林道靜的扮演者謝芳,在談她扮演林道靜的體會時,就曾說「去掉一些林道靜的脆弱、嬌弱的方面恰恰正是影片成功的一面,使得影片對人民的教育意義更大,使人物更加具有說服力。」〔註 20〕電影《青春之歌》對於林道靜形象的藝術處理,顯然是遵循著以革命化去替代性別化的審美原則,在女性人格中大量注入了男性人格的雄性力量,因此她也脫離了小說人物敘事的脂粉之美,而凸現出了「革命軍中花木蘭」式的陽剛之氣。

電視劇《青春之歌》中的林道靜,首先是家庭出身被進行了徹底改寫:

〔註 18〕郭開:《略談對林道靜的描寫中的缺點──評楊沫的小說〈青春之歌〉》,原載《中國青年》1959 年第 2 期,《中國當代文學研究資料·楊沫專集》1979 年,第 411 頁。

〔註 19〕謝芳:《扮演林道靜的體會》,原載《電影藝術》1960 年第 7 期,《〈青春之歌〉從小說到電影》,中國電影出版社,1962 年 7 月,第 264 頁。

〔註 20〕謝芳:《扮演林道靜的體會》,原載《電影藝術》1960 年第 7 期,《〈青春之歌〉從小說到電影》,中國電影出版社,1962 年 7 月,第 265 頁。

其父已不再是欺男霸女殘害百姓的惡霸地主，而是一個充滿著父愛只是難以表達的悽楚老人。「教育家」林伯唐事業失敗，他愛林道靜卻因後妻阻攔難言苦衷，即使是把女兒出賣給政府官員，也被寫成是後妻力主所為。如果說小說與電影《青春之歌》，是把林道靜的憤然出走，歸結為是封建文化的父權之罪；那麼電視劇《青春之歌》，則把林伯唐的內心愧疚，演變成了父親尋女的血緣之情！更有意思的是為了突出這種親情關係，編導還讓林道靜和余永澤在南下示威期間，陰差陽錯地再次同父親意外偶遇：林伯唐為了彌補自己對女兒的以往過失，不僅提出讓林道靜夫妻搬到他那裡去居住，而且還給他們提供衣食住行的最好條件；當警察要抓「鬧事」學生時，他又挺身而出保護女兒，親自為林道靜進行辯護；當林道靜被捕入獄後，他自己竟不顧危險，用身家性命去保釋女兒！如此改寫無疑使小說和電影《青春之歌》中的林道靜，完全喪失了她離家出走追求光明的唯一理由，所以林道靜後續那些參與革命的種種表現，也就意味著是她桀驁不遜絕對自我的個性使然！無論是南下臥軌請願還是參加農民運動，都被編導處理成是爭強好勝不甘落後的倔強人格，彷彿林道靜天生就具有一副革命造反的躁動脾氣，她生活在人世的全部意義不是「戀愛」便是「革命」！

（二）把余永澤藝術形象的徹底反派化。在小說《青春之歌》當中，余永澤至多不過是一個自私自利的個人主義者，他反對林道靜同盧嘉川等進步學生交往，固然有其思想偏見但主要還是出於一種妒忌，但是到了電影《青春之歌》裏，編導卻把他與胡夢安、戴愉歸為一夥，使他變成了一個敵視革命的反派角色。因此余永澤與林道靜兩人的不同追求與選擇，也就構成了中國現代知識分子思想分化的代表形象。電影編導為了突出這一創作主題，他們精心去刻畫余永澤人格的奸詐和虛偽——余永澤用偽裝的「騎士」精神，去俘獲林道靜的少女芳心：他面對求職受挫的林道靜，一面用詩性話語去安撫她，「你呀，靜，你真是一匹難駕馭的小馬，總愛這麼東闖西闖，又有什麼用呢？理想是理想，事實總是事實……」；一面又假裝殷勤端茶倒水，並信誓旦旦地拍胸許願，「靜，你別再瞎跑了！和我住在一起吧……我會使你幸福！……靜，啊，你知道我多麼需要你啊！……」！編導如此去設計安排這一人物，其目的無非就是要揭穿他的虛偽人格，一旦載得美人歸便真相畢露斯文全無，囚禁林道靜的人身自由與精神嚮往：林道靜學習革命書籍，他則在一旁冷嘲熱諷；林道靜與盧嘉川交談，他則怒火中燒心懷醋意——正是由

於他人格上的自私與狹隘，無情地趕走了到他家避難的盧嘉川，直接造成了革命者盧嘉川的被捕犧牲，同時也使林道靜終於認清了他的眞實嘴臉。林道靜與余永澤的分道揚鑣，是那天夜裏貼標語回來後的一場衝突：渴望革命進步的林道靜，和同學一道去貼愛國標語，可未曾想一進家門，就受到余永澤的一通斥責：「道靜，你到底安的什麼心啊！你白天出去，晚上也一夜一夜地在外邊……你……」，仍舊沉浸在興奮之中的林道靜，只是鄙視地看著他並不答話，故余永澤氣急敗壞地質問道：「你到底幹什麼去了？我要你說！」當林道無比自豪地對他說：「我幹的是正大光明的事，請你不要干涉我的自由！」余永澤再也忍耐不住自己的憤怒情緒，竟然惡狠狠地衝到她面前厲聲吼道：「什麼？你不要忘了你是我的妻子……」「你必須……服從我！」余永澤用傳統夫權去蠻橫地干涉林道靜的人身自由，這種荒謬行爲不僅暗示著五四文化啓蒙者的虛僞本質，同時更是暗示著資產階級與封建文化之間的血緣關係！尤其是當余永澤躲在暗處幸災樂禍地觀看反動軍警鎮壓學生運動時，無疑又將他那仇恨革命敵視人民的醜惡靈魂盡情暴露一覽無遺。余永澤從小說中那個英雄救美的瀟灑「騎士」，變成了電影中沒有良知且人性喪失的社會惡棍，集中反映了編劇和導演緊密配合國內政治形勢，高度關注知識分子世界觀改造的重大命題——林道靜與余永澤完全不同的人生態度，恰恰正是劃分無產階級知識分子與資產階級知識分子的思想界限！特別是小說中那個戴愉的叛變投敵，完全是對余永澤墮落人格的補充說明，沒有改造好世界觀的知識分子，其最終下場當然都只能是如此！

電視劇對余永澤的性格描寫，幾乎完全顚覆了楊沫原來的形象設計，編導不再去表現余永澤的虛僞奸詐，而只是把他當作一介書生來描寫：他性格內斂說話含蓄滿腹經綸處世小心，就連給林道靜寫封情書，也要小心翼翼地先打好草稿；他愛林道靜卻又不敢去表白，其內心顧慮則更是十分現代，怕自己是窮困學子一無所有，不能爲林道靜帶來幸福生活；余永澤是個愛情至上主義者，他冷漠革命是源自於他「愛」的自私，爲了能換取林道靜的開心，他可以委曲求全去參加示威團；爲了林道靜的生命安危，他總是在關鍵時刻進行勸阻，甚至受到林道靜的冷嘲熱諷，他也只是苦澀一笑不記心裏。電視劇版《青春之歌》，把余永澤寫成是一個不會耍心機，總是一副唯唯諾諾、小心翼翼的謹愼性格，充分揭示了中國知識分子崇尚中庸的傳統人格，即使是盧嘉川被捕一事也被編導做了開拓——小說和電影都交代盧嘉川的被

捕犧牲，直接與余永澤將其逐出家門有關；但電視劇則把這一情節改為是余永澤因同盧嘉川吵架，無意之中向叛徒鄭君才發牢騷而道出了實情。如果說電視劇是想顛覆電影中對余永澤形象的反派塑造，使其能夠還原小說中那個「埋頭讀書不問政治的個人主義知識分子的典型」，〔註21〕那麼這種主觀努力雖有一定成效但卻並不盡人意，因為一個性格孱弱心地善良的傳統書生，難以等同一個心胸狹隘頗有心計的現代小人，兩者之間仍舊存在著不可逾越的巨大鴻溝。

（三）無限提升了盧嘉川形象的導師意義。林道靜要求參加革命，就必須有個思想導師；因此電影中的盧嘉川，也被剔除了情感因素，成為了純粹革命的引路人。在小說《青春之歌》中，盧嘉川與林道靜的曖昧關係，是由愛情昇華為革命的複雜組合，「革命+戀愛」色彩十分明顯。但在無產階級革命意識裏，「戀愛」是資產階級情調，它與「革命」勢不兩立，故棄「戀愛」而保「革命」，便成為了電影編導的唯一選擇。小說中盧嘉川與林道靜相識，顯得十分突兀與造次，林道靜在教師休息室裏，勸慰憂時傷生的李芝庭，這時盧嘉川突然殺出，用一句「國家興亡，匹夫有責」的豪言壯語，便輕易博得了林道靜的內心好感，讓她感到「彷彿這青年身上帶著一股魅力，他可以毫不費力地把人吸在他身邊。」隨後，就是盧嘉川給林道靜大講國內外政治形勢，並批判李芝庭等人悲觀失望的消極情緒，他告誡林道靜「愛國也不一定要拿槍打仗。進行宣傳，喚起人心──像你們對學生們灌輸愛國思想，這就是拿起了武器。」盧嘉川那一番氣壯山河的宣傳演說，使林道靜因其張揚個性而愛上了這位熱血青年，同時也開始逐步地走向了抗日愛國的革命道路，小說中「引路人」的角色是依附於「愛情」而存在的。電影《青春之歌》則完全不同，盧嘉川一出場便革命家的政治身份，儘管編導也使用了「英雄救美」的敘事模式，但充滿著戲劇衝突的故事情節，卻完美表現了他作為「引路人」的成熟人格：瀋陽淪陷日軍飛機掠頭而過，學校裏老師與學生都惴惴不安，一群潑皮無賴的東北軍士兵，試圖強行佔領小學校舍安營駐紮，還與年輕教員發生了激烈衝突，正當局面混亂萬分危機之際，盧嘉川就像救世主般奇跡地出現了──他先是用理解的口吻，去安撫東北軍士兵：「弟兄們，不打日本是怪不得你們的，你們都是東北人，誰不愛自己的家

〔註21〕《〈青春之歌〉的表演藝術座談會》，原載《電影藝術》1960 年第 4 期，《〈青春之歌〉從小說到電影》，中國電影出版社，1962 年 7 月，第 389 頁。（添加）

鄉啊！」一句溫暖人心之語，便獲得了流亡軍人的人格敬重，緊接著他又從政治上去引導士兵，尋找出他們背井離鄉的問題關鍵，「是國民政府命令張學良不准抵抗日本」！當士兵們群情激憤熱淚盈眶時，他再進一步深明大義地啓發說：「……寧願叫咱們當亡國奴。你們諸位想一想，誰甘心當亡國奴？」盧嘉川高屋建瓴遠見卓識，巧妙地化解了一場即將爆發的武力衝突，不僅運用自己的政治智慧，喚醒了東北軍士兵的愛國熱情，同時也極大地鼓舞了小學師生，民族抗戰匹夫有責的必勝決心！盧嘉川沉著冷靜的處事風格和細緻透徹的分析說理，已不再是構成對少女林道靜的情感吸引，而是激發起了她參與革命的強烈願望，她追上正要離開學校的英雄偶像盧嘉川，滿懷渴望地去向他請教自己的人生前途：「盧先生，請問你，拿槍的不打敵人，我們手無寸鐵的該怎麼辦呢？」盧嘉川堅定有力地對她說：「宣傳愛國，喚醒人心。老百姓要是起來了，國民政府就不敢不抵抗。」於是林道靜豁然開朗，她按照「引路人」的諄諄教導，開始在課堂上展現其革命身影，不僅成爲了孩子們的啓蒙導師，自己也在盧嘉川的一再引導下，逐漸轉變成一位共產主義戰士！即使是在盧嘉川壯烈犧牲以後，編導仍刻意讓盧嘉川的教誨之聲，反覆出現於林道靜的腦海裏：「革命的烈火是撲不滅的，共產主義像初生的太陽，一定會普照全世界。」因此林道靜繼承了盧嘉川的革命遺志，勇敢地出現在了階級鬥爭的火熱戰場，這種革命自有後來人的鮮明主題，恰恰體現了「引路人」存在的政治意義！其實，電影《青春之歌》中的盧嘉川，已不是小說《青春之歌》中的盧嘉川，他超越了爲林道靜一個人去「引路」，而變成所有尋找光明者的革命導師，這正是電影《青春之歌》的高明之處：在那場除夕之夜的同學聚會上，一群青年愛國無門以酒澆愁滿腹牢騷，盧嘉川則推門而入大聲說道：「是的，我們都在找出路，整個中國也在找出路。」盧嘉川的突然到來，如同旭日東昇陽光燦爛，立刻驅散了多日陰霾，一下子便調動起了大家的情緒。盧嘉川還告訴眾人國民黨假抗日眞反共，已經把中國推向了民族滅亡的危險境地，而只有「毛澤東和朱德領導的紅軍」才是抗日救亡的中堅力量，才是「我們中華民族在這生死存亡」關頭的唯一希望！這些熱血青年從盧嘉川那裡，懂得了一個偉大的革命眞理：沒有毛主席和共產黨，就沒有中國的前途與未來！因此，在盧嘉川的帶領之下，知識精英忠誠於黨，他們走出了「五四」低谷，終於成長爲無產階級革命戰士！

　　但在電視劇中，盧嘉川雖然仍被描寫為是革命英雄，但卻是一個白馬王子式的革命英雄，他每次從天而降般的奇跡出現，都具有拯救落難公主的象徵意義：林道靜為南下示威團學生募捐，遭到幾個流氓無賴的非禮糾纏，是盧嘉川出場與流氓搏鬥英雄救美，自己受傷流血卻對林道靜關愛倍至，這一英雄舉動馬上就使美人心生感激；余永澤和林道靜遭到警察驅趕，余永澤覺得人格受辱拂袖而去，又是盧嘉川悄然而來陪伴著林道靜，成為這個孤單女人的精神支柱；盧嘉川明知余永澤離京不在，竟將林道靜請來一起過除夕之夜，他不僅侃侃而談精彩講演，而且還問寒問暖體貼入微——「小林，最近一段時間都沒見到你，你還好嗎？」，從生活情況到精神狀況他事無鉅細一一詢問，更是主動借給她書籍以保持聯繫渠道；當學生與軍警發生了激烈衝突，他第一個想到的就是林道靜的安全，難怪鄭君才不無挪揄地嘲諷說：「老盧啊，最關心的就是林道靜了，都說了她只是受了點輕傷，瞧把你緊張的！你八成是愛上林道靜了！」盧嘉川與林道靜徘徊於公園裏，像情侶漫步一般探討著革命理想，就連迂腐書生余永澤也實在看不下去了，這不是談情說愛還能是什麼呢？即便是表現盧嘉川的英勇犧牲，電影與電視劇也完全不同：電影讓他中彈倒地再翻身爬起，用手摀住正在冒著鮮血的胸口，兩眼投射出蔑視敵人的仇恨目光，高喊出那一時代的最強音「中國共產黨萬歲！」英雄慷慨悲壯雖死猶榮，盡顯其威武不屈的革命本色。再看電視劇裏的盧嘉川，其英勇犧牲就有點令人感歎的淒涼味道，儘管導演也運用了長鏡頭特寫，去聚焦那雙永遠不死的圓瞪之眼，但卻缺少了頂天立地的英雄氣概，這與電影裏那種氣勢如虹的場面相比，真可謂是判若兩人不可同日而語。

　　紅色經典已是一個久遠年代的情緒記憶，現代人似乎覺得它們就是一種不可思議的天方夜譚，不要說利用它去開展革命愛國主義的傳統教育，就是讓現在的觀眾去完整地看完其中的故事也不易做到。因此電視劇《青春之歌》的導演張曉光說，他在拍攝中所遇到的最大問題，就是「大批群眾演員都不會唱救亡歌、國際歌等革命歌曲，他們對那個年代知之甚少，要教他們唱歌，要一點一點去啓迪、引導他們，特別費勁兒。」〔註22〕這就是為什麼紅色經典越改編，就越遠離作品原著的根本原因——如果脫離當代背景去改編「紅色經典」，那麼勢必將失去廣大觀眾的欣賞熱情；而如果迎合時下社會的審美

〔註22〕《新版〈青春之歌〉面臨三大考驗》，原載《北京日報》2007 年 10 月 23 日。

心理，又勢必將會導致對作品原著的重新釋義！「紅色經典」正是在傳奇中演繹，同時又是在演繹中延伸與淡化。毫無疑問，人們已不再在乎什麼歷史眞實，他們只在乎傳奇故事的愉悅效應！

十、羊城革命的史詩敍事
——《三家巷》的眞實與傳奇

　　1959 年 8 月 3 日，歐陽山的長篇小說《三家巷》，開始在《羊城晚報》副刊上連載；而廣州人爭相去看《三家巷》，也幾乎成爲了一種社會時尚，歐陽山更是因此家喻戶曉人人皆知。據不完全統計，《三家巷》已先後印刷超過了 100 萬冊，雖說還不能與「三紅一創，青山保林」相媲美，但這對於偏離政治文化中心的嶺南而言，已經是難能可貴不可多得了。到了 20 世紀 60 年代，國內各界曾對《三家巷》展開過思想批判，然而「批判」不僅沒有消除它的社會影響，相反卻激發了讀者對它的濃厚興趣。後來，《三家巷》又被改編成連環畫、話劇、粵劇和電影，從而使「沙基慘案」和「廣州起義」等革命歷史事件，以及周炳與區桃等形象生動的革命英雄，深入人心流傳久遠並載入了中國現代文學史冊，成爲了一部具有南方特色的紅色經典。

　　《三家巷》十分奇特的故事情節和地域風光，不僅能夠喚起廣州人對於腥風血雨的革命記憶，更能夠引發他們對於南國生活的溫情想像。毫無疑問，《三家巷》凝聚著歐陽山對於廣州這座古老城市的深刻理解，以及一個革命者對於羊城這座英雄城市的獨特認識。歐陽山以他聰明過人的藝術才氣，激情書寫了嶺南地區風卷紅旗如畫的歷史場面；同時又以其高度自覺的政治意識，熱情謳歌了工人階級動天地泣鬼神的革命精神！當然，我們並不能簡單地把小說《三家巷》看成是眞實歷史，但歷史痕跡卻在小說敍事中時隱時現熠熠生輝！至於後人爲什麼會認爲《三家巷》就是眞人眞事，這一切還應從那個令人難忘的特殊年代說起。

1、《三家巷》：革命敘事的歷史還原

《三家巷》取名於廣州一條普通的街頭小巷，至於歷史上究竟是否眞正有過這條小巷，廣州人曾爲此去進行過毫無結果的考證與尋找，最終只能是按照小說再造了一個藝術想像的懷舊場景。

小說裏的《三家巷》，住著不同背景的三戶人家，即：小手工業者的周家、買辦資本家的陳家和官僚資本家的何家。作者著重去描寫這三個家庭中的青年一代，他們在大革命時期錯綜複雜的恩怨情仇與政治信仰，並通過尖銳複雜的階級矛盾和你死我活的階級鬥爭，生動地再現了中國無產階級革命運動的蓬勃興起。三家後代從學校畢業之後，他們都曾共同立約盟誓，要爲強國富民而去奮鬥；但當革命遭遇了嚴重挫折時，他們少年氣盛的一時衝動，頃刻間便煙消雲散土崩瓦解——「三家巷」裏的三姓青年，其政治立場截然分化，人生追求也各有歸宿，命中注定要去子承父業：其中周家的後人周炳，加入了碼頭工人的行列；陳家的後人陳文雄，做起了興昌洋行的經理；何家的後人何守仁，則當上了教育局的科長！這種「龍生龍鳳生鳳」的世俗邏輯，以「有其父必有其子」的宿命論思想，合理地張揚了出身決定一切的宿命論思想，進而使紅色敘事也被塗抹上了十分濃厚的封建色彩。《三家巷》是一部非常經典的革命小說，它以革命史詩般的宏大氣魄，以主人公周炳參加革命的人生轉變，「眞實而生動的再現」了「轟轟烈烈的省港大罷工，沙基慘案和震驚世界的廣州起義。」[註1] 曾經在很長的一段時間裏，人們都習慣於把《三家巷》看作是眞實歷史的藝術復述，其主要原因就在於「沙基慘案」和「廣州起義」，它們都是中國現代革命史上的重大事件，故很容易形成小說對歷史的覆蓋關係。但小說畢竟是藝術虛構，歐陽山自己也承認，《三家巷》只是藝術眞實，而不可能是歷史眞實。那麼眞實的「沙基慘案」和「廣州起義」，到底又是怎麼一回事呢？

據史料記載，1925年6月23日，爲了聲援上海罷工工人，在國民黨領導下，廣州和香港工人發動了省港大罷工，並決定於6月23日舉行遊行示威，以反對英帝國主義者制定的不平等條約。當天下午一時半左右，十萬人參加了遊行示威大會；之後，有五萬多人由東校廠出發開始遊行。當學生和湘軍即將抵達西橋口時，駐紮在沙面的英軍士兵，突然向遊行人員開槍開炮，巡遊隊伍毫無準備躲避不及，一下子便場面失控秩序大亂，這就是造成 224 人

〔註 1〕歐陽山：《三家巷》，香港三聯出版社，1959 年版，卷首宣傳語。

死傷並震驚中外的「沙基慘案」。小說《三家巷》中的《風暴》一章，即是寫
這件慘案的發生過程。此時歐陽山已北上求學不在廣州，顯而易見他不可能
親眼目睹過「沙基慘案」。歐陽山自己曾回憶說，《風暴》一章中那種排山倒
海氣勢如虹的示威場面，是他對上海「五卅慘案」20 餘萬工人大罷工的印象
記憶，即便是到了晚年他仍舊是念念不忘感慨萬千：「你們沒有親眼見到過那
麼壯觀的遊行示威場面，就不會懂得什麼叫做民眾力量之偉岸，就不懂得中
國革命！」〔註2〕「五卅慘案」與「沙基慘案」性質相同，都是當遊行隊伍到
了公共租界時，外籍士兵公然開槍打死我遊行人員。因此我們也就不難推斷，
沒有見過「沙基慘案」的歐陽山，除了憑藉一些史料信息之外，完全是把「五
卅慘案」的親歷體驗，移植到當年廣州革命的歷史場景，並生動地塑造了周
炳與區桃等工人階級的鮮活形象。

　　歐陽山 1926 年投筆從戎，在北伐軍中做政治宣傳工作。但「四・一二」
政變徹底粉碎了他的美好理想。他不滿於國民黨對進步人士的血腥屠殺，但
自己卻又在白色恐怖中失去了前進方向。1927 年廣州起義期間，歐陽山雖然
身在廣州，但我們翻遍所有歐陽山評傳或回憶資料，都沒有發現關於他親自
參加起義的任何記載。由此來推斷，歐陽山對於「廣州起義」的動人描述，
也只能是「親聞」而絕不是什麼「親歷」。「廣州起義」發生於 1927 年 11 月
26 日，由於國共兩黨已經分裂，社會形勢異常嚴峻，中共廣東省委根據中共
中央指示，決定要在廣州發起一次武裝暴動。起義部隊由三股力量共同組
成，即國民黨第四軍教導團、警衛團和工農赤衛隊。其中工人赤衛隊人數最
多，大約有兩三千人，這就是《三家巷》中主人公周炳所在那支隊伍的生活
原型。但工人赤衛隊人員複雜，雖奮勇殺敵表現勇敢，但與敵軍的數量和武
器相比，畢竟是勢單力薄相去甚遠，再加上「軍事技術的訓練尤其缺乏」，到
眞正作戰時又顯得「極其散漫，無法指揮。」〔註3〕故歷史上的「廣州起義」，
最多也只能算是中國現代革命史上，一個「美麗而蒼涼的手勢」！小說《三
家巷》正是通過藝術傳奇，想像性地刻畫了「廣州起義」中工人赤衛隊的英
雄壯舉，並以主人公周炳「攻打公安局」、參加「廣州蘇維埃群眾大會」以及
「血戰觀音山」等重大歷史事件，熱情謳歌了在中國共產黨的正確領導下，

〔註2〕　田海藍：《百年歐陽山・歐陽山評傳》，中國文史出版社，2008 年 11 月版，第
　　　　　86、89、120、328 頁。

〔註3〕　《中共廣東省委關於廣州暴動問題決議案（一九二八年一月一日至五日全體
　　　　　會議通過）》，《廣州起義》，中共黨史資料出版社，1987 年，第 250 頁。

城市工人階級在戰鬥中成長的光輝業績。

「攻打公安局」的那場戰鬥，方顯主人公周炳的英雄本色。公安局是廣州國民黨當局的重要據點，由於敵人事先已經知道共產黨要暴動，故公安局內早已是戒備森嚴，並在樓頂上架起了機關槍。在真實的歷史上，負責攻打公安局的艱巨任務，主要是由國民黨第四軍教導團來完成的，缺少武器裝備的工人赤衛隊只是負責配合，但是到了小說《三家巷》裏，工人赤衛隊卻變成了發起進攻的絕對主力：1927 年 12 月 11 日凌晨 3 點半，教導團發出三聲炮響和密集排槍信號後，工人赤衛隊立刻便對公安局發起衝鋒，敵人一面拼命抵抗一面又調來鐵甲車，用兩挺機關槍朝黑暗處猛烈掃射；由於起義前武器裝備沒有到位，手中無槍的工人只有幾顆手榴彈，所以面對敵人的兇猛火力，他們屢次進攻都受挫遇阻；隨後裝備較好的教導團前來助陣，不僅打退了敵人的瘋狂攻擊，而且還迫使全部敵軍棄械投降，最終佔領了廣州反革命勢力的大本營。歐陽山熱情謳歌了中國工人階級的政治覺悟，同時也寓意著他對無產階級革命的本質理解，但藝術虛構絕不可能代替歷史真實，小說《三家巷》當然也不能是個例外。比如攻打公安局取得勝利之後，緊接著便是「廣州蘇維埃政府」成立大會，《偉大與崇高》一節中那種人山人海萬眾歡騰般的慶典場面，讀後卻不能不令我們啞然失笑唏噓不已。根據現有史料所記載，這次群眾集會並不盡人意：原定於 11 日在觀音山召開，由於敵人反撲無法進行，只能臨時推延到 12 日中午，在西瓜園倉促舉行。西瓜園位於廣州市中心，有一塊可以容納上萬人的開闊場地，可是直到成立大會開始時，前來參加者也不過數百人。〔註 4〕因為城內還在發生著激烈戰鬥，老百姓也都躲在家裏不敢外出；原本是一片冷清場面的慶典儀式，卻被《三家巷》寫成是萬民空巷的普天同慶，藝術對於歷史的再造過程，我們也可以由此而見一斑了。

「廣州起義」第二天下午，在敵強我弱的形勢之下，廣州市內情況已開始惡化，決定勝負的「觀音山」更是岌岌可危。教導團和部分赤衛隊工人，為保衛新生的革命政權，在「觀音山」與數倍之敵，展開了一場殊死較量。《三家巷》中《防禦觀音山》一節，就是對此戰鬥的藝術改寫：1927 年 12 月 12 日下午，國民黨軍以 3 個團兵力進攻「觀音山」，而赤衛隊和紅軍教導團總

<hr>

〔註 4〕徐雁：《廣州起義全紀錄》，湖南人民出版社，2009 年 3 月版，第 316、334 頁。

共才有一千多人，由於赤衛隊沒有受過軍事訓練，並且他們還是剛剛拿到槍支，有些人連瞄準射擊還不大清楚，更有人不到一個小時就打完了身上的所有子彈；加之被派到工人赤衛隊中的軍事指揮員，他們不會粵語無法與工人進行思想溝通，故在整個戰鬥過程當中，工人赤衛隊完全是以同仇敵愾的階級覺悟，在頑強地抵抗著武裝到了牙齒的反動武裝。在真實的歷史上，教導團與赤衛隊完成阻擊敵人的任務以後，黃平、吳毅、徐光英與國際代表紐曼臨時決定全面撤退，但「退卻也沒有一個計劃，群眾完全不知道」〔註5〕只有教導團接到了撤退命令，於 13 日凌晨紛紛撤出了廣州城，而工人赤衛隊卻毫不知情一直在堅持作戰。當國民黨軍隊再次發起進攻時，他們派人前去求援，可指揮部早已撤離了。工人赤衛隊員彈盡糧絕，只能與敵肉搏直至全部犧牲。可在小說《三家巷》裏，作者描寫主人公周炳和工人階級，不僅按照組織命令勝利轉移，並且還經過血與火的生死考驗，終於成長為一群忠誠於黨的革命戰士！我們尊重歐陽山對無產階級革命的主觀認識，更讚歎他對中國工運歷史的重新書寫，儘管「廣州起義」遭到了慘敗伏屍滿地，但他畢竟是以可歌可泣的藝術改寫，堅定地維護了工人階級的神聖尊嚴！

周炳無疑是《三家巷》裏最為光彩照人的藝術形象，他從一名普通工人成長為一名共產主義戰士，這其中既寓意著作者對於政治英雄的無比崇拜，同時也寓意著作者對於中國革命的深刻理解。曾經一度有人把歐陽山本人，認定為是主人公周炳的人物原型；但實事求是地講他們兩者之間，其實並無什麼必然性的因果關係。歐陽山在接受《羊城晚報》採訪時，就曾對周炳的生活原型問題，公開向公眾做出過解答，他說：

> 他是很多人的概括……當時的一些手工業工人是很少有機會讀書的，但是其中一部分人通過各種辦法也能讀到一些書。周炳就是這樣一種人，他一方面有手工業工人的思想意識和感情，因為生活上和各行各業的工人接近；但是他又有知識分子的氣味，例如要求個性解放，想通過讀書向上爬等。周炳就是那樣有兩種內在因素在矛盾鬥爭中發展著的人物。〔註6〕

〔註 5〕《陸定一同志向中央報告廣州暴動的經過及廣州共產青年團在暴動中的工作（一九二七年十二月二十九日）》，《廣州起義》，中共黨史資料出版社，1987年，第 193 頁。

〔註 6〕《歐陽山談〈三家巷〉──〈羊城晚報〉專訪》，《歐陽山文集・第十卷・論文及其它》，花城出版社，1988 年版 8 月，第 4117 頁。

周炳在歐陽山的筆下，顯然是一個理想化的人物．他出身工人家庭，又讀過幾年書，不僅貌似潘安頗有情緣，並且嚮往革命立場堅定。這幾重複雜身份的巧妙組合，無疑是象徵著知識分子的工人階級化，它即體現著歐陽山對《講話》精神的深刻感悟，又反映了《三家巷》世界觀改造的政治主題。歐陽山也是工人家庭出身，他也念過中學並熱心社會活動，歐陽山的女兒曾回憶道，1926 年歐陽山在學校裏，擔任過「校學生會出版部的幹事，負責全校學生的宣傳工作」，同時還「幫助從香港回來的省港大罷工的工人們組織夜校，上政治課，興辦掃盲識字班普及文化教育，聯絡社會各屆籌措文藝義演和愛國募捐活動」。最後，他被校方以「操行不良，難期造就」的莫須有罪名開除了學籍。〔註7〕後來他把自己這些人生經歷，都投射到了主人公周炳的身上；於是讀者便從周炳因「操行不良，難期造就」被學校除名，看到了他們二人之間的某些相似之處。

歐陽山曾經參加過延安文藝整風運動，他對毛澤東關於知識分子思想改造的《講話》精神，有著超乎常人的政治敏感與透徹理解，這就使得主人公周炳的人物塑造更加具有深度：首先，周炳既不同於《紅岩》中許雲峰與江姐的高大完美，也不同於《林海雪原》中楊子榮那般驍勇善戰，作者讓他以工人階級的知識化身份，生活於社會底層成長於階級鬥爭，這樣不僅人為地消解了知識分子的存在價值，同時更是充分地展示了工農革命者的政治智慧！作為「工人階級領導一切」的傑出代表，小人物周炳遵循著偉大領袖毛主席的諄諄教導，虛心學習認眞改造不斷進步終成正果，用歐陽山本人的話來講就是：

> 人民也有缺點。無產階級中還有許多人保留著小資產階級的思想，農民和城市小資產階級的思想，農民和城市小資產階級都有落後的思想，這些就是他們在鬥爭中的負擔。我們應該長期地耐心地教育他們，幫助他們擺脫背上的包袱，同自己的缺點錯誤作鬥爭，使他們能夠大踏步地前進。他們在鬥爭中已經改造或正在改造自己，我們的文藝應該描寫他們的這個改造過程。〔註8〕

歐陽山對周炳形象的身份定位，「是一個手工業工人出身的知識分子，在這 85

〔註7〕田海藍：《百年歐陽山·歐陽山評傳》，中國文史出版社，2008 年 11 月版，第86、89、120、328 頁。

〔註8〕歐陽山：《〈三家巷〉、〈苦鬥〉再版前記》，《廣東文藝》1978 年第 5 期。

章裏面還不是黨員，他參加革命是出於一種個人的反抗，他有許多資產階級思想，也做了一些錯事，他和地主階級、資產階級都有些親戚、鄰居、同學的關係，但是他要繼續革命。」〔註9〕毫無疑問，工人階級之身軀與知識分子之靈魂，主人公周炳在戰鬥中成長的人生歷程，恰恰是作者有關世界觀改造的主題設計──只不過這種世界觀的徹底改造，更富有知識分子的浪漫想像罷了。

談到《三家巷》，區桃也是一個繞不開的人物形象。這位美麗而睿智的年輕女性在小說當中，雖然她的社會身份是電話接線員，但實際上卻是一位政治成熟的革命者，不僅心地善良同時更是信仰明確。正是由於有她的理解和支持，才會使周炳有後來的輝煌人生；而她在「沙基慘案」中的英勇犧牲，更是加速了周炳義無反顧地走上了革命道路。據歐陽山的秘書王志透露，區桃的生活原型是歐陽山第一任妻子楊志明。楊志明當時就是「電話局接線員」，「不但人長得俊俏，一副大家閨秀的模樣，而且知書達理、心靈手巧，悟性很高」，「爲人謙和善良，從不張揚」。「當別的親戚們都責怪歐陽山不務正業，因爲搞革命活動而被學校開除的時，只有楊志明默默地支持著他，從物質上到精神上給予歐陽山極大的幫助和鼓勵」。〔註10〕抗日戰爭時期楊志明意外地死於敵機轟炸，從此在歐陽山心中留下了難以磨滅的情緒記憶。不過，楊志明是「大家閨秀」，而區桃卻是「小家碧玉」，歐陽山將其寫成是工人家庭出身，讓她與周炳發生愛情並爲其指路，同樣也是出於世界觀改造的政治需要。在幾乎所有的「紅色經典」裏，都有這樣一個不成文的審美法則：「革命」是無產階級的大眾事業，「戀愛」卻是資產階級的個人感情；《三家巷》自然也不會脫俗，故區桃只能曇花一現悄然退場！

一部《三家巷》氣勢恢弘，它以廣州地區爲歷史背景，以工人階級爲表現對象，人們歷來都把它看作是熱情謳歌中國無產階級革命的宏大「史詩」！然而，《三家巷》畢竟是一部小說，而不是一部歷史文獻，如果我們將兩者貿然等同，那便人錯特錯是非不分了。因爲無論是藝術的「歷史化」，或者是歷史的「藝術化」，都是作者自己主觀想像的虛構產物，而絕不可能是客觀存在的事實本身。否則以歷史尺度去閱讀《三家巷》，我們將會永遠都會是「迷途

〔註9〕歐陽山：《〈三家巷〉、〈苦鬥〉再版前記》，《廣東文藝》1978年第5期。

〔註10〕田海藍：《百年歐陽山·歐陽山評傳》，中國文史出版社，2008年11月版，第86、89、120、328頁。

的羔羊」！

2、《三家巷》：火紅年代的政治敘事

　　小說《三家巷》的藝術傳奇，與歐陽山的人生經歷密切相關。歐陽山原名楊鳳岐，1908 年出生於湖北荊州，曾受過「五四」新文學的深刻影響。他1940 年加入中國共產黨，1941 年到達革命聖地延安，不僅參與了延安文藝座談會的籌備工作，還爲毛澤東的《講話》出臺提出過寶貴意見。他在延安期間就多有成就：其文章《活在新社會裏》，受到過毛澤東的高度讚揚；而長篇小說《高幹大》，則更是在解放區享有盛譽。

　　1942 年延安「整風」以後，歐陽山加深了對中國革命的瞭解和認識，於是他想用《革命與反革命》爲題，去寫一部反映現代社會變遷的「史詩」小說。〔註 11〕但歐陽山發現時機並不成熟，因爲當時全國還沒有解放，革命與反革命正在殊死較量，政治形勢仍不是十分清晰，故他顧慮重重始終未能動筆。直到「中華人民共和國成立了，中國兩條道路鬥爭到這時有了結果，眉目清楚了」，〔註 12〕此時歐陽山審時度勢，在革命勝利已成事實的大前提下，終於一鼓作氣寫出了長篇巨著《三家巷》，使人不能不佩服他在政治上的成熟與穩健。《三家巷》的創作宗旨，是要表現「工農兵」的英雄形象，所以他決定把最能體現工人階級革命本質的「沙基慘案」和「廣州起義」等歷史事件，作爲小說敘事的主要情節，並通過塑造主人公周炳的成長歷程，去眞實地再現中國無產階級革命的歷史畫卷。不過，《三家巷》雖然寫得「萬木霜天紅爛漫」，但它畢竟只是小說而不是歷史，在二十世紀二十年代，中國工人階級還比較幼稚，其勢力弱小難以擔當革命大任，農民階級才是中國革命的絕對主力。所以，儘管《三家巷》中的歷史事件和部分人物都有生活原型，但總體上來說仍是藝術眞實大於歷史眞實。

　　爲了表現「工人階級領導一切」的時代主題，《三家巷》對於主人公周炳的思想成長，應該說作者是做了煞費苦心的精心設計：他出生於一個鐵匠世家，先天就具有涇渭分明的革命素質；他濃眉大眼英俊漂亮，出場便帶有一種虎虎生威的英雄氣質；他情感豐富心地善良，爲人處事總是一副俠肝義膽

〔註11〕《歐陽山談〈三家巷〉——〈羊城晚報〉專訪》，《歐陽山文集・第十卷・論文及其它》，花城出版社，1988 年版 8 月，第 4119 頁。

〔註12〕田海藍：《百年歐陽山・歐陽山評傳》，中國文史出版社，2008 年 11 月版，第86、89、120、328 頁。

的豪放性格。歐陽山把他對工人階級的全部理解，都傾注在了周炳這一人物形象的身上，讓他敢愛敢恨救危扶困，讓他率直剛烈激情四射。比如，爲了抗議老師把窮人說成是「蠢如鹿」，他寧願被人當作是「傻子」也不去聽課；爲了能和區桃演出一場「貂蟬拜月」，即使是被剪刀鋪老闆辭退也心甘情願；爲了同情一位使女的不幸遭遇，他得罪了乾爹陳萬利被攆了出來；爲了能夠保持尊嚴人格獨立，他又因頂撞林開泰而被南關商會歇了工！周炳這種頗具傳奇色彩的曲折經歷，既被三家巷裏的人看成是倒楣的「禿尾龍」，同時也使他同底層平民結下深情厚誼。由於此時還沒有「黨」的介入和引導，周炳更像是《紅樓夢》裏的賈寶玉，在三家巷的胭脂堆裏浪蕩廝混，也像是《水滸傳》裏的武松或李逵，行走於江湖路見不平拔刀相助──儘管作者試圖去揭示他作爲工人階級的樸實品質，但令人看後總覺得他是一個流氓無產者的典型形象。直到「沙基慘案」發生以後，周炳的人生才出現了轉折。歐陽山讓周炳在鬥爭中成長，其主觀想法當然並沒有錯；但作爲無產階級的先鋒隊，是否都是從流氓無產者過渡而來的？如果回答「是」，那麼又是誰在引導工人階級的思想改造？這是一個目前仍未得到合理解釋的哲學命題，故歐陽山筆下所描寫的無產階級革命，也就只能是一種浪漫主義的政治理想！

按照政治理想去重新改寫歷史，這是小說《三家巷》的創作立場。歷史上的「沙基慘案」，原本是由國民黨領導廣州各界群眾，反對英帝國主義的愛國運動，參與者主要是市民而非工人。但小說卻將「沙基慘案」中的「國民革命」，改寫成了共產黨所領導的「工運事件」，陡然改變了客觀歷史的原有性質，這幾乎是所有「紅色經典」都刻意遵守的重構原則。小說中周炳與區桃兩人，以學生和工人的不同身份，共同出現於遊行示威的隊伍中間，象徵著一種知識分子與工人階級相結合的動人場面。爲了突出工人階級的高大形象，歐陽山還對遊行隊伍做了純化處理──將商人和軍人這兩種敏感成分完全剔除出，只描寫到工人、農民、學生和市民的愛國熱情；甚至於爲了突出工人階級的主導地位，作者還將最先受到槍擊的是學生和湘軍的歷史眞相，改寫爲「受到損害的是有著光榮的革命傳統的廣州工人隊伍」！小說《三家巷》中的「沙基慘案」，作者讓工人階級盡顯其英雄氣質：

> 隊伍亂了一下，有些人繼續往前衝，有些人向兩旁分散，有些人向後面倒退。整個十萬人的隊伍也就頓挫了一下。幾秒鐘之後，人們理解了這槍聲的意義，就騷動起來，沸騰起來，狂怒起來，離

> 開了隊伍往前走，往前擠，往前竄。有些人自動叫出了新的口號：「鏟
> 平沙面！」「把帝國主者消滅光！」「廣州工人萬歲！」（《三家巷》，
> 廣東人民出版社，1978 年版，第 138 頁）

小說中工人遇襲後，怒火燃燒憤怒反抗，場面激烈氣勢宏大，但卻並非歷史
真實。據親歷者回憶說，當時敵人炮火猛烈，遊行人員「秩序大亂，悲呼之
聲，慘不忍睹」，〔註13〕根本就沒有小說裏那種情景發生。國民政府當局曾借
助於「沙基慘案」，去對全民進行反帝愛國的革命教育；〔註14〕可在《三家巷》
裏卻根本不見了國民黨人的歷史蹤影，只剩下了工人階級和他們的先鋒隊！
小說中「沙基慘案」的最大意義，就是用區桃的悲壯之死，去促成周炳人生
的徹底轉變：美麗善良的女孩區桃，面對著敵人瘋狂的血腥屠殺，勇敢地吶
喊著「衝上去！搶他們的槍！打死他們！工人萬歲！中國萬歲！」最後犧牲
於敵人的槍彈之下。「沙基慘案」使周炳感受到了工人階級的偉大力量，而區
桃之死則又激起了他堅決復仇的革命決心！先天就具有革命素質的主人公周
炳，在經歷了「沙基慘案」的磨練之後，他對中國無產階級革命的政治信仰，
也已發展到了一種職業革命家的癡迷程度！

　　「廣州起義」無疑是周炳走向革命的輝煌起點：在「攻打公安局」的戰
鬥中，他表現神奇作戰英勇，與赤衛隊隊員們高唱著《國際歌》，同反動軍警
英勇奮戰浴血廝殺。對比真實的歷史事件，小說《三家巷》中「攻打公安局」
的那場戰鬥，當然是被描寫地更具有傳奇色彩：工人赤衛隊不僅武器精良，
而且紀律嚴明訓練有素，正是由於他們的流血犧牲，才使廣州起義取得勝利
名垂青史。工人赤衛隊員個個神情飽滿鬥志昂揚，只有你想不到的事情沒有
他們做不到的事情——雖然小北門手榴彈轉運點被敵人破獲，但中隊長麥榮
卻能神奇地「抱了一大捧手榴彈過來，每個人發了五個」，再加上周炳原搞來
的「一支駁殼槍和十幾支步槍」，這就足夠令那些「紙老虎」們聞風喪膽了，
怪不得他們會急忙後撤落荒而逃呢！但藝術虛構永遠也成不了歷史真實，廣
州起義的領導人黃平就曾回憶道：「在廣州暴動前夕，工人赤衛隊連一支手槍
都沒有，步槍更不用說了。唯一的一所製造炸彈的場所因爆炸而被破獲了」。
〔註15〕曾任赤衛隊第一聯隊軍事參謀的劉楚傑也說：「十日晚，即將所有赤衛

〔註13〕錢義璋編：《沙基痛史》，臺北：文海出版社，1925 年，第 11 頁。
〔註14〕李志毓：《沙基慘案：一場革命的「情感動員」》，《粵海風》，2010 年第 4 期。
〔註15〕黃平：《廣州暴動》，《廣州起義》，中共黨史資料出版社，1987 年，第 425 頁。

隊在公安局附近集合,決定在十一日上午三點半鍾動作。工友並無槍支,全
有尖串,炸彈僅四枚。」〔註16〕雖然他們兩人記憶中的武器數量稍有差異,
但卻都講出了當時槍支匱乏的嚴酷現實。然而,小說《三家巷》中有關工人
赤衛隊的藝術傳奇,還遠並非是如此,其強悍之戰鬥力與嚴密之組織性,也
都被歐陽山做了人爲的神化:他們一切聽從黨召喚,專撿重擔挑在肩;並且
以一當十身手了得,就連拋手榴彈都會落點驚人——「有些沒有爆炸的,就
像石頭一般砸在敵人腦袋上」;他們甚至還能像特種兵一樣翻牆入室,把愚蠢
之敵人消滅在措手不及的茫然狀態!赤衛隊員同時還具備有工人階級的嚴明
紀律性,他們得知提前起義的消息後不僅並不慌亂,「大家都嚴格遵守紀律,
不笑,不鬧,不說話」;戰鬥結束他們又各司其職井井有條,不是去打掃戰場
便是去站崗巡邏,儼儼然就是一支訓練有素的正規部隊。歐陽山寫工人赤衛
隊寫得過癮痛快,而徐向前元帥卻在回憶中痛苦無比:

> 工人隊伍和軍隊不一樣,指揮那樣的隊伍比指揮軍隊還難。我
> 說話他們聽不懂,拿到槍到處亂跑,說是去打反動派,很不容易捏
> 到一塊兒,一說勝利就以爲萬事大吉,竟一哄而散,各回各家吃飯
> 去了。我急得要命,找了好半天才又把隊伍集合起來。我們這個聯
> 隊總算是個戰鬥單位,還能把多數人攏在一起;有些地方連個戰鬥
> 單位都形不成,工人們像「散兵遊勇」一樣,跑來跑去,找不到個
> 組織。起義很倉促,組織工作比較亂。〔註17〕

作爲廣州起義的參加者,徐向前說出了一個歷史實情:一支倉促編隊沒有武
器的工人赤衛隊,他們沒有經過正規的軍事訓練,同時又缺乏嚴密的組織紀
律性,如果單憑這種隊伍想去獲取革命勝利,那無疑就是一種不切實際的天
方夜譚。《三家巷》中的「廣州起義」,其重點並不是要去刻意描寫什麼打仗
場面,而是要去刻意表現周炳「在戰鬥中成長」的思想進步,進而使其最終
完成人生道路的徹底轉型。比如初上戰場之時,他對革命的全部理解,還只
限於爲區桃報仇,可通過工人黨員李恩的思想開導,他終於懂得了爲共產主
義事業奮鬥終生的偉大理想。從「個人復仇」到「階級解放」的思想認識,
使他瞬間便爆發出了十分驚人的神性力量:他高聲吟唱著「風蕭蕭兮易水寒,

〔註16〕《劉楚傑關於廣州暴動情形致斌兄信(一九二八年一月十一日)》,《廣州起
　　　　義》,中共黨史資料出版社,1987年,第205頁。
〔註17〕徐向前:《參加廣州起義》,《廣州起義》,中共黨史資料出版社,1987年,第
　　　　418頁。

壯士一去兮不復返」，衝鋒時一馬當先異常神勇且投彈精準從不落空：

> 他渴望消滅在門拱下面的，敵人的機關槍陣地，就用全身的力
> 量，投出了第一顆手榴彈。手榴彈的落點很好，幾乎在敵人的機關
> 槍陣地的中心爆炸了。轟隆一聲，火光一閃，有什麼人尖叫了一聲，
> 機關槍不響了。（《三家巷》同上第 322 頁）

很難想像第一次參加戰鬥，周炳就臂力過人彈無虛發！這種充滿著革命英雄
主義的大膽想像，雖然能夠增強讀者審美的精神快感，同時也更能凸顯主人
公的完美形象，但卻總是讓人感到有些武俠小說的滲透影響。

「觀音山防禦戰」是「廣州起義」中，最爲激烈也最爲殘酷的一場戰鬥。
工人赤衛隊和教導團在敵我力量懸殊的情況之下，以鮮血和生命書寫了一曲
中國革命歷史上的英雄讚歌。但在小說《三家巷》裏卻變成了一場千餘名工
人赤衛隊員，同敵人正規軍八千多人之間的殊死對決，他們不僅沒有流露出
絲毫的畏懼之色，相反還表現出了革命樂觀主義的高亢情緒：

> 手車夫譚檳首先開口道：「孟大哥，這樣的事情，你倒不用擔
> 心！別說他只有七八千敵人，就是他有七、八萬敵人，我也全不當
> 一回事！」鐵匠杜發說：「我是個打鐵的，我就給他們安上一道鐵閘
> 吧！」汽車司機馮斗拍著胸膛說：「讓我睡上一刻鐘，我就是一堵銅
> 牆；不讓我睡上一刻鐘，我就是一堵鐵壁！要把我撞倒，那可是沒
> 有的事兒！」迫擊炮工人冼鑒說：「咱們跟觀音山是長在一達裏的！
> 誰想搬開咱們，那除非他連觀音山一道搬開！」（《三家巷》同上第
> 368 頁）

且不說手推車夫算不算是工人階級，就是「一千來人」的數量也值得懷疑。
因爲當時參與觀音山作戰的教導團，其所有兵力也還不到一千人。作者讓工
人赤衛隊作爲絕對主力，去防守「鎮海樓」這一重要陣地，大有銅牆鐵壁不
可一世的豪邁氣概，彷彿就像是要猴一般將敵人玩弄於股掌之中：

> 敵人又展開了全面的進攻。這回敵人的打法很奇怪。這裡打一
> 陣機關槍，幾十個人衝過來，可是沒衝上，一下子就退了。那邊又
> 打一陣機關槍，又有幾十個人衝過去，也沒衝過去，又退了。一共
> 有那麼十幾個地方，敵人都只是衝一衝，就退回去，好像小孩子玩
> 耍一般。周炳心裏覺著好笑。（《三家巷》同上第 371～372 頁）

歐陽山這種敵「弱」我「強」、敵「狠」我「勇」、敵「蠢」我「智」、敵

「敗」我「勝」的對比手法，顯然就是要去充分論證偉大領袖毛主席的英明論斷：「一切反動派都是紙老虎」！此時此刻，周炳已經不再是為報一己私仇的傷感青年，而是一名解放全中國放眼全世界的革命戰士；他也不再去思念那個令其魂牽夢繞的少女區桃，而是想起了張太雷、楊承輝、李恩等一系列共產黨人的光輝形象！他感歎那些「可憐無父無母的紅色孤兒」，憂慮那些「可憐無依無靠的老人家」，英雄濟世棄之兒女情長代之以關愛蒼生，這恰是導致主人公周炳鋼鐵意志的力量源泉。憑藉著突如其來的無產階級政治覺悟，從「沒有這樣接近過敵人」的勇士周炳，面對三個白匪軍手握武器的步步逼近，他居然「憑感覺就能準確地找到刺殺的對象」，不僅自己毫髮無損而且還讓對手煙消灰滅，你盡可以瞠目結舌大跌眼鏡但信不信則是由你。與周炳一同並肩作戰的工人赤衛隊員，個個也都是熟練使用刺刀的行家裏手，他們在敵群裏左衝右殺好不威風，把那些正規軍士兵都嚇得是鬼哭狼嚎抱頭鼠竄！可事實上，那時「大家還不大會拼刺刀，就用槍托打，用石頭砸⋯⋯參加戰鬥的手車夫們，大都把鮮血灑在了觀音山，最後沒有幾個活著衝出來。」〔註18〕觀音山之戰與敵肉搏的慘痛失敗，卻被歐陽山書寫成了一曲失敗者的勝利頌歌，這既是政治理想主義的意志體現，也是革命浪漫主義的藝術追求。這種現象在十七年的「紅色經典」中，幾乎隨處可見比比皆是不足為奇。

作為「廣州起義」的參加者之一，聶榮臻元帥曾痛心疾首地反省說，由於黨組織的領導錯誤，為革命造成了無法挽回的巨大損失：「十二日晚軍事緊急的時候，幾位同志開會決定退卻，但並沒有下退卻命令而先去。各部分軍事同志和赤衛隊負責同志甚至紅軍總指揮也不知道。結果教導團方面大部分自己向北江退卻了，但是赤衛隊始終不知道退卻，十三日敵人四面包圍著，欲退已不能退了！工農群眾死亡的數目竟逾數千，大部分原因在此。」〔註19〕這本是個值得反思的歷史問題，但歐陽山卻為了消除對黨不利的負面影響，突出黨與工人階級心心相印的親密關係，人為地對這一事件做了違反歷史的全面修改──《三家巷》中的工人赤衛隊，不僅接到了黨組織發來的撤退命令，而且更是按照黨組織的計劃安排順利撤離：

〔註18〕 徐雁：《廣州起義全紀錄》，湖南人民出版社，2009 年 3 月版，第 316、334 頁。

〔註19〕 《聶榮臻對廣州暴動的意見（一九二七年十二月十五日）》，《廣州起義》，中共黨史資料出版社，1987 年，第 177、174 頁。

　　　　代理中隊長冼鑒到聯隊裏開完會回來，用一種枯燥的調子對大
家說：「老朋友，組織上已經決定，咱們要撤退了！」

　　　　對周炳來說，這是一個不幸的消息，而且是完全不可想像的。
他不假思索地說：「不，相反！我們要進攻！咱們要出擊！」……

　　　　「這就奇怪了！咱們並沒有打過一次敗仗，也沒有丟過一寸土
地！」……

　　　　「就是飢餓和疲倦，也沒有叫咱們失去勇氣，咱們的戰鬥意志
還十分旺盛！」（《三家巷》同上第 374 頁）

看到同志們鬥志這麼旺盛，冼鑒只能耐心去對大家解釋道：

　　　　沒有人敢懷疑咱們的勇敢和壯烈，沒有人敢懷疑咱們對共產主
　　　義的忠誠，沒有人敢懷疑咱們對廣大民眾的關懷和熱愛，但是咱們
　　　必須有更大的勇氣來對付目前的局面，來組織一次有計劃的退卻。
　　　咱們佔領了一個大城市，但是咱們守不住它……再守下去，犧牲會
　　　更大，也沒有什麼意義。總是，是沒有別的辦法了！」（《三家巷》
　　　同上第 375 頁）

以上有關撤退場景的生動描寫，實在是有些令人忍俊不住：冼鑒不僅能夠從
容地突出敵人重圍去市中心開會，而且還能夠安全地回來組織工人赤衛隊撤
退；工人赤衛隊員則更是士氣正高欲與強敵決一雌雄，表現出了可歌可泣令
人敬佩的革命英雄主義氣概！主人公周炳與部分戰友們的成功撤退，在一定
程度上彌補了歷史所留下的深深遺憾；而冼鑒那一句「佔領了一個大城市，
但是咱們守不住它」的肺腑之言，顯然又是作者在極力頌揚毛澤東「農村包
圍城市」的戰略思想！

　　　為了突出黨所建立的新生政權倍受人民擁護，歐陽山還誇張性地描寫了
廣州蘇維埃群眾大會的空前盛況，將歷史上只有「三四百人」〔註 20〕參加的
冷清場面，刻意渲染成是人頭攢動萬眾歡騰一派喜慶氣氛，不僅有大量來自
前線的紅軍戰士，還有工人、農民、婦女、學生和市民等，場內「兩套獅子
鼓在廣場緣上來回走著，他們的鼓聲壓倒了珠江上的炮聲和近郊的槍聲」！
但聶榮臻元帥似乎並不給歐陽山面子，他在追憶中說「十二日上午，不顧槍
聲炮聲到處在響，起義的領導機關就十分倉促在西瓜園召開群眾大會，群眾

〔註 20〕　《立三給中央的報告（節錄）》，《廣州起義》，中共黨史資料出版社，1987 年，
　　　　　第 237 頁。

自然有顧慮，直到中午時分，到會人數仍不是很多」。〔註21〕當然了，小說並不是歷史，虛構與誇張也是允許的，歐陽山正是充分利用了小說藝術的這一特點，把他對革命歷史的美好想像，做了符合勝利者意志的合理加工。比如爲了凸顯黨對「廣州起義」的絕對領導，小說還在攻打公安局戰鬥取得勝利以後，不惜讓黨代表們紛紛以眞實姓名出臺亮相，並以主人公周炳在一旁觀察的審視目光，多次去呈現他們聚在一起的開會場景：

> 張太雷和一大群人從外面走進來。這些人裏面，有教導團團長葉劍英，紅軍總司令葉挺，赤衛隊總指揮周文雍，領導警衛團起義的蔡申熙和……，廣州市的市委書記吳毅，還有蘇維埃政府的肅反委員楊殷，司法委員陳郁，秘書長惲代英……（《三家巷》同上第329頁）

> 張太雷、楊殷、周文雍、陳郁、惲代英這些人圍著長桌，坐在圈手籐椅上；葉挺、葉劍英……這幾個人站在地圖旁邊。（《三家巷》同上第331頁）

在這兩幅「默契配合、運籌帷幄」並最終決定了起義勝利的英雄合照中，事實上只有張太雷、黃平和周文雍三人才是眞正的組織者和領導者，而葉挺與葉劍英等人都是臨時接到通知倉促而來，並且根本也沒有受到起義發動者的高度重視。即使是領導者張太雷、黃平和周文雍這三個不懂軍事的文弱書生，他們平時也幾乎是很少聯繫難得碰面，所以聶榮臻後來便曾毫不客氣地指出：「在暴動的各種工作中間，幾乎見不著黨，除了個人的亂跳一場之外，沒有一個健全的組織的機關來指導一切。」〔註22〕同樣是爲了維護黨組織的高度純潔，在小說《三家巷》裏那份領導人的名單當中，歐陽山人爲地刪掉在「廣州起義」中犯有過錯，1932年在天津被捕後又叛變了革命的領導人黃平。小說《三家巷》爲了突出表現工人周炳的思想成長，還專門設計了一個黨對其無比關懷的藝術場景：

> 蘇兆徵同志看起來三十多歲年紀，瘦瘦的中等身材，神氣清朗，待人十分親切。他一見周炳就抓著他的手說：「我聽說你工作很努力，大家都很喜歡你。你演戲演的很好，不是麼？我們要把你從庶

〔註21〕《聶榮臻回憶廣州起義》，《廣州起義》，中共黨史資料出版社，1987年，第411頁。

〔註22〕《聶榮臻對廣州暴動的意見（一九二七年十二月十五日）》，《廣州起義》，中共黨史資料出版社，1987年，第177、174頁。

務部調到遊藝郎，你給我們演一齣戲，好不好？」（《三家巷》同上第 157 頁）

他看張太雷同志，約莫三十歲的年紀，臉孔長得又英俊、又嚴肅……寬闊的前額下面，有一雙深沉而明亮的眼睛。鼻子和嘴唇的線條，都刻畫出這個人的性格是多麼的端正、熱情和剛強……他走到他身邊，對他醇厚地微笑著，說：「哦，一個人背了兩根槍，不累麼？——很好，工人家庭出身，高中學生，身體很棒，很好很好……你看國民黨多絕！把這樣一個好後生迫得無路可走……從今天起，全世界的路都讓你自由自在地走，你喜歡怎麼樣走就怎麼樣走！現在你臨時給這裡幫幫忙。這裡缺一個忠實可靠的通訊員，你就來做這個事，怎麼樣……這是一個重要的崗位，革命者的犧牲，是什麼地方需要他，他就到什麼地方去。」（《三家巷》同上第 328～329 頁）

葉劍英走到周炳身旁，仔細看了他一會兒，拍拍他的肩膀說：「會動腦筋。好材料！你這麼年輕就參加革命，比我們幸福多了！」（《三家巷》同上第 330 頁）

讓蘇兆徵、張太雷、葉劍英等人輪番登場與周炳對話，其用意無非是要告訴讀者黨對工人階級的關愛無時不在！正是因為有黨組織的強勁介入與親切關懷，還不是黨員的周炳便開始了他的革命道路：他為罷工工人演出《雨過天青》，他為組織編印《紅旗日報》，他拿起武器積極參加戰鬥，他一步一步地走向了光明坦途！「唱支山歌給黨聽，我把黨來比母親」，這雖然是電影《雷鋒》中的主題歌，何嘗又不是發自歐陽山的內心之聲！

小說《三家巷》問世以後，作者又續寫了《苦鬥》、《柳暗花明》、《聖地》、《萬年春》四部，合起來共 150 餘萬字，統一取名為「一代風流」。值得我們去注意的是，一部傳奇化的《三家巷》，它不是歷史卻變成了歷史，而眞正反映「廣州起義」的歷史資料，卻只出版印刷了數千冊。更有甚者是它對廣州革命的藝術描述，早已被當作了廣州推動愛國主義教育的生動教材，[註23] 這種「紅色經典」藝術歷史化的社會宣傳，實際上完全遮蔽了廣州大革命的事實眞相。對此，人們是否應該去進行深刻地自我檢討呢？

[註23] 王國梁：《從「三家巷」裏看廣州起義的眞實性》，《廣東黨史》，2008 年第 6 期。

3、《三家巷》：藝術傳奇的再度升級

1959 年《三家巷》剛一問世，珠江電影製片廠即宣佈要將其拍成電影，並指定王爲一爲導演、曾煒爲編劇，積極著手電影拍攝的前期工作。可是未曾想 1963 年，《三家巷》遭到了來自理論界的嚴厲批判；緊接著又是十年「文革」，一切正常活動都受阻停滯難以開展。一直延遲到了 1981 年，電影《三家巷》才被納入到議事日程，還是由王爲一與曾煒擔任導演和編劇，演員陣容更是做了精挑細選：孫啓新出演周炳、葉雅誼出演陳文婷、薛白出演區桃。經過一年多時間的緊張忙碌，1982 年電影《三家巷》終於面世了，它以嶺南革命題材風靡全國，並引起了極其強烈的社會反響。在整個「紅色經典」系列當中，《三家巷》被改編成電影是比較晚的，由於時代背景已發生了很大變化，自然也不會再出現象《紅岩》那樣的追捧效應。不過對於劫後餘生的中國人來講，這部姍姍來遲了的「紅色經典」電影，儘管它對小說原著做了大量修改，但卻仍能喚起嶺南人民的革命記憶！

導演王爲一說他拍攝電影《三家巷》，「第一個態度必須忠於原著，就是忠於原著的主題、人物和基本情節結構」，但是他在實際操作過程當中，卻遇到了許多意想不到的現實困難。首先，《三家巷》只是五卷本《一代風流》裏的第一部，那麼「影片《三家巷》中人物性格的描繪或某些情節的變動是否符合全書中的發展，是頗多後顧之慮」。其次，周炳在小說《三家巷》中還只是一個思想發展的動態人物，如果電影「最後僅塑造出一個存在著缺點而幼稚的英雄，其意義何在？」他曾與歐陽山就改編問題進行過反覆的討論，最後歐陽山只能是無奈地表態說：「除了周炳這個人物希望按小說那麼寫，其它人物和情節，你們怎麼改我都沒有意見」。〔註24〕不可否認，歐陽山自己喜愛那個身上有缺點的青年周炳，而導演與編劇則熱衷於一個高大完美的工人周炳，這種思想認識方面客觀存在的嚴重分歧，便直接導致了電影與小說截然不同的審美視角。

其一，全書進行壓縮，集中表現成長，凡與革命無關者，全都進行了刪除。小說《三家巷》共約四十章三十萬言，改編時最能表現周炳孩提時代的前十二章，只保留了「不讀書蠢如豬鹿」和「換帖盟誓」兩個情節，其它比如周炳生性頑皮放蕩不羈、輟學務工屢告失敗、打情罵俏不務正業、對於革

〔註24〕王爲一：《難忘的歲月——王爲一自傳》，中國電影出版社，2006 年 8 月，第 189～191、191 頁。

命漠不關心等情節，都被編導認爲是過於「負面」而被放棄。另外在這十章當中，陳、何、周三家的複雜關係，也是作者書寫「成長」的必要交代，但這種不同階級的親密交往，也被視爲是資產階級的「人性論」思想，遭到了電影編導的「忍痛割愛」。更令人深感遺憾的是前十章裏，原本有大量描寫嶺南特色的風俗民情，諸如像「買賴」、「乞巧節」、「選人日皇后」場景，也被編導認爲是「多餘」之物大加刪減，只剩下陳文雄和周泉兩個人蕩舟荔枝灣，在船上買了兩碗艇仔粥這一細節點綴在那兒！電影以周炳棄學離校來反抗「不念書蠢如豬鹿」的世俗偏見，一開始便全力去塑造他個性鮮明獨立自強的秉性特徵：

> 陳文婷：二姨媽，你怎麼讓炳表哥去學打鐵呢？太可惜了，至少要讀到中學畢業嘛。
>
> 周揚氏：哎……是他自己不念的，說是不喜歡聽老師講課。
>
> 陳文婷：哦？炳表哥，是嗎？
>
> 周炳：老師講，世界上不念書的人都是愚蠢的，眞不像話！媽你說，爸爸、大哥還有你都沒有念過書，難道說你們也是愚蠢的？
>
> 周揚氏：我們就是蠢嘛，要不會這麼窮？
>
> 陳文婷：炳表哥，不念書不一定蠢，但是不念書怎麼當上等人呢？難道你不想當上等人嗎？（1982 年版電影《三家巷》電影對白）

在小說中關於「不念書蠢如豬鹿」的激烈辯論，是出於一個母親對兒子前程的擔心憂慮，進而去反映別人眼中周炳爲人處世的一股「傻氣」；但在電影裏所發生辯論時周炳已經發生了思想變化，他是以打鐵工人身份去「捍衛無產者」的崇高榮譽，故不再是「傻」而是一種階級意識的直接體現。與此同時，編導還增加了試圖通過讀書去當上等人的陳文婷這一人物，也爲《三家巷》裏的階級分化與階級鬥爭做了很好的鋪墊。

其二、對於「廣州起義」，只是點到爲止，影片以「大團圓」結局，去滿足觀眾的審美心理。小說《三家巷》中曾用了七個章節，來詳細地描寫「廣州起義」的宏大場面，儘管歐陽山本人也對眞實歷史做了重大改寫，但腥風血雨雖敗猶榮卻仍不失其慷慨悲壯的英雄本色。電影《三家巷》對於「廣州起義」的故事敘事，顯然是做了令人不可思議的大幅刪改，去掉了「長堤護衛戰」、「觀音山防禦」和「有序退卻」等精彩內容，只是將工人赤衛隊歡呼著「攻打公安局」作爲影片結尾——廣州城內炮火四起，照亮了整個三家

巷;周炳帶領著赤衛隊員,英勇地衝向公安局大門;革命者響徹天地的勝利
吶喊,被編導定格爲最後一個鏡頭!「廣州起義」是小說《三家巷》的作品
靈魂,可是如此重要的革命事件,卻被編導們給人爲「忽略」了,這的確是
有點出乎意料匪夷所思。王爲一所能給出的唯一解釋,就是「我們認爲小說
在廣州起義前夕,三家巷的青年們從盟誓到分化的過程完成了,周炳對那些
大哥、表哥以及戀人陳文婷從階級關繫上有了本質的認識,進而與之決裂的
過程也完成了。影片的主題任務也就完成了。」〔註25〕王爲一的這種說法,
雖不無道理但卻閃爍其詞,因爲他對那段「雖敗猶榮」的複雜歷史,感到無
所適從難以處理:如果是忠實於客觀歷史,卻又缺少表現革命的正面素材;
如果是超越於事實眞相,那麼又必然要全面改寫客觀歷史。王爲一等人正處
於一個中國社會的變革時代,「文革」餘威尚未散盡而「改革」春風剛剛刮
起,他們既不能將《三家巷》拍成是對革命失敗的經驗總結,又不願意保留
政治意識形態的明顯痕跡;所以他們非常聰明地選擇了第三種調和立場,只
是將「廣州起義」取得勝利作爲電影敘事的故事結局,這樣一來不僅迎合
了革命歷史題材的主旋律要求,同時也滿足了表現「革命與反革命」的改編
初衷。從「成長」到「勝利」的情節簡約化,是電影《三家巷》最大的思想
亮點。

其三、人物大幅調整,情節重新編排,使電影故事敘事,集中去表現階
級對立。在小說《三家巷》裏,三個家庭的人物超過了 30 人;可是到了電影
《三家巷》裏,主要人物也就只剩下了 6 個。仔細分析一下這 6 個人物,他
們又以男女之間的悲歡離合,構成了三組不同追求的人生道路:首先是周炳
與陳文婷——周炳出身於工人家庭,他一心嚮往革命參加了武裝鬥爭,並在
經歷了血與火的洗禮之後,成長爲一名無產階級的先鋒戰士;而陳文婷則
出身於資產階級家庭,她一心想著出人頭地榮華富貴,勸說周炳無望便嫁給
了高官宋以廉,最終走到了與人民爲敵的革命對立面。其次是周榕與陳文娣
——他們同樣是因爲家境不同信仰迥異,先後經歷了一個從相知相愛,再到
毅然分手的痛苦過程;周榕當然是目的明確愛憎分明,義無反顧地走上了革
命道路,而陳文娣則選擇了富商何守仁,成爲了大革命時代的落伍者。再者
是陳文雄與周泉——他們兩人雖然是兩情相悅終成眷屬,但陳文雄永遠是一

〔註25〕王爲一《難忘的歲月——王爲一自傳》,中國電影出版社,2006 年 8 月,第
191 頁。

幅大少爺姿態，處處都以權勢和金錢去壓迫周泉，令她不得不放棄獨立人格乖乖就範；儘管周泉自己也心氣清高同情革命，但卻意志薄弱思想動搖，所以最終只能是自甘墮落背叛了工人階級。檢點這三組人物，都被打上了階級宿命論的明顯印記——周炳與周榕出身於工人階級的貧苦家庭，所以他們就根正苗紅具有先天革命的優良素質；而陳家三兄妹則出身於資產階級的富庶家庭，所以他們就品質惡劣具有仇視革命的天然本能！這種「龍生龍，鳳生鳳，老鼠生兒會打洞」的世俗偏見，當然絕不是只有電影《三家巷》才獨家使用的表現手法，而是新中國十七年「紅色經典」系列所普遍存在的一種現象，它深刻地反映了傳統世俗文化對現代社會的潛在影響。況且複雜人物的簡約化原則，對於表現階級鬥爭的創作主題，更容易做到涇渭分明一目了然，完全符合於意識形態的政治要求。

其四、提升英雄人物，強化革命精神，讓周炳藝術形象，更具有視覺審美效果。小說《三家巷》裏區桃犧牲以後，作者讓周炳意志消沉臥床不起，不僅與陳文婷進行了一番悲觀對話，就連外面迅速發展的革命形勢都對他「毫無吸引力」。周炳沉浸在悲傷哀痛的記憶之中，反覆去回想他與區桃在一起的快樂時光，他甚至還跑去鳳凰臺，在區桃墓前仰天長歎：「我不如跟著你去，在慢慢的長夜裏陪伴著你，在安靜的黑暗裏一道消逝」！這些屬於小資產階級的感傷情調，當然會受到編導們毫不客氣的冷眼相看，故電影中只保留了周炳對區桃的無限眷戀，但卻弱化了他痛苦迷茫的頹廢情緒。作為中國工人階級的光輝形象，他一出場便被賦予了高度敏感的政治警覺：在小說《三家巷》中，周炳對於姐姐周泉嫁給陳文雄，雖然反對但還是出席了他們的結婚儀式，他「到處亂竄，這裡打打，那裡鬧鬧，跟任何人都開個玩笑，看來是因為替他姐姐和陳家大表哥的喜事高興，忘記了自己的煩惱。」可是到了電影《三家巷》裏，情況則發生了完全不同的戲劇性變化——周炳在他們隆重的婚禮上，一直都為姐姐放棄了階級立場而倍感痛心，因此他默默躲在人群後面，回想著自己和姐姐之前的一段對話：

> 「二姐，你服從專制了？」
>
> 「我服從了，有什麼辦法呢？要是他們家逼我們還押租，我們拿什麼來還呢？弟弟，我的一切只能屬於他。」
>
> 「那他的一切也屬於你嗎？」
>
> 「也許是，也許不是……」

「姐姐，你多蠢啊，你和他是不會有幸福的！」（1982 年版電
影《三家巷》電影對白）

這段對話以畫外音的傳遞方式，出現在周、陳兩人交換結婚戒指之際。導演
顯然是在以姐姐周泉的階級背叛，去突出周炳對於無產階級的絕對忠誠！而
通過這種場景的直接對比，又極大地提升了主人公周炳的思想境界。另外對
於區桃這一正面人物，電影也做了十分明顯的形象改造：在小說中她對革命
的認識，有一個循序漸進的發展過程，從不滿黨派之爭到參加工人運動，作
者寫得還是比較眞實可信的。但電影卻讓區桃一出場便高瞻遠矚，對中國革
命前途有著明確認識，正是由於她審時度勢洞察一切的政治啓蒙，才引導著
周炳義無反顧地走上了革命道路。所以電影《三家巷》，不僅塑造了周炳這位
男性英雄，同時還塑造了區桃這位女性英雄，巾幗不讓鬚眉應是電影超越小
說的一大亮點。

其五、醜化反派人物，簡化階級關係，將陳、何兩家後代，都貼上了「反
革命」標籤。陳文婷在小說裏是僅次於區桃的女性形象，也是電影中被編導
做了最大改動的一個人物。在小說裏陳文婷雖然深深地愛著周炳，但卻因其
無法放棄自己的階級立場，最終只能是與周炳分道揚鑣反目成仇，成爲了反
革命勢力集團中的一名成員。但電影卻把他們兩人之間的純粹之愛，變成了
資產階級小姐對工人階級子弟的強烈誘惑：首先，她執意要資助周炳去上學
讀書，無非是要鼓勵他通過讀書去做上等人，將其知識分子原本具有的革命
性一面，完全轉換成了對愛情的自私佔有欲；其次，她收到了周炳的絕交信
後十分生氣，立刻就接受了父親關於她與高官宋以廉完婚的安排，小說中那
種苦苦哀求周炳的纏綿場面，也變成了電影裏尖酸刻薄小人品性的全然暴
露；再次，電影增加了一個絕交信事件發生以前的約會場景，讓周炳以最後
努力去感化陳文婷參加革命，但陳文婷卻態度冷淡猶豫不決甚至於不斷地提
出質疑，編導如此而爲目的就是要告訴觀眾他們的分手是階級使然！電影對
於何守禮與張子豪這兩個人物，更是不遺餘力地去加以反派化的藝術處理：
當「三家巷」裏的一群青年，開完了畢業歡送會之後，走到何家的大門口時，
何守禮把畢業文憑，交給了她妹妹何守仁；他妹妹很好奇地問這是什麼，何
守仁的母親自豪地告訴她說：「這是你哥哥的畢業文憑，也就是你哥哥的身
價。」何守禮不僅加以默認，而且還開懷大笑。當陳文悌詢問張子豪，是否
要去參加黃埔軍校，何守仁馬上就恭維說：「子豪兄，你現在是陳家的乘龍快

婿，以後就是你們家在軍界的靠山啊！」張子豪聽後雖然連說「過獎了」，可他卻打心底裏暗暗高興頗感舒坦。電影憑空添加了這兩個細微情節，用意就是要去表現知識分子的虛僞人格──表面上滿口讀書救國的豪言壯語，實際上卻信奉著「學而優則仕」的傳統信條！無論是陳文雄、陳文婷還是何守禮、張子豪，他們那種「萬般階下品，惟有讀書高」的陳腐觀念，不僅充分暴露出了他們骨子裏鄙視勞動人民的骯髒心理，同時更是深刻地反映了他們資產階級的人生觀與價值觀！

小說與電影《三家巷》的藝術傳奇，並沒有因爲時間關係而完全消失，相反它既成爲了外地人認識廣州的一個標誌，更成爲了廣州人懷舊情緒的一個記憶。早在 20 世紀 50 年代小說《三家巷》剛一出版，就調動起了廣州人去尋找「三家巷」的巨大興趣；歐陽山還特意爲此舉辦過一個「競猜」活動，讓大家去猜猜小說中所描寫的三家巷究竟在哪個位置。而著名作家莫言在 90 年代第一次來羊城，就充滿著激情去探訪他想像中的那個「三家巷」，可「竄遍大街小巷想找區桃，可到頭來連個胡杏也沒有碰到。」到了 2004 年，與區桃無甚關係的「區家祠」，更是時逢機緣備受關注名聲大噪；而到了 2009 年，《南方都市報》又發表了署名張丹萍的一篇文章，題爲《「三家巷」：一椿文學／地理迷案》，帶著積攢了幾十年的讀者疑問，根據小說按圖索驥考察了廣州的大街小巷，可最終也沒有考證出一條與歐陽山筆下一模一樣的「三家巷」。但性格執著的廣州人卻始終堅信「三家巷」一定存在，他們要求政府在 2010 年廣州舊城改造之際，理應按照小說《三家巷》裏的結構布局，去恢復性地再造一座令幾代廣州人都魂牽夢繞的「三家巷」──於是在廣州的六榕街上，一座「三家巷」正在拔地而起。我們固然可以把這件事看作是聰明的廣州人，在利用小說和電影去捕捉一個商機；但我們更傾向於這是廣州人民對於西關風情，對於自己那段光榮歷史難以磨滅的永恒祭奠！也許伴隨著時間的逐步流失，人民會漸漸忘卻歐陽山；但無論如何廣州人民都不會忘記，他們還有一個同「羊城」一樣的歷史符號──「三家巷」！這就是歐陽山對中國當代文學的最大貢獻。

參考文獻

一、作品類

1. 馮德英：小說《苦菜花》，解放軍文藝出版社，1959 年版；電影《苦菜花》，八一電影製片廠，1965 年。

2. 賀敬之等：《白毛女》，人民文學出版社版（歌劇），1952 年；電影《白毛女》，東北電影製片廠，1950 年；芭蕾舞劇電影《白毛女》，上海電影製片廠，1971 年。

3. 羅廣斌等：報告文學《在烈火中永生》，載《紅旗飄飄》1957 年第 6 集；《紅岩》，中國青年出版社版，1961 年；電影《烈火中永生》，北京電影製片廠，1965 年。

4. 劉文韶：報告文學《紅色娘子軍》，載《解放軍文藝》1957 年 8 月號；電影《紅色娘子軍》，上海電影製片廠，1960 年；芭蕾舞劇電影《紅色娘子軍》，北京電影製片廠，1970 年。

5. 梁斌：小說《紅旗譜》，中國青年出版社，1957 年版，人民出版社，1959 年版；話劇劇本《紅旗譜》，百花文藝出版社，1960 年版；電影《紅旗譜》，北京電影製片廠，1960 年。

6. 劉知俠：小說《鐵道游擊隊》，上海文藝出版社，1954 年版，電影《鐵道游擊隊》，上海電影製片廠，1956 年。

7. 歐陽山：小說《三家巷》，作家出版社，1960 年版；電影《三家巷》，珠江電影製片廠，1982 年。

8. 曲波：小說《林海雪原》，人民文學出版社，1957 年版；電影《林海雪原》，八一電影製片廠，1960 年。

9. 吳強：小說《紅日》，中國青年出版社，1957 年；電影《紅日》，上海電影製片廠，1963 年。

10. 楊沫：小說《青春之歌》，作家出版社，1958 年；電影《青春之歌》，北京電影製片廠，1959 年。

二、書籍類

1. 艾思奇編：《延安文藝回憶錄》，中國社會科學出版社，1992 年版。
2. 《安徽文史資料・解放戰爭時期史料專輯》第 11 輯，安徽出版社，1982 年版。
3. 白瑞雪等：《尋找抗戰經典影片幕後的故事》，解放軍文藝出版社，2005 年版。
4. 陳玉中：《蘇魯支隊》，山東大學出版社，1997 年版。
5. 丁玲：《延安文藝叢書・詩歌卷・總序》，湖南人民出版社，1984 年版。
6. 《馮白駒研究史料》，廣東人民出版社，1988 年版。
7. 《馮德英文集》，解放軍文藝出版社，2011 年版。
8. 樊星：《永遠的紅色經典》，長江出版社，2008 年版。
9. 《廣州起義》，中共黨史資料出版社，1987 年版。
10. 谷辦華等：《楊子榮》，解放軍文藝出版社，1992 年 4 月版。
11. 《胡適文集》，歐陽哲生主編，北京大學出版社，1998 年版
12. 《紅旗不倒——中共瓊崖地方史》，中共黨史出版社，1995 年版。
13. 《紅色娘子軍研究【第一輯】》，海南大中印刷公司，2007 年版。
14. 《紅色娘子軍史》，海南大中印刷公司，2002 年版。
15. 《紅旗譜：話劇民族化的探索》，中國戲劇出版社，1991 年版。
16. 《賀敬之文集》，作家出版社，2005 年版。
17. 《何其芳文集》，人民文學出版社，1983 年版。
18. 《河北革命回憶錄》，河北人民出版社，1980 年版。
19. 《建國以來毛澤東文稿》，中央文獻出版社，1992 年版。
20. 《梁信文選》，廣州出版社，2006 年版。
21. 梁陸鴻：《西柏坡傳奇》，解放軍出版社，2002 年版。
22. 《梁斌文集》，人民文學出版社，2005 年版。
23. 《梁斌研究專集》，海峽文藝出版社，1985 年版。
24. 《魯迅全集》，人民文學出版社，1981 年版。
25. 《魯南峰影》，山東文藝出版社，1989 年 3 月版。
26. 李尚明等：《萊蕪戰役》，山東人民出版社，1986 年版。
27. 樂時鳴：《虎將王必成》，解放軍出版社，1992 年版。

28. 歷華：《〈紅岩〉檔案解密》，中國青年出版社，2008 年版。

29. 劉澎編著：《中國電影幕後故事》，新華出版社，2005 年版。

30. 老鬼著：《母親楊沫》長江文藝出版社，2005 年 8 版。

31. 《毛澤東選集》，人民出版社，1977 年版。

32. 【美】理查德·尼克松：《尼克松回憶錄》中冊，世界知識出版社，2001 年版。

33. 《歐陽山文集》，花城出版社，1988 年版。

34. 《皮定鈞日記》，解放軍出版社，1986 年 10 月版。

35. 《瓊崖土地革命戰爭史料選編》，廣東省海南新華印刷廠，1987 年版。

36. 錢義璋：《沙基痛史》，臺北：文海出版社，1925 年。

37. 田海藍：《百年歐陽山·歐陽山評傳》，中國文史出版社，2008 年版。

38. 文思：《鐵道游擊隊傳奇》，中國文史出版社，2005 年版。

39. 王爲一：《難忘的歲月——王爲一自傳》，中國電影出版社，2006 年版。

40. 《謝晉電影選集·戰爭卷》，上海大學出版社，2007 年版，第 25 頁。

41. 徐雁：《廣州起義全紀錄》，湖南人民出版社，2009 年 3 月版

42. 《楊沫文集》，北京十月文藝出版社，1994 年版。

43. 楊沫、徐然：《青藍園——楊沫母女共寫家事和女性世界》，學苑出版社，1994 年版。

44. 楊潔：《芭蕾舞劇〈白毛女〉創作史話》，上海音樂出版社，2010 年版，第 7 頁。

45. 姚文元：《新松集》，上海文藝出版社，1962 年版。

46. 岳思平：《八路軍戰史》，解放軍出版社，2011 年版。

47. 《中華文史資料文庫》第 8 冊，中國文史出版社，1996 年版。

48. 《中國當代文學研究資料·紅日專集》，1979 年內部印刷本。

49. 周而復：《新的起點》，群眾出版社，1949 年出版。

50. 鍾子麟：《蔣介石王牌悍將張靈甫》，北京團結出版社，2008 年版。

51. 趙明：《劇影浮沉錄》，文津出版社，1991 年版。

52. 張中行：《流年碎影》，作家出版社，2006 年版。

三、文章類

1. 崔燕：《花開二度芬芳依舊——訪著名作家馮德英》，載 2005 年 10 月 15 日《青島新聞網》。

2. 杜金玲：《臥底將軍韓練成》，載 2007 年第 3、4 期《讀報參考》。

3. 丁冠景、蕭歐：《紅色經典劇〈苦菜花〉爭議大》，載 2005 年 5 月 25 日《南方日報》。

4. 杜季偉、王志勝：《魯南鐵道游擊隊》，載《山東黨史資料》，山東人民出版社，1985 年版。

5. 關捷：《朱老忠之子欲續〈紅旗譜〉——訪電影主〈紅旗譜〉人公原型之子》，選自《黨史縱橫》1999 年第 2 期。

6. 恒萬：《〈青春之歌〉採訪紀要》，《當代電視》1997 年第 9 期

7. 公盾：《毛主席革命文藝路線的偉大勝利——談芭蕾舞劇〈白毛女〉的改編》，載 1967 年 6 月 11 日《人民日報》。

8. 馮牧：《革命的戰歌，英雄的頌歌——略論〈紅日〉的成就及其弱點》，載《文藝報》1958 年第 21 期。

9. 馮德英：《關於影片〈苦菜花〉的改編》，載 1965 年 12 月 11 日《光明日報》。

10. 黃敬怡：《馮大娘過於年輕　陳小藝：這是最猶豫的一部戲》，載 2004 年 10 月 14 日《北京日報》。

11. 何火任：《〈白毛女〉與賀敬之》，載《文藝理論與批評》1998 年第 2 期。

12. 侯鍵美：《烈火中永生——〈紅岩〉背後的眞實故事》，載《新華文摘》2007 年第 6 期。

13. 侯金鏡：《一部引人入勝的小說》，載《長篇小說研究專集（中）》，山東大學出版社，1990 年 4 月版，第 67 頁。

14. 何蜀：《劉德彬：被時代推上文學崗位的作家》，載《社會科學論壇》2004 年第 2、3 期。

15. 蔣祖惠：《芭蕾舞劇〈紅色娘子軍〉編導談創作》，載《人民日報》2009 年 11 月 5 日。

16. 《經典歲月故事〈紅色娘子軍〉改編 40 年》，載《南方周末》2006 年 9 月 20 日。

17. 梁斌：《關於話劇〈紅旗譜〉》，作於 1982 年 8 月，選自《大舞臺》2007 年第 2 期。

18. 劉文韶：《我創作〈紅色娘子軍〉的歷史回顧》，載《軍事歷史》2007 年第 3 期。

19. 劉知俠：《〈鐵道游擊隊〉創作經過》，載《新文學史料》1987 年第 1 期。

20. 劉偉：《〈苦菜花〉作者鼓勵翻拍經典》，載 2005 年 5 月 25 日《金陵晚報》。

21. 李承祥：《一部中國芭蕾的歷史記憶——寫在〈紅色娘子軍〉公演 45 週年》，載《中國藝術報》2009 年 3 月 20 日。

22. 李滿天：《今朝更好看——歌劇〈白毛女〉觀後隨記》，載《人民文學》1977 年第 4 期。

23. 李志毓：《沙基慘案：一場革命的「情感動員」》，《粵海風》2010 年第 4 期。

24. 李成瑞：《〈白毛女〉與青盧山：〈白毛女〉歌劇創作 60 年引起的回憶與感想》，載《文藝理論與批評》2006 年第 5 期。

25. 《老戰士及其後代質疑電視劇〈紅日〉重要情節不符史實》一文，載 2008 年 7 月 10 日《東方早報》。

26. 羅學蓬：《〈紅岩〉英雄「許雲峰」的慘痛失誤》，載《同舟共進》雜誌 2008 年第 11 期。

27. 連城：《二○三首長重話當年》，載於 1986 年 11 月 16 日《黑龍江日報》。

28. 毛澤東：《看了〈逼上梁山〉以後寫給延安平劇院的信》，載 1967 年 5 月 25 日《人民日報》。

29. 歐陽山：《〈三家巷〉、〈苦鬥〉再版前記》，《廣東文藝》1978 年第 5 期。

30. 錢振文：《「深描」一件被人忽略的往事——細說〈紅岩〉作者們解放初期的第一次「文學」活動》，載《渤海大學學報》2008 年第 3 期。

31. 曲波：《卑中情——我的第一篇小說〈林海雪原〉》，載《山西文學》1983 年第 6 期。

32. 曲波：《關於「林海雪原」》，載 1957 年 11 月 9 日《北京日報》副刊。

33. 曲波：《機智和勇敢從何而來》，載《中國青年》1958 年第 10 期，第 21 頁。

34. 沙林：《〈林海雪原〉不是爲某人立的傳——訪曲波》，載 1987 年 3 月 14 日《北京日報》。

35. 孫聞浪：《江青插手芭蕾舞劇〈白毛女〉》，載《黨史天地》2005 年第 4 期。

36. 田海燕：《優秀的青年作家馮德英》，載 1958 年 6 月 30 日《中國青年報》。

37. 王維玲：《蕭澤寬：〈紅岩〉讀者不知道的故事》，載 2006 年 7 月 14 日《北京日報》副刊。

38. 王勇、魏兵：《劉亞樓與〈苦菜花〉》，載《解放軍報》2000 年 11 月 10 日第 7 版。

39. 王國梁：《從「三家巷」裏看廣州起義的眞實性》，《廣東黨史》2008 年第 6 期。

40. 王金山：《瑣憶〈林海雪原〉》，載《大眾電影》2009 年第 18 期。

41. 溫野：《偵察英雄楊子榮》，載《黑龍江文史資料》（中國人民政協黑龍江

省委員會文史資料研究委員會編）第 22 輯，黑龍江人民出版社，1986 年 3 月版，第 102 頁。

42. 謝芳：《扮演林道靜的體會》，原載《電影藝術》1960 年第 7 期。

43. 夏明星等：《粟裕反攻損兵 5 萬華野官兵：反攻反攻丟掉山東》，載《黨史博覽》2010 年第四期。

44. 朱安平：《攻上孟梁崮，「活」捉張靈甫——一波三折「紅日」出》，轉引自 2008 年 6 月 28 日《天天新報》。

45. 《中央歌劇舞劇院在深圳演出現代芭蕾舞劇香港觀眾熱烈讚揚〈紅色娘子軍〉》，載《人民日報》1964 年 11 月 12 日。

46. 《中共對國民黨非嫡系部隊的策反戰》一文，載 2008 年 9 月 15 日《揚州晚報》。

47. 張磊、卓慶林：《紅色娘子軍傳奇》，載《嶺南文史》2009 年第 1 期。

48. 張羽、羅廣斌：《關於〈紅岩〉書稿的修改》，載《編輯之友》1987 年第 1 期。

49. 趙明偉口述、陳慈林整理：《「飛虎隊」傳奇》，載 2009 年 9 月 22 日《杭州日報》。

50. 趙鶴祥：《陽光‧土地‧鮮花——著名小說加馮德英剪影》，載《藝術天地》1986 年總第 140 期。

51. 知俠：《我怎樣寫「鐵道游擊隊」的》，載《讀書月報》1955 年第 3 期。

52. 袁成亮：《現代芭蕾舞劇〈紅色娘子軍〉誕生記》，載《文史春秋》2004 年第 9 期。

53. 袁成亮：《現代京劇〈智取威虎山〉誕生記》，載《黨史博采》2005 年第 10 期。

54. 葉林：《芭蕾舞劇藝術的革命——爲芭蕾舞劇〈紅色娘子軍〉歡呼》，載《人民日報》1964 年 10 月 07 日。

55. 《英雄的花、革命的花——讀馮德英的「苦菜花」》，載 1958 年第 13 期《文藝報》。

56. 楊沫《談談林道靜的形象》，載《文藝論叢》1978 年第 2 期。

後　記

　　大概是用了近 8 個月的時間，終於把這部命題作文寫完了，心中自然有一種說不出來的輕鬆感。

　　2010 年 7 月底，我和夫人因學校放假外出旅遊，正驅車在羅布泊的戈壁灘上愜意疾駛，突然收到出版社蕭鳳華兄發來的一條短信，說省委宣傳部有一項目希望我能接受，當時我幾乎想也沒有多想便答應了下來。後來才知道是省委宣傳部為了紀念建黨九十週年，讓我寫一部有關「紅色經典」背後的傳奇故事。說起來組織者也真有點搞笑，這麼一件嚴肅的寫作任務，卻只給我幾個月的寫作時間，好在以前做過這一方面研究，還不至於手忙腳亂地草率行事，當然我的幾名研究生也是功不可沒的。用了大約 2 個月之久，這些精力旺盛的青年學子，便收集了近百萬字的歷史資料，這無疑為我迅速進入寫作狀態奠定了良好的基礎。

　　說實話，我本人對「紅色經典」並不陌生，我們是讀著「紅色經典」成長的一代，不僅對於那些革命故事爛熟於心，更是對於那些革命英雄尤為崇拜，儘管藝術真實絕非是歷史真實，但我們卻從未去認真思考過它們之間到底有何區別。在我個人的童年記憶裏，通過閱讀那些「紅色經典」，既懂得了階級矛盾和階級鬥爭，也學會了愛憎分明與恩怨情仇：當我們看到「白毛女」的慘遭壓迫，自然就會去仇視惡霸地主「黃世仁」；當我們禮讚「江雪琴」的鋼筋鐵骨，自然就會去鄙視可惡叛徒「甫志高」；當我們嚮往「林道靜」的人生追求，自然就會去蔑視奸詐小人「余永澤」；當我們敬佩「楊子榮」的英雄行為，自然就會去敵視狡猾頑匪「座山雕」！毫無疑問，「紅色經典」對於我

們這代人而言，它既是精神生活的重要食糧，又是爲之奮鬥的政治理想，而革命英雄的光輝事跡，更是雨露滋潤著我們去健康成長！所以我們對於所有「紅色經典」，都有著一種難以割捨的情感留戀！

然而，伴隨著「紅色經典」時代的逐漸遠去，從政治狂熱中冷靜下來的中國人，早已學會了如何去對待藝術審美的客觀標準，而不再是盲目地把藝術於歷史去簡單對接。因此，當我們重新去閱讀「紅色經典」作品時，勢必會對自己當時那種思想幼稚感到可笑：「鐵道游擊隊」隨心所欲任意扒車，無論衣料布匹還是武器彈藥，都能夠不費吹灰之力信手拈來，難道日本鬼子就沒有武裝押運？「保定二師」學生也是身手了得，陷入千餘名軍警的重重包圍，竟能衝衝殺殺進出自由，難道一切反動派眞的「都是紙老虎」？「江姐」十指釘滿「竹籤」，卻仍能鎮定自若不吭一聲，難道只要具有堅定的政治信仰，就能使人具有戰勝肉體極限的超能力？「小分隊」戰士們個個都身懷絕技武藝高強，穿林海跨雪原蕩懸崖躍峽谷如履平地，玩弄千餘名悍匪於自己的股掌之中，難道他們眞有那麼神奇而刀槍不入？這些過去一直都令我們如癡如醉的故事情節，現今我們終於明白了那只不過是一種藝術虛構——我們正是在藝術虛構的「紅色經典」中，牢固地樹立起了要做革命事業接班人的宏偉理想！其實，對比革命戰爭年代的眞實歷史，「紅色經典」顯然只是一種傳奇敘事，它以革命浪漫主義的誇張手法，即提升了客觀歷史又改寫了客觀歷史。比如劉知俠在小說《鐵道游擊隊》裏，讓100多人的游擊隊去逼迫3000多日軍繳械投降，雖然長我志氣滅敵威風讀後十分快意，但卻並不見於八路軍和新四軍的戰史記載；又比如梁信在電影《紅色娘子軍》裏，讓幾十名女戰士去對抗國民黨正規軍的瘋狂進攻，這在現實生活中根本就是不現實也不可能的事情，但在藝術虛構中它竟成爲了客觀存在的歷史事實！所以，在這部書裏我對歷史眞實與藝術眞實進行了鑒別，目的絕不是要去人爲否定「紅色經典」的藝術價值，而是要去告訴那些仍舊癡迷讀者和觀眾，藝術欣賞不能等同於歷史事實更不能代替歷史本身！

這部書稿洋洋30餘萬言，我自己覺得還是具有可讀性的，至少讀者可以從中去得到一些歷史知識，去提高自己辨別歷史與藝術的鑒賞能力。如果眞能實現這一願望，我個人將倍感欣慰！

順便說明一下，全書共十章，我自己寫了五章，其它五章是由我的五位研究生完成的：《紅旗譜》由張翠玲執筆，《青春之歌》由馬倩娜執筆，《林海

雪原》由豐傑執筆，《紅色娘子軍》由鄒婧婧執筆，《三家巷》由黃賢君執筆。
在此一併致謝。

宋劍華
2015 年 12 月 20 日於暨南大學明湖苑